Petra Ivanov

Stumme Schreie

Flint & Cavalli ermitteln
hinter verschlossenen Türen

Kriminalroman

Unionsverlag

Im Internet
Aktuelle Informationen, Dokumente und Materialien
zu Petra Ivanov und diesem Buch
www.unionsverlag.com

Unionsverlag Taschenbuch 952

Neptunstrasse 20, CH-8032 Zürich
Telefon +41 44 283 20 00
mail@unionsverlag.ch

Die erste Ausgabe dieses Werks im Unionsverlag erschien 2021
Reihengestaltung: Heinz Unternährer
Umschlagfoto: Raggedstone (Alamy Stock Photo)
Umschlaggestaltung: Peter Löffelholz
Lektorat: Susanne Gretter
Satz: Greiner & Reichel, Köln
Druck und Bindung: CPI – Clausen & Bosse, Leck
ISBN 978-3-293-20952-7

Der Unionsverlag wird vom Bundesamt für Kultur mit einem
Verlagsförderungs-Strukturbeitrag für die Jahre 2021–2024 unterstützt.

Auch als E-Book erhältlich

Für Annelene

»Manchmal träume ich davon, Konditorin zu sein.
Ich stelle mir vor, wie schön es wäre, den Menschen
wunderbar dekorierte Kuchen zu backen.
Ihnen mit meiner Arbeit Freude zu bereiten.«

Staatsanwältin in Zürich

Prolog

Das Fenster steht offen. Davor sitzt ein kleines Mädchen und klopft mit einem Löffel gegen den Heizkörper. Seine Windeln sind schwer, durchtränkt mit Urin. Es lauscht dem metallenen Echo, die Stirn vor Konzentration gerunzelt. Unermüdlich holt es aus, schlägt zu, holt wieder aus, schlägt zu. Da entdeckt es unter dem Heizkörper eine Banane. Der Löffel fällt zu Boden, das Mädchen greift nach der Banane und schiebt sie sich in den Mund. Es verzieht das Gesicht. Die Schale schmeckt bitter.

Aus dem Treppenhaus dringt Gelächter. Schritte ertönen, eine Tür fällt zu. Mit der Banane in der Hand tappt das Mädchen im Zimmer umher. Es versucht, eine Puppe unter dem Bett hervorzuziehen, doch sie steckt fest. Frustriert reißt es am Bein. Die Banane rutscht ihm aus der Hand, das Mädchen tritt mit dem nackten Fuß darauf. Fruchtfleisch quillt aus einem Riss in der Schale. Das Mädchen geht in die Hocke und drückt die Finger in den Matsch.

Der Raum ist klein. Der Linoleumboden ist abgenutzt, die Wände sind fleckig. Es gibt ein Bett, einen Sitzsack, aus dem Füllung rieselt, und mehrere aufeinandergestapelte Kisten, die mit Kleidern gefüllt sind. Auf einem zerschlissenen Teppich liegen ein vollgekleckertes Lätzchen und eine leere Medikamentenpackung. Das Mädchen leckt sich die Finger ab. Die Spange, die sein Haar zurückhält, löst sich, und feine Strähnen fallen ihm ins Gesicht. Es trägt ein Pyjamateil mit rosaroten Herzen. Draußen fährt ein Krankenwagen vorbei. Sirenengeheul. Das Mädchen hebt ein leeres Fläschchen auf und saugt daran. Es beginnt zu weinen.

Die Frau, die auf dem Bett liegt, regt sich nicht. Ein dünner Speichelfaden rinnt ihr aus dem Mundwinkel. Ihr Haar ist dunkel vor Schweiß, ihre Wangen sind gerötet. Nackte Beine schauen unter der Decke hervor, ein Arm baumelt über den Rand der Matratze. Das Mädchen steigt hoch und schmiegt den Kopf an den der Mutter, schaukelt sanft hin und her. Die Frau holt kurz Luft, dann atmet sie weiter. Irgendwann richtet sich das Mädchen wieder auf. Es geht zu den Kisten und fängt an, sie auszuräumen. Eine fällt polternd herunter. Das Mädchen schiebt sie über den Boden, es kann kaum Schritt halten. Die Kiste prallt gegen den Heizkörper. Darüber bauscht sich der Vorhang im Wind. Das Mädchen hält inne, entzückt von dem Ballon, der entstanden ist. Es versucht, ihn zu berühren, doch der Ballon tanzt davon, als wolle er das Mädchen necken. Es streckt die Hand noch einmal aus. Der Wind dreht, und der Vorhang wölbt sich nach außen. In den Anblick versunken, klettert das Mädchen auf die Kiste. Der Vorhang schlägt ihm entgegen wie ein lebendiges Wesen. Plötzlich ist er weg, und die Sonne scheint dem Mädchen ins Gesicht. Geblendet wendet es den Blick ab. Auf der Straße bewegen sich Autos, Radfahrer, Menschen. Ein Bus fährt vorbei, hinter dem Stromabnehmer sprühen Funken. Eine Katze räkelt sich auf einem Container. »Miau«, sagt das Mädchen. Der Wind trägt den Laut davon. Die Katze wölbt den Rücken, springt vom Container. Mit erhobenem Schwanz streift sie der Hauswand entlang. Das Mädchen beugt sich vor, um sie besser sehen zu können. »Miau«, wiederholt es. Die Katze verschwindet um die Ecke. Das Mädchen lehnt sich aus dem Fenster und starrt dorthin, wo sie eben noch war. Die Haut unter der nassen Windel juckt und brennt. Das Mädchen windet sich, es hat

Durst, die Mittagssonne ist warm. Ein Klebeband löst sich, und die Windel rutscht herunter. Kühle Luft auf der feuchten Haut. Befreit zieht das Mädchen das Bein hoch und steigt auf das Fensterbrett. Ein erneuter Windstoß erfasst den Vorhang, der Stoff wickelt sich um den Kopf des Mädchens. Es hebt den Arm, um ihn wegzuschieben, und verliert das Gleichgewicht.

Die Mutter schläft.

I

Polizei! Aufmachen!«

Im Haus bellte ein Hund, hoch und schrill. Der Einsatzleiter klingelte ein zweites Mal. Schritte erklangen, und die Tür ging auf. Vor ihnen stand eine Frau mit einem Chihuahua auf dem Arm. Sie trug dunkle Leggins, darüber eine Bluse mit Leopardenmuster und einen breiten Gürtel. Obschon erst sechs Uhr morgens, war sie sorgfältig geschminkt.

»Eva Kulova?«, fragte der Einsatzleiter.

»Ja?«

Er hielt ihr einen Durchsuchungsbefehl hin. Eva Kulova trat beiseite, ohne ihn sich genauer anzusehen. Ruhig strich sie über den Kopf des Hundes. Der Einsatzleiter betrat das Haus. Auf den weißen Steinplatten lag eine Hundeleine, an der Wand hing das Bild eines Clowns. Von der Diele gelangte man durch einen Rundbogen ins Wohnzimmer, in dem ein weißes Ledersofa und ein Glastisch mit Goldeinfassung standen. Es roch nach abgestandenem Rauch, Hund und Duftspray.

Die Polizisten teilten sich auf. Zwei gingen nach oben, zwei durchsuchten den Garten. Der Einsatzleiter blieb bei Eva Kulova. Er wunderte sich über ihre Gelassenheit, fast kam es ihm vor, als hätte die Frau sie erwartet.

»Die Zwinger sind leer«, hörte er einen der Kollegen draußen rufen.

Kurz darauf kamen die Polizisten zurück, die das Schlafzimmer und das Bad im oberen Stock durchsucht hatten.

»Nichts«, sagten sie.

In der Diele gab es eine Tür, die in den Keller führte. Der Einsatzleiter folgte den Polizisten nach unten, er rechnete mit Hundegebell, doch kein Laut war zu hören. Von der Decke hing eine nackte Glühbirne, die nur spärlich Licht spendete. Die Polizisten leuchteten den Raum mit ihren Taschenlampen aus. Die Regale waren leer, der Boden wirkte frisch geputzt. Nur die dunklen Flecken auf dem Beton zeugten davon, dass vor nicht allzu langer Zeit Hundeboxen hier gestanden hatten.

Der Einsatzleiter starrte auf die Abdrücke. Eva Kulova musste von der geplanten Durchsuchung gewusst haben. Anders konnte er es sich nicht erklären, dass kein einziger Hund mehr hier war. Er nahm sein Telefon hervor und rief die Kollegin in Zürich an, wo die Wohnung von Kulovas Komplizen durchsucht wurde.

»Sie sind weg«, sagte er.

»Hier ist auch alles sauber«, berichtete die Kollegin am anderen Ende.

Der Einsatzleiter fluchte leise. »Jemand muss sie gewarnt haben.«

Monatelange Arbeit umsonst. Was mit einem Zufallstreffer an einem unbewachten Grenzübergang begonnen hatte, hatte sich bald zu einer kantonsübergreifenden Ermittlung wegen illegalen Hundeschmuggels ausgeweitet, in deren Fokus Eva Kulova stand. Die Slowakin besaß zwar eine Handelsbewilligung für fünfzig Tiere pro Jahr, darüber hinaus führte sie jedoch noch Hunde mit gefälschten Papieren ein, vermutlich aus der Ukraine, einem Land mit Tollwutrisiko.

Der Einsatzleiter ging nach oben. Im Arbeitszimmer durchsuchten die Polizisten Schreibtisch und Archiv. Die Ordner auf dem Regal waren sorgfältig beschriftet, die Papiere, die sie enthielten, nach Datum abgeheftet. Im laufenden Jahr hatte Eva Kulova achtundzwanzig Chihuahuas, fünfzehn französische Bulldoggen und sieben Zwergspitze verkauft. Exakt fünfzig Tiere. Alle erforderlichen Unterlagen waren vorhanden, jede Einreise war lückenlos dokumentiert. Nun wusste der Einsatzleiter, dass Kulova sie erwartet hatte.

Sie saß in der Küche vor einer Tasse Kaffee, den Chihuahua hielt sie immer noch in den Armen.

»Was haben Sie nun vor?«, fragte er.

Sie sah ihn verständnislos an. »Wie meinen Sie das?«

»Sie haben Ihr Kontingent bereits ausgeschöpft. Es ist aber erst September.«

Die Frau seufzte. »Meine Mutter ist krank. Ich reise übermorgen in die Slowakei, um ihr mit den Welpen zu helfen.«

Der Einsatzleiter lächelte verdrossen ob der offensichtlichen Lüge. »Die familieneigene Hundezucht, ja. Harte Arbeit für eine achtzigjährige Frau, die an Parkinson leidet.«

»Deshalb braucht sie meine Hilfe.«

Der Einsatzleiter ahnte, was Eva Kulova in ihrer Heimat vorhatte. Inserate unter einem anderen Namen schalten, neue Absatzkanäle erschließen, den Handel umstrukturieren. Er war kein Hundenarr, doch wenn er sich die Zustände vorstellte, unter denen die Welpen gehalten wurden, und die langen Reisewege in den engen Transportboxen, wurde er von Wut erfasst. Kopfschüttelnd drehte er sich um. So einfach käme sie nicht davon. Die erfolglose Hausdurchsuchung war zwar ein Rückschlag, doch der Staatsanwalt hatte genug gegen Kulova in der Hand, um die Untersuchung weiterzuführen. Bevor sie sich an die Arbeit machten, mussten sie wissen, wer die Frau gewarnt hatte. Ein zweites Mal würden sie sich nicht zum Narren halten lassen.

2

Bruno Cavalli stand in seinem neuen Büro und starrte an die Wand. Er versuchte zu begreifen, wie er hier hatte landen können. Vor acht Monaten war er noch Chef des Dienstes Leib/Leben gewesen. Er hatte ein Team von Ermittlern geführt, wichtige Fälle selbst geleitet und am Schweizerischen Polizei-Institut unterrichtet. Er gehörte mehreren Fachgremien an und fungierte als Ansprechperson für die Staatsanwaltschaft IV, die sich auf Gewaltdelikte spezialisiert hatte. I, korrigierte er sich in Gedanken. Die Behörde war umstrukturiert worden, die Staatsanwaltschaft IV hieß jetzt I. Noch eine Änderung, die er kaum mitbekommen hatte. War er tatsächlich nur sieben Monate weg gewesen? Seine Tochter scheute vor ihm zurück, seine Stelle war neu besetzt worden, und die neumodischen Elektro-Scooters hatten Zürich erobert.

Irgendwo klingelte ein Telefon, ungewohnt leise. Der Teppichboden dämpfte die Geräusche, die Mauern erschienen Cavalli dicker als im Kripogebäude. Vielleicht bildete er es sich nur ein, weil er wusste, wie viele Geheimnisse sie bargen. Verschwiegenheit gehörte zur Arbeit eines Polizisten, hier an der Lessingstraße aber hatte sie eine tiefere Bedeutung. In diesem Gebäude war der Dienst Besondere Ermittlungen/Amtsdelikte untergebracht.

Er hätte die Stelle nicht annehmen müssen, doch die Alternativen hatten ihn noch weniger gereizt. Wenigstens würde er seine Fähigkeiten als Ermittler einsetzen können, nun allerdings gegen die eigenen Kollegen. Cavalli rieb sich den Nacken. Ausgerechnet er, der es nie genau genommen hatte mit Vorschriften.

Es klopfte.

»Ja?« Cavalli bemühte sich gar nicht erst um einen freundlichen Tonfall.

Die stellvertretende Dienstchefin Diana Da Silva kam herein. Sie hatte ihn am Vormittag in die Arbeit einführen wollen, war dann aber kurzfristig verhindert gewesen. Nun griff sie nach der Akte auf seinem Schreibtisch. Die Finger, die auf dem Deckblatt ruhten, waren lang und schmal, die Nägel gepflegt.

»Es geht um eine Amtsgeheimnisverletzung«, sagte sie und zog einen Stuhl heran. »Der Ermittlungsauftrag kommt vom Staatsanwalt. Das Obergericht hat der Eröffnung schon stattgegeben.«

Cavalli schwieg.

Da Silva fuhr fort: »Der Beschuldigte arbeitet bei der Stadtpolizei. Eine Polizistin hat beobachtet, wie er mit einem Mann sprach, gegen den wegen Hundeschmuggels ermittelt wird. Kurz darauf …« Sie verstummte und beugte sich vor.

Die Art, wie sie sich bewegte, erinnerte Cavalli an Schilf, das sich im Wind wog. Er fragte sich, warum sie ihm noch nie aufgefallen war. Vermutlich, weil die internen Ermittler unter sich blieben. Sie waren nirgends willkommen, zu stark war das Unbehagen, das sie auslösten.

»Hörst du mir überhaupt zu?« Ihre Augen blitzten verärgert. »Ich weiß, dass du nicht freiwillig hier bist. Aber wir haben einen Job zu erledigen. Wenn du nicht bereit bist, ihn seriös auszuführen, bist du am falschen Ort.«

Cavalli verschränkte die Arme. »Kurz darauf fanden parallel Hausdurchsuchungen in Zürich und im Thurgau statt, der Einsatzleiter vermutet, dass die Verdächtigen gewarnt wurden. Es hätten elf Hunde im Haus sein sollen, doch man hatte sie offensichtlich rechtzeitig weggebracht. Daraufhin hat der Kommandant der Stadtpolizei den Fall untersuchen lassen und Anzeige erstattet. Im Grundrapport wird ein Polizist der Regionalwache Aussersihl beschuldigt, Informationen weitergegeben zu haben. Möglicherweise liegt eine Amtsgeheimnisverletzung vor, vielleicht aber auch Amtsmissbrauch oder Begünstigung. Steht alles in den Unterlagen.«

Da Silva räusperte sich. »Ich würde zuerst –«

»Die Auskunftsperson einvernehmen«, unterbrach Cavalli. »Dann den Beschuldigten mit der Aussage konfrontieren. Ich habe beide schon vorgeladen.«

Da Silva stand auf. »Wenn du Hilfe brauchst, weißt du, wo du mich findest.«

Eine Mischung aus Sanddorn und Schuhpolitur wehte an Cavalli vorbei. Er blickte nach unten. Glänzende Lederschuhe mit Absätzen. Ob ihre Zehen auch so schlank waren wie ihre Finger?

Sie verließ das Büro und schloss die Tür hinter sich.

Cavalli sah auf die Uhr. Noch zweieinhalb Stunden bis Feierabend. Punkt halb fünf fuhr er seinen Computer herunter, zog seine Joggingsachen an und ging. Er konnte sich nicht daran erinnern, wann er das letzte Mal auf die Minute genau achteinhalb Stunden gearbeitet hatte. Zwischen Arbeit und Privatleben hatte es nie eine Grenze gegeben.

Die Spezialabteilung der Sicherheitspolizei, der die Besonderen Ermittlungen/Amtsdelikte angehörten, war in einem Achtzigerjahrebau aus Betonfertigelementen mit vorgehängter Fassade untergebracht. Cavalli stand vor der Drehtür und starrte auf die Sihl, die unter der Autobahnbrücke dahinfloss. Die Betonpfeiler im Flussbett bedrückten ihn. Um nach Hause zu gelangen, hätte er eigentlich den Hügelzug überqueren müssen, der den Fluss vom See trennte, aber er lief ganz automatisch der Sihl entlang. Am Autobahnende stauten sich die Fahrzeuge, es roch nach Abgas und Abwasser. Die Sportanlage Sihlhölzli tauchte vor ihm auf, eine einsame, grüne Insel inmitten des Verkehrs. Dann war er am Kasernenareal angelangt. Seine Vergangenheit zog an ihm vorbei. Unter den Platanen parkten die Fahrzeuge der Kollegen, hinter einem Zaun, der mit Stacheldraht gesichert war, befand sich das provisorische Polizeigefängnis. Bald würde die Kantonspolizei in das neue Polizei- und Justizzentrum auf dem Areal des ehemaligen Güterbahnhofs umziehen. Cavalli war immer davon ausgegangen, dass auch er irgendwann dort arbeiten würde. Nun fragte er sich, ob die internen Ermittler überhaupt mit umziehen würden. Hinter der räumlichen Distanz zu den Kollegen steckte Absicht, man wollte verhindern, dass sich herumsprach, wer vorgeladen wurde.

Er kam zum Kripogebäude. Zwei Wochen waren seit seiner Rückkehr vergangen, in dieser Zeit hatte er seine alten Kollegen weder angerufen noch besucht. Es hatte sich einfach nicht ergeben, er war vollends damit beschäftigt gewesen, sein Leben wieder aufzunehmen. Nicht alle würden sich freuen, ihn zu sehen. Er beschloss, dass es nicht der richtige Zeitpunkt war, und lief weiter.

Eine Stunde später schloss er die Tür zu seiner Wohnung auf. Die Tagesmutter begrüßte ihn zurückhaltend. Cavalli gefiel es nicht, dass Paz Rubin auf Lily aufpasste. Sie hatte ihre eigene Tochter auf tragische Weise verloren, Cavalli hielt sie für instabil und unberechenbar. Doch Regina hatte ihm klar zu verstehen gegeben, dass die Entscheidung bei ihr lag. Schließlich hatte er sie auch vor vollendete Tatsachen gestellt, als er beschlossen hatte, im Auftrag des FBI in die USA zu reisen, um einen Serienmörder aufzuspüren. Von einem Tag auf den anderen hatte sie sich allein um Lily kümmern müssen. Als Staatsanwältin rückte sie zu allen Tages- und Nachtzeiten aus. Eine Tagesmutter war die einzige Lösung gewesen. Paz war mit Tobias Fahrni verheiratet, einem Sachbearbeiter beim Leib/Leben, dem Regina vertraute.

»Lily ist auf der Terrasse«, sagte Paz in gebrochenem Deutsch.

Cavalli durchquerte das Wohnzimmer. Die Tür zur Terrasse stand weit offen, Lily saß auf einer Matte und zeichnete. Cavalli ging neben ihr in die Hocke.

»Was zeichnest du?«, fragte er in seiner Muttersprache Tsalagi.

Lily wich zurück.

Cavalli zeigte auf ein Strichmännchen mit langen, schwarzen Haaren. »Bin ich das?«

Lily schwieg.

»Das ist Chris«, erklärte Paz, die hinter ihn getreten war.

»Kiss?«, fragte Lily hoffnungsvoll und sah sich um.

Sein erwachsener Sohn war für Lily zur Vaterfigur geworden. Cavalli stand auf, kehrte in die Wohnung zurück und stellte sich im Bad unter die Dusche. Er fühlte sich seltsam leer. Als er noch beim Leib/Leben gearbeitet hatte, waren seine Gedanken unentwegt um die Gewaltdelikte gekreist, die er untersuchte. Ob ihn seine neuen Fälle irgendwann genauso beschäftigen würden? Er konnte es sich nicht vorstellen. Er drehte das kalte Wasser auf und blieb eine Weile reglos unter dem Strahl stehen. Danach rieb er sich mit einem Frotteetuch trocken, das nach Zitrusfrüchten roch. Regina hatte das Waschmittel gewechselt.

Paz hatte ihre Sachen bereits zusammengepackt und wartete neben der Tür auf Fahrni, der sie nach der Arbeit immer abholte. Lily war in ihrem Zimmer verschwunden. Cavalli hörte, wie sie leise vor sich hinsang. Er streifte in der Wohnung umher, schließlich rief er Chris an, erreichte jedoch nur den Anrufbeantworter. Er ging in die Küche. Regina würde sich über eine warme Mahlzeit freuen, wenn sie nach Hause kam. Er öffnete den Kühlschrank und entdeckte ein Reisgericht sowie eine Schüssel Salat. Paz hatte das Essen schon vorbereitet.

Ein Wagen fuhr vor.

»Häuptling!«, rief Fahrni, als Cavalli ihm die Tür öffnete.

Sein Gesicht war etwas runder geworden, stellte Cavalli fest, der Bauchansatz unter dem Hemd deutlicher.

»Du hast uns gefehlt.« Fahrni strahlte.

Cavalli machte sich nichts vor. Sein Team hatte ihn respektiert, mehr nicht. Nur Fahrni, der mit fast allen Kollegen klarkam, hatte in ihm mehr als einen Vorgesetzten gesehen.

»Du bist jetzt … an der Lessingstraße?« Fahrni sprach das Wort behutsam aus.

»Ja.«

Betroffen senkte Fahrni den Blick.

Lily kam auf Fahrni zugelaufen. »Tobi! Vamos a montar?«

Hatte sie eben Spanisch gesprochen? Eigentlich hätte Cavalli sich nicht wundern dürfen. Paz stammte aus Paraguay.

»Bald«, versprach Fahrni.

Als er ihren enttäuschten Blick sah, kniete er sich hin und ließ sie auf seinen Rücken steigen. Sie galoppierten durchs Wohnzimmer und hinaus auf die Terrasse. Lily kreischte vor Vergnügen. Nach einer weiteren Runde ging Fahrni in die Hocke, damit Lily von seinem Rücken rutschen konnte. Paz reichte ihr eine Haarbürste. Verblüfft beobachtete Cavalli, wie Lily Fahrnis kurzes, blondes Haar bürstete. Da begriff er. Sie striegelte das Pferd. Es war klar, dass sie das Spiel nicht zum ersten Mal spielten.

Als Paz und Fahrni kurz darauf davonfuhren, winkte Lily ihnen vom Fenster aus nach. Cavalli stand hinter ihr. Ein Zuschauer des eigenen Lebens.

3

Mein Sohn ist entführt worden, Herrgott noch mal!« Werner Ochsner schlug mit der flachen Hand auf den Tisch. »Und ihr tut nichts, ihr verdammten Sesselfurzer. Steht ihr den ganzen Tag vor dem Kaffeeautomaten, oder was?«

Stefan Guth war seit vierzehn Jahren Polizist. In dieser Zeit hatte er Schlimmeres über sich ergehen lassen müssen als Beschimpfungen. Erst kürzlich hatte ihm eine Frau ins Gesicht gespuckt, weil er ihren Ausweis kontrollieren wollte. Einem Kollegen wurde von einem Hooligan mit einer Flasche eine Platzwunde am Kopf zugefügt. Richtig brenzlig war es vor einigen Jahren geworden, als Vermummte die Wache mit Feuerwerkskörpern und anderen Gegenständen beschossen hatten. Die Polizisten hatten sich mit Gummischrot gewehrt, trotzdem waren mehrere Kollegen verletzt worden. Den Menschen fehlte es an Respekt, vor anderen und auch vor sich selbst.

»Wie wir Ihnen bereits erklärt haben, tun wir alles, was in unserer Macht steht, um Elias zu finden. Der Staatsanwalt – «

»Der Staatsanwalt!«, schnaubte Ochsner verächtlich. »Noch so ein Idiot! Er glaubt mir ja nicht einmal, dass Elias entführt wurde. Wie oft muss ich es noch sagen? Laeticia ist mit ihm abgehauen. Sie kommt nicht mehr zurück!«

»Sie ist seine Mutter«, erklärte Guth. »In diesem Fall spricht man nicht von einer Entführung, sondern – «

»Es ist mir wurst, wie ihr das nennt. Ich will meinen Sohn zurück!«, polterte Ochsner.

Ein Kollege stand von seinem Schreibtisch auf und sah Guth fragend an. Guth schüttelte kaum merklich den Kopf. Werner Ochsner hatte in der Vergangenheit zwar schon Polizisten angegriffen, im Moment aber ging keine Gefahr von ihm aus, das spürte Guth. Er kannte den Mann von früheren Fällen.

Ochsner ballte die Fäuste. Sein schütteres Haar war nach hinten gekämmt, um die kahlen Stellen zu verbergen, die Haut am Hals schlaff. Rote Äderchen in seinem Gesicht zeugten von jahrelangem Alkoholkonsum. Was hatte Laeticia Ochsner bei seinem Anblick empfunden? Dass die junge Brasilianerin ihn nicht aus Liebe geheiratet hatte, war Guth klar. Mehrmals war er mit seinen Kollegen ausgerückt, weil sich das Paar geprügelt hatte. Laeticia Ochsner war genauso gewalttätig wie ihr Ehemann. Statt Fäusten setzte sie ihre Fingernägel ein, einmal hatte sie ihrem Mann Deodorant in die Augen gesprüht.

»Es gibt keine Hinweise darauf, dass Ihre Frau nach Brasilien gereist ist«, sagte Guth.

»Natürlich ist sie das! Sie hockt am Strand und säuft Caipirinhas. Wo soll sie sonst sein?«

»Der Internationale Sozialdienst ist eingeschaltet worden, sobald es Neuigkeiten gibt, wird sich der Staatsanwalt bei Ihnen melden.«

»Und was tun Sie?«

Guth war nicht für den Fall zuständig, doch Erklärungen waren zwecklos. Ochsner holte Luft und ließ eine neue Schimpftirade los. Seine Augen waren schmal, Speichel klebte ihm am Mundwinkel. Guth richtete den Blick auf seinen Laptop. Er hatte ein Foto als Hintergrundbild ausgewählt, das ihn bei der ersten Polizei-Schweizermeisterschaft im Unihockey zeigte. Im Finale hatte die Stadtpolizei Zürich die Kollegen vom Kanton besiegt. Wie stolz er gewesen war! Auf sich, auf sein Team, auf sein Korps. Das Foto vermittelte den Eindruck, als sei seine Welt damals noch in Ordnung gewesen, aber es gab schon erste Anzeichen für seinen Stimmungswandel, er hatte sie nur nicht wahrhaben wollen. Ursprünglich hatte Guth Mechaniker gelernt, in der Ausbildung hatten sie sich ausführlich mit Verschleißerscheinungen beschäftigt. Prallverschleiß, Stoßverschleiß, Wälzverschleiß, Erosion. Die Begriffe könnten aus einem Handbuch der Polizeiarbeit stammen.

»Hören Sie mir überhaupt zu?«, blaffte Ochsner.

Guth seufzte. »Ich rede noch einmal mit dem Staatsanwalt, vielleicht hat sich Ihre Frau inzwischen bei ihrer Familie gemeldet.«

»Das bringt doch –«

»Auf Wiedersehen, Herr Ochsner.«

Stefan Guth stand auf und drängte den Mann aus dem Raum. Zu seiner Überraschung ließ Ochsner es geschehen. Als er fort war, ging Guth in die Küche, um sich einen Kaffee zu holen. Anzeichen von Kopfschmerzen machten sich bemerkbar. Er traf auf Nadia Tolusso, eine junge Kollegin, die erst kürzlich bei der Regionalwache Aussersihl begonnen hatte. Er dachte an Ochsners Vorwurf.

»Da trifft man sich also«, sagte er. »Beim Kaffeeautomaten.«

Sie senkte den Blick.

»So habe ich das nicht gemeint«, schob er rasch nach. »Ich musste mir vorhin nur anhören, dass wir den ganzen Tag vor dem Kaffeeautomaten verbringen.«

Tolusso murmelte etwas Unverständliches und ging. Perplex sah Guth ihr nach. Er hatte sich immer gut mit Tolusso verstanden, letzte Woche hatten sie nach Dienstschluss sogar zusammen ein Bier getrunken. Mit ihrem kecken Pferdeschwanz und dem durchtrainierten Körper war sie ein Hingucker, keine Frage, doch Guth hatte einfach nur nette Gesellschaft gesucht. Seit seine Frau mit den Kindern ausgezogen war, fühlte sich die Wohnung kalt und leer an. Er verbrachte die Freizeit lieber unter Leuten.

»Stefan?«, riss ihn der Wachtchef aus den Gedanken. »Hast du einen Moment Zeit?«

»Klar.« Guth sah ihn fragend an.

»Setzen wir uns lieber in mein Büro«, schlug der Wachtchef vor.

Guths Mund wurde trocken.

4

Staatsanwältin Regina Flint klappte die Akte zu, die vor ihr auf dem Schreibtisch lag, und lehnte sich zurück. Die dringendsten Aufgaben waren erledigt, endlich konnte sie mit dem Inspektionsbericht beginnen. Dieses Jahr würde sie ihn nicht erst im letzten Moment verfassen, wie so häufig in der Vergangenheit. Sie nahm einen Teebeutel aus der Schublade und wollte gerade aufstehen, um heißes Wasser zu holen, als ihr Abteilungsleiter in der Tür erschien. Er schaute über ihren Schreibtisch. Der sah so aufgeräumt aus, dass Regina am liebsten schnell noch ein paar Akten ausgebreitet hätte, damit er nicht auf die Idee kam, ihr einen neuen Fall zuzuteilen.

»Ich habe da etwas für dich«, sagte er. »Vermutlich nur eine Entziehung, aber schau dir die Sache mal an.«

»Eine Entziehung? Das ist doch kein Fall für uns.«

»Der regionale Staatsanwalt ist der Meinung, dass mehr dahintersteckt, als es auf den ersten Blick den Anschein macht. Er hat versucht, Mutter und Kind ausfindig zu machen, doch sie sind weder bei der Familie in Brasilien noch bei Freunden in der Schweiz. Er hat ein ungutes Gefühl.«

»Weshalb?«

»Steht alles da drin.« Er tippte auf die Akte.

Widerwillig griff Regina danach.

»Da wäre noch etwas. Ich brauche dich für eine Einvernahme in einem Fall von sexueller Nötigung. Das Opfer möchte von einer Frau befragt werden.«

»Dazu ist die Assistenzstaatsanwältin da.«

»Hast du es noch nicht gehört? Sie hat sich das Handgelenk gebrochen.« Er verließ den Raum.

Verärgert ließ Regina den Teebeutel in die Schublade zurückfallen. Sie war im Laufe des Jahres schon mehrmals für ihre männlichen Kollegen eingesprungen, ohne dass man ihr im Gegenzug Arbeit abgenommen hatte. Sie fischte ein paar Kekse aus einer angebrochenen Packung. So viel zu ihrem Vorsatz, nicht aus Frust zu essen. Sie schlug die Akte auf.

Werner und Laeticia Ochsner waren seit fünf Jahren verheiratet, der gemeinsame Sohn Elias hatte im vergangenen Februar seinen dritten Geburtstag gefeiert. Genau wie Lily, schoss es Regina durch den Kopf. Einen Moment lang verweilte sie mit ihren Gedanken bei ihrer Tochter, dann las sie weiter. Vor drei Wochen waren Mutter und Sohn spurlos verschwunden. Gegenüber der Polizei hatte Werner Ochsner ausgesagt, dass er nach einem Kneipenbesuch nach Hause gekommen war und die Wohnung leer vorgefunden hatte. In der Vergangenheit war es immer wieder zu gewalttätigen Auseinandersetzungen zwischen den Eheleuten gekommen, sie waren bekannt für ihren übermäßigen Alkoholkonsum und ihre mangelnde Selbstbeherrschung. Leidtragender war Elias. In der Kindertagesstätte fiel er auf, weil er kaum mit anderen spielte und regelmäßig Wutausbrüche hatte.

Regina betrachtete ein Foto des Jungen, das den Akten beigelegt worden war. Mit seinen dunkelbraunen Augen und dem runden Kopf glich er einem Teddybären. Mitleid stieg in ihr auf. Streitende Eltern waren für jedes Kind eine Belastung. Kam Gewalt hinzu, hinterließen die Konflikte tiefe Verletzungen. Kein Wunder, zeigte Elias Verhaltensauffälligkeiten. Waren die Eltern überhaupt in der Lage, sich um ihn zu kümmern? Offenbar war sie nicht die Einzige, die sich diese Frage stellte, denn in den Akten stand, dass vor einigen Monaten die

Kindes- und Erwachsenenschutzbehörde Kesb eingeschaltet worden war. Diese hatte einen Kindeswohl-Abklärungsauftrag ausgelöst, der sich noch in Bearbeitung befand.

Der regionale Staatsanwalt hatte sowohl mit einer Mitarbeiterin der Kesb als auch mit der zuständigen Sozialarbeiterin gesprochen. Regina blätterte weiter und las, dass er sogar mit dem Internationalen Sozialdienst Kontakt aufgenommen hatte. Seine Gründlichkeit beeindruckte sie, ihr war jedoch immer noch nicht klar, warum er glaubte, die Staatsanwaltschaft I, die sich mit schwerer Gewaltkriminalität befasste, sei für den Fall zuständig.

In einer Aktennotiz stand, dass Laeticia Ochsner ein eigenes Nagelstudio besaß. Laut Unterlagen lief es so gut, dass sie ihrer Mutter jeden Monat tausendfünfhundert Franken überweisen konnte. Dem Staatsanwalt war es seltsam vorgekommen, dass sie weder die anstehenden Termine abgesagt noch Vorkehrungen für ihre Abwesenheit getroffen hatte. Außerdem hatte sie seit ihrem Verschwinden kein Geld von ihrem Konto abgehoben und nicht ein einziges Mal ihre Kreditkarte benutzt.

Regina versuchte, sich in die Frau hineinzuversetzen. Laeticia war eine Zweckehe eingegangen, vermutlich, damit sie in der Schweiz arbeiten durfte. Sie hatte ein Geschäft gegründet, das es ihr erlaubte, regelmäßig Geld nach Hause zu schicken. Das zeugte von der Bereitschaft, Verantwortung zu übernehmen und Risiken einzugehen. Eigenschaften, die es ihr auch ermöglichten, spurlos zu verschwinden. Oder hatte Werner Ochsner sie getötet, um eine hässliche Scheidung zu vermeiden? Elias versteckt, damit der Verdacht nicht auf ihn fiel?

Regina schaute aus dem Fenster. Ein voll besetzter Bus hielt vor dem Kanzleiareal, die Sonne war hinter den Häusern verschwunden. Überrascht stellte sie fest, dass es schon nach sechs war. Kopiermaschine und Drucker waren verstummt, ein Telefon klingelte lange. Seit Cavalli wieder da war, kümmerte er sich abends um Lily. Regina genoss es, sich in die Arbeit vertiefen zu können, ohne andauernd auf die Uhr schauen zu müssen. Sie nahm sich vor, die letzten Seiten der Akte kurz zu überfliegen und dann für heute Schluss zu machen. Sie war fast durch, als sie auf eine Aussage der Sozialarbeiterin stieß, die sie aufhorchen ließ.

Um die Tochter in Brasilien hat sie sich auch nicht gekümmert, sie wurde hauptsächlich von den Großeltern betreut.

Es gab noch ein Kind. Sprach das für oder gegen die Vermutung des Staatsanwalts, dass Mutter und Sohn etwas zugestoßen war? Die Frage beschäftigte sie auf dem Heimweg.

Als sie die Wohnungstür aufschloss, stürzte sich Lily auf sie. Regina ließ ihre Tasche fallen und fing ihre Tochter auf. Lily war klein für ihr Alter, sie wog kaum mehr als eine Zweijährige. Unter dem Stoff ihres Kleidchens spürte Regina die zarten Glieder. Sie schob ihr eine feine, schwarze Haarsträhne aus dem Gesicht, betrachtete die blauen Augen und dachte an Elias. Er hatte den hellen Teint und das sandfarbene Haar vom Vater, die dunklen Augen von der Mutter geerbt. Bei Lily war es genau umgekehrt. Die schwarzen Haare hatte sie Cavalli zu verdanken, der von Cherokee-Indianern abstammte, die Augen waren so blau wie ihre eigenen. Regina blickte auf. Wo war Cavalli?

Sie fand ihn auf der Terrasse. Er blätterte die Washington Post durch, auf dem Tisch stand ein unangetasteter Teller mit Apfelschnitzen. Bei seinem Anblick krampfte sich Reginas Herz zusammen. Sie konnte immer noch nicht fassen, dass er unversehrt zurückgekehrt war. Sie beugte sich vor, um ihn zu küssen. Seine Lippen waren weich und warm, seine Haut rau von den Monaten, die er in der freien Natur verbracht hatte. Er zog Regina näher an sich heran. Sie spürte die Muskeln in seinem Nacken, die Rundungen seiner breiten Schultern.

Lily zupfte an ihrem Ärmel. Widerwillig richtete sich Regina auf, hob Lily hoch und setzte sich zu Cavalli an den Tisch.

»Wie war dein Tag?«, fragte sie.

»In Ordnung.«

»Spannende Fälle?« Sie stellte die Frage beiläufig, es gelang ihr jedoch nicht, ihre Sorge zu verbergen.

Er schaute sie an. »Ich habe gewusst, was mich erwartete, als ich diese Stelle antrat. Nach der Aufregung der letzten Monate genieße ich den geregelten Alltag. Ganz abgesehen davon, dass ich mehr Zeit für euch habe.«

Die offensichtliche Lüge berührte sie. Er versuchte, das Beste aus einer unmöglichen Situation zu machen. Wie lange würde es ihm gelingen? Der Dienst Besondere Ermittlungen/Amtsdelikte wurde nicht umsonst Heldenfriedhof genannt.

»Und du? Bist du endlich dazu gekommen, den Inspektionsbericht zu schreiben?«, fragte er.

Sie erzählte ihm von den Ochsners. Plötzlich wurde ihr klar, dass sie damit das Amtsgeheimnis verletzte. Früher hatten sie alle Fälle zusammen besprochen. Aber da hatte Cavalli noch beim Leib/Leben gearbeitet. Es waren auch seine Fälle gewesen.

»Warum glaubt die Regionale, dass der Frau und dem Kind etwas zugestoßen sein könnte?« Sein Blick ruhte auf ihr, intensiv und konzentriert.

Regina wich aus. »Es ist nur so ein Gefühl.«

»Gibt es Anzeichen für ein Gewaltdelikt?«, bohrte er.

»Eigentlich nicht.«

»Aber du machst dir Gedanken darüber?«

»Im Moment mache ich mir mehr Gedanken über das Essen«, sagte sie. »Hast du auch Hunger?«

Sie lächelte, wie um ihre Worte abzuschwächen, doch der Schaden war angerichtet. Genauso gut hätte sie ihn ohrfeigen können. Ein unergründlicher Ausdruck trat auf sein Gesicht. Er rückte mit dem Stuhl kaum merklich von ihr ab und lehnte sich zurück.

»Cava, ich –«

»Paz hat etwas vorbereitet«, sagte er.

Lily richtete sich auf. »Pissa?«, fragte sie hoffnungsvoll.

»Einen Auflauf.« Cavalli berührte ihre Wange. »Möchtest du lieber Pizza? Wir könnten zusammen eine machen.«

Lily schüttelte vehement den Kopf.

Auf einmal erschien Regina das Familienglück viel zu fragil, um den Kräften, die auf sie einwirkten, standhalten zu können. Sie sah drei Glasfiguren vor sich, jede auf ihre eigene Art und Weise zerbrechlich. Ihre Bedürfnisse hätten nicht unterschiedlicher sein können. Während Regina sich nach Geborgenheit und Stabilität sehnte, brauchte Cavalli Abwechslung und Abenteuer. Je brenzliger die Situation, desto lebendiger fühlte er sich. Ein Dach über dem Kopf empfand er als einengend, für Regina war ihr Zuhause der Ort, an dem sie Kraft schöpfte. Trotzdem hatten sie es geschafft, ein gemeinsames Leben aufzubauen. Nicht, weil ihre Liebe so stark war, dass sie allen Widrigkeiten trotzte. Auch die stärkste Liebe zerbrach, wenn der gemeinsame Boden fehlte. Das, was sie verband, war die Leidenschaft für ihren Beruf. Verband oder verbunden hatte? Ein kalter Schauer lief Regina über den Rücken.

Resolut stand sie auf. »Wir backen zusammen eine Pizza.«

5

Nadia Tolusso sah aus, als wünschte sie sich weit weg von der Lessingstraße. Sie knetete unentwegt ihre Hände und vermied es, Cavalli in die Augen zu schauen. Er wusste nicht, was er von der Situation halten sollte. Einerseits bewunderte er Tolussos Mut. Obschon noch nicht lange bei der Polizei, hatte sie es gewagt, den Fehltritt eines Kollegen zu melden. Keine Selbstverständlichkeit, vor allem nicht für eine Polizistin an der Front. Gleichzeitig wurde Cavalli das Gefühl nicht los, einer Verräterin gegenüberzusitzen.

»Erzählen Sie mir bitte genau, was Sie beobachtet haben«, bat er.

Tolusso rutschte auf dem Stuhl hin und her. »Ich war nach Dienstschluss auf dem Nachhauseweg und beschloss, noch etwas trinken zu gehen. Ich ging in die Meyer's Bar, ein Lokal, das ich sonst nicht besuche, und da sah ich ihn in einer Ecke sitzen.«

»Ihn?«

Sie räusperte sich. »Stefan. Stefan Guth. Er saß an einem Tisch und sprach mit einem Typen, den ich kenne.«

»Wie heißt dieser Mann?«

»Viktor Lukasch«, antwortete sie leise.

Cavalli nickte. Der ehemalige Kickboxer handelte mit allem, was sich zu Geld machen ließ, und schreckte nicht davor zurück, Gewalt anzuwenden. Wegen Vergewaltigung hatte er fünf Jahre gesessen. Das Opfer war die Frau eines

Sachbearbeiters beim Leib/Leben gewesen. Ob sie wusste, dass er wieder draußen war?

»Woher kennen Sie Viktor Lukasch?«, wollte er wissen.

»Man ermittelt wegen Hundeschmuggels gegen ihn«, antwortete Tolusso. »Ich habe einiges von den Kollegen mitbekommen.«

»Was haben Sie sich gedacht, als Sie Guth und Lukasch zusammen sahen?«

»Ich weiß es nicht.« Sie starrte auf ihre Hände. »Stefan hat nichts mit den Ermittlungen zu tun. Er hat auch nie erwähnt, dass er Lukasch privat kennt.«

»Haben Sie ihn darauf angesprochen?«

»Nein.«

»Weshalb nicht?«

Sie schwieg.

»Frau Tolusso, warum haben Sie Ihren Kollegen nicht darauf angesprochen, dass Sie ihn zusammen mit Viktor Lukasch gesehen haben?«

»Weil ich vermutet habe, dass etwas nicht stimmt.«

»Haben Sie Ihre Vermutung gegenüber einem Vorgesetzten geäußert?«

»Nein.«

»Warum nicht?«

»Ich wollte Stefan nicht in Schwierigkeiten bringen«, flüsterte sie. »Aber nach der geplatzten Hausdurchsuchung hat uns der Wachtchef befragt.«

»Und da haben Sie ihm von Ihrer Beobachtung berichtet?«

»Ja.«

»Sie haben vermutet, dass etwas nicht stimmt«, zitierte Cavalli. »Woran dachten Sie genau?«

Sie zuckte mit den Schultern.

Cavalli wartete. Er konnte gut schweigen und setzte diese Stärke häufig als Druckmittel bei Befragungen ein. Die meisten Menschen verspürten das Bedürfnis, Stille auszufüllen. Tolusso war da keine Ausnahme. Schweißperlen bildeten sich auf ihrer Oberlippe. Sie wischte sie mit dem Handrücken weg, sah ihn kurz an und wandte den Blick gleich wieder ab.

»Ich weiß es nicht«, sagte sie.

Er schwieg weiter.

»Dass die beiden gemeinsame Sache machen?«, fuhr sie nach einer Weile fort.

»Sie meinen, dass Stefan Guth am Hundeschmuggel beteiligt ist?«

»Nicht unbedingt am Hundeschmuggel.« Sie rang um Worte. »Etwas anderes vielleicht. Die Art, wie sie dasaßen, die Köpfe so nah beieinander, es wirkte irgendwie ... vertraut. Oder geheim.«

»Geheim?«

»Als würden sie ein Geheimnis teilen.« Sie befeuchtete ihre Lippen. »Darf ich vielleicht ein Glas Wasser haben?«

Cavalli stand auf und verließ den Raum. Im Pausenraum dachte er eine Weile über Tolussos Worte nach. Er hatte Stefan Guths Personalakte studiert und nichts gefunden, was sein Verhalten erklären würde. Guth war ein vorbildlicher Polizist, von Kollegen und Vorgesetzten wegen seines Teamgeists geschätzt. Er hatte nie unter gesundheitlichen Problemen gelitten, war finanziell abgesichert und besaß einen großen Freundeskreis. Der einzige Rückschlag, den er erlitten hatte, war seine Scheidung vor zwei Jahren gewesen. Seither sah er seine Kinder nur an seinen freien Wochenenden. An und für sich nicht ungewöhnlich. Soviel Cavalli wusste, verstand sich Guth immer noch mit seiner Ex-Frau, und die Alimente, die er für die Kinder bezahlte, bewegten sich im üblichen Rahmen. Cavalli kehrte mit einem Krug Wasser und zwei Gläsern zurück in sein Büro.

»Wie gut kennen Sie Stefan Guth?«, fragte er, nachdem er ihr eingeschenkt hatte.

»Ich bin erst seit Anfang des Jahres auf der Wache«, antwortete sie. »Ich war ein paar Mal mit Kollegen aus, Stefan war eigentlich immer mit dabei. Einmal gingen wir nach einem Spätdienst zu zweit in eine Bar.«

»Wer hat die Initiative ergriffen?«

»Es hat sich einfach ergeben.« Sie schüttelte den Kopf. »So ist es nicht. Er hat mich nicht angemacht. Er ist nur ein Kollege.«

»Sieht er das auch so?«

»Ja.«

Cavalli schwieg.

»Ich bin mir ganz sicher«, sagte sie. »Dafür habe ich ein Gespür.«

Das überraschte Cavalli nicht. Tolusso war attraktiv und hatte gelernt, damit umzugehen.

»Gefällt er Ihnen?«, fragte er.

Tolusso sah ihn ungläubig an.

»Finden Sie ihn attraktiv?«, bohrte er.

»Was hat das damit zu tun?«

»Bitte beantworten Sie meine Frage.«

Tolusso zeigte sich verärgert. Genau das hatte Cavalli beabsichtigt. Wenn er an relevante Informationen gelangen wollte, musste er sie aus der Reserve locken.

»Das habe ich mir nie überlegt.« Ihre Stimme hatte einen trotzigen Unterton angenommen.

»Dann überlegen Sie es sich jetzt. Wir haben Zeit.« Cavalli schenkte sich auch ein Glas Wasser ein.

»Ich schätze, er ist nicht unattraktiv. Aber eindeutig zu alt für mich.«

»Er ist achtunddreißig.«

»Kann sein.«

Cavalli lehnte sich zurück und blickte aus dem Fenster. Sein Büro lag direkt am Hang, er sah Zweige, Blätter und Gras. Als betrachte er einen Schaukasten in einem Naturkundemuseum. Er wandte sich wieder an Tolusso und stellte fest, dass sich ihre Haltung verändert hatte. Sie wirkte weniger steif, fast nachdenklich.

»Was geht Ihnen durch den Kopf?«

Sie drehte das leere Glas in den Händen. »Irgendwie kommt er mir älter vor als achtunddreißig. Ich weiß nicht genau, woran es liegt. Er … ich kann es nicht erklären.«

»Versuchen Sie es.«

Lange starrte Tolusso vor sich hin. »Er wirkt resigniert«, sagte sie schließlich. »Das ist es. Ich habe das Gefühl, dass er aufgegeben hat. Vor allem in letzter Zeit.«

»Reden wir von Wochen oder Monaten?«

»Eher Wochen. Wobei …« Sie hielt kurz inne. »Als ich neu angefangen habe, war er auch keine Stimmungskanone. Im Sommer hob sich seine Laune deutlich, seit er aber aus dem Urlaub zurück ist, geht es ihm nicht besonders gut.«

»Wann war er im Urlaub?«

»Ich glaube, Anfang September.« Sie rechnete nach. »Ja, die erste Septemberwoche.«

»Hat seine Arbeitsleistung nachgelassen?«

»Überhaupt nicht. Er ist einfach abwesend, lässt nichts an sich heran. Er war auch früher schon distanziert bei der Arbeit, aber auf eine gute Art. In der Ausbildung haben wir ja alle gelernt, dass man sich abgrenzen muss, sonst geht man unter.«

»Wie äußert sich diese Distanz bei ihm?«

Sie dachte nach. »Da ist zum Beispiel dieser Mann, der jeden zweiten Tag vorbeikommt. Er behauptet, seine Frau habe das gemeinsame Kind entführt. Mich macht der Typ wahnsinnig. Egal, wie oft wir ihm erklären, dass sich der Staatsanwalt um den Fall kümmert, er …« Sie verstummte plötzlich.

»Reden Sie weiter.«

»Darf ich das überhaupt erzählen? Ist das keine Amtsgeheimnisverletzung?«

Cavalli unterdrückte ein Schmunzeln. »Sie dürfen.«

Sie sprach zögerlich weiter. »Die meisten Kollegen machen sich aus dem Staub, wenn Ochsner kommt. Nicht nur wegen der Sache mit dem Kind. Er war schon früher ein häufiger Gast. Häusliche Gewalt, Alkohol, Drohungen gegen Beamte, und so weiter. Immer ist es Stefan, der sich um ihn kümmert, ohne dass ihn der Wachtchef dazu verknurrt. Er steht dann einfach da und lässt alles über sich ergehen. Dabei wirkt er irgendwie …« Sie suchte nach dem passenden Begriff. »Als wäre er gar nicht da.«

Das Bild, das sie von Stefan Guth zeichnete, stimmte Cavalli nachdenklich. Sah Guth keinen Sinn mehr in seiner Arbeit? Es gab immer wieder Polizisten, die es von einem Tag auf den anderen nicht mehr ertrugen, sich ständig mit den dunklen Seiten der Gesellschaft zu beschäftigen. Aber auch solche, die vom Weg abkamen. Hatte sich Guth vielleicht gefragt, warum er sich abrackerte, wenn es auch einfacher ging? Was hatte ihm Lukasch für die Informationen geboten? Falls es überhaupt Guth gewesen war, der geplaudert hatte. Dass er mit Lukasch zusammensaß, bedeutete noch nicht, dass er ihm von der geplanten Hausdurchsuchung erzählt hatte.

Tolusso atmete tief durch. Sie wirkte mitgenommen. Cavalli rief sich in Erinnerung, dass er kein Tötungsdelikt untersuchte, sondern eine Amtsgeheimnisverletzung. Im Grunde war einzig der Sachverhalt wichtig. Stefan Guths Beweggründe, sein Charakter sowie sein Umfeld spielten, wenn überhaupt, eine untergeordnete Rolle. Cavalli rieb sich die Nasenwurzel. Daran würde er sich erst noch gewöhnen müssen.

6

Die Kleintierklinik der Universität Zürich lag unmittelbar neben dem Institut für Rechtsmedizin. Im Warteraum miaute und winselte es, ab und zu war ein Bellen zu hören. Die Geräuschkulisse war Gerlind Maidhof vertraut; als Oberärztin verbrachte sie mehr Zeit in der Klinik als zu Hause. Doch es gab auch Dinge, an die sie sich nie gewöhnen würde.

»Genug ist genug!« Der Mann, der ihr gegenüberstand, schüttelte vehement den Kopf. »Wir reden hier von einem Hund!«

Ein Hund, um dessen Leben Maidhof verzweifelt gekämpft hatte. Der Welpe war vor einigen Tagen mit blutigem Durchfall und Fieber eingeliefert worden. Die Diagnose stand rasch fest: Parvovirose, eine hoch ansteckende Infektionskrankheit, die durch das Canine Parvovirus verursacht wurde. Ohne Behandlung verlief sie tödlich. Maidhof hatte schon Hunderte solcher Fälle gehabt. Die meisten erkrankten Tiere stammten aus osteuropäischen Hundefabriken.

»Das ist doch reine Abzockerei!«, fuhr der Mann fort.

Nicht die Tierklinik war der Abzocker, dachte Maidhof, sondern der Hundehändler, der den Welpen viel zu früh von der Mutter getrennt, ihn ohne die nötigen Impfungen in eine enge Box gesteckt und quer durch Europa verfrachtet hatte. Trotzdem verstand sie den Mann. Er hatte mit einem Schnäppchen gerechnet, nun zahlte er für die Behandlung der Parvovirose viertausendeinhundert Franken. Maidhof und ihr

Team hatten den Hund rund um die Uhr in einem Isolationsraum betreut. Es war ihm schon deutlich besser gegangen, als er plötzlich Symptome einer Darmeinstülpung zeigte.

»Wenn wir nicht operieren, stirbt er«, erklärte die Tierärztin.

Der Mann schüttelte den Kopf. »Das können wir nicht bezahlen.«

Seine Frau, die bisher geschwiegen hatte, kämpfte mit den Tränen.

Der Mann nahm ihre Hand. »Wir kaufen uns einen neuen Chihuahua, Schatz.«

»Bobby ist nicht irgendein Hund«, sagte sie.

Er tätschelte ihr die Hand.

Maidhof schloss kurz die Augen. An einer Operation waren mehrere Tierärzte sowie ein Anästhesist beteiligt. Genau wie bei einem Menschen mussten Puls, Sauerstoffsättigung, Blutdruck und Blutverlust kontrolliert werden. Hinzu kamen Medikamente, Röntgenaufnahmen, Nachkontrollen und vieles mehr. Spitzenmedizin kostete nun mal Geld, auch bei Tieren. Doch Maidhof war klar, dass die Entscheidung bereits gefallen war. Sie würde den Welpen einschläfern müssen.

Die Frau weinte jetzt leise.

»Sie können Anzeige erstatten«, sagte die Tierärztin.

Die Frau sah auf. »Gegen die Hundehändlerin?«

»Woher haben Sie den Welpen?«

»Online gekauft«, antwortete der Mann. »Die Händlerin hat gute Referenzen, sie verkauft nur Tiere aus der eigenen Zucht.«

»Eva Kulova?«

»Sie kennen die Händlerin?«, fragte der Mann überrascht.

Allerdings, dachte Maidhof. Kulova brachte alle drei Wochen neue Tiere in die Schweiz. Häufig mit gefälschten Papieren, die belegten, dass die Hunde bei der Einreise zwischen acht und zwölf Wochen alt waren. Alt genug, um von der Mutter getrennt zu werden, aber zu jung für eine Tollwutimpfung. Der Hund brauchte lediglich einen Eintrag im Tierpass, der bestätigte, dass er nie in Kontakt mit frei lebenden Tieren gekommen war. Viele der Hunde waren krank, meistens stammten sie nicht wie angegeben aus der Slowakei, sondern aus der Ukraine, und müssten laut Gesetz unter Quarantäne gestellt werden.

»Kulova ist nicht nur uns, sondern auch der Polizei bekannt«, erklärte sie.

Der Mann schüttelte wütend den Kopf. »Wir sind reingelegt worden!«

»Erstatten Sie Anzeige«, wiederholte Maidhof. »Je mehr Käufer sich wehren, desto mehr hat die Polizei gegen die Händlerin in der Hand.«

»Und Bobby?« Die Frau sah ihren Mann mit flehendem Blick an.

»Es gibt noch andere Chihuahuas, Schatz.«

Maidhof musste ein paar Mal tief durchatmen, bevor sie weitersprechen konnte. »Bobby ist übrigens kein Chihuahua, wie es im Tierpass steht«, sagte sie. »Sondern eine Straßenmischung.«

7

Es war kurz vor Mittag, als Regina das Bezirksgericht verließ. Die Verhandlung hatte länger gedauert als erwartet, was vor allem an dem ausführlichen Plädoyer des Verteidigers lag. Trotz seiner Bemühungen schlug sich der Richter aber vollumfänglich auf Reginas Seite und ging sogar noch über ihren Strafantrag hinaus. Einen Moment blieb sie vor dem Eingang stehen und genoss die Sonne auf ihrem Gesicht. Das Wetter war zu schön, um die Mittagspause im Büro zu verbringen. Sie kaufte sich ein Sandwich und machte sich auf den Weg zum Kanzleiareal. Auf dem Spielplatz tobten Kinder, dahinter trug eine Gruppe Männer eine Partie Pétanque aus.

Sie hatte sich noch nicht entschieden, wie sie im Fall Ochsner weiter verfahren wollte. Vor der Verhandlung hatte sie kurz mit dem regionalen Staatsanwalt gesprochen. Dieser war überzeugt davon, dass Laeticia und Elias Ochsner einem Verbrechen zum Opfer gefallen waren. Als Täter kam für ihn in erster Linie der Ehemann infrage. Regina war geneigt, sich seiner Meinung anzuschließen. Der gefährlichste Ort für eine Frau ist ihr Zuhause. Erst kürzlich hatten sie auf der Amtsstelle über die Tatsache gesprochen, dass in der Schweiz alle zwei Wochen eine Frau von ihrem Partner getötet wird. Regina war mit einem Kollegen aneinandergeraten, der Frauenmorde als Beziehungsdramen bezeichnete, in ihren Augen eine Verharmlosung.

Dass sie hinter Laeticia und Elias Ochsners Verschwinden ein Tötungsdelikt vermutete, lag jedoch nicht allein an der Statistik. Das Mobiltelefon der Frau hatte sich seither bei keinem Sendemast mehr angemeldet, und auch eine Anfrage am Flughafen war erfolglos verlaufen. Wenn Laeticia Ochsner mit Elias die Schweiz verlassen hatte, dann nicht auf dem Luftweg.

Ein Junge rannte über den Spielplatz und stürzte sich auf eine freie Schaukel. Als er genug Schwung hatte, lehnte er sich weit zurück und streckte die Beine in die Höhe. Sein Lachen drang bis zu Regina. Hatte Elias diese Unbeschwertheit je gekannt? Sein Leben war von Anfang an von Konflikten und Spannungen geprägt gewesen. Regina fragte sich, wer die Kindes- und Erwachsenenschutzbehörde auf den Jungen aufmerksam gemacht hatte. In den Unterlagen stand nur, dass die Kesb einen Kindeswohl-Abklärungsauftrag ausgelöst hatte, nicht aber, wie es dazu gekommen war. Auf einmal erschien ihr diese Frage wichtig. Sie fischte ihr Handy aus der Tasche und rief den Staatsanwalt noch einmal an.

»Die Kindertagesstätte«, antwortete er. »Eine Erzieherin hat sich Sorgen um den Jungen gemacht. Sie heißt Sommer, ich –«

»Linda Sommer?«, unterbrach Regina. »Arbeitet sie etwa in der Kita Sandburg? Meine Tochter war bis vor einem halben Jahr dort.«

»Ja, Elias hat die Kita an vier Tagen in der Woche besucht.«

Die Nummer der Sandburg war immer noch auf Reginas Telefon gespeichert. Ihr Finger schwebte bereits über der Anruftaste, als sie es sich anders überlegte. Von Angesicht zu Angesicht würde ihr Linda mehr erzählen.

Die Kita war in einem Altbau zwischen der Staatsanwaltschaft und dem Kripogebäude untergebracht. Ein gusseiserner

Zaun trennte den kleinen Garten von der Straße ab, neben dem Eingang standen Dreiräder und Rutschfahrzeuge. Eine Mitarbeiterin, die Regina nicht kannte, kam zur Tür. Sie erklärte, dass Linda mit den jüngeren Kindern im Ruheraum war. Regina setzte sich in die Garderobe. An den Haken hingen bunte Kinderjacken, auf dem Boden standen die dazugehörigen Kinderschuhe. Linda kam mit ausgestreckter Hand auf sie zu.

»Kommt Lily zurück?«, fragte sie hoffnungsvoll. »Sie fehlt uns.«

»Leider nicht«, antwortete Regina. »Es ist für uns alle einfacher mit der Tagesmutter.«

»Aber es geht ihr gut?«

»Bestens.«

Linda setzte sich neben Regina. »Ich sehe sie immer noch vor mir, wie sie in der Ecke mit ihrem Stoffadler spielte. Sie ist ein spezielles Kind.«

»Sind sie das nicht alle?«

»Allerdings.« Linda schaute zum Ruheraum, aus dem jetzt Stimmen zu hören waren. Sie bat die Praktikantin nachzusehen und wandte sich wieder Regina zu. »Wenn du nicht wegen Lily hier bist, worum geht es dann?«

»Um Elias Ochsner.«

Linda senkte betroffen den Blick.

»Ihr wisst bestimmt, dass er und seine Mutter verschwunden sind«, fuhr Regina fort. »Ich hatte gehofft, dass du mir etwas über die Familie erzählen könntest.«

»Warum ich?«, fragte Linda.

Regina betrachtete sie. Fühlte sich Linda für die Ereignisse verantwortlich, weil sie die Kesb benachrichtigt hatte? Keine Familie sah es gern, wenn sich die Behörden in Privatangelegenheiten einmischten. »Wahrscheinlich kennt niemand die Familie so gut wie die Mitarbeiterinnen der Kita«, erklärte sie.

»Und die Kinder sind dir nicht egal, das weiß ich. Wie lange war Elias hier? Ich kann mich nicht an ihn erinnern.«

»Er kam erst zu uns, als Lily weg war«, erklärte Linda zögerlich. »Davor hat er eine städtische Kita besucht.«

»Wieso hat er gewechselt?«

»Es lief dort nicht gut.« Sie griff nach einer Puppe, die auf der Garderobenbank lag. »Elias ist ein anstrengendes Kind. Wenn ihm etwas nicht passt, schlägt er zu oder zerstört Gegenstände.«

»Und deswegen musste er die städtische Kita verlassen?«

»Er hat ein jüngeres Kind gebissen«, räumte sie ein, fügte dann aber rasch hinzu: »Es ist nicht seine Schuld, er verhält sich so, wie er es zu Hause gelernt hat. In der Familie Ochsner herrscht ein aggressiver Umgang. Wie soll Elias lernen, für Menschen oder Gegenstände Sorge zu tragen, wenn es seine Eltern nicht tun? Einmal durfte er ein Feuerwehrauto über das Wochenende mit nach Hause nehmen. Als er es am Montag zurückbrachte, war die Leiter abgebrochen, eine Tür fehlte, und ein Rad war krumm. Laeticia hat erklärt, ihr Mann sei aus Versehen draufgetreten.« Sie schnaubte. »Aus Versehen! Auch ein Bilderbuch hat der Vater zerrissen.«

»Hat er Elias geschlagen?«

»Ich gehe davon aus. Elias war häufig krank, zumindest hat das seine Mutter behauptet, wenn sie ihn abmeldete. Ich vermute, sie wollte nicht, dass wir die blauen Flecken sehen.« Lindas Stimme wurde hart. »Es war aber bestimmt nicht nur der Vater. Laeticia konnte auch ganz schön austeilen. Eine andere Mutter hat sie einmal zur Rede gestellt, weil Elias deren Tochter immer wieder an den Haaren gerissen hat. Laeticia hat ihr eine Ohrfeige verpasst und gemeint, sie solle sich um ihren eigenen Kram kümmern.«

So wütend hatte Regina die Erzieherin noch nie erlebt. Linda hatte mit ihren fünfzig Jahren viel Lebenserfahrung.

Sie war warmherzig und geduldig, setzte den Kindern aber klare Grenzen.

»Entschuldigung.« Linda schluckte. »Ich weiß nicht, was in mich gefahren ist. Ich bin wegen der ganzen Sache … etwas angespannt.«

»Es braucht Mut, die Kesb einzuschalten«, sagte Regina.

Linda zuckte die Schultern.

»Warum hat man nicht schon früher etwas unternommen? In der Regel informiert die Polizei die Kesb, wenn sie wegen häuslicher Gewalt ausrückt und ein Kind im Haushalt lebt.«

»Weil keine Vorfälle gemeldet wurden. Die Ochsners waren der Polizei zwar bekannt, aber nach der Geburt von Elias gingen keine Klagen über die beiden mehr ein. Vermutlich nahm man an, dass die Geburt des Kindes Laeticia und Werner Ochsner geläutert hat. Ich glaube eher, dass die neuen Nachbarn nichts mit der Polizei zu tun haben wollten. Ochsners sind umgezogen, als Elias zur Welt kam. Kurz bevor ich die Kesb informiert habe, rief jemand die Polizei an, weil Elias alleine draußen spielte. Er war unbemerkt aus der Wohnung spaziert, während sich die Eltern stritten. Der Rapport traf fast gleichzeitig bei der Kesb ein wie meine Meldung.«

»Hat Laeticia je davon gesprochen, dass sie mit Elias zurück nach Brasilien wollte?«, fragte Regina.

»Mehrmals sogar.«

Regina war überrascht. »Erinnerst du dich daran, was sie genau gesagt hat?«

»Dass sie das Leben in der Schweiz satthabe. Und zurück zu ihrer Familie wolle.«

»Hat sie konkrete Pläne erwähnt?«

Linda schüttelte den Kopf.

»Was hat sie für einen Eindruck gemacht, als du sie zum letzten Mal gesehen hast?«

»Sie war ziemlich gestresst.« Linda dachte nach. »Da war etwas. Es fällt mir erst jetzt wieder ein. Sie hat zu Elias gesagt, er solle sich beeilen, weil sie noch packen müsse.«

Regina hatte unmerklich die Luft angehalten. Jetzt atmete sie langsam aus. Hatte sich Laeticia Ochsner doch nach Brasilien abgesetzt? Etwas kam Regina an dem Vorfall seltsam vor, doch sie konnte den Gedanken nicht richtig fassen.

Sie stand auf. »Vielen Dank für deine Hilfe. Ich fürchte, du wirst deine Aussage noch zu Protokoll geben müssen. Sie ist für uns wichtig.«

»Kein Problem. Hauptsache, es hilft Elias.«

Auf dem Weg zurück in die Staatsanwaltschaft kreisten Reginas Gedanken um den Fall. Warum hatte Laeticia Ochsner ihr Konto nicht aufgelöst, bevor sie abreiste? Eine größere Geldsumme abgehoben? Wovon wollte sie in Brasilien leben? Vielleicht hatte sie einen anderen Mann kennengelernt. Oder aber, Werner Ochsner hatte von ihren Plänen erfahren, bevor sie diese umsetzen konnte, und die Beherrschung verloren.

Elias' Schicksal verfolgte Regina auch am Nachmittag. Als eine Sitzung abgesagt wurde, beschloss sie, früher Feierabend zu machen. Sie sehnte sich nach Lily und hatte das Bedürfnis, für ihre Tochter da zu sein. Sie rief Tobias Fahrni an, der Paz meistens mit dem Auto abholte. Eine Stunde später saß sie in seinem Opel. Eine Pferdedecke war auf der Rückbank ausgebreitet, es roch nach Leder und Stall. Auf der Mittelkonsole lag eine angebrochene Tafel Schokolade, an der Haare klebten.

Fahrni griff danach. »Möchtest du ein Stück?«

Regina schüttelte den Kopf.

»Du bist früh dran«, stellte er fest.

Sie erzählte ihm von den Ochsners. Bevor sie gegangen war, hatte sie die Kantonspolizei gebeten, den Polizeiattaché in Brasilien zu kontaktieren.

»Dann wird der Fall vermutlich morgen auf meinem Schreibtisch liegen«, sagte Fahrni.

Vor Jahren hatten sie zusammen den Tod eines argentinischen Journalisten untersucht. Sie waren nach Buenos Aires geflogen, um mit den Behörden vor Ort zusammenzuarbeiten. Auf dieser Reise hatte Fahrni seine Frau Paz kennengelernt. Seither behandelte er Fälle, die einen Bezug zu Südamerika aufwiesen.

»Aber Portugiesisch sprichst du nicht, oder?«, fragte Regina.

»Leider nicht.«

Wieder überkam sie das Gefühl, das sie schon in der Kita beschlichen hatte. Etwas stimmte nicht. Hatte es mit Brasilien zu tun?

»Ich würde mir den Vater genauer anschauen«, sagte Fahrni. »Wer hat die Mutter und das Kind zuletzt gesehen?«

»Eine Kundin im Nagelstudio. Laeticia hatte an diesem Tag um 19.30 Uhr noch einen Termin. Werner Ochsner war bis kurz vor Mitternacht unterwegs. Die Wohnung war leer, als er zurückkam. Behauptet er.«

»Was ist mit dem Telefon der Frau?«

»Es war bis Mitternacht mit ein und demselben Sendemast verbunden, danach ausgeschaltet. Das hilft aber nicht weiter. Wenn Laeticia ihren Mann verlassen wollte, hat sie das Telefon vielleicht weggeworfen.«

»Oder er hat es getan. Und ihr Pass?«

»Weg, ebenso ein Koffer und mehrere Kleidungsstücke.«

»Was gar nichts bedeuten muss.«

Regina stimmte zu. »Er kann die Sachen entsorgt haben, um eine Abreise vorzutäuschen.«

Fahrnis Finger krallten sich um das Lenkrad. Regina dachte daran, wie sehr er sich Kinder wünschte. Paz hatte nicht nur ihre Tochter verloren, ihr war auch die Gebärmutter entfernt worden. Wenn Werner Ochsner seinen Sohn getötet hatte, würde es Fahrni schwerfallen, damit klarzukommen.

»Wie geht es dem Häuptling?«, wechselte er das Thema.

»Gut.«

»Er fehlt uns.«

Regina hatte da ihre Zweifel. Cavalli war ein hervorragender Ermittler, um seine Ziele zu erreichen, nahm er jedoch auch in Kauf, dass es Opfer gab. Manche Sachbearbeiter beim Leib/Leben waren ganz glücklich darüber, dass Juri Pilecki ihn als Dienstchef abgelöst hatte.

Im Schöneichtunnel stauten sich die Fahrzeuge. Fahrni brach ein Stück von der Schokolade ab und steckte es sich in den Mund. Regina schrieb Cavalli eine SMS, dass sie sich heute um Lily kümmern würde, falls er länger im Büro bleiben wollte, obschon sie es für unwahrscheinlich hielt. Ihr gegenüber tat er so, als interessiere ihn die neue Stelle, doch ihr war klar, dass ihn die Arbeit nicht erfüllte.

»Kennst du die Sachbearbeiter an der Lessingstraße?«, fragte sie Fahrni.

»Einige.«

»Sagt dir der Name Da Silva etwas?«

»Ja, sie hat früher bei den Wirtschaftsdelikten gearbeitet.«

Sie? Cavalli hatte nicht erwähnt, dass der stellvertretende Dienstchef eine Frau war. Erinnerungen wurden wach. Regina dachte an die langen Abende, an denen sie vergeblich auf Cavalli gewartet hatte. Seit Lily auf der Welt war, bemühte er sich, ein treuer Partner und ein verlässlicher Vater zu sein. Wie lange würde ihm das unter den gegebenen Umständen gelingen? Wenn ihn seine Arbeit langweilte, würde er den Nervenkitzel vielleicht anderswo suchen.

»Diana ist ein Arbeitstier«, erzählte Fahrni. »Und taffer, als sie aussieht. Muss man wohl sein, um an der Lessingstraße zu arbeiten.«

Reginas Mobiltelefon vibrierte.

»Mache einen Abstecher in den Kraftraum«, schrieb Cavalli.

Diana Da Silva, dachte sie.

8

Der Kraftraum in der Kaserne war gut besetzt. Cavalli sah einige bekannte Gesichter, darunter auch zwei Sachbearbeiter vom Leib/Leben, die seinem Blick auswichen. Er stemmte bereits Gewichte auf der Bank, als Joe Walker neben ihn trat. Cavalli hatte mit vielem gerechnet, nicht aber damit, dem Chef der Fahndungsabteilung über den Weg zu laufen. Walker war an den Ermittlungen in den USA beteiligt gewesen, seine Rolle war Cavalli bis zum Schluss nicht klar geworden.

Der Fahnder verschränkte die Arme vor der Brust, dabei spannte sein T-Shirt an den Oberarmen. »Ich habe nicht erwartet, dich hier anzutreffen.«

»Gleichfalls.« Cavalli stemmte die Hantel hoch.

»Die von der Lessingstraße bleiben in der Regel unter sich.«

Cavalli konzentrierte sich auf seine Bewegungen.

»Wie kommst du dort zurecht?«, fragte Walker.

Cavalli legte die Hantel zurück in die Halterung und setzte sich auf. »Was willst du?«

Walker lachte. »Bird, wie er leibt und lebt. Hat dir deine Mutter eigentlich keine Umgangsformen beigebracht?«

In der Schweiz mit »Bird« angesprochen zu werden, kam Cavalli so verkehrt vor wie ein Vogel, der nach Fisch roch. So wurde er nur im Reservat, wo er aufgewachsen war, genannt. Eine reine Machtdemonstration von Walkers Seite. Genau wie die Anspielung auf seine Mutter, die sich ihren Lebensunterhalt als Prostituierte verdient hatte.

»Sie hat mir vor allem beigebracht, dass alles seinen Preis hat«, antwortete Cavalli kühl. »Also was willst du?«

»Sollte dir langweilig sein, weißt du, wo du mich findest.«

Cavalli sah ihm nach. Was war das eben gewesen? Eine Provokation oder ein Stellenangebot? Er beschloss, dass es ihn nicht zu interessieren hatte, und wechselte die Gewichte. Die Scheiben klirrten leise, als er sie an der Stange befestigte, es roch nach Schweiß und Gummi. Nach und nach leerte sich sein Kopf, und er dachte nur noch an die nächste Übung. Seine Muskeln brannten, jede Zelle seines Körpers war wach. Als er auf dem Laufband stand, ging er das Gespräch mit Nadia Tolusso noch einmal durch. Er verstand noch immer nicht, was Stefan Guth dazu bewogen hatte, Viktor Lukasch von der geplanten Hausdurchsuchung zu erzählen. Etwas musste er dafür bekommen haben, doch was? Und warum ausgerechnet von Lukasch? Cavalli hatte keine Verbindung zwischen dem Ukrainer und dem Polizisten herstellen können. Er fragte sich, was Lukasch neben dem Handel mit Hunden noch so trieb. Wenn jemand es wusste, dann Juri Pilecki, schoss es ihm durch den Kopf. Pileckis Frau war von Lukasch vergewaltigt worden. Die Vorstellung, den ehemaligen Kollegen aufzusuchen, reizte Cavalli nicht besonders. Sie hatten einmal gut zusammengearbeitet, doch das war lange her. Meinungsverschiedenheiten bei einer schwierigen Ermittlung hatten einen Keil zwischen sie getrieben.

Cavalli rannte, bis seine Beine schwer wurden. Als er die Umkleidekabine betrat, verstummten die Gespräche. Er stellte sich unter die Dusche, packte dann seine Sachen zusammen und verließ wortlos den Kraftraum. Der Herbst lag in der Luft, die Tage waren deutlich kürzer geworden. Trotzdem war das Kasernenareal voller Menschen. Es roch nach gegrillten Würsten, eine Familie schnitt eine Wassermelone auf. Cavalli überquerte die Wiese und bog in die Brauerstraße ein. Wo einst Arbeiter ihr Feierabendbier getrunken hatten, saßen Hipster und nippten an einem Gazosa oder einem Latte macchiato. Bald würde es an der Langstraße aussehen wie im Seefeld, dachte Cavalli. Szenebars, teure Boutiquen und Luxuswohnungen, die sich kaum jemand leisten konnte.

Pilecki wohnte in einer Genossenschaftssiedlung neben der Bäckeranlage. Hier hatte sich seit Cavallis letztem Besuch nicht viel verändert. Noch immer stand ein von Kinderhand getöpferter Aschenbecher auf dem Fensterbrett, und vor der Tür lag eine Fußmatte mit dem Logo einer tschechischen Eishockeymannschaft.

Cavalli klingelte. Die Tür ging auf, und Irina stand vor ihm. Auch sie hatte sich kaum verändert. Die gleiche milchig weiße Haut, kein Grau im schwarzen Haar. Helle Augen, die zu schmalen Schlitzen wurden, als sie Cavalli erkannte.

»Du?«, stieß sie aus.

»Ich muss Juri sprechen.«

»Und wenn er dich nicht sprechen will?«

Cavalli blickte an ihr vorbei in die Wohnung. »Ist er zu Hause?«

Im Wohnzimmer lief der Fernseher, die Stimme eines Sportmoderators war zu hören. Pilecki rief etwas auf Tschechisch oder Ukrainisch, das Cavalli ebenso wenig verstand wie Irinas Antwort, dann kam er in Trainingshose und mit einem Bier in der Hand zur Tür.

»Du?«, sagte er im gleichen Tonfall wie Irina zuvor.

»Ich muss mit dir reden. Unter vier Augen«, fügte Cavalli hinzu, als sich weder Pilecki noch Irina regten.

Pilecki zögerte, dann nickte er Irina zu, trat ins Freie und schloss die Tür hinter sich. Er zündete sich eine Zigarette an und wartete.

»Lukasch ist draußen«, sagte Cavalli.

»Ich weiß, Irina ist informiert worden.«

»Gut.«

Pilecki sah Cavalli mit einem seltsamen Ausdruck an. »Bist du deswegen hergekommen? Um Irina zu warnen?«

Cavalli wollte verneinen, besann sich dann aber anders. Es hatte Vorteile, wenn Pilecki glaubte, dass er ihm einen Freundschaftsdienst erweisen wollte. Vor allem in seiner neuen Position. Aber er schwieg nicht nur aus Kalkül. Trotz allem, was zwischen ihnen geschehen war, gehörte Pilecki zu den wenigen Menschen, denen Cavalli hundertprozentig vertraute.

»Danke.« Pileckis Stimme war rau.

»Was macht er?«

»Er arbeitet als Personal Trainer für reiche Russen. Importiert wieder Kaviar, diesmal offenbar legal.«

»Und was schmuggelt er hinter der legalen Fassade?«

»Alles, was sich an den Mann bringen lässt. Zigaretten, Hunde mit gefälschten Papieren …« Pilecki verstummte. »Die Hausdurchsuchung. Deswegen weißt du Bescheid.«

Cavalli schwieg.

»Bist du wegen Irina gekommen, oder um mehr über Lukasch zu erfahren?«, fragte Pilecki misstrauisch.

»Lukasch geht mich nichts an.«

»Aber Stefan Guth?«

»Du kennst Guth?«, fragte Cavalli überrascht.

»Natürlich, er fährt seit elf Jahren hier Streife.« Pilecki deutete auf die Straße. »Er ist ein guter Polizist. Mach ihn nicht fertig.«

Die Tür ging auf, und Irina rief Pilecki etwas zu. Dieser nickte und wandte sich wieder an Cavalli.

»Das Essen ist fertig«, erklärte er. »Lass es mich wissen, wenn du etwas über … ihn erfährst.«

»Mach ich.«

Pilecki zögerte, dann streckte er Cavalli die Hand hin.

Cavalli drückte sie.

9

Stefan Guth erschien mit Anwalt. Cavalli war nicht überrascht, er hätte es genauso getan. Trotz sportlichem Poloshirt und akkuratem Haarschnitt wirkte Guth müde. Er hatte dunkle Ringe unter den Augen und Falten an den Mundwinkeln. Cavalli hatte immer noch keine Anhaltspunkte für eine Verbindung zwischen Lukasch und ihm gefunden, nichts, was das Treffen hätte erklären können.

Er begann die Einvernahme mit Fragen zu Guths persönlichen Verhältnissen, über die er sich im Vorfeld genau ins Bild gesetzt hatte. Geboren und aufgewachsen in Zürich, der Vater Pfarrer, die Mutter Hausfrau, zwei jüngere Geschwister, sieben Jahre bei den Pfadfindern, Lehre als Betriebsmechaniker, anschließend Polizeischule. Mit sechsundzwanzig heiratet er eine ehemalige Schulkollegin, zwei Jahre später kommt der Sohn zur Welt, dann die Tochter. Guth bestätigte alles.

»Wann traten die ersten Schwierigkeiten in der Ehe auf?«, fragte Cavalli.

»Nach der Geburt meiner Tochter.« Guth blickte auf seine Hände. »Es war eine anstrengende Zeit. Unsere Tochter schlief lange nicht durch, tagsüber weinte sie viel. Ich habe versucht, Simona zu unterstützen, aber mit den unregelmäßigen Arbeitszeiten und den Nachtschichten …« Er ließ den Satz unvollendet.

»Haben Sie damals in Betracht gezogen, den Beruf zu wechseln?«

»Nein, nie.«

»Warum nicht?«

»Ich habe meinen Beruf geliebt.«

Cavalli entging nicht, dass er in der Vergangenheit sprach. »Wenn Sie zurückkönnten, würden Sie anders handeln?«

»Ich sehe nicht, was die Familienverhältnisse meines Klienten mit den Anschuldigungen gegen ihn zu tun haben«, meldete sich der Anwalt zu Wort.

Cavalli ignorierte ihn. »Bitte beantworten Sie meine Frage, Herr Guth.«

Guth schaute auf. »Wenn ich gewusst hätte, dass die Belastung noch zunehmen würde, vielleicht. Aber im Nachhinein ist man immer schlauer, nicht wahr?«

Cavalli sah Müdigkeit, Angst und Verunsicherung in seinen Augen, aber auch Trauer. Er hatte mit vielem gerechnet, nicht aber mit dieser Trauer. War die gescheiterte Ehe oder die Beschuldigung wegen Amtsmissbrauchs der Auslöser?

»Haben Sie viele Entscheidungen getroffen, die Sie bereuen?«, fragte er.

Wieder intervenierte der Anwalt, und diesmal weigerte sich Guth, die Frage zu beantworten. Cavalli kehrte zu den Familienverhältnissen zurück. Guth erzählte, dass er ein Wochenende im Monat mit den Kindern verbrachte, mehr ließen seine Arbeitszeiten nicht zu. Seine Ex-Frau hatte wieder geheiratet, der neue Mann war Versicherungsberater.

»Wie lange sind Sie schon bei der Stadtpolizei Zürich?«, fragte Cavalli, obschon er es auf den Tag genau wusste.

»Vierzehn Jahre.«

»Und auf der Regionalwache Aussersihl?«

»Neun Jahre.«

»Wie sieht Ihr Arbeitsalltag aus?«

Guth zuckte die Schultern. »Wie der Alltag eines Polizisten eben aussieht.«

Cavalli wartete.

»Ich fahre Streife, erledige Büroarbeiten, rücke aus, wenn wir gerufen werden.« Hilfe suchend sah er zu seinem Anwalt.

Der Anwalt wandte sich an Cavalli. »Worauf wollen Sie mit diesen Fragen hinaus?«

»Womit haben Sie es zu tun, wenn Sie ausrücken?«, fuhr Cavalli unbeirrt fort.

»Kommt drauf an, weswegen man uns ruft. Ruhestörung, Schlägereien, Unfälle. Ich könnte viele Beispiele aufzählen.«

Cavalli lehnte sich zurück. »Ich höre.«

Verdutzt sah Guth ihn an. »Ich soll ein Beispiel nennen?«

»Ja, bitte.«

Guth faltete die Hände. »Letzte Woche haben wir ein Lokal an der Langstraße gekehrt.« Als ihn der Anwalt fragend ansah, erklärte er: »Auf Drogen kontrolliert. Zusammen mit den Kollegen von der Drogenfahndung. Ich stand draußen und filzte die Leute.«

»Wie haben die Betroffenen reagiert, als Sie sie überprüft haben?«

»Unterschiedlich. Einige ließen es einfach über sich ergehen, andere ärgerten sich deswegen.«

»Was heißt das konkret?«

Guth blies die Wangen auf. »Ein Typ hat zum Beispiel Grimassen gezogen, ein anderer hat uns beschimpft.«

»Können Sie mir ein weiteres Beispiel nennen?«

»Es kommt eine Meldung wegen einer Schlägerei herein. Wir rücken mit Blaulicht aus, treffen auf einen betrunkenen Typen. Befragen Passanten, versuchen herauszufinden, wer wen angegriffen hat, überprüfen die Personalien. Machen einen Alkoholtest, der Typ flippt aus. Den Rest können Sie sich vorstellen.«

»Ich würde es gerne von Ihnen hören.«

Mit einem tiefen Seufzer sprach Guth weiter. »Er wettert über die Bullen, wir stecken ihn in eine Ausnüchterungszelle, ich schreibe einen Rapport.«

Guth rieb sich die Stirn. Der Anwalt sah kurz auf sein Handy, dann nahm er eine bequemere Stellung auf dem Stuhl ein. Durch die geschlossene Tür drang das Summen einer Kaffeemaschine.

Cavalli ließ eine Minute verstreichen.

»Sie haben vorhin gesagt, dass Sie Ihren Beruf einmal geliebt haben. Wann hat sich das geändert?«, fragte er.

»Sie müssen die Frage nicht beantworten!«, sagte der Anwalt.

»Herr Guth?«, fragte Cavalli.

»Ich möchte kurz allein mit meinem Klienten sprechen«, unterbrach der Anwalt.

Guth winkte ab. »Nicht nötig, ich weiß, worauf er hinauswill.« Er drehte sich zu Cavalli hin. »Ich bin immer noch gern Polizist. Klar habe ich manchmal genug von den Beschimpfungen, den Aggressionen oder der Gleichgültigkeit der Menschen, aber das bedeutet nicht, dass ich die Seite gewechselt habe.« Er klang fast erleichtert, dass Cavalli endlich zur Sache kam.

»Warum sind Sie gern Polizist?«, fragte Cavalli.

Die Frage warf Guth aus dem Konzept. »Weil … ich den Menschen helfen möchte.«

»Tun Sie das?«

»Wie meinen Sie?«

»Helfen Sie den Menschen als Polizist wirklich?«

Erneut intervenierte der Anwalt.

Guth begann zu schwitzen. »Was wollen Sie damit andeuten?«

»Beantworten Sie bitte einfach die Frage.«

»Ich … natürlich, ja.«

»Sie sind es gewohnt, Verantwortung zu übernehmen, nicht wahr? Als ältestes Geschwister, als Pfadfinder, als Vater, als Polizist.«

Guth wischte sich den Schweiß von der Stirn. »Kann man sagen.«

Was machte ihn so nervös? Dass man ihn infrage gestellt hatte? An seinem Selbstbild rüttelte? Cavalli war auf etwas gestoßen, begriff aber noch nicht, was es war.

»Hat man sich je bei Ihnen bedankt?«

»Wofür?«

»Für Ihren Einsatz.«

»Ich erwarte keinen Dank, ich mache nur meine Arbeit.«

Cavalli beugte sich vor. »Sie reißen sich den Arsch auf. Werden dafür beschimpft, angepöbelt. Wollen Sie wirklich behaupten, dass Sie sich nie nach Anerkennung sehnen?«

»Ich bin nicht der Einzige, dem es so geht.«

»Aber der Einzige, der einen Amtsmissbrauch begangen hat.«

Der Anwalt richtete sich auf. »Das ist eine Unterstellung! Die Unschuldsvermutung gilt – «

»Warum haben Sie Viktor Lukasch von der geplanten Hausdurchsuchung erzählt?«, fragte Cavalli.

»Das habe ich nicht!«, sagte Guth.

»Sie sind nicht verpflichtet, eine Aussage zu machen!« Das Gesicht des Anwalts war rot vor Ärger.

»Sie bestreiten, dass Sie mit ihm darüber gesprochen haben?«, fragte Cavalli.

»Ja!«

»Weswegen haben Sie ihn dann getroffen?«

Der Anwalt holte wieder Luft.

»Weswegen?« Cavallis Stimme war hart.

Guth zuckte die Schultern.

»Sie geben also zu, dass Sie mit ihm verabredet waren?«

»Ja … nein, es hat sich einfach ergeben.«

»Das ist keine Einvernahme zur Sache!«, rief der Anwalt.

»Was jetzt, ja oder nein?«

»Nein.«

»Dann haben Sie also gerade gelogen?«

»Nein, ich meine …«

»Ich verlange eine Unterbrechung«, forderte der Anwalt.

»Ich will nicht hören, was Sie meinen, sondern, wie es war!«, sagte Cavalli.

»Ich habe ihn zufällig getroffen.«

»Aber Sie wussten, wer er war.«

»Es wird gegen ihn ermittelt, wegen Hundeschmuggels.«

»Sind Sie an den Ermittlungen beteiligt?«

»Nein.«

Cavalli beugte sich noch weiter vor. »Aber Sie wussten von der Hausdurchsuchung.«

»Nein!«

»Wie haben Sie davon erfahren?«

»Man redet halt … ich meine …« Guth war so weit wie möglich zurückgewichen.

Cavalli erhob sich ein wenig und blickte jetzt auf ihn hinunter. »Sie haben gehört, wie Ihre Kollegen darüber sprachen, und haben Viktor Lukasch vorgewarnt!«

»Nein!«

Der Anwalt stand auf. »Sie bedrohen meinen Klienten! Ich verlange, dass Sie sofort aufhören!«

Cavalli schlug mit der Hand auf den Tisch. »Was hat er Ihnen dafür gegeben?«

»Nichts!« Guth war kreideweiß.

»Es reicht!«, rief der Anwalt.

»Sie haben Lukasch gewarnt, ohne eine Gegenleistung von ihm zu verlangen?«, bohrte Cavalli.

»Ich …«

Die Tür ging auf, und Diana Da Silva kam herein.

»Er bedroht meinen Klienten!«, beklagte sich der Anwalt. »Unter diesen Umständen sind Herrn Guths Aussagen nicht verwertbar!«

Cavallis Blick war immer noch auf Guth gerichtet. »Sie geben also zu, dass Sie Lukasch vorgewarnt haben?«

Da Silva trat neben ihn. »Ich muss dich kurz sprechen.« Ihre Stimme klang gepresst, sie schien sich nur mit Mühe zu beherrschen.

»Herr Guth! Beantworten Sie die Frage!«, setzte Cavalli nach.

Guth schnappte nach Luft.

»Jetzt!«, sagte Da Silva scharf.

Cavalli hatte den Blick immer noch auf Guth gerichtet. »Wir sind hier gleich fertig.«

Der Anwalt wandte sich an seinen Klienten. »Sagen Sie kein Wort mehr. Haben Sie verstanden? Kein Wort!«

Guth schob die zitternden Hände unter die Achseln.

»Haben Sie Viktor Lukasch gewarnt?«, fragte Cavalli.

Guth schwieg.

»Eine Arbeitskollegin von Ihnen hat beobachtet, wie Sie mit ihm gesprochen haben.«

Keine Reaktion.

Cavalli fluchte innerlich. Er hatte Guth fast so weit gehabt, doch der Moment war unwiderruflich vorbei. Der Anwalt strahlte eine grimmige Zufriedenheit aus. Aus formalen Gründen stellte Cavalli die letzten Fragen, doch Guth beantwortete sie nicht. Schweigend druckte Cavalli das Protokoll aus und legte es ihm hin. Dann verließ er das Büro. Da Silva folgte ihm.

»Mach das nie wieder!«, zischte Cavalli ihr zu.

Da Silva schnappte nach Luft. »Wie bitte? Was fällt dir eigentlich ein?«

»Er hätte geredet, wenn du die Einvernahme nicht unterbrochen hättest!«

Rote Flecken hatten sich auf ihren Wangen gebildet. »Das war keine Einvernahme, sondern eine … eine …« Sie suchte das passende Wort.

»Es ist mein Fall, ich untersuche ihn so, wie ich es für richtig halte!«

»Das ist kein Tötungsdelikt! Nur eine Amtsgeheimnisverletzung!«

»Amtsmissbrauch.« Cavalli spie das Wort förmlich heraus. »Du möchtest also, dass ich die Sache weniger ernst nehme? Interessant. Kürzlich hast du noch befürchtet, ich nehme die Arbeit hier nicht ernst genug.«

»Ich erwarte von dir, dass du die Verhältnismäßigkeit wahrst.« Da Silva hatte ihre Fassung wiedergefunden. »Was du da eben abgezogen hast, *das* grenzt an Amtsmissbrauch!«

Kopfschüttelnd kehrte Cavalli in sein Büro zurück. Stefan Guth hatte das Protokoll unterschrieben, der Anwalt seine Sachen bereits zusammengepackt. Cavalli begleitete die beiden zum Ausgang. Dort blieb er stehen, bis seine Wut verebbt war. Zurück in seinem Büro, las er das Protokoll Wort für Wort durch.

Helfen Sie den Menschen als Polizist wirklich?

An dieser Stelle hatte sich Guths Verhalten verändert. Cavalli verstand nicht, weshalb. Aber er würde es herausfinden.

10

Die Jalousien waren zu, kein Sonnenlicht drang in das Wohnzimmer. Stefan Guth saß auf dem Parkett und drehte eine abgegriffene Actionfigur zwischen den Fingern. Sein Sohn hatte mit Filzstift einen Kinnbart auf das Gesicht des Mannes gezeichnet.

Das bist du, Papa.

Guth strich sich über das Kinn. Der Bart war weg, genau wie der Junge, der an Helden glaubte. Sein Sohn war ihm fremd geworden, er spielte jetzt Tennis und besuchte mit seinem Stiefvater die Herbstmesse. Als Guth im Sommer mit den Kindern ins Tessin gefahren war, hatten sie die meiste Zeit mit ihren Handys verbracht. Er lehnte den Kopf gegen die Wand. Betrachtete die hellen Rechtecke, wo einst Bilder hingen. Auf den Blumenhockern gab es keine Pflanzen mehr, der Platz, an dem das Sofa gestanden hatte, war leer. Die verbliebenen Möbel reichten nicht aus, um den Raum zu füllen, nach Simonas Auszug war die Wohnung aus dem Gleichgewicht gefallen.

Er legte die Actionfigur hin und griff nach seiner Dienstwaffe. Die Sig Sauer lag schwer in seiner Hand. Sein Vater war nicht glücklich gewesen über seine Berufswahl, hatte sie jedoch akzeptiert. Seine Mutter hatte sich Sorgen um seine Sicherheit gemacht. Jedes Mal, wenn die Medien über eine Demonstration, Ausschreitungen nach einem Fußballspiel oder die Räumung eines besetzten Gebäudes berichteten, rief sie ihn an, um sich zu vergewissern, dass er nicht verletzt war. Die wirkliche Gefahr aber erkannte sie nicht. Sie ging von ihm selbst aus. Er trug etwas in sich, das ihm den Takt vorgab, wie ein Metronom. Es erwachte, wenn seine Gefühle zu groß für seine Brust wurden, seine Hände zu klein, um die Welt in Ordnung zu bringen. Es bestimmte seine Atmung, seine Gedanken, seine Handlungen.

Er hatte es zum ersten Mal wahrgenommen, als er neben dem toten Kind stand und das Pyjamateil mit den rosaroten Herzen sah. Die Haarspange, die sich in den feinen Strähnen verfangen hatte. Die zarte Haut, auf wundersame Weise unversehrt. Die nackten Füße mit den kleinen Zehen. Der Kopf, unnatürlich verdreht. Der Notarzt hatte gesagt, dass das Mädchen beim Aufprall gestorben sei. Drei Stockwerke über ihnen flatterte ein Vorhang am offenen Fenster.

Mach sie wieder ganz, Papa.

Er hatte das abgebrochene Bein einer Puppe repariert. Den kaputten Toaster. Die Blumenvase, die vom Tisch gefallen war. Ein ferngesteuertes Auto, eine Sonnenbrille, eine Gürtelschnalle, einen Bilderrahmen. Draht, Kitt, Sekundenkleber, Schrauben, Lötkolben. Aber das Mädchen hatte er nicht mehr ganz machen können. Er war zu spät gekommen.

Sein Vater hätte gebetet. Doch wenn Guth die Augen schloss, hörte er nicht Gottes Stimme, sondern die Schreie des Mädchens.

Helfen Sie den Menschen als Polizist wirklich?

Eine Etage höher ging ein Staubsauger an. Guth lauschte dem Schaben der Düse. Durch das gekippte Fenster drang der Geruch von altem Frittieröl und Pfeifenrauch. Sein Atem ging tief und regelmäßig.

Er hob die Pistole.

Die Mutter des Mädchens hatte nichts von dem Sturz mitbekommen. Sie schlief ihren Rausch aus und erwachte erst, als Guth sie schüttelte. Auf einer Bananenschale am Boden hatten sich Fliegen niedergelassen, vor dem Fenster lag eine nasse Windel.

Guth richtete den Lauf der Pistole auf seine Brust.

Das Mädchen war zwanzig Monate alt gewesen. Sieben Wochen vor seinem Tod hatte eine Nachbarin die Polizei gerufen, weil das Kind über eine Stunde lang vor der Haustür in der prallen Sonne im Kinderwagen gesessen und geweint hatte.

Als Guth abdrückte, verstummten die Schreie.

II

Die Nachforschungen des Polizeiattachés in Brasilien blieben erfolglos. Wenn Laeticia Ochsner tatsächlich mit Elias in ihre Heimat gereist war, dann hatte sie ihre Spuren gründlich verwischt. Ihre sechzehnjährige Tochter, die bei der Großmutter wohnte, hatte seit fast einem Monat nichts mehr von ihr gehört. Normalerweise telefonierten sie mindestens einmal pro Woche miteinander, manchmal sogar häufiger. Die Jugendliche war in Tränen ausgebrochen, als der Polizeiattaché mit ihr sprach.

Inzwischen war Regina ebenfalls überzeugt davon, dass Laeticia Ochsner nicht mehr lebte. Es passte nicht zu der Frau, spurlos zu verschwinden. Sie hätte bei ihrer Familie Zuflucht gesucht, wenn sie ihren Mann hätte verlassen wollen. Regina ging von einem Tötungsdelikt aus. Hauptverdächtiger war Werner Ochsner. Beim Leib/Leben war wie erwartet Tobias Fahrni mit dem Fall betraut worden. Als Regina ihm erklärte, dass sie eine Observation anordnen wollte, klang er erleichtert. Das Schicksal von Mutter und Sohn ließ auch ihm keine Ruhe. Sie erteilte ihm den Auftrag, weitere Personen aus dem Umfeld der Familie zu befragen. Fahrni versprach, sich sofort an die Arbeit zu machen. Regina war gerade damit beschäftigt, alle nötigen Papiere auszustellen, als der Abteilungsleiter mit einer Akte in ihr Büro kam.

Sie hob abwehrend die Hände. »Keine Zeit!«

Das Brandtour-Handy klingelte. Bis jetzt war ihr Bereitschaftsdienst ruhig verlaufen, Regina hatte nur ein einziges Mal ausrücken müssen. Mit einem entschuldigenden Schulterzucken nahm sie den Anruf entgegen. Der Abteilungsleiter legte die Akte auf ihren Schreibtisch und ging. Zehn Minuten später packte Regina ihre Sachen und bat die Protokollführerin, ihre Termine abzusagen.

»In einer Wohnung sind Schüsse gefallen«, erklärte sie. »Das Opfer ist Polizist.«

Nina Dietz wurde blass. Sie hatte vor ein paar Jahren selbst die Ausbildung bei der Kantonspolizei abgeschlossen.

»Wer ist es?«, fragte sie.

»Du kennst ihn vermutlich nicht«, antwortete Regina. »Er arbeitet bei der Stadt.«

»Gibt es einen Tatverdächtigen?«

»Man weiß noch nicht, was genau geschehen ist. Es könnte sich auch um einen Suizid handeln.«

»Du hast von Schüssen gesprochen, in der Mehrzahl.«

»Ich halte dich auf dem Laufenden.«

Die Wohnung befand sich in Friesenberg, wo die Zufriedenheit der Bewohner angeblich besonders hoch war. Das Quartier lag am Fuß des Uetlibergs, es gab viele Grünflächen und wenig Verkehr. Der Bus fuhr direkt vom Helvetiaplatz zur Haltestelle Friesenbergstraße. Als Regina ausstieg, schlug ihr der Geruch von frisch gemähtem Gras entgegen. Schaulustige hatten sich auf dem Gehsteig versammelt, eine alte Frau weinte leise.

Zu Reginas Überraschung stand Juri Pilecki vor dem Eingang. Sie hatte nicht erwartet, ihn hier anzutreffen. Als Dienstchef des Leib/Leben war er eigentlich nur in brisanten Fällen mit dabei.

Er bat sie, ein paar Schritte mit ihm zu gehen.

»Der Mann heißt Stefan Guth«, sagte er. »Achtunddreißig

Jahre alt, geschieden, ein Sohn in der sechsten Klasse, eine Tochter in der vierten.«

»Gehst du von einem Tötungsdelikt aus?«

Pilecki zündete sich eine Zigarette an und inhalierte tief.

Regina spürte, dass etwas nicht stimmte.

Pilecki nahm noch einen Zug, dann sagte er: »Gegen Guth läuft eine interne Untersuchung. Er soll das Amtsgeheimnis verletzt, möglicherweise einen Amtsmissbrauch begangen haben.«

»Ermittelt die Kapo in dem Fall?«

»Ja.«

»Cava?«

»Ja.«

Sie schob die Hände in die Taschen. »Hat Guth gestanden?«

»Nein.« Pilecki blickte zu einem Fenster, dessen Jalousien geschlossen waren.

Regina fragte sich, woher Pilecki Bescheid wusste. Da fiel ihr ein, dass Diana Da Silva bei der Kriminalpolizei gearbeitet hatte. Bestimmt kannten sie sich von früher. Pilecki war gut vernetzt, sowohl innerhalb als auch außerhalb der Polizei.

Er sah sie an. »Der Häuptling soll Guth ziemlich hart rangenommen haben.«

Regina blieb stehen. »Was willst du damit andeuten?«

»Es wäre nicht das erste Mal, dass Cavallis Methoden einem Kollegen schwer zu schaffen machen.«

»Es wäre auch nicht das erste Mal, dass sich ein Polizist suizidiert, weil er eine Straftat begangen hat«, sagte sie scharf.

»Der Verdacht gegen Guth war äußerst vage.«

»Hat er einen Abschiedsbrief hinterlassen?«

»Nein.«

»Gibt es Hinweise auf ein Tötungsdelikt?«

»Es fielen zwei Schüsse.«

»Und was spricht für einen Suizid?«

»Eine verschlossene Wohnungstür, Schmauchspuren an der Hand, die Umstände.«

Regina wandte sich ab. Am Eingang stellte sie sich dem uniformierten Polizisten vor. Er nickte ihr wortlos zu. Vor der Wohnung im ersten Stock zog sie Schutzkleidung an. Alle Lichter waren eingeschaltet, ein Kriminaltechniker war damit beschäftigt, Spuren an der geschlossenen Jalousie zu sichern. Der Rechtsmediziner war schon eingetroffen. Uwe Hahn kauerte vor dem Toten. Dieser saß an der Wand, sein Oberkörper war zur Seite gekippt, Blut und Gewebe auf dem Verputz zeugten von der Gewalt, die auf ihn eingewirkt hatte.

Hahn stand steif auf und schüttelte seine langen, knochigen Beine. »Zwei Schussverletzungen«, sagte er. »Eine Austrittswunde am Hinterkopf, eine Einschussverletzung an der Brust. Die Schussabgabe erfolgte mit aufgesetzter Waffenmündung.«

»Kann er sich die Verletzungen selbst zugefügt haben?«, fragte Regina.

»Mehrfache Schussverletzungen bei einem Suizid sind gar nicht so ungewöhnlich«, räumte Hahn ein. »Ich erinnere mich an den Fall eines Mannes, der sein Jagdgewehr neun Mal auf sich richtete. Eine sofortige Handlungsunfähigkeit tritt nur ein, wenn das Gehirn verletzt ist. Eine schnelle Handlungsunfähigkeit, wenn ein starker Blutverlust zu einer Kreislaufdepression mit konsekutiver Hypoxie des Gehirns führt. Genaueres kann ich dir erst nach der Obduktion sagen.« Er ging wieder in die Hocke.

Martin Angst kam aus der Küche. Regina war froh, dass der erfahrene Kriminaltechniker Dienst hatte. Angst besaß nicht nur ein geschultes Auge, er war auch gut darin, die gefundenen Spuren richtig zu deuten. Er gab ihr ein Zeichen, ihm zu folgen.

»Schau«, sagte er und öffnete den Kühlschrank.

Leer, bis auf einen Karton saure Milch. Im Abfalleimer befanden sich ein ausgelaufener Kugelschreiber, eine Socke mit einem Loch und ein Schokoladenpapier. Die Arbeitsfläche war sauber, im Spülbecken gab es keine Kalkflecken. Die Küche sah aus, als wäre sie selten benutzt worden.

»Dasselbe in den anderen Zimmern«, sagte Angst. »Nur sein Bett und das Bad weisen ein paar Gebrauchsspuren auf.«

»Wohnte er überhaupt hier? Vielleicht hatte er eine Freundin, bei der er regelmäßig übernachtete.«

Angst neigte den Kopf zur Seite.

»Was denkst du?«, fragte Regina.

»Ich glaube, dass Stefan Guth hier gewohnt hat. Aber er hat hier nicht gelebt«, sagte er nachdenklich. »Draußen sprachen zwei Nachbarn über ihn. Was für ein angenehmer Mensch er gewesen sei. Er habe sie immer gegrüßt, die Waschmaschine nach der Benutzung gereinigt, den Briefkasten täglich geleert.«

Das also waren die Kriterien, die einen angenehmen Menschen auszeichneten, dachte Regina. Ob sich jemand die Mühe gemacht hatte, genauer hinzusehen? Sie dachte an die Verbrechen, die hinter verschlossener Tür stattfanden. An die Einsamkeit, auf die sie als Staatsanwältin immer wieder stieß. Rentner, um die sich niemand kümmerte. Vernachlässigte Kinder, Missbrauchsopfer, Tote, die unbemerkt in ihrer Wohnung oder ihrem Haus lagen.

»Habt ihr Spuren eines Einbruchs gefunden?«

»Die Schließverhältnisse waren in Ordnung. Bei der Tatwaffe handelt es sich übrigens um Guths Dienstwaffe. Eine Sig Sauer P226.«

Ein Kollege kam mit einer Kamera in der Hand in die Küche. Er zeigte ihnen das Display, auf dem das Foto eines Einschusslochs in der Wand zu sehen war.

»In zwei Metern Höhe«, berichtete er. »Entweder stand das

Opfer, oder die Waffe war bei der Schussabgabe nach oben gerichtet.« Er klickte weiter zu einer Aufnahme, die die blutverschmierte Wand zeigte. »Die andere Einschussstelle liegt achtzig Zentimeter über dem Boden.«

Bei genauerem Hinsehen erkannte Regina das Loch. »In welcher Reihenfolge wurden die Schüsse abgegeben?«

»Schwer zu sagen.«

»Gibt es Spuren, die auf ein Tötungsdelikt hinweisen?«

»Bis jetzt nur die Anzahl der Schüsse.«

Regina verließ die Küche, um sich die Räume anzusehen. Im Wohnzimmer gab es kaum Möbel, am Fenster stand ein einzelner Lesesessel, dahinter eine Stehlampe. Ein Gang führte zu drei Schlafzimmern. In einem befand sich ein Doppelbett, benutzt worden war nur eine Seite. Ein Schrank war zur Hälfte mit Männerkleidern gefüllt, die andere Hälfte war leer. Im Zimmer daneben hingen blassgelbe Vorhänge. Regina sah ein Bett mit verschnörkeltem Kopfteil und eine Kommode, in der sie ein paar Brettspiele entdeckte. Das Zimmer gegenüber gehörte offenbar dem Jungen. Bettdecke und Laken waren mit Weltraummotiven bedruckt, die Vorhänge blau. Auf dem Kissen saßen Stofftiere. Regina fragte sich, wie oft die Kinder zu Besuch gekommen waren. Sie fand zwei Pyjamas, die nach Waschmittel rochen.

Im Wohnzimmer hatte Uwe Hahn seine Arbeit beendet, Martin Angst kniete jetzt neben der Leiche. Er hatte Plastiktüten über die Hände des Toten gestülpt, die er mit Klebeband befestigte. Im Institut für Rechtsmedizin würde er den Fingernagelschmutz und die Schmauchspuren sichern.

»Hast du Abwehrverletzungen gefunden?«, fragte Regina den Rechtsmediziner.

»Nein«, antwortete Hahn. »Auch keine Kampfspuren.«

Es gab nichts mehr für Regina zu tun. Sie überließ die Wohnung den Kriminaltechnikern und machte sich auf die

Suche nach Pilecki. Sie fand ihn neben seinem Dienstwagen, wo er telefonierte.

»Wirst du den Fall abgeben?«, fragte er, nachdem er das Gespräch beendet hatte.

»Wenn Guth Suizid begangen hat, gibt es keinen Fall«, sagte Regina. »Und wenn es sich um ein Tötungsdelikt handelt, spielt Cavallis Einvernahme keine Rolle.«

»Das heißt, nein.«

»Ich werde mich nach der Obduktion entscheiden, wie ich weiter verfahre.«

Regina sah ihm an, dass er ihre Entscheidung nicht guthieß. Sie bat ihn, die Befragung der Nachbarn in die Wege zu leiten und dafür zu sorgen, dass jemand mit Guths Arbeitskollegen sprach.

»Ist die Familie schon informiert?«

»Nein.« Pileckis Stimme klang schwer. »Ich übernehme das.«

»Danke.«

An der Bushaltestelle rief Regina Cavalli an. Er nahm nicht ab. Sie beschloss, ein Stück zu Fuß zu gehen, um ihre Gedanken zu ordnen. Dass Cavalli die Stelle bei den Besonderen Ermittlungen angenommen hatte, war ein Bekenntnis zur Familie gewesen. Für seinen Sohn war er nie da gewesen, bei Lily sollte das anders sein. Er hatte wegen der Arbeitsbedingungen Angebote des FBI und des Bundes ausgeschlagen. Regina war glücklich gewesen über seine Entscheidung, hatte jedoch von Anfang an gewusst, dass die Tätigkeit nicht auf ihn zugeschnitten war. Schreibtischarbeit erfüllte ihn nicht, beim Leib/Leben hatte er jede Gelegenheit ergriffen, das Büro zu verlassen. Das war mit ein Grund dafür gewesen, dass er in die USA gereist war. Hatte er Stefan Guth so hart angefasst, weil er frustriert war? Oder hatte er Blut gerochen? Er war nicht zimperlich, sie hatten sich in der Vergangenheit deswegen schon öfters gestritten. Für Regina standen Recht und Gesetz an oberster Stelle, Cavalli war der Ansicht, dass das Ziel die Mittel rechtfertigte, auch wenn diese nicht immer den Buchstaben des Gesetzes folgten.

Sie war an der Uetlibergbahn angekommen. Sie hörte den Klang der Schranken, kurz darauf fuhr ein Zug ein. Regina setzte sich in ein leeres Abteil. Im Wagen saßen Kinder mit Sonnenmützen und Ausflügler, deren Wangen gerötet waren von der frischen Luft. Es roch nach Laub und Erde. Am Hauptbahnhof versuchte Regina noch einmal, Cavalli zu erreichen.

Er ging noch immer nicht ran.

12

Viktor Lukasch wohnte in einem mehrstöckigen Gebäude direkt an den Bahngleisen. Cavalli beobachtete das Haus schon seit zwei Stunden. Während dieser Zeit hatte Lukasch die Wohnung nur für einen zehnminütigen Spaziergang mit zwei Chihuahuas verlassen. Er hatte sich kaum verändert, seit Cavalli ihn zuletzt gesehen hatte. Sein Schädel war genauso kahl, die breiten Schultern und die angewinkelten Arme zeugten davon, dass er auch im Gefängnis trainiert hatte. Ein Kampfhund hätte besser zu ihm gepasst als die beiden Schoßhunde, die er an der Leine führte.

Ob Stefan Guth dem Ukrainer tatsächlich von der bevorstehenden Hausdurchsuchung erzählt hatte, war Cavalli noch nicht klar. Unbestritten war jedoch, dass sie sich getroffen hatten. Dieser Kontakt bereitete Cavalli Kopfzerbrechen. Er hatte Guths Einsätze der letzten Monate durchgesehen und seine Akte ein weiteres Mal gründlich studiert, ohne dass er eine Erklärung dafür gefunden hätte.

Er ging ein paar Schritte, um sich die Beine zu vertreten, dann bezog er wieder Stellung hinter dem Betonpfeiler, der ihm Deckung bot. Guths Suizid war noch nicht bestätigt, doch alles wies darauf hin, dass er die Waffe selbst gegen sich gerichtet hatte. Die Tat hatte Cavalli überrascht, gleichzeitig aber auch seine Vermutung bestätigt, dass weit mehr hinter dem Fall steckte, als es auf den ersten Blick den Anschein machte. Was immer Guth gequält hatte, es hatte lange vor der Untersuchung gegen ihn begonnen. Gleichwohl war Cavalli klar, dass man ihn für den Tod des Polizisten verantwortlich machen würde, wenn auch hinter vorgehaltener Hand. Um seinen Ruf sorgte sich Cavalli nicht, doch die unbeantworteten Fragen lasteten schwer auf ihm. Sie schrien nach Aufklärung.

Die Dämmerung setzte ein, und ein Licht ging in Lukaschs Wohnung an. Hinter dem vorgezogenen Vorhang sah Cavalli einen Schatten, der sich bewegte. Eine Stunde später verließ Lukasch die Wohnung, diesmal ohne Hunde. Er steuerte auf eine Imbissbude zu, wo er sich mit einem Döner in der Hand an einen der Stehtische stellte. Anschließend ging er den gleichen Weg zurück. Vor dem Eingang begrüßte ihn eine Frau, die auf die Beschreibung von Eva Kulova passte. Sie verschwanden im Haus.

Cavalli rief Pilecki an. »Ich muss dich sehen«, sagte er ohne Umschweife.

Am anderen Ende war es still.

»Hörst du mich?«, fragte Cavalli.

»Stefan Guth hat sich das Leben genommen«, sagte Pilecki vorwurfsvoll.

»Darüber muss ich mit dir sprechen.«

»Ist es nicht ein bisschen spät dafür?«

»Es geht um Lukasch. In einer halben Stunde in der Meyer's Bar.«

Cavalli legte auf und machte sich auf den Weg. Die Meyer's Bar war ein beliebtes Lokal im Sihlfeld. Es unterschied sich von den neueren Szenebars durch seine Bodenständigkeit und das gemischte Publikum. Trotzdem passten weder Stefan Guth noch Viktor Lukasch dorthin. Cavalli vermutete, dass sie sich im Meyer's getroffen hatten, weil sie dort nicht von Bekannten überrascht wurden.

Die Nische, in der sie laut Nadia Tolusso gesessen hatten,

war leer. Cavalli hängte seine Jacke über die Stuhllehne, trat an die Bar und bestellte einen Kaffee.

»Erinnern Sie sich an diesen Mann?« Er zeigte der Frau hinter der Theke ein Foto von Lukasch.

»Wer will das wissen?«

Cavalli nahm seinen Dienstausweis hervor.

Die Frau nickte, wirkte aber nicht sonderlich beeindruckt.

»Was können Sie mir über ihn erzählen?«, fragte Cavalli.

»Nicht viel.« Sie griff nach einem Löffel und legte ihn auf eine Untertasse. »Zucker, Milch?«

»Schwarz.«

»Er saß in der Nische, die Sie sich ausgesucht haben, und trank ein Bier mit einem Kollegen. Seither habe ich ihn nicht mehr gesehen.«

Cavalli legte ein Foto von Guth auf die Theke. »War das der Kollege?«

»Ja.«

»Haben Sie gehört, worüber sie gesprochen haben?«

»Die Musik war zu laut.«

Cavalli schaute durch das Lokal. Eine geschwungene Sitzbank verlief der Wand entlang und sorgte dafür, dass die Gäste einander den Rücken zuwandten, wenn sie um einen der Bistrotische saßen. Von der Decke hingen farbige Glühbirnen, die nur wenig Licht spendeten. Trotzdem war es möglich, dass jemand etwas mitbekommen hatte.

»Wer saß am Tisch nebenan?«

Die Frau schnaubte. »Sehe ich aus wie eine Speicherplatte? Vielleicht einer der Stammgäste, vielleicht auch nicht.« Sie stellte ihm den Kaffee hin. »Ich hoffe, Sie kriegen den Typ. Ich will ihn hier nicht mehr sehen. Der bedeutet Ärger.«

Cavalli nahm seinen Kaffee und setzte sich. Als Kind hatte er viele Nächte in Bars verbracht, während seine Mutter arbeitete. Diese hier war anders. Die mit Stoff bezogenen Stühle hätten in einem Café aus den Achtzigerjahren stehen können, es gab weder Türsteher noch halb nackte Frauen, die zum Alkoholkonsum anregten. Die meisten Gäste interessierten sich mehr für ihren Gesprächspartner als für ihr Getränk. Es roch nach Süßsauersoße und einem schweren Parfüm.

Pilecki kam zwanzig Minuten zu spät. Er holte ein Bier und setzte sich ohne Begrüßung zu Cavalli an den Tisch. Sein Blick war zugleich missbilligend und traurig.

»Also«, brach er nach einem Schluck Bier das Schweigen. »Warum soll ich mit dir über Lukasch reden? Warum soll ich überhaupt mit dir reden?«

»Weil du Lukasch hinter Gitter sehen willst.«

»Und du kannst dafür sorgen?«

»Guth hatte etwas mit ihm am Laufen«, sagte Cavalli. »Ich will wissen, was.«

»Um dein Gewissen reinzuwaschen?«

»Um die Wahrheit ans Licht zu bringen.«

Pilecki schüttelte angewidert den Kopf. Auch nach mehr als zehn Jahren beim Leib/Leben sah er aus wie der Drogenfahnder, der er einst bei der Stadtpolizei gewesen war. Er trug sogar noch die gleiche, verbeulte Lederjacke. Er hatte einmal gewitzelt, dass ihn seine Informanten ohne nicht erkennen würden.

»Glaubst du tatsächlich, dass Guth seine Karriere wegen eines Kläffers aufs Spiel gesetzt hätte?«, fragte er.

Cavalli schob seine Kaffeetasse beiseite. »Vergiss die Hunde. Oder die Zigaretten. Guth war nicht auf der Suche nach einem guten Deal. Er war mit Leib und Seele Polizist. Entweder hat er Mist gebaut, und Lukasch bot ihm einen Ausweg – im Tausch gegen Informationen –, oder Lukasch war für ihn Mittel zum Zweck.«

Pilecki verschränkte die Arme vor der Brust, es gelang ihm jedoch nicht ganz, sein Interesse zu verbergen. »Welchem Zweck?«

»Das müssen wir herausfinden.«

»Wir?« Pilecki trank sein Bier aus, stellte das Glas hin und stand auf.

»Wie geht es Irina?«, fragte Cavalli beiläufig.

Pilecki ließ sich auf den Stuhl zurückfallen, fuhr sich über die Stoppeln am Kinn und sah Cavalli eindringlich an.

»Was schlägst du vor?«, fragte er schließlich.

»Sprich mit deinen Kontakten. Finde heraus, wer sich bei Lukasch eingedeckt hat und womit. Ich höre mich währenddessen in der Kickboxszene um.«

»Such Bambi auf. Du findest sie im Fight.«

Pilecki ging, ohne zu bezahlen.

Cavalli verbrachte die nächste Stunde damit, die Gäste zu befragen. Niemand erkannte Lukasch oder Guth. Kurz nach Mitternacht verließ Cavalli die Bar und fuhr zur Zeughausstraße. Die meisten Fenster des Kripogebäudes waren dunkel, nur in einem Büro des Forensischen Instituts brannte noch Licht. Es fühlte sich seltsam an, durch die verlassenen Gänge zu schleichen. Cavalli setzte sich in die Kripoleitstelle, nahm seinen Laptop hervor und loggte sich ins FATS ein, dem Forensic Asservate Tracking System. Wie erwartet war das Schloss zu Guths Wohnungstür ersetzt worden. Der neue Schlüssel lag auf dem Schreibtisch des zuständigen Sachbearbeiters.

Eine halbe Stunde später stand Cavalli in Stefan Guths Wohnung. Bevor er sich umsah, schloss er die Augen und versuchte, die verschiedenen Gerüche, die von der Spurensicherung, den Rettungskräften und der Leiche zurückgeblieben waren, auszublenden. Schicht um Schicht arbeitete er sich zu den ursprünglichen Gerüchen der Wohnung vor. Sie waren so schwach, dass es ihm fast nicht gelang, einzelne Nuancen festzustellen. Am deutlichsten nahm er den würzigen Duft eines Rasierwassers wahr, der aus Bergamotte, Zitrone, Patschuli und etwas Holzigem bestand. Nach einer Weile erkannte er auch einen Hauch von Salbei. Darunter lag der Geruch von Leder, vermutlich stammte er von einem Möbelstück.

An Türen und Fenstern hafteten Überreste von Fingerabdruckpulver, die Einschusslöcher in der Wand waren markiert. Cavalli interessierte sich jedoch nicht für die herkömmlichen Spuren, sondern für die, die in dem Bericht der Kriminaltechnik nicht auftauchen würden. Er ging von Zimmer zu Zimmer und ließ die Räume auf sich wirken. Er sah ein Bild der Einsamkeit, gleichzeitig vermittelte ihm die Wohnung das Gefühl, dass Guth sein Leben im Griff gehabt hatte. Die Hemden im Schrank waren gebügelt, die Oberflächen frei von Staub. Am Dorn eines Türgriffs entdeckte Cavalli Spuren von Schmieröl, die Drähte eines Lampenschirms waren gelötet, zwei Fliesen gekittet worden. Auf dem Badewannenrand lag durchgeschwitzte Joggingkleidung, der Korb mit Schmutzwäsche war fast leer.

Auch der Schreibtisch war aufgeräumt. In einem Fach lagen Schlüssel, alle Bankunterlagen, Versicherungspolicen, Verträge und Belege hatte Guth chronologisch eingeordnet, bis auf eine Tankstellenabrechnung, die zwischen zwei Schubladen eingeklemmt war. Sie stammte aus Lodz. Cavalli fotografierte alle Papiere der letzten zwölf Monate. Einen Computer fand er nicht, er ging davon aus, dass die Kriminaltechniker ihn eingepackt hatten.

In den Schlafzimmern der Kinder standen mehr Möbel als in den anderen Räumen. Trotzdem wirkten sie verlassen. Als Cavalli die Stofftiere auf dem Kopfkissen des Jungen bemerkte, musste er an Lily denken. Einem Papagei fehlte ein Auge, und seine Federn waren dunkel vor Schmutz. Der Stoffadler, den Lily immer bei sich trug, sah genauso mitgenommen aus. Sie hatte ihn von ihrer Urgroßmutter bekommen, der Adler symbolisierte für die Cherokee-Indianer Klarheit und Ehrlichkeit. Regina steckte ihn fast jede Woche in die Waschmaschine. Um den Papagei des Jungen hatte sich niemand gekümmert. Cavalli nahm das Stofftier in die Hand. Der Duft von Vanille stieg ihm in die Nase und legte sich auf seine Zunge, darunter nahm er Iris und Sandelholz wahr.

Im Wohnzimmer untersuchte Cavalli die Stelle, an der Guth bei der Schussabgabe gesessen hatte. Dabei fiel sein Blick auf eine Actionfigur, die unter einem Pflanzenhocker lag. Das Gesicht war voller Blutspritzer. Der Anblick machte Cavalli mehr zu schaffen als die Spuren an Wand und Boden. Die Figur verkörperte das, was Guth einst gewesen war. Ein Mensch, der kittete, lötete, schmierte, flickte. Diese Tatsache erschien ihm bedeutsam.

Helfen Sie den Menschen als Polizist wirklich?

Ein paar Minuten verharrte Cavalli reglos neben dem Pflanzenhocker, dann setzte er sich auf den Boden und lehnte den Rücken gegen die Wand, so, wie Guth es getan hatte.

In der Wohnung war es still, nur der Kühlschrank summte ab und zu. Irgendwo im Haus weinte ein Kind.

Cavalli schloss die Augen.

13

Regina wachte auf, kurz bevor der Wecker klingelte. Der Platz neben ihr war leer, die Decke unberührt. Sie dachte an Diana Da Silva, und schon machten sich Kopfschmerzen bemerkbar. Sie schob die Gedanken an Cavallis Seitensprünge beiseite. Ein langer Tag stand ihr bevor, Privatangelegenheiten mussten warten.

Aus Lilys Zimmer drangen noch keine Geräusche. Leise stieß Regina die Tür auf. Was sie sah, war so unerwartet, dass sie ein paar Mal blinzelte. Cavalli schlief im Kinderbett, den Arm um Lily gelegt. Mit einem Lächeln auf den Lippen zog Regina die Tür zu und ging ins Bad. Sie verzichtete darauf, die Kaffeemaschine einzuschalten, um die beiden nicht zu wecken.

Unterwegs kaufte sie sich einen Cappuccino und ein Brötchen. Im Zug las sie die Befragungsprotokolle, die Fahrni ihr am Vortag geschickt hatte. Ein Nachbar von Werner Ochsner behauptete, dass es kurz vor Laeticias Verschwinden zu einem heftigen Streit zwischen den Eheleuten gekommen sei. Dabei habe Werner Ochsner gedroht, seiner Frau »den Hals umzudrehen«. Auf die Frage, warum er die Polizei nicht informiert habe, meinte der Nachbar lakonisch, Ochsners lägen sich regelmäßig in den Haaren. Regina konnte die Gleichgültigkeit des Mannes nicht fassen.

Wenigstens hatte sie nun genug gegen Werner Ochsner in der Hand, um eine Telefonüberwachung anzuordnen. Mit der

Durchsuchung der Wohnung wollte sie noch warten, damit Ochsner keinen Verdacht schöpfte.

Dass Freitag war, fiel Regina erst ein, als sie die Marktstände am Helvetiaplatz sah. Am Wochenende war es schwieriger, an Informationen zu gelangen, jede Abklärung dauerte länger. Regina hatte plötzlich das unbestimmte Gefühl, dass ihr die Zeit davonlief. Laeticia Ochsner war seit fast einem Monat verschwunden, ob die Zwangsmaßnahmen zwei Tage früher oder später eingeleitet wurden, machte keinen großen Unterschied.

Im Aufzug traf Regina auf den Leitenden Staatsanwalt.

»Die Medien haben vom Tod des Polizisten erfahren«, sagte er.

Regina senkte den Blick.

»Um vierzehn Uhr findet eine Pressekonferenz statt«, fuhr er fort. »Bis dahin müssen wir wissen, ob es sich um einen Suizid oder um ein Tötungsdelikt handelt.«

»Hahn wird sich melden, sobald die Obduktion abgeschlossen ist. Alles spricht für einen Suizid.«

»Hoffentlich löst der Tod des Polizisten keinen Shitstorm aus, wie in Genf.«

»Genf?« Regina hatte nichts von einem ähnlichen Fall in der Romandie mitbekommen.

»Bei der Genfer Polizei ist es in den vergangenen Jahren zu einer Häufung von Suiziden gekommen. Eine Witwe behauptet, der große Druck und die schlechte interne Kommunikation hätten die Moral ihres Mannes zerstört. Gegen den Polizisten lief eine Verwaltungsuntersuchung wegen einer groben Verhaftung, die Witwe war der Meinung, man hätte dabei behutsamer mit ihrem Mann umgehen sollen.«

Reginas Puls schoss in die Höhe. Wenn bekannt wurde, dass Cavalli Druck ausgeübt hatte, würden die Medien Parallelen zu Genf ziehen. Auf einmal glaubte sie, in dem engen Aufzug nicht genug Luft zu bekommen.

»Ich hoffe, du hast dir vom IRM keinen Scan vom Schussverlauf aufschwatzen lassen!«, rief der Leitende Staatsanwalt ihr nach, als sie in ihr Büro eilte.

Das hat keinen Beweiswert, kostet aber viel, ergänzte Regina in Gedanken. Wie oft hatte sie diesen Satz schon gehört? In diesem Fall aber erschien ihr der Schussverlauf bedeutsam. Er würde vielleicht darüber Auskunft geben, ob ein Suizid oder ein Tötungsdelikt vorlag.

Nina Dietz saß bereits an ihrem Arbeitsplatz. Normalerweise drückte sie Regina zur Begrüßung einen Smoothie in die Hand, da sie es sich zum Ziel gesetzt hatte, Reginas Ernährungsgewohnheiten zu ändern. Heute sah sie nicht einmal von ihrem Bildschirm auf.

Die Stille Post ist zuverlässiger als die Schweizer Post, dachte Regina. Sie legte Mantel und Tasche ab und bat Dietz in ihr Büro.

»Was hat man dir erzählt?«, fragte sie, nachdem Dietz Platz genommen hatte.

Der Blick der Protokollführerin war distanziert. »Dass Cavalli unnötig hart gegen Stefan Guth vorgegangen ist.«

»Und du glaubst, Guth hat deswegen Suizid begangen?«

Dietz zögerte. »Vermutlich nicht. Aber vielleicht war es der berühmte Tropfen auf den heißen Stein.«

»Was erzählt man sich sonst noch?«

»Der Verdacht gegen Guth soll ziemlich vage gewesen sein.«

Regina formulierte ihre nächsten Worte mit Bedacht. »Cavalli ist durch und durch Polizist, genau wie du. Wenn er einen Kollegen hart anfasst, dann nur, weil ihm der Ruf der Polizei wichtig ist.« Das entsprach nicht ganz der Wahrheit, doch sie konnte Dietz schlecht erklären, dass Cavalli nie lockerließ, wenn er auf Ungereimtheiten stieß.

Dietz nickte seufzend und kehrte in ihr Büro zurück.

Regina wurde klar: Egal, ob Suizid oder Tötungsdelikt, sie musste den Fall abgeben. Zwar konnte sie sich nicht vorstellen, dass man eine Untersuchung gegen Cavalli einleiten würde, doch nur schon der Verdacht, dass sie ihn deckte, könnte ungeahnte Folgen haben.

Sie fand den Abteilungsleiter in der Küche, wo er die Morgenzeitung durchblätterte. Wie erwartet war er alles andere als erfreut über ihre Mitteilung.

»Ich werde den Fall selbst übernehmen«, beschloss er. »Angesichts des Aufruhrs in der Öffentlichkeit ist das ohnehin angebracht.«

Regina verkniff sich eine Bemerkung. Dass er gern im Rampenlicht stand, war allgemein bekannt. Bekannt war auch, dass er sich die Arbeit so einfach wie möglich machte. In diesem Fall war seine Faulheit von Vorteil. Er würde Cavallis Rolle herunterspielen, um möglichst wenig Staub aufzuwirbeln.

»Konntest du dir die Akte, die ich dir hingelegt habe, schon ansehen?«, fragte er.

Sie war noch nicht einmal dazu gekommen, sie zu öffnen. »Worum geht es?«

»Um einen möglichen Berufungsfall.«

Auch das noch! Regina hatte noch nie vor dem Obergericht plädiert. Bevor sie einen Berufungsfall vertrat, musste sie eine Trockenübung absolvieren. Diese sah vor, dass sie einen möglichen Berufungsfall studierte und dem Leitenden Staatsanwalt eine schriftliche Begründung ihrer Einschätzung lieferte. Im Grunde eine sinnvolle und spannende Aufgabe, allerdings war sie immer davon ausgegangen, dass es sich dabei um einen ihrer eigenen Fälle handeln würde, nicht um einen fremden Fall, in den sie sich zuerst einlesen musste.

»Ich brauche deine Einschätzung bis morgen früh«, mahnte der Abteilungsleiter.

Regina warf einen vielsagenden Blick auf seine Zeitung, was er jedoch bewusst ignorierte. Sie brühte eine Kanne Tee auf, brachte Nina Dietz eine Tasse und erntete dafür ein dankbares Lächeln.

Als sie die Unterlagen im Fall Guth zusammenstellte, rief Uwe Hahn aus dem Institut für Rechtsmedizin an und bestätigte den Verdacht auf einen Suizid.

»Der Eintritt des Mund-Hals-Durchschusses befindet sich im Bereich der Zunge«, erklärte er. »Der Schusskanal verläuft von rechts nach links. Zunge, Weichteile des Mundbodens und des Halses sind zerrissen. Die Austrittsöffnung liegt auf der Höhe des zweiten Halswirbelkörpers. Der Brustschuss drang unterhalb der linken Mamille in den Körper ein. Hier verläuft der Schusskanal von links nach rechts. Brusthöhle, Lungenunterlappen, Zwerchfellkuppel und Magen sind perforiert. Auf der Höhe der zwölften Rippe haben wir ein Projektil gefunden. Der Schussverlauf stützt die These eines Suizids. Hinzu kommen absolute Nahschusszeichen wie die typische Schmauchhöhlenbildung oder die Schwärzung des Schusskanals.«

»Gibt es Beweise dafür, dass Guth nach der ersten Schussabgabe noch handlungsfähig war?«

»Weder Gehirn noch Herz wurden bei der Schussabgabe verletzt. Ich gehe deshalb davon aus, dass die Kompensationsmechanismen des Kreislaufs zu einer Verzögerung der Handlungsunfähigkeit geführt haben.« Um ihrer Frage zuvorzukommen, erklärte er: »Der Körper aktiviert bei einer solchen Verletzung eine Reihe komplexer Mechanismen, um die Leistung des Herzes aufrechtzuerhalten, so könnte es zum Beispiel zu einem Abfall des systemischen Blutdrucks oder zur Zentralisation des Kreislaufs kommen.«

»Sprechen wir von Sekunden oder Minuten?«

»Von mehreren Minuten.«

»Etwas verstehe ich nicht«, sagte Regina. »Guth war Polizist. Wie kann es sein, dass er sowohl sein Herz als auch sein Gehirn verfehlte?«

»Ich habe schon viel Seltsameres gesehen«, erwiderte Hahn. »Unterschätze die enorme Belastung nicht, unter der er stand. In Gedanken war er vermutlich ganz woanders.«

Regina wollte sich nicht vorstellen, was Stefan Guth empfunden hatte. Seine Einsamkeit, die Verzweiflung und die Hoffnungslosigkeit erdrückten sie. Sie bedankte sich, schloss die Akte und brachte sie zum Abteilungsleiter. Sie hätte das Verfahren selbst einstellen können, hielt es aber immer noch für klüger, wenn nicht ihr Name in den Akten stand.

Sie musste unbedingt mit Cavalli reden. Sie wählte seine Nummer, doch er nahm auch diesmal nicht ab. Kurz darauf erhielt sie eine SMS: »Besprechung mit Da Silva.« Regina ahnte, worum es ging. »Mittagessen?«, fragte sie. Die Antwort kam postwendend: »Keine Zeit.«

Nina Dietz stand in der Tür. »Tobias Fahrni fragt, ob du frei bist.«

»Stell ihn durch.«

»Er ist hier.«

Fahrni trat in ihr Büro, die Schultern nass vom Regen. »Ich war gleich nebenan im Sozialzentrum.«

Regina stand auf, um ihn zu begrüßen. »Wie ist es gelaufen?«

»Was hältst du davon, wenn ich dir im Volkshaus davon berichte?« Er tätschelte seinen Bauch. »Ich könnte etwas zu essen vertragen.«

Regina sah auf die Uhr und stellte überrascht fest, dass schon Mittag war. »Gute Idee. Ich bin in fünf Minuten so weit.«

Im Vorbüro plauderte Fahrni mit Dietz. Die Protokollführerin wirkte jetzt entspannter, stellte Regina erleichtert fest.

Dietz war mehr als eine Mitarbeiterin, in den vergangenen Jahren war sie zu einer Verbündeten, ja fast zu einer Freundin geworden.

»Schau zu, dass sie einen Salat bestellt«, bat sie Fahrni mit einem Augenzwinkern. »Und eine Schorle trinkt statt eine Cola light.«

Regina schmunzelte. »Versprochen!«

Als sie die Karte sah, bereute sie ihr Versprechen. Neben Pasta mit Käse-Lauchsoße gab es Bergschwein oder Lachs mit Kartoffelauflauf. Fahrni wählte das Schwein, Regina Putenbrust mit Salat.

»Und eine Cola light«, bat sie mit einem warnenden Blick zu Fahrni.

Er hob abwehrend die Hände. »Ich verrate nichts.«

Trotz der Größe des Raums war das Restaurant Volkshaus gemütlich. Wandelemente sorgten dafür, dass der Nachbar das Tischgespräch nicht mitverfolgen konnte, das Mobiliar bestand aus schlichten, soliden Holztischen und bequemen Stühlen. Der Regen prasselte gegen die hohen Scheiben, Menschen eilten mit gesenkten Köpfen vorbei.

Regina konzentrierte sich ganz auf Fahrni. »Erzähl. Was hast du erfahren?«

»Viel, aber nichts, das uns unmittelbar weiterhilft. Ich war bei der Sozialarbeiterin, die für die Kindeswohl-Abklärung zuständig ist. Es sind immer zwei Personen beteiligt, bei einem Kind im Vorschulalter sind das eine Sozialarbeiterin oder ein Sozialarbeiter sowie eine Mütter- und Väterberaterin oder ein Mütter- und Väter- …« Er verstummte. »Irgendwie war es vor der gendergerechten Sprache einfacher.«

Regina lächelte. »Von mir aus kannst du die Männer weglassen.«

Die Bedienung stellte einen Brotkorb auf den Tisch, und Fahrni griff zu. »Barbara Bortis. So heißt die Sozialarbeiterin, mit der ich gesprochen habe. Sie macht auf mich einen kompetenten Eindruck. Professionell.«

Die Art, wie er es sagte, ließ Regina aufhorchen. Als sei daran etwas auszusetzen. »Aber?«

»Ich weiß nicht … eine Kindeswohl-Abklärung ist ein großer Eingriff in die Privatsphäre.«

Regina traute ihren Ohren nicht. Gerade Fahrni müsste doch froh über die Professionalisierung der Abläufe sein.

»Sie dient dem Schutz der Kinder«, sagte sie.

»Schon, aber stell dir vor, man würde deine Familie vier Monate lang unter die Lupe nehmen. Mit Lilys Kinderarzt reden, mit den Menschen, die sie betreuen. Euch in Gockhausen besuchen.«

»Die Hausbesuche werden angekündigt. Es geht nur darum, das Kind in seiner vertrauten Umgebung zu beobachten.«

»Trotzdem.«

»Findest du das alte System besser? Eine Vormundschaftsbehörde, die aus Laien besteht? Die womöglich aufgrund persönlicher Wertvorstellungen statt objektiver Kriterien urteilt? Die Familie vielleicht sogar kennt?«

»Natürlich nicht.« Er seufzte. »Vergiss es. Du hast recht.«

Plötzlich ahnte Regina, was ihn beschäftigte. »Habt ihr vor, ein Kind zu adoptieren?«

Fahrnis Blick verriet ihr, dass sie mit ihrer Vermutung nicht falschlag. Deshalb war er so empfindlich. Paz und er unterzogen sich einer Eignungsabklärung.

Regina legte die Hand auf seinen Arm. »Wenn ich euch helfen kann, auf welche Art auch immer, lass es mich wissen.«

»Danke.« Er griff nach einer weiteren Scheibe Brot. »Zurück zum Fall. Barbara Bortis hat sowohl mit Werner als auch mit Laeticia Ochsner gesprochen, zusammen und einzeln. Jedes Gespräch wird protokolliert, ich habe alle Unterlagen.«

»Das ist gut.« In der Regel musste sich Regina mit unzuverlässigen Zeugenaussagen begnügen, in diesem Fall würde sie sich auf den Wortlaut des mutmaßlichen Opfers stützen können. »Wie war Bortis' Eindruck der Familie?«

»Sie beschreibt Werner Ochsner als tyrannisch, jähzornig und unsensibel, Laeticia Ochsner als aufbrausend und egozentrisch. Nicht mit diesen Worten, natürlich. Aber sie ist klar der Meinung, dass beide Elternteile ihr eigenes Wohl über das von Elias stellen. Dass er Verhaltensauffälligkeiten zeigt, ist unbestritten. Seine Entwicklung ist verzögert, zudem gab es Anzeichen von körperlichem und seelischem Missbrauch.« Fahrni hatte aufgehört zu essen. »Manche Eltern verdienen es einfach nicht, ein Kind geschenkt zu bekommen!«, brach es aus ihm heraus.

»Warum haben die Behörden nichts unternommen?«

»Im Prinzip ist es nicht vorgesehen, während der diagnostischen Phase zu handeln. Nach Ablauf der vier Monate wird ein Bericht erstellt, in dem die Fallverantwortliche eine Empfehlung abgibt. Doch Bortis überlegte sich bereits, eine superprovisorische Maßnahme einzuleiten. Dazu ist es jedoch nicht mehr gekommen.«

»Hatte sie die Kesb schon informiert?«

»Nein.«

»Wie hätte ihre Empfehlung gelautet?«

»Ursprünglich wollte sie eine Erziehungsbeistandschaft erwirken, bei ihrem letzten Treffen mit Elias fielen ihr aber die Zeichen von körperlicher Misshandlung auf. Sie erwog deshalb eine Fremdplatzierung.«

Das warf ein ganz neues Licht auf den Fall. War Laeticia Ochsner mit Elias untergetaucht, damit man ihr den Jungen nicht wegnahm? Hatte Werner Ochsner die beiden gar versteckt? Regina sah Fahrni an, dass er in die gleiche Richtung dachte.

»Du hast gesagt, es seien zwei Personen an der Abklärung beteiligt. Hast du auch mit der Mütter- und Väterberaterin gesprochen?«

»Sie hat alles bestätigt«, sagte Fahrni.

Die Bedienung brachte das Essen. Regina lief das Wasser im Mund zusammen, als sie den Kartoffelauflauf sah. Lustlos stocherte sie in ihrem Salat herum. Sie aßen schweigend, beide in Gedanken versunken.

»Wenn Werner Ochsner seine Frau und seinen Sohn versteckt hat, wird er uns früher oder später zu ihnen führen«, sagte Fahrni, nachdem er den letzten Tropfen Soße mit Brot aufgewischt hatte.

»Die Kita-Mitarbeiterin hat berichtet, dass Laeticia Ochsner Elias am Tag ihres Verschwindens zur Eile antrieb, weil sie noch packen wollte.«

Fahrni runzelte die Stirn. »Woher weiß sie das? Spricht sie Portugiesisch? Barbara Bortis hat bei den Gesprächen eine Dolmetscherin dabeigehabt.«

Regina legte ihre Gabel hin. Das war es gewesen, was sie gestört hatte! Sie holte ihr Handy hervor und rief Linda Sommer an. Die Erzieherin erklärte, dass Laeticia Ochsner Deutsch gesprochen hatte.

Nachdenklich legte Regina auf. »Kann es sein, dass sie absichtlich Deutsch sprach?«

»Warum hätte sie das tun sollen?«, fragte Fahrni.

»Damit die Kita von ihren Plänen erfuhr.«

»Warum hat sie nicht einfach erzählt, dass sie verreisen wollte?«

Darauf wusste Regina keine Antwort.

Fahrni legte die Serviette auf den Tisch. »Haben wir überhaupt einen Fall?«

»Gute Frage.«

Sollte sich der Verdacht auf ein Tötungsdelikt oder eine

Entführung als unbegründet erweisen, würden sie die Überwachungsmaßnahmen abbrechen müssen, dachte Regina.

Dic Bedienung trat an ihren Tisch und fragte, ob sie Kaffee oder eine Nachspeise wollten. Regina bestellte einen Apfelstrudel. Irgendwie musste sie satt werden.

14

Regina saß am Esstisch und studierte die Abschrift von Werner Ochsners Telefongesprächen. Er hatte seit Aufschaltung der Überwachung mit einem Steuerberater, seinem Bruder und dem Vermieter des Raums gesprochen, in dem Laeticia Ochsners Nagelstudio untergebracht war. Vor allem das letzte Gespräch weckte Reginas Interesse. Ochsner wollte das Mietverhältnis kündigen und hatte gefragt, was er unternehmen müsse, da seine Frau die Vertragspartnerin sei. Offenbar ging er davon aus, dass sie nicht zurückkommen würde. Weil er sie getötet hatte? Die Observation hatte bis dahin nichts Neues zutage gefördert. Ochsner hatte den Tag in seinem Büro verbracht. Laut Unterlagen handelte er mit gebrauchten Gastronomiegeräten, die er aus Konkursmassen bezog. Danach war er in seine Stammkneipe gefahren.

Lily schlief seit zwei Stunden. Sie hatte am Nachmittag mit Paz Chipa gebacken, die Wohnung roch immer noch nach dem paraguayischen Gebäck. Regina legte die Unterlagen beiseite und griff nach der Akte des Abteilungsleiters. Sie ärgerte sich darüber, dass sie nicht um mehr Zeit gebeten hatte. Sie hatte gerade die letzte Seite gelesen, als die Tür aufging und Cavalli hereinkam. Er sah müde aus, seine hohen Wangenknochen traten deutlich hervor, seine Augen waren rot geädert.

Regina ging ihm entgegen. »Warst du bis jetzt im Büro?«

»Krisensitzung«, sagte er und beugte sich vor, um sie zu küssen. »Die zweite heute.«

»Wie ist es gelaufen?«

»Wie solche Sitzungen eben laufen.«

Er küsste sie noch einmal, diesmal länger. Sie spürte seinen Atem an ihrem Hals, seinen Herzschlag unter ihrer Hand. Plötzlich vermisste sie den Duft des Waldes, der ihm im Reservat angehaftet hatte. Sie dachte an die Lebendigkeit, die Cavalli ausgestrahlt hatte, als sie ihn dort besuchte.

»Cava …«

Er seufzte und ließ sie los. »Du willst reden.«

»Ich möchte wissen, ob Guths Suizid Konsequenzen für dich hat.«

»Ich sehe vorher nur kurz nach Junebug.« Er verschwand im Kinderzimmer, nach ein paar Minuten kehrte er zurück. »Setzen wir uns auf die Terrasse? Ich war den ganzen Tag drinnen.«

Regina holte ihre Jacke, und Cavalli breitete eine Fleecedecke auf dem Boden aus. Der Regen prasselte auf das Dach, zwischen den Bäumen blitzte ab und zu der Scheinwerfer eines Fahrzeugs auf, das die steile Straße hochfuhr.

»Da Silva fragt sich, ob ich der Richtige für diese Stelle bin«, begann Cavalli. »Sie glaubt, mir fehle es am nötigen Feingefühl.«

»Was ist bei der Einvernahme geschehen?«

»Lange Zeit gar nichts. Guth wirkte niedergeschlagen, aber gefasst. Als ich ihn fragte, ob er den Menschen als Polizist wirklich helfe, veränderte sich sein Verhalten schlagartig. Eigentlich wollte ich nur prüfen, wie stark er sich mit seinem Beruf identifizierte, um auszuschließen, dass er aus Gleichgültigkeit oder Wut auf das System gehandelt hatte. Aber ich muss einen wunden Punkt getroffen haben. Er wurde nervös, innerlich zog er sich zurück. Ich bin mir sicher, seine Reaktion hatte nichts mit den Anschuldigungen gegen ihn zu tun.«

»Er soll einem Tatverdächtigen von einer geplanten Hausdurchsuchung erzählt haben, richtig?«

»Mehr weißt du nicht?«

»Nein.«

Cavalli zögerte, dann sagte er: »Bei dem Tatverdächtigen handelt es sich um Viktor Lukasch.«

Bilder stürzten auf Regina ein. Irina, die Augen verquollen vom Weinen. Pilecki, das Gesicht wutverzerrt. Lukaschs süffisantes Grinsen.

Cavalli erzählte ihr seinen Fall in allen Einzelheiten. »Guth hat etwas für seine Informationen bekommen«, schloss er. »Ich will wissen, was. Bestimmt keinen Chihuahua.«

»Hast du eine Vermutung?«

»Ich weiß nur, dass ihn etwas belastete. Er hat sich verändert, lange bevor die interne Untersuchung eingeleitet wurde.«

Regina dachte an die Einsamkeit, die Guths Wohnung ausstrahlte. Als sie Cavalli davon erzählte, reagierte er nicht.

»Du warst dort«, stellte sie fest.

Er schwieg.

»Cava! Wenn jemand davon erfährt …« Sie schüttelte den Kopf.

»Niemand wird davon erfahren.«

Im Grunde erstaunte es Regina nicht, dass er hingegangen war. Er würde alles unternehmen, um herauszufinden, was der wirkliche Grund für Guths Suizid war.

»Und du? Warum warst du eigentlich dort?«, fragte er. »Ich bin davon ausgegangen, dass die Regionale den Fall untersucht.«

Sie erzählte von den zwei Schüssen. »Die Stadtpolizei ging zuerst von einem Tötungsdelikt aus.« Sie hielt kurz inne. »Ich habe mich gefragt, ob es eine Freundin gab, bei der Guth seine Freizeit verbrachte. Das würde die leere Wohnung erklären.«

»Gab es nicht.«

»Bist du sicher?«

»Zumindest keine in der Schweiz. Anfang September hatte er eine Woche Urlaub. Ich habe einen Beleg in seinem Schreibtisch gefunden, eingeklemmt zwischen zwei Schubladen. Er hat am 3. September in Lodz getankt.«

»Polen ist ein ungewöhnliches Urlaubsziel«, stellte Regina fest. »Glaubst du, er wollte dort eine Frau treffen?«

»Es würde erklären, warum er niemandem von der Reise erzählt hat. Auch seine Stimmungsschwankungen ergäben einen Sinn. Eine Streifenpolizistin hat ausgesagt, dass er vor der Reise gut gelaunt, danach resigniert wirkte. Andererseits finde ich es seltsam, dass ich keine weiteren Belege für die Reise in seinen Unterlagen gefunden habe. Er muss alles bar bezahlt haben. Das deutet darauf hin, dass er mehr verheimlichen wollte als ein Treffen mit einer Frau.«

»Woher stammt Eva Kulova?«

»Aus der Slowakei.« Cavalli schüttelte den Kopf. »Den Gedanken hatte ich auch. Aber wenn Guth Hunde von der Slowakei in die Schweiz geschmuggelt hätte, wäre er nicht über Polen gefahren.«

»Und wenn er sie in der Ukraine geholt hat?«

Regina ging ins Wohnzimmer und kehrte mit ihrem Handy zurück. Die schnellste Verbindung in die Ukraine führte über Dresden und Krakau nach Lwiw. Lodz lag etwas nördlich dieser Route.

»Es könnte passen«, sagte sie.

»Ich glaube nicht, dass Guth Hunde geschmuggelt hat.«

»Vielleicht hat Lukasch ihn erpresst. Du kennst Lukasch, er schlägt aus allem Kapital.«

»Vielleicht.«

»Oder Guth wollte etwas von ihm und musste sich dafür erkenntlich zeigen.«

»Auch möglich.«

»Du klingst nicht gerade interessiert daran, die …« Regina verstummte, als sie Cavallis Blick bemerkte.

Die Müdigkeit war aus seinem Gesicht gewichen. Er nahm ihr das Telefon aus der Hand und zeichnete ihr Schlüsselbein nach. Regina richtete sich auf, bevor er sich an den Knöpfen ihrer Bluse zu schaffen machen konnte.

»Die Nachbarn …«, sagte sie.

»Schlafen um diese Zeit.« Er schob die Hand unter ihre Bluse.

»Es ist zu kalt hier draußen!«

Seine Augen blitzten vergnügt. »Ich sorge schon dafür, dass du nicht frierst.«

Im Wohnzimmer klingelte das Brandtour-Handy.

Regina stöhnte.

»Der Laut gefällt mir«, sagte Cavalli trocken. »Der Grund dafür umso weniger.«

Regina löste sich aus seiner Umarmung und ging ins Haus. Sie starrte das Handy an, als könnte sie den Anruf ungeschehen machen. Schließlich nahm sie ab. Ein Spaziergänger hatte eine Leiche in einem Wald im Zürcher Oberland gefunden.

Auf der Terrasse blieb sie stehen und beugte sich zu Cavalli hinunter.

»Geh schon.« Er verschränkte die Arme hinter dem Kopf. »Wir sehen uns morgen.«

»Ich würde lieber hierbleiben«, sagte sie.

Und er würde lieber ausrücken. Er sagte es nicht, doch sie sah es ihm an.

15

Das Waldstück, in dem der Spaziergänger die Leiche gefunden hatte, lag im Tösstal. Regina fuhr durch eine Hügellandschaft, vorbei an braunen Äckern, Weiden und Bauernhöfen, in den Fenstern brannte kein Licht. Der Regen hatte ein wenig nachgelassen, und die Straße glänzte feucht. Ab und zu tauchte der Mond zwischen den Wolken auf. Das Navigationsgerät lotste sie zu einer Abzweigung, kurz darauf sah sie die Töss. Der Wasserstand des Flusses war niedrig, das Ufer dicht bewachsen. Hinter einer Brücke standen mehrere Fahrzeuge. Schon von Weitem erkannte sie die MEZ, die mobile Einsatzzentrale der Kantonspolizei.

Regina parkte am Straßenrand und ging den restlichen Weg zu Fuß. Beamte der Stadtpolizei Winterthur sperrten das Gelände ab, ein Stück weiter oben am Hang leuchtete ein Scheinwerfer. Die Schatten, die sich davor bewegten, sahen gespenstisch aus. Regina entdeckte Tobias Fahrni unter der Jalousie der MEZ, wo er mit einem Mann um die sechzig sprach.

»Das ist Rudolf Hager, sein Hund hat die Leiche gefunden«, erklärte er.

Hager wirkte sichtlich erschüttert. Neben ihm stand ein kleiner Hund mit schwarzgrau meliertem Fell und Kippohren, die sich unruhig hin und her bewegten.

»Ein Terrier?«, fragte Regina.

»Ja, ein Deutscher Jagdterrier. Stur wie ein Bock. Er hat meinem Sohn gehört, seine Familie kam aber nicht mit ihm zurecht. Er braucht viel Bewegung und will eigentlich nur eines.« Hager ging in die Knie und kraulte den Hund. »Arbeiten.«

»Also jagen?«

»Stöbern.« Hager sah zu ihr auf. »Der Deutsche Jagdterrier ist ein Erdhund. Er treibt Tiere aus ihrem Bau.«

»Erzählen Sie mir, wie er die Leiche fand«, bat Regina.

Hager atmete tief durch. »Ich spaziere jeden Abend mit ihm den Fluss entlang. Ich lasse ihn nicht gern von der Leine, wenn Kinder, Radfahrer oder andere Hunde in der Nähe sind, deshalb ziehen wir in der Regel spät los. Normalerweise gehen wir zu Fuß an die Töss, ich wohne nur zehn Minuten vom Fluss entfernt. Heute war ich aber in der Stadt. Auf dem Heimweg hielt ich hier an, weil der Parkplatz direkt am Fluss liegt. Der Hund rannte in den Wald. Auf einmal veränderte sich sein Bellen.« Hager schüttelte den Kopf. »Ich hielt den Arm zuerst für einen Ast. Dann sah ich die Fingernägel.« Er wischte sich über die Stirn.

Fahrni bat einen Uniformierten, sich um Hager zu kümmern. Er wartete, bis sie außer Hörweite waren, bevor er weitersprach.

»Die Leiche liegt rund zweihundert Meter vom Parkplatz entfernt. Vermutlich hat ein Tier den Arm freigelegt.«

»Ist erkennbar, ob es sich um eine Frau oder um einen Mann handelt?«

»Die Fingernägel sind lackiert.«

Sie tauschten Blicke. Konnte es sich um Laeticia Ochsner handeln? In der MEZ zog Regina Schutzkleidung an. Fahrni führte sie zu einem freigegebenen Pfad.

»Ist der Brandtour-Offizier der Kantonspolizei schon eingetroffen?«, fragte Regina.

»Ja, er ist oben bei der Fundstelle. Zusammen mit dem Bezirkschef.«

»Wer hat Dienst?«

»Walker.«

Regina verfluchte ihr Pech. Seit Joe Walker ihr Avancen gemacht hatte, ging sie ihm aus dem Weg. Sie fühlte sich geschmeichelt, doch er verunsicherte sie auch. Sie wusste nie, ob er ihr etwas vorspielte. Er war nicht umsonst Chef der Fahndungsabteilung und damit auch verantwortlich für die Umsetzung verdeckter Ermittlungsmaßnahmen.

Der Strahl von Fahrnis Taschenlampe hüpfte über abgebrochene Zweige und nasses Laub. Regina schwitzte in der Thermowäsche, die sie in Erwartung einer kalten Nacht angezogen hatte. Der Boden unter ihren Füßen war rutschig, es roch nach feuchter Erde und modrigem Holz. Sie duckte sich unter einem Ast durch. Bereits hörte sie das Summen der Generatoren. Vor ihr stand das Tatortzelt, das die Spurensicherung aufgebaut hatte. Zwei Mitarbeiter des Forensischen Instituts knieten im Licht der Scheinwerfer vor einer Senke.

Regina erkannte Walker trotz seines Schutzanzugs an der militärischen Haltung und den präzisen Bewegungen. Sie nickte ihm zu und stellte sich dem Bezirkschef vor.

»Sie liegt seit mindestens drei Wochen hier«, sagte Walker in seinem weichen Bariton. »Ein Uniformierter aus der Region meint, das Sturmholz, das die Fundstelle bedeckt, stamme von einem heftigen Gewitter Anfang September.«

»Vielleicht hat der Täter das Holz auch hergetragen«, sagte Regina. »Um die Grabspuren zu kaschieren.«

»Eher unwahrscheinlich.« Walker winkte den Polizeifotografen herbei und bat ihn, ihr die Aufnahmen zu zeigen.

Auf ihnen war die Fundstelle zu sehen, bevor die Forensiker sie gesäubert hatten. Die Zweige und Äste fügten sich natürlich in die Umgebung ein.

Regina trat neben das Grab. Ein angenagter Arm ragte aus der Erde. Die Fingernägel waren in einem warmen Farbton zwischen Orange und Rosa lackiert. Weil die Fäulnis bereits eingesetzt hatte, war es unmöglich, die Hautfarbe des Opfers zu erkennen.

Martin Angst kam mit einer Stirnlampe zwischen den Bäumen hervor. Er trug mehrere Papierbeutel und einen Spatel, mit dem er Bodenmaterial gesichert hatte.

»Schuhspuren können wir vergessen. Falls es welche gab, hat der Regen sie längst vernichtet. Ist Sabine schon unterwegs?«, fragte er Walker.

»Sie sollte jeden Moment eintreffen.«

Angst begrüßte Regina. »Ich habe Joe gebeten, Sabine Hahn aufzubieten. Sie hat sich im Rahmen ihrer Masterarbeit mit dem Thema Thanatoprints befasst.«

Regina hörte das Knacken von Zweigen, kurz darauf trat Sabine Hahn in Begleitung eines Oberarztes vom Institut für Rechtsmedizin in den Lichtkegel.

»Sie wird es dir gleich selbst erklären«, sagte Angst und fuhr mit der Sicherung der Bodenproben fort.

Regina freute sich, die junge Rechtsmedizinerin zu sehen. Sie mochte ihre unkomplizierte Art und ihren Humor. Sabine Hahns Gutachten waren so exakt wie die ihres Vaters, und genau wie er beschränkte sie sich darauf, die Fragen der Staatsanwaltschaft zu beantworten, statt die Befunde zu interpretieren, wie einige ihrer Kollegen es taten.

»Thanatoprints?«, fragte Regina und zog die Augenbrauen hoch.

»Klingt nach griechischer Mythologie, ich weiß«, schmunzelte Sabine Hahn. »Keine Sorge, das Verfahren ist hochmodern.« Sie untersuchte die Hand des Opfers, dann packte sie mehrere Fläschchen und einen Katheter aus. »Das ist ein Sicherheitsvenenverweilkatheter. Den lege ich jetzt an die Handgelenkschlagader.« Sie arbeitete ruhig und konzentriert. »Nun injiziere ich die Lösung, die ich am Institut vorbereitet habe.

Sie besteht aus Metaflow, Rectifiant und Wasser. Sie wird die Blutgefäße reinigen und die Flexibilität rekonstruieren.«

»Und wozu dient das?«, fragte Regina.

Sabine Hahn drehte den Arm des Opfers so, dass die Handfläche nach oben zeigte. »Siehst du die Fingerbeeren? Durch die postmortalen Veränderungen haben sie ihre ursprüngliche Form verloren. Mit thanatopraktischen Verfahren kann ich Fäulnis- und Wasserleichen morphologisch rekonstruieren. Ich entziehe dem Gewebe Feuchtigkeit und stelle so die Spannung und das Volumen wieder her. In diesem Fall behandle ich nur die Hand, damit wir Fingerabdrücke nehmen können.«

»Das funktioniert?«, fragte Regina.

»Sogar dann, wenn sich die Oberhaut bereits löst«, bestätigte Martin Angst, der neben Sabine Hahn in die Hocke gegangen war.

»Wie lange dauert der Prozess?«

»In einer Viertelstunde werde ich eine weitere Lösung injizieren, die Metasyn enthält«, antwortete Sabine Hahn. »Danach dauert es in der Regel eine halbe Stunde, bis die Fingerbeeren bereit sind. Manchmal etwas länger.«

»Und wo ist der Haken?« Regina war es gewohnt, dass die Identifizierung einer verwesten Leiche Tage, Wochen oder sogar Monate in Anspruch nahm.

Sabine Hahn lachte. »Es gibt keinen.«

Sie stand auf, um den Kriminaltechnikern Platz zu machen.

Die Chance, dass die Fingerabdrücke im System registriert waren, war größer als bei einem DNA-Profil. Regina empfand eine Untersuchung als belastend, wenn sie nicht wusste, wer das Opfer war. Irgendwo suchten Eltern nach ihrem Kind, vielleicht vermisste ein Mann seine Partnerin, eine Frau ihren Partner. Die Ungewissheit war für die Angehörigen manchmal schlimmer als der Schmerz nach der Todesnachricht.

»Ich sehe mir inzwischen die Vermisstenmeldungen an«, sagte Regina.

Joe Walker trat zu ihr. »Ich komme mit.«

Als sich Regina vor dem niederhängenden Ast duckte, bot er ihr seine Hand an. Regina winkte ab.

»Schade, dass Cavalli nicht hier ist«, sagte Walker, nachdem sie ein paar Schritte gegangen waren. »Sein Gespür für den Wald wäre jetzt nützlich. Seine Nase ebenfalls.«

Regina dachte daran, wie sich Cavalli darüber ärgerte, wenn man seine Fähigkeiten auf Intuition, beziehungsweise auf seine indianischen Wurzeln zurückführte. Dass er Gerüche erkannte, lag daran, dass er sie bewusst wahrnahm. Dahinter steckte jahrelanges Training, keine magische Fähigkeit.

»Wie gefällt es ihm auf dem Heldenfriedhof?«, fragte Walker.

»Gut«, log sie.

»Eine Verschwendung seiner Fähigkeiten, wenn du mich fragst.«

»Gute Ermittler sind auch an der Lessingstraße gefragt.«

Walker drehte sich so abrupt um, dass Regina beinahe mit ihm zusammenstieß. Sie spürte die Wärme, die von seinem Körper ausging, und sah die stahlblauen Augen, die mehr wahrnahmen, als Regina preisgeben wollte.

»Gute Ermittler gibt es viele«, sagte er. »Aber nur ein paar von ihnen haben wie Persephone von den Früchten gekostet, die eine Rückkehr aus der Unterwelt verunmöglichen – um bei dem Bild der antiken Griechen zu bleiben.«

Als sie Walker kennengelernt hatte, war Regina von seiner Belesenheit fasziniert gewesen. Inzwischen war sie nicht mehr sicher, ob er die Rolle des Feingeistes nur spielte, um sie zu beeindrucken.

»Was willst du damit andeuten?«, fragte sie. »Dass Cavalli in der Unterwelt lebt?«

»Er ist dort zu Hause. Ich kann dafür sorgen, dass er wie Persephone einen Teil des Jahres auf der Erde weilt.«

War die Unterwelt für ihn die Welt der Verbrecher, ein seelischer Abgrund oder bloß eine Realität jenseits des Gesetzes? Regina wusste, dass Walker immer auf der Suche nach Leuten war. Vielleicht wollte er Cavalli anwerben. Immer häufiger wurden verdeckte Ermittler zur Aufklärung schwerer Straftaten eingesetzt. Vor einigen Jahren war bei der Fahndungsabteilung deshalb der Dienst Besondere Ermittlungsmaßnahmen geschaffen worden. Wie die Arbeit dort aussah, wussten nur Insider. Zweifellos würde Cavalli gut in das Team passen.

Regina straffte die Schultern. »Die einzige Unterwelt, die mich interessiert, ist die Welt unter der Erde.« Sie zeigte den Hang hinauf. »Da liegt eine Leiche, die es verdient, dass wir ihr unsere ganze Aufmerksamkeit widmen.«

Walker hob entschuldigend die Hände. »Touché.«

In der Einsatzzentrale lagen topografische Karten, eine Liste von vermissten Frauen und eine Tüte Brötchen für die Ermittler bereit. Ein Führungsassistent reichte Regina eine Thermoskanne mit Kaffee. Sie schüttelte den Kopf. Solange es keine Toilette in der MEZ gab, verzichtete sie lieber auf Getränke. Sie beugte sich über eine Karte und studierte die unmittelbare Umgebung des Fundorts. Zweihundert Meter nördlich davon führte ein Wanderweg den Hang hinauf. Es war zwar möglich, eine Leiche von dort aus durch das Gestrüpp zu tragen, viel einfacher war es, am Straßenrand zu parken und direkt hinaufzusteigen. Fahrni hatte bereits eine Suche nach Zeugen eingeleitet.

Walker reichte ihr die Liste mit den Vermisstenmeldungen. Regina blätterte zu Laeticia Ochsner und betrachtete das Foto der Frau. Mit ihren ebenmäßigen Zügen, der braunen Haut und der exotischen Ausstrahlung war sie zweifellos eine

Schönheit. Hätte Regina den Rapport der Stadtpolizei nicht gelesen, sie hätte nie geglaubt, dass diese Frau gewalttätig war.

Der Regen hatte wieder eingesetzt, sanft trommelte er auf die MEZ. Es war jetzt deutlich kühler.

Sabine Hahn rief an, um ihnen mitzuteilen, dass Martin Angst mit den Abdrücken unterwegs war. Der Führungsassistent schaltete den Scanner ein.

Wenig später hatten sie Gewissheit. Das Opfer, das im Wald lag, war Laeticia Ochsner.

Regina beauftragte Fahrni damit, Stationierte, Kriminaltechniker, Bezirkschef und Brandtour-Offizier zusammenzutrommeln. Inzwischen war auch der Mediensprecher eingetroffen. Als alle unter dem Vordach versammelt waren, fasste sie zusammen, was sie über die Frau wusste.

»Laeticia Ochsner ist zusammen mit ihrem dreieinhalbjährigen Sohn Elias verschwunden.« Ein leises Stöhnen erklang. »Möglicherweise liegt er ebenfalls in dem Grab. Wenn nicht, kann er woanders verscharrt sein. Wir brauchen Hunde und Suchmannschaften. Jeder Zentimeter um die Fundstelle herum muss durchsucht werden. Wenn wir Elias nicht finden, weiten wir die Suche aus.« Sie wandte sich an Martin Angst. »Wie lange wird es dauern, bis die Leiche abtransportiert werden kann?«

»Ich schätze, eine Stunde. Das IRM hat bereits mit der Untersuchung begonnen.«

»Joe, nimm mit deinen Leuten von der Spezialfahndung Kontakt auf. Ich will wissen, was Ochsner gerade macht. Ob er von dem Leichenfund etwas mitbekommen hat.«

Ein Stationierter ergriff das Wort. »Vor zwei Wochen ging bei uns eine Meldung ein. Jemand hat ein Kleinkind gesehen, das allein in einem geparkten Wagen saß. Der Wagen war weg, als wir ankamen, aber wir haben eine Beschreibung des Kindes.«

»Fahrni, geh dem nach.«

Bewegung kam in die Gruppe. Funkgeräte knisterten, Handys wurden gezückt. Regina schlug ihre Kapuze hoch und stieg wieder zur Fundstelle hinauf. Der Körper der Leiche war inzwischen gut sichtbar. Regina erkannte das Top, das Laeticia Ochsner am Tag ihres Verschwindens getragen hatte.

»Könnt ihr schon sagen, woran sie gestorben ist?«

Sabine Hahn schüttelte den Kopf. »Nicht unter diesen Bedingungen. Was ich sagen kann, ist, dass sie im Scheitelbereich des Kopfes Verletzungen aufweist. Diese müssen aber nicht zwingend mit ihrem Tod zusammenhängen. Auch das Gewebe weist zahlreiche Veränderungen auf. Es könnten Fraßspuren sein, wir werden sie im IRM untersuchen müssen.«

Die Stimmung am Fundort hatte sich verändert. Es herrschte eine Dringlichkeit, die oft mit der Suche nach Kindern einherging. Regina sah Elias' dunkelbraune Augen vor sich. Von welchen Bildern wurden die anderen verfolgt? Jedem war klar, dass sie den Jungen nicht lebendig finden würden. Nicht hier im Wald.

Regina spürte eine Hand an ihrem Arm und zuckte zusammen. Fahrni stand neben ihr, sein Gesicht war kummervoll.

»Es war nicht Elias«, sagte er. »Das Kind im Auto war ein Säugling.«

Die Leiche wurde auf eine Trage gebettet und den Hang hinuntergetragen. Die Rettungskräfte versammelten sich um die Grube. Auch Regina starrte in das Loch. Auf dem Boden krabbelten Insekten davon, und zahlreiche Schnecken glänzten im Licht des Scheinwerfers. Bevor die Kriminaltechniker weitergraben konnten, mussten die Spuren gesichert werden. Martin Angst stieg hinein.

»Hier liegt etwas«, sagte er.

Er hielt ein oranges Kügelchen in der Größe einer Rosine

zwischen zwei Fingern, auf dessen Rückseite ein kleiner Drahtbogen befestigt war.

»Ist das ein Knopf?«, fragte sie.

»Möglich.« Martin Angst ließ das Fundstück in einen Asservatenbeutel fallen und arbeitete weiter.

Eine Suchtruppe begann, die unmittelbare Umgebung der Grube zu durchkämmen.

»Reichst du mir eine Stange?«, bat Angst einen Kollegen.

Sie schauten zu, wie er die Stange in den Boden stieß. An einer Stelle traf er auf Widerstand, doch weitere Grabungen förderten nur einen Stein zutage.

Regina kehrte zum Wagen zurück, schrieb Cavalli eine Nachricht und nahm eine Packung Darvida aus dem Handschuhfach. Es würde eine lange Nacht werden.

16

Am nächsten Morgen versammelten sich Sachbearbeiter, Fahnder und Kriminaltechniker in der Kripoleitstelle. Auch der Chef der Ermittlungsabteilung Gewaltkriminalität sowie der Mediendienst nahmen an der Sachbearbeiterkonferenz teil. Viele der Anwesenden hatten die Nacht durchgearbeitet, es roch nach Schweiß und feuchter Kleidung. Regina spülte mit ihrem Kaffee zwei Kopfschmerztabletten herunter. Auf dem Konferenztisch lagen Fotos von Elias und Laeticia Ochsner. Ein Techniker hatte eine Karte an die Wand projiziert, sie zeigte das Waldstück, in dem die Leiche gefunden worden war, sowie die unmittelbaren Zufahrtsstraßen.

Regina fasste noch einmal zusammen, was sie über Laeticia und Elias Ochsner wusste. »Die Blut- und Leichenspürhunde stehen seit drei Uhr früh im Einsatz. Bis jetzt haben sie nur Blutspuren gefunden, die mit der Blutgruppe von Laeticia Ochsner übereinstimmen.«

»Wenn ich dich richtig verstehe, ist Werner Ochsner der Hauptverdächtige«, sagte Pilecki.

»Nach den Aussagen der Nachbarn kam es immer wieder zu gewalttätigen Auseinandersetzungen in der Wohnung«, bestätigte Regina. »Die Stadtpolizei wurde mehrmals aufgeboten, allerdings liegen die meisten Vorfälle ein paar Jahre zurück. Nach der Geburt von Elias sind die Ochsners umgezogen, die neuen Nachbarn hielten es offenbar nicht für nötig, bei lauten Streitereien die Polizei zu rufen. Kurz bevor

Laeticia verschwand, soll sich das Paar besonders heftig gestritten haben. Ein Nachbar hat berichtet, dass Werner Ochsner damit drohte, seine Frau zu töten. Aber auch er meldete den Vorfall nicht.«

Fahrni hielt einen Stapel Computerausdrucke hoch. »Die Rapporte. Lauter ältere Vorfälle, bis auf einen.«

»Wer rückte jeweils aus?«, fragte Pilecki.

»Die Regionalwache Aussersihl.« Fahrni blätterte die Papiere durch. »Am häufigsten Stefan Guth.«

Es wurde still. Regina spürte die Blicke auf sich. Auf einmal fiel ihr das Atmen in dem fensterlosen Raum schwer.

Sie räusperte sich. »Die Sozialarbeiterin, die für die Abklärungen zuständig war, hat bei Elias Anzeichen von körperlicher Misshandlung festgestellt. Sie erwog, eine superprovisorische Maßnahme einzuleiten, den Jungen also fremdzuplatzieren. Dazu kam es nicht mehr. Mutter und Sohn verschwanden, bevor die Kesb eingreifen konnte. Bis jetzt zog ich auch die Möglichkeit in Betracht, dass Laeticia mit Elias untertauchte, damit man ihr den Sohn nicht wegnahm. Oder dass Werner Ochsner die beiden vor den Behörden in Sicherheit gebracht hatte. Der Leichenfund bestätigt meine ursprüngliche Vermutung, dass die Frau Opfer eines Tötungsdelikts wurde.«

»Vielleicht hat Ochsner den Sohn trotzdem irgendwo versteckt«, mutmaßte ein Sachbearbeiter.

Walker meldete sich. »Wir observieren ihn seit zwei Tagen. In dieser Zeit hat er sich nur in seiner Wohnung, am Arbeitsplatz oder in seiner Stammkneipe aufgehalten. Die Personen, mit denen er Kontakt hatte, werden überprüft. Kristian, kannst du etwas zu den Antennenstandorten sagen?« Er übergab dem Techniker vom Dienst Sonderelektronik das Wort.

Kristian Stanic griff nach der Fernbedienung. Auf der Leinwand erschien eine Karte des Kantons Zürich. »Die roten

Punkte markieren die Sendemasten, bei denen sich Ochsners Telefon angemeldet hat. Die meisten befinden sich in und um die Stadt Zürich.« Er zeigte mit einem Pointer auf den Leichenfundort. »Das Telefon war kein einziges Mal in der Nähe des Tösstals. Es war auch nie ausgeschaltet.« Er klickte weiter zu einer Grafik aller ein- und ausgehenden Anrufe. »Je dicker die Linie, desto mehr Anrufe. Am häufigsten hat er die Nummer von Laeticia Ochsner gewählt. An zweiter Stelle steht ein Anschluss in Brasilien, an dritter die Regionalwache Aussersihl. Ich habe die Anrufe auch nach Datum sortiert.«

Es folgte eine Grafik, die den Monatsverlauf zeigte. Anfang September hatte Werner Ochsner seine Frau fast jede Stunde angerufen. Nach einer Woche nur noch ein- bis zweimal täglich. Dafür nahmen die Anrufe nach Brasilien zu. Ab der dritten Woche stiegen die Telefongespräche mit der Polizei signifikant an. In den letzten Tagen waren gar keine Anrufe mehr auf das Handy von Laeticia erfolgt, dafür noch mehr nach Brasilien

»Wenn er sie umgebracht hat, ist er ein verdammt guter Schauspieler«, sagte Pilecki.

»Und es wäre ihm bekannt, wie wir arbeiten«, fügte Stanic hinzu.

Regina starrte auf die Leinwand. So ein Täuschungsmanöver würde Werner Ochsner nicht durchführen, es passte nicht zu ihm. Er löste seine Probleme mit Gewalt, nicht mit Raffinesse.

»Vielleicht hat Laeticia ihn verlassen, und es gelang ihm erst kürzlich, sie aufzuspüren«, dachte sie laut nach. »Dabei könnte es zu einem Streit mit tödlichen Folgen gekommen sein.«

»Der Rechtsmediziner schätzt die Liegezeit der Leiche auf mehrere Wochen«, widersprach Walker. »Was ist mit dem Telefon der Frau?«

»Seit dem Tag ihres Verschwindens ausgeschaltet«, sagte Regina. »Genauer gesagt, ab 23.58 Uhr. Zu diesem Zeitpunkt muss es im Nagelstudio oder bei ihr zu Hause gewesen sein. Es ist der gleiche Sendemast.«

»Wann findet die Obduktion statt?«, wollte der Chef der Gewaltkriminalität wissen.

»Heute Nachmittag.« Regina startete das Mailprogramm auf ihrem Laptop. »Bei der äußeren Leichenschau sind Fragen aufgetaucht. Sabine Hahn möchte einen Biologen hinzuziehen, um eine Verwechslung von postmortalen Gewebeveränderungen durch Insekten mit vitalen Verletzungen auszuschließen.« Sie leitete die Fotos, die sie vom IRM erhalten hatte, an Stanic weiter. »Vor allem diese Gewebezerstörung an der Wade gibt ihr Rätsel auf. Sie ähnelt einer Verbrennung.«

Stanic projizierte das Bild an die Wand.

»Ich hatte mal eine Leiche, bei der die Fraßlöcher von Fliegenmaden für Schrot-Einschüsse gehalten wurden«, erzählte Pilecki.

»Das ist noch gar nichts«, sagte ein Kriminaltechniker trocken. »Wir haben im Sommer Blutspritzer untersucht, die sich als Fliegenartefakte entpuppten. Die DNA stimmte mit derjenigen des Opfers überein. Die Fliegen haben das Blut am Tatort aufgenommen und später verteilt.«

Regina sah auf die Uhr. »Ich habe Martin Angst gebeten, uns um halb zehn über den Stand der Suche zu informieren. Er ist immer noch vor Ort. Ich schlage vor, wir schalten ihn jetzt zu.«

Stanic stellte die Verbindung her. Auf der Leinwand erschien Martin Angst. Sein Haar klebte ihm am Kopf, dichte Bartstoppeln sprossen auf Wangen und Kinn. Er saß im Transporter des Forensischen Instituts, hinter ihm war die Kopfstütze des Fahrersitzes und ein Ausschnitt des Seitenfensters zu sehen. Regen prasselte gegen die Scheibe.

»Nichts«, sagte er. »Die Stadtpolizei Winterthur hat Verstärkung geschickt, insgesamt stehen rund sechzig Personen im Einsatz. Das Blut, das die Hunde zwischen Parkplatz und Fundort aufgespürt haben, bleibt die einzige Spur.«

»Sollen wir ein Georadar anfordern?«, fragte ein Kriminaltechniker.

Angst wiegte den Kopf. »Eher nein. Der Boden ist zu lehmig.«

»Man würde trotzdem erkennen, wo gegraben wurde.«

»Lass uns zuerst sehen, ob wir mit den Hunden weiterkommen.« Angst verabschiedete sich, und die Verbindung wurde unterbrochen.

Der Kriminaltechniker wandte sich an die Ermittler. »Ton, beziehungsweise Lehm, ist ein guter Leiter«, erklärte er. »Deshalb wirkt er sich negativ auf die Eindringtiefe des Georadars aus. Die Bodenbeschaffenheit im Wald ist ohnehin nicht ideal. Wurzeln und Steine lösen ähnliche Signale aus wie metallische Objekte oder Leichen. Manchmal kann der Einsatz aber trotzdem sinnvoll sein. Das Radargramm zeigt zum Beispiel an, wo die natürliche Schichtung des Bodens zerstört wurde.«

»Kannst du uns den Gegenstand zeigen, den Martin im Grab gefunden hat?«, bat Regina.

Eine Nahaufnahme der orangen Kugel erschien. Alle waren sich einig, dass es sich um einen Knopf handelte, wenn auch um einen außergewöhnlichen.

»Laeticia Ochsner trug ein Top«, rief Regina in Erinnerung. »Ohne Knöpfe. Er könnte also vom Täter stammen.«

Pilecki grinste. »Irgendwie kann ich mir Werner Ochsner nicht in einem Hemd mit orangen Kugelknöpfen vorstellen.«

Die Vorstellung entlockte auch Regina ein Lächeln. »Klärt ab, was Laeticia Ochsner trug, als sie die letzte Kundin im Nagelstudio bediente.«

Reginas Handys klingelte. Es war Sabine Hahn. Die Rechtsmedizinerin berichtete, dass die Befunde von Oberflächenscan, Computertomografie und Magnetresonanztomografie vorlagen.

Regina schaltete die Lautsprecherfunktion ein.

»An Schädelbasis sowie Schädeldach sind deutlich Frakturen zu erkennen«, erklärte Sabine Hahn. »Die Schädelbasis weist ein Biegungs-Berstungs-Bruchsystem auf, das Schädeldach einen terrassenförmigen Bruch. Weitere Frakturen befinden sich an den Dächern der Augenhöhlen.«

»Sind sie durch einen Sturz oder durch einen Schlag entstanden?«, fragte Regina.

»Die Impressionsfraktur entstand durch einen Schlag. Wenn ein Gegenstand auf den Schädel trifft, verursacht er häufig einen unvollständigen, abgestuften Bruch, einen sogenannten Terrassenbruch.«

»Kann man an der Schlagfläche etwas feststellen?«, unterbrach der Kriminaltechniker.

»Ich kann nur sagen, dass es sich um einen stumpfflächigen, stabförmigen Gegenstand gehandelt haben muss. Wird jemand vom FOR bei der Obduktion dabei sein? Martin Angst vielleicht? Er hat viel Erfahrung mit Formspuren.«

Regina dachte an das müde Gesicht des Wissenschaftlers. Sie bat Walker, dafür zu sorgen, dass ihn jemand ablöste, damit er vor der Obduktion ein paar Stunden schlafen konnte.

»Der Biegungs-Berstungs-Bruch mit Frakturausläufern in den Schädelgrund entstand durch einen Sturz auf den Hinterkopf«, fuhr Sabine Hahn fort. »Beim Aufprall verkürzt sich die Stirn-Hinterkopf-Achse, sodass die beiden Schädelseiten nach außen weichen. Die Fraktur ist eine direkte Folge davon. Dazu passen auch die Brüche der Augenhöhlendächer. Letztere werden durch den akuten Unterdruck quasi angesaugt.«

»Kannst du schon sagen, ob Laeticia Ochsner an den direkten Folgen der Verletzungen starb?«

»Erst nach der Obduktion. Aber es sind sowohl Prellungsblutungen in der Rinde der Hinterhauptslappen erkennbar als auch massive Einblutungen in den Stirnlappen. Als sekundäre Folge von Hirnverletzungen entwickeln sich manchmal kurz nach dem Ereignis ein traumatisches Hirnödem sowie subdurale Blutaustritte, vor allem im Frontalbereich. Es kommt zu Flüssigkeitseinlagerungen, das gesamte Gehirn schwillt an. Das führt zu einer Druckerhöhung im Schädelinneren. Wenn er größer ist als der arterielle Blutdruck, hört die Durchblutung des Hirns auf.«

»Was weißt du über den zeitlichen Ablauf?«, fragte Pilecki.

Sabine Hahn zögerte. »Ich möchte keine Vermutungen anstellen, bevor ich den Schädel geöffnet habe.«

»Aber etwas verunsichert dich?«

Die Rechtsmedizinerin schien mit sich zu ringen. »Um das Wundalter zu bestimmen, muss eine histologische Untersuchung von Exzisaten aus den betroffenen Stellen der Kopfschwarte sowie des Gehirns vorgenommen werden.«

Pilecki sah die Anwesenden fragend an und erntete ratloses Schulterzucken.

»Und wie lange dauert das?«, fragte er.

»Ein paar Tage.«

17

Lily hatte das Frühstück verweigert. Am Mittag kochte Cavalli ihr Lieblingsgericht, Reis mit Erbsen, und briet dazu ein Spiegelei. Als er den Teller vor sie hinstellte, schlug sie ihn weg. Eigelb spritzte gegen die Wand, Erbsen kullerten über den Boden. Er räumte das Essen weg, putzte die Küche und holte ihre Regenbekleidung. Regina wäre entsetzt, wenn sie wüsste, dass Lily mit leerem Magen aus dem Haus ging. Cavallis Meinung nach verhungerte kein Kind freiwillig.

Er brauchte mehrere Anläufe, bis er ihr Hose, Jacke und Gummistiefel übergezogen hatte. Chris war als Kind ebenfalls stur gewesen, aber auf eine andere Weise. Er hatte eine Mauer um sich errichtet, um sich zu schützen. Lily hingegen wollte Cavalli herausfordern. Endlich gelang es ihm, den Reißverschluss ihrer Jacke einzufädeln. Sie zappelte in seinen Armen, bis sie den Waldrand erreichten, wo er sie auf den Boden stellte und tief durchatmete. Es roch nach Erde, Holz, Harz und einem Hauch von Beinwell. Das Moos leuchtete grün, die Baumstämme glänzten vom Regen. Das Plätschern des Bachs erinnerte Cavalli an seine Kindheit in den Smoky Mountains. Er war neben einem Zufluss des Oconaluftee Rivers aufgewachsen, der Klang von Wasser hatte ihn stets begleitet.

Wortlos stieg er den Abhang hinunter. Unterwegs sammelte er Zweige, Baumrinde und Blätter. Lily stand immer noch wie angewurzelt da. Als er begann, die Zweige nebeneinanderzulegen, siegte ihre Neugier. Sie rutschte auf dem Hosenboden den Hang hinunter und kam vorsichtig näher. Cavalli flocht die Zweige zu einem Boot, das er mit Blättern auskleidete. Bug und Heck verstärkte er mit Rinde. Lily begriff, was er vorhatte, sie brachte Tannenzapfen und legte sie hinein. Dann setzten sie das Boot in den Bach und sahen zu, wie es davonschwamm. Lily rannte am Ufer entlang, wenn das Boot stecken blieb, stieg sie ins Wasser und schubste es an.

Cavalli dachte an den vermissten Jungen, nach dem im Tösstal immer noch gesucht wurde. Regina hatte ihn auf dem Weg zur Sachbearbeiterkonferenz angerufen und von dem Leichenfund im Wald berichtet. Es nagte an ihm, zu Hause zu sitzen, während eine Mordermittlung anlief. Er stellte sich die vielen Fragen vor, die Informationen, die nach und nach zusammengetragen wurden. Die beteiligten Sachbearbeiter und Wissenschaftler waren wie Zahnräder. Bei jedem Fall kam irgendwann der Punkt, an dem sie ineinandergriffen. Ab dann lief die Ermittlung wie eine geölte Maschinerie. Wie rasch dieser Punkt erreicht war, hing von der Führung ab. Regina sorgte stets dafür, dass die Informationen allen zugänglich waren, und sie verstand es, die richtigen Prioritäten zu setzen.

Lily fielen vor Müdigkeit fast die Augen zu. Cavalli nahm das Boot aus dem Wasser, setzte sie auf seine Schultern und kehrte nach Hause zurück. Ohne Protest verschlang Lily ihre Mahlzeit. Sie schlief schon auf dem Weg ins Schlafzimmer ein.

Cavalli nutzte die Ruhe, um Guths Ex-Frau, Simona Guth, anzurufen. Er hatte eigentlich nur einen Termin für ein Gespräch vereinbaren wollen, doch als sie begriff, dass er die Untersuchung gegen ihren Ex-Mann geleitet hatte, überhäufte sie ihn mit Fragen.

»Ich verstehe es einfach nicht«, sagte sie. »Stefan war durch und durch Polizist. Er liebte seine Arbeit, auch wenn sie ihn manchmal an seine Grenzen brachte.«

»Sie vermuten also, dass er schuldig war?«

»Wie meinen Sie das?«

»Er hat stets abgestritten, dass er wichtige Informationen weitergegeben hat.«

»Aber …« Sie klang verwirrt. »Hat er das denn nicht?«

Cavalli hatte damit gerechnet, dass sie ihn für Stefan Guths Tod verantwortlich machen würde. Ihre Reaktion zeigte ihm, wie groß ihr Vertrauen in die Polizei war. Sie ging davon aus, dass man keine Untersuchung eingeleitet hätte, wenn die Vorwürfe unbegründet gewesen wären.

»Sie haben die Grenzen Ihres Ex-Mannes erwähnt. Wo lagen diese?«, fragte er.

Sie musste nicht lange überlegen. »Er hätte sein letztes Hemd hergegeben, wenn er jemandem damit hätte helfen können. Was er aber nicht ertrug und auch nicht begriff, war die Tatsache, dass nicht jeder seine Hilfe wollte. Zurückweisung empfand er fast so schlimm wie Ohnmacht.« Ihre Stimme brach.

»Eine Arbeitskollegin meinte, er habe resigniert.«

»Resigniert?«, wiederholte sie. »Ich weiß nicht. Ich hatte das Gefühl, dass er an depressiven Verstimmungen litt. Ich habe ihm immer wieder gesagt, er solle sich Hilfe bei einem Polizeipsychologen oder einem Polizeiseelsorger holen. Oder privat, Hauptsache, er ging seine Probleme an. Stattdessen hat er sie heruntergespielt. Nach dem Tod des Mädchens wurde es so schlimm, dass ich ihm ein Ultimatum gestellt habe. Entweder er unternimmt etwas, oder ich muss für mich und die Kinder die Konsequenzen ziehen.«

»Ein Mädchen ist gestorben?«, hakte Cavalli nach.

Simona Guths Stimme zitterte, als sie weitersprach. »Hat er

Ihnen nichts davon erzählt? Vor einigen Jahren fiel ein Kind aus dem Fenster. Stefan war als Erster vor Ort. Er war überzeugt davon, dass er den Tod des Mädchens hätte verhindern können. Die Mutter war der Polizei seit längerer Zeit bekannt. Sie litt unter einer Borderline-Störung, offenbar hatte sie bereits mehrere stationäre Aufenthalte hinter sich. Stefan war zwei Mal zu ihrer Wohnung ausgerückt, einmal hatte die Mutter ihr Kind draußen im Kinderwagen vergessen, ein anderes Mal rief eine Nachbarin an, weil es so lange weinte. Als das Mädchen aus dem Fenster fiel, schlief die Mutter gerade ihren Rausch aus.«

»Warum wurde die Kesb nicht eingeschaltet?«, fragte Cavalli.

»Das ist es ja gerade! Es liefen bereits Abklärungen. Trotzdem machte sich Stefan Vorwürfe. Er fühlte sich für alles verantwortlich.«

Cavalli hörte, wie sie sich die Nase putzte. Das Bild, das sie von ihrem Ex-Mann zeichnete, bestätigte seine Vermutung. Stefan Guth hatte nicht wegen der Untersuchung Suizid begangen, zumindest nicht nur.

Cavalli dachte an die Trauer in den Augen des Polizisten. Da war noch mehr gewesen. Verunsicherung, Angst, Nervosität.

»Ist Ihnen je der Gedanke gekommen, dass es einen Grund für die Vorwürfe gab, die sich Stefan Guth gemacht hatte?«, fragte Cavalli.

»Wollen Sie damit andeuten, dass der Tod des Mädchens seine Schuld war?«

»Vielleicht hat er die Situation falsch eingeschätzt.«

»Sie ermitteln doch nicht etwa weiter, jetzt, wo er tot ist?«, fragte Simona Guth aufgebracht.

»Natürlich nicht«, beschwichtigte Cavalli. »Ich versuche nur zu verstehen, was passiert ist.« Er steuerte das Gespräch zurück auf sicheren Boden. »Wissen Sie, wo Ihr Ex-Mann seinen letzten Urlaub verbracht hat?«

»Er hatte keine konkreten Pläne. Er wollte einfach ein paar Tage abschalten.«

»Ist er weggefahren?«

»Ich glaube nicht. Aber …«

Cavalli wartete.

»Mir ist gerade etwas eingefallen.« Sie klang nachdenklich. »Als er die Kinder Mitte September holte, trank er noch eine Tasse Kaffee bei uns. Am folgenden Tag habe ich gründlich gesaugt. Zwischen den Sofakissen fand ich eine Euromünze aus Litauen. Sie lag genau dort, wo Stefan gesessen hatte.«

Cavalli sah die Karte vor Augen, die Regina aufgerufen hatte. Wenn Stefan Guth nach Litauen gefahren war, konnte es durchaus sein, dass er in Lodz getankt hatte.

»Eine Arbeitskollegin hat ausgesagt, dass er im Sommer gut gelaunt war«, fuhr er fort. »Haben Sie ihn auch so erlebt?«

Simona Guth dachte nach. »Jetzt, wo Sie es sagen, ja. Ich habe seine Stimmung auf das sonnige Wetter und die vielen Aktivitäten im Freien zurückgeführt. Stefan war gern draußen, er trieb viel Sport. Im August hat er mit den Kindern eine Kanufahrt im Tessin unternommen, im Juli waren sie klettern.« Wieder versagte ihre Stimme.

Cavalli wartete.

»Ich kann es immer noch nicht glauben«, flüsterte sie. »Dass er einfach … weg ist.«

»Hat er je Suizidgedanken geäußert?«

»Nie! Ich hätte sofort reagiert. Allerdings haben wir uns im letzten Jahr nur getroffen, wenn er die Kinder holte oder brachte. Ich habe wieder geheiratet, und ich … brauchte Distanz. Es war nicht einfach, auch wenn ich diejenige gewesen war, die gegangen ist. Wir sind zusammen aufgewachsen, Stefan war immer Teil meines Lebens.«

Cavalli hörte ein Rascheln im Kinderzimmer, kurz darauf rief Lily nach Regina. Er bedankte sich bei Simona Guth für das Gespräch und versprach, sie zu informieren, sobald er mehr wusste. Kaum hatte er aufgelegt, kam Lily mit ihrem Stoffadler im Arm ins Wohnzimmer. Als sie Cavalli sah, begann ihre Unterlippe zu zittern. Er streckte die Arme nach ihr aus, doch sie blieb stehen und fing an zu weinen.

Auf einmal fühlte sich Cavalli bleischwer. Während der Monate in den USA hatte er auf niemanden Rücksicht nehmen müssen. Er hatte jedem Gedanken nachgehen, jedem Impuls folgen können. Seit seiner Rückkehr in die Schweiz war er eingebunden in ein Netz von Erwartungen und Verpflichtungen. Lily weinte heftiger. Vergeblich versuchte Cavalli, sie zu trösten. Ihre Schluchzer mündeten in ein lang gezogenes Jammern. Endlich hörte er den Volvo in der Einfahrt. Er holte ein Taschentuch hervor, um Lily die Nase zu putzen, doch sie ließ es nicht zu. Kaum ging die Tür auf, stürzte sie sich auf Regina, umfasste ihre Beine und verteilte Rotz und Tränen auf dem dunklen Stoff ihrer Hose. Regina stand reglos im Eingang. Unter ihren Augen lagen dunkle Schatten, ihr schmales Gesicht war so blass, dass die hellen Sommersprossen auf ihrem Nasenrücken deutlich hervortraten. Sie stellte ihre Tasche ab und nahm Lily in die Arme.

Über Lilys dunklen Kopf hinweg schaute sie zu Cavalli hinüber. Ihr Blick zeigte Erschöpfung und Unverständnis.

Er zuckte die Schultern. »Sie will dich.«

»Du musst sie ablenken. Es genügt nicht, einfach da zu sein.«

Cavalli schwieg.

»Fängt das jetzt wieder an? Statt zu reden, machst du einfach dicht?«

»Willst du etwas essen? Ich habe Reis mit Erbsen gekocht.«

»So geht das nicht, Cava!«

Er verschränkte die Arme vor der Brust. »Was willst du hören? Du siehst, dass sie mich nicht akzeptiert.«

Regina strich über Lilys weiches Haar. »Das braucht Zeit.«

»Dann gib mir diese Zeit!«

Cavalli schaute auf seine Laufschuhe. Jede Faser seines Körpers drängte ihn dazu, sie anzuziehen. Wegzulaufen von der engen Wohnung, diesem synthetischen Kokon, der ihm wie ein Gefängnis vorkam. Von Reginas Ansprüchen und Lilys Ablehnung. Gleichzeitig wusste er, wenn er jetzt ging, stünden sie wieder dort, wo sie all die Jahre gestanden hatten. Kurz vor dem Ende ihrer Beziehung, jedoch unfähig, den letzten Schritt zu tun. Er machte sich bewusst, dass Regina seit sechsunddreißig Stunden auf den Beinen war. Dass sie nach einem Jungen in Lilys Alter gesucht und damit hatte rechnen müssen, ihn verscharrt in einem Erdloch zu finden.

»Wir haben ein Boot gebaut«, sagte er. »Willst du es Regina zeigen, Junebug?«

Lily sah auf, sie wirkte unschlüssig.

»Ein richtiges Boot, Schatz?«, fragte Regina.

Lily zögerte kurz, dann rannte sie davon, um es zu holen.

Regina zog ihren Blazer aus und streifte ihre Stiefeletten ab. Während Lily das Boot vorführte, holte Cavalli die Kleider, die Regina in der Nacht getragen hatte, aus dem Auto. An den Trekkingschuhen klebte Erde, Jacke und Jeans waren nass.

»Soll ich dir ein Bad einlaufen lassen?«, fragte er.

Sie schaute ihn dankbar an. »Gerne.«

Als Lily das Wasser hörte, zog sie sich ebenfalls aus. Cavalli wollte sie davon abhalten, mit Regina in die Wanne zu steigen, doch Regina winkte ab. Cavalli nickte stumm. Wenn man sich intensiv mit dem Tod beschäftigte, erschien einem das Leben auf einmal fragil. Bestimmt hatte Regina im Tösstal gegen die Vorstellung ankämpfen müssen, wie es wäre, Lily zu verlieren. Er setzte sich auf den Wannenrand.

»Und?«, fragte er.

»Nichts«, antwortete Regina.

»Spuren?«

»Keine einzige. Es läuft eine breit angelegte Fahndung. Wir haben die Medien eingeschaltet, um mehr Personen zu erreichen. Heute Nachmittag fand eine Pressekonferenz statt.«

Der vermisste Junge könnte die Medien vielleicht von Stefan Guth ablenken, überlegte Cavalli.

»Der Zeitfaktor arbeitet gegen uns«, sagte Regina. »Es sind vier Wochen vergangen, seit Elias verschwunden ist. Du weißt, was das bedeutet.«

»Wenn der Vater ihn versteckt hat, wird er euch früher oder später zu ihm führen. Habt ihr ihm die …« Er blickte zu Lily, die das Boot mit Schaum füllte. »Weiß er von dem Fund?«

»Fahrni war mit zwei Uniformierten bei ihm. Wir wussten nicht, wie Werner Ochsner reagieren würde. Entweder war er wirklich schockiert, oder er ist ein hervorragender Schauspieler.« Sie deutete mit dem Finger Tränen an.

»Ahnt er, dass er unter Verdacht steht?«

Sie schüttelte den Kopf. »Die Hausdurchsuchung findet am Montag statt. Das gibt uns noch einen Tag, um ihn zu beobachten.«

»Es ist nicht gesagt, dass eine HD sein Misstrauen weckt.«

»Aber möglich. Reichst du mir das Shampoo?«

Cavalli seifte ihr die Haare ein. »Was hat die Obduktion ergeben? Warst du dabei?«

»Leider nicht, die Suche nach Elias hat Vorrang. Aber Tobias war dort.« Sie deutete einen Schlag auf den Kopf, dann einen Sturz an. »Die zeitliche Abfolge ist noch nicht klar. Der Sturz muss nicht zwangsläufig auf den Schlag gefolgt sein.«

Demnach hatte entweder der Sturz zu der tödlichen Verletzung geführt, oder die Frau war an der Folge des Schlags gestorben. Cavalli erinnerte sich an einen Fall, bei dem ein

Mann mehrere Tage nach einer Schlägerei gestorben war, weil die lebensbedrohliche Verletzung im Gehirn nicht erkannt worden war. Für das Opfer spielte die Reihenfolge keine Rolle, wohl aber für den Täter, denn rechtlich bestand ein großer Unterschied zwischen einem Schlag mit und einem ohne Todesfolge.

»Hätte der Schlag ohne den Sturz auch zum Tod geführt?«, fragte er.

Regina deutete auf Lily und legte den Finger an die Lippen. »Das konnte Sabine Hahn nicht sagen.«

Cavalli beneidete Regina nicht um ihre Aufgabe. Wenn nicht klar war, ob der Schlag oder der Sturz zum Tod der Frau geführt hatte, würde die Beweisführung schwierig werden.

»Es gab noch weitere Spuren an der Wade«, fuhr sie fort, offenbar zu müde, um ihre Worte zu zensurieren. »Doch es handelte sich nur um Ameisenbisse. Sie stammen von einer Ameisenart, die nicht in der Schweiz beheimatet ist, aber langsam hier Verbreitung findet. Allerdings nicht im Tösstal. Und da diese Ameisen nicht fliegen können und sich nie weit von ihrem Nest entfernen, besteht die Möglichkeit, dass das Opfer oder der Täter, beziehungsweise die Täterin, sie angeschleppt haben.«

»Ameise«, sagte Lily.

Regina verstummte schuldbewusst.

»Zeit, aus der Wanne zu steigen, Junebug«, sagte Cavalli und griff nach Lily, die sich heftig wehrte.

Er wickelte sie in ein Handtuch und trug sie hinaus. Kaum hatte er sie abgesetzt, rannte sie zurück ins Bad. Cavalli ging in die Küche, um das Essen zu wärmen. Das Wochenende kam ihm unendlich lang vor. Er spürte Regina hinter sich, roch den Duft ihres Shampoos.

»Geh schon«, sagte sie. »Wir kommen klar.«

»Du bist erschöpft.«

»Wenn ich jetzt schlafe, erwache ich mitten in der Nacht. Ich bleibe lieber noch ein wenig auf und gehe dann mit Lily zu Bett.«

»Sicher?« Er wartete ihre Antwort nicht ab, sondern drückte ihr den Teller in die Hand, den er in den Mikrowellenherd hatte schieben wollen, küsste sie flüchtig und ging.

18

Die Kampfsportschule Fight lag in Altstetten, unmittelbar neben einer Autowaschanlage. Cavalli saß in seinem Volvo und schaute auf die graue Fassade. Laut Online-Artikeln hatten sich radikale Muslime hier in den Hinterräumen auf den Kampf gegen Ungläubige vorbereitet. Nach einem vereitelten Anschlag war der Besitzer festgenommen worden, heute führte seine Schwester den Betrieb. Cavalli fragte sich, wie Jasmin Meyer dazu kam, dort zu arbeiten. Er hatte sie nicht mehr gesehen, seit sie, selbst Opfer eines Verbrechens, das Leib/Leben verlassen hatte. Von Fahrni wusste er, dass sie nach einer stationären Behandlung für Traumafolgestörungen nach und nach wieder ins Leben zurückgefunden hatte.

Er steckte sein Handy weg und ging hinein. Warme, schweißgetränkte Luft schlug ihm entgegen. Sie weckte Erinnerungen an seine eigene Zeit als Kickboxer. Automatisch verlagerte er das Gewicht von einem Bein aufs andere. Sein Körper hatte den Kampfrhythmus verinnerlicht. Er atmete den Geruch von Gummimatten und Talkumpuder ein, ließ die Schultern kreisen.

In einem Ring trugen zwei Kickboxer einen Kampf aus. Einer fiel durch seine geschmeidigen Bewegungen, die präzisen Kombinationen und die saubere Technik auf. Er machte mit seinem Gegner kurzen Prozess, bearbeitete ihn zuerst mit harten Lowkicks und trat ihn dann mit seinem Knie k. o. Jetzt erst sah Cavalli, dass es sich um eine Frau handelte. Mit ihren schmalen Hüften und der gebräunten Haut hatte er sie für einen Asiaten gehalten. Zwei Tattoos wanden sich um ihre Handgelenke.

Jasmin, dachte er. Fahrni hatte einmal erwähnt, dass sie sich Schlangentattoos hatte stechen lassen, um die Narben zu verdecken.

Sie blieb stehen und starrte ihn ungläubig an. Ihr Gesicht hellte sich auf. Mit wippenden Schritten kam sie auf ihn zu.

»Häuptling?«, stieß sie aus.

»Bambi!«

Eine Welle der Nostalgie überrollte ihn. Sie waren ein gutes Team gewesen, damals beim Kapitalverbrechen, wie das Leib/Leben hieß, als Jasmin noch Polizistin war. Er wusste nicht recht, wie er ihr begegnen sollte, und klopfte ihr auf den Rücken.

»Treibst du kein Jiu-Jitsu mehr?«, fragte er.

Sie war Schweizer Juniorenmeisterin gewesen, später hatte sie den Nachwuchs trainiert.

»Ich war lange in Thailand, da fing ich mit Thaiboxen an.«

»Du siehst gut aus«, stellte er fest.

Sie lächelte. »Es geht mir auch gut.«

Sie sagte es beiläufig, doch Cavalli wusste, was hinter den Worten steckte. Der Kampf im Ring war nichts gegen den Kampf, den sie ausgefochten hatte, um wieder im Leben Fuß zu fassen.

»Ich gehe nur kurz unter die Dusche.«

Zehn Minuten später saßen sie auf zwei Klappstühlen in einem winzigen Büro. Jasmin ließ die Tür offen, damit sie die Theke im Blick hatte. Sie sprachen über Muay Thai, das Training in Thailand und die Kampfsportschule Fight.

»Ich helfe nur vorübergehend hier aus«, erklärte Jasmin. »Und du? Ich habe gehört, du warst in den USA.«

Er merkte ihrem Tonfall an, dass sie mehr als das gehört hatte. »Und jetzt bin ich an der Lessingstraße«, sagte er.

Sie senkte den Blick. »Manchmal nimmt das Leben eine unerwartete Wendung.«

»Es gibt schlimmere Schicksale.« Er wartete, bis sie aufsah. »Wie geht es dir?«

»Ich arbeite als Privatdetektivin«, sagte sie. »Kürzlich wurde ich in den Verband ehemaliger Polizei- und Kriminalbeamter aufgenommen.«

Als er nicht reagierte, fuhr sie leise fort: »Es geht mir gut. Manchmal wache ich nachts auf und glaube, dass ich an ein Bett gefesselt bin. Aber nicht mehr so häufig wie früher. Tagsüber denke ich nur noch selten daran.« Sie räusperte sich. »Die Arbeit als Privatdetektivin gefällt mir. Ich entscheide selber, welche Aufträge ich annehme, teile meine Zeit so ein, wie es mir passt.«

Er sah die Wehmut in ihren Augen. Das Korps war ihre Familie gewesen, sie hatte einen hohen Preis für ihren Einsatz bezahlt.

Er berichtete von Viktor Lukasch. »Juri hat erzählt, dass er als Personal Trainer arbeitet. Nebenbei schmuggelt er Hunde mit gefälschten Papieren und Zigaretten. Vermutlich noch andere Waren. Kannst du dich ein wenig umhören? Lukasch hat einige Kontakte in der Kickbox-Szene.«

»Warum interessierst du dich für ihn?«

Er überlegte, wie viel er ihr sagen durfte. Es kam ihm seltsam vor, seine Worte abwägen zu müssen.

»Hat es mit Stefan Guth zu tun?«, fragte sie.

»Wie kommst du darauf?«, fragte er überrascht.

Sie zuckte die Schultern. »Ich habe nicht alle Kontakte abgebrochen. Und da du im Gegensatz zu Juri kein persönliches Interesse an Lukasch hast, muss es da einen Zusammenhang geben.«

Er schmunzelte. »Wenn jemand eine Privatdetektivin sucht, weiß ich, wen ich empfehlen werde.«

Sie lachte. »Ich beobachte hauptsächlich untreue …« Sie errötete, als sie an seine zahlreichen Affären dachte.

»Gut zu wissen«, sagte er trocken.

Ein Kunde trat an die Theke, und Jasmin entschuldigte sich. Sie verkaufte ihm einen Proteinshake und kehrte zu Cavalli zurück.

»Guths Suizid beschäftigt mich«, sagte Cavalli. »Ich vermute, es steckt mehr dahinter, als es den Anschein macht.«

»Warum?«

Er beschrieb das Gefühl, das ihn bei der Einvernahme beschlichen hatte, ohne konkrete Fakten zu nennen. Da sie wusste, wie ein Ermittler dachte, konnte sie sich die fehlenden Informationen zusammenreimen.

»Klingt für mich, als hätte er etwas am Laufen gehabt. Steckte er in Geldschwierigkeiten?«

»Nein.«

»Gab es eine Frau in seinem Leben?«

Cavalli erzählte von Polen und Litauen.

»Auf Online Portalen findet man viele Litauerinnen«, sagte Jasmin. »Sie gelten als besonders schön. Allerdings ist es heutzutage gang und gäbe, Partner im Internet kennenzulernen. Warum sollte Guth ein Geheimnis draus machen?« Sie dachte nach. »Vielleicht steckte die Litauerin in Schwierigkeiten, und Guth hat ihr geholfen. Kann es sein, dass er sie in die Schweiz geschmuggelt hat? Das könnte die Verbindung zu Lukasch erklären. Lukasch ist Experte im Waren schmuggeln, bestimmt weiß er, wie man einen Menschen über die Grenze bringt. Oder hat er diversifiziert? Schmuggelt er selber Frauen? Minderjährige? Was weißt du über Guths sexuelle Präferenzen?«

Cavalli dachte an den Frauenhandel-Fall, den sie vor Jahren gemeinsam untersucht hatten. »Guth war ein grundanständiger Typ. Es fällt mir schwer zu glauben, dass er einem anderen Menschen wissentlich geschadet hat.«

»Wenn du das nach all den Dienstjahren sagst, hat er dich wirklich beeindruckt. Oder geblendet«, fügte sie hinzu.

Cavalli lehnte sich zurück. Hatte er sich von Guths Hilfsbereitschaft blenden lassen? Menschen waren komplexe Wesen, sie passten selten in Kategorien. Trotzdem hatte er jede neue Information über Stefan Guth dem Bild hinzugefügt, das er schon von ihm hatte. Er hatte die Informationen gewertet, statt sie zu sammeln. Hatte er dadurch einen Menschen kreiert, der gar nicht existierte?

Jasmin beobachtete ihn. Ihre Augen waren noch genauso groß und braun wie früher, doch ihr Blick hatte sich verändert. Er war reifer geworden. Sie war kein Bambi mehr, stellte er fest. Am meisten freute er sich über ihre Neugier. Er fragte sich, wie es ihr gelungen war, nach der Hölle, die sie durchlebt hatte, die Freude am Leben wiederzufinden, während Stefan Guth in eine Abwärtsspirale geraten war, aus der er nicht mehr herausgefunden hatte. Er erzählte Jasmin von dem Mädchen, das aus dem Fenster gefallen war.

Sie knetete die Hände. »Als ich auf der Traumastation war, nahm ich an Gruppentherapiesitzungen teil. Die Patienten gingen sehr unterschiedlich mit ihren Erlebnissen um. Später habe ich mit meiner Therapeutin darüber gesprochen. Sie hat gemeint, dass Menschen, die überzeugt davon sind, dass sie nichts ausrichten können, viel schneller resignieren. Sie nannte diese Reaktion Ohnmachtssyndrom. Wer darunter leidet, glaubt, dass Ereignisse unkontrollierbar sind, und versucht gar nicht erst, sie zu beeinflussen. Man wird passiv, manchmal auch depressiv. Ich war es immer gewohnt, Verantwortung zu übernehmen und zu handeln, das habe ich bereits als Kind gelernt. Im Endeffekt hat mir das geholfen. Es gab aber Zeiten, da zeigte auch ich die typischen Symptome des Ohnmachtssyndroms.« Sie sah auf. »Ich will damit sagen, dieses Syndrom kann auch Menschen treffen, die das Leben immer für beeinflussbar hielten und die Verantwortung für andere trugen. Entscheidend ist, was im Kopf passiert. Oft baut sich ein Zustand über Jahre hinweg auf. Manchmal fördert ein bestimmtes Ereignis ihn zutage.«

»Der Sturz des Mädchens?«

»Wenn der Tod des Mädchens bei Guth das Ohnmachtssyndrom ausgelöst hat, war sein Weltbild vermutlich schon vorher ins Wanken geraten. Die Frage ist, wie er damit umging.«

»Eine Kollegin hat ausgesagt, er sei im Sommer gut gelaunt gewesen.«

»Verliebt?«

»Oder er konnte etwas bewirken«, nahm Cavalli Jasmins Gedanken auf.

»Er glaubte, dass er etwas bewirken konnte«, korrigierte Jasmin. »Offenbar lief es schief.«

Die Eingangstür ging auf, und ein Jugendlicher mit unvorteilhaftem Bürstenschnitt und Aknepusteln auf Wangen und Stirn kam herein, vermutlich, um ein Probetraining zu vereinbaren. Cavalli hatte oft erlebt, dass Außenseiter ihr Image mit dem Erlernen einer Kampfsportart aufzupolieren versuchten. Jasmin entschuldigte sich. Sie sprach kurz mit dem Jugendlichen, dann deutete sie auf die Garderobe. Der Jugendliche nickte.

»Ein super Kickboxer«, sagte sie, als sie zurückkehrte. »Er hat Bronze geholt im Junior Point Fighting.«

Cavalli ärgerte sich über sich selbst. Seit wann zog er so schnell Schlüsse? War er zu routiniert? Erfahrung brachte Vorteile mit sich, doch sie barg auch die Gefahr, dass man die eigenen Handlungen und Gedanken nicht mehr hinterfragte. Das Gespräch mit Jasmin führte ihm deutlich vor Augen, dass ihm der Abstand fehlte. Und die Arbeit im Team, dachte er. Diese führte gezwungenermaßen dazu, dass man die eigenen Muster durchbrach.

»Warum beschäftigt dich Guths Tod?«, fragte Jasmin. »Fühlst du dich dafür verantwortlich?«

»Sollte ich?«

Sie sah ihn schweigend an.

»Nein«, sagte er schließlich. »Was immer Guth beschäftigt hat, es hatte nichts mit der Untersuchung zu tun. Zumindest nicht direkt. Möglicherweise hatte er aber Angst, dass ich ihm auf die Schliche kommen könnte.«

»Es ist also nur der Polizist in dir, der Antworten sucht?«

»Wer sonst?«

»Der Mensch.«

»Du siehst einen Menschen in mir?«, sagte er amüsiert. »Die meisten Kollegen denken anders.«

Sie lachte nicht. Der Jugendliche kam aus der Garderobe und hielt eine Tasche hoch. Jasmin reckte den Daumen in die Höhe und rief ihm etwas auf Albanisch zu. Cavalli lenkte das Gespräch auf ihren Lebenspartner, einen Anwalt aus dem Kosovo. Sie redeten über Strafverteidiger, dann über den vergeblichen Versuch von Justiz- und Polizeidirektoren, einheitliche Qualitätsanforderungen für private Sicherheitsunternehmen zu etablieren.

Es war kurz vor elf, als er sich verabschiedete. Jasmin versprach, sich zu melden, wenn sie etwas über Viktor Lukasch erfuhr. Cavalli machte sich auf den Weg in die Meyer's Bar.

19

Werner Ochsner wohnte in einem Altbau wenige Schritte von der Langstraße entfernt. Im Erdgeschoss gab es einen Geldüberweisungsdienst, der mit tiefen Gebühren warb, und eine Bar. Auf dem Gehsteig lagen zahlreiche ausgetretene Zigarettenkippen, an der Mauer stand ein Rad ohne Lenkstange und Sattel. Ein Putzfahrzeug fuhr die Gasse entlang und säuberte sie von den Spuren des Wochenendes. Das leise Brummen wurde nur durch die zuschlagenden Türen der eintreffenden Polizeiwagen übertönt. Die meisten Anwohner schliefen noch.

Die Beamten bezogen Stellung. Den Schlüssel hatten sie bereits am Vorabend von der Verwaltung erhalten. Leise stiegen sie in den zweiten Stock hoch. Regina folgte ihnen, in der Hand hielt sie einen Durchsuchungsbefehl. Im Treppenhaus roch es nach Müll und getragenen Schuhen. Fahrni klingelte an Ochsners Wohnungstür. Nichts regte sich. Er versuchte es erneut, diesmal länger. Nebenan ging eine Tür auf, und eine verschlafene Frau kam heraus. Sie wollte schon ihrem Ärger über die Störung Luft machen, als sie dann die Polizisten sah, verschwand sie wieder in ihrer Wohnung. Fahrni steckte den Schlüssel ins Schloss, doch die Tür war von innen zugesperrt. Er schlug mit der Faust dagegen. Sie schwang auf.

»Was zum Teufel …« Werner Ochsner verstummte.

Das graue Haar stand ihm vom Kopf ab, seine Augen waren geschwollen. Er trug ein ärmelloses Unterhemd, das über seinem Bauch spannte. Ein Schwall von Schweiß und Alkohol schlug Regina entgegen.

Sie zeigte ihm den Durchsuchungsbefehl. »Dürfen wir hereinkommen?«

»Erst tut ihr wochenlang gar nichts, dann stürmt ihr in aller Herrgottsfrühe meine Wohnung? Ihr habt doch nicht alle Tassen im Schrank!« Ochsner klang wütend, aber nicht beunruhigt über den Besuch. »Habt ihr meinen Jungen gefunden?«

»Ich fürchte, nein.« Regina bemühte sich um einen freundlichen Ton.

»Hättet ihr euren Arsch ein bisschen früher bewegt, würden sich die Leute vielleicht an etwas erinnern«, polterte Ochsner. »Jetzt ist es doch viel zu spät!«

»Ich verstehe Ihren Ärger«, sagte Regina.

»Einen Scheiß tun Sie!« Er holte mit dem Fuß zu einem Tritt aus.

Rasch setzte sich einer der Polizisten in Bewegung, doch der Tritt galt bloß einem Damenschuh, der neben der Tür lag.

Noch hatte Regina die Hoffnung nicht aufgegeben, dass Ochsner sie zu Elias führen würde, im Moment sah es aber nicht danach aus. Nachdem er vom Tod seiner Frau erfahren hatte, war er in seine Stammkneipe gegangen, um sich zu betrinken. Zwei Kumpel hatten ihn kurz nach Mitternacht nach Hause gebracht. Seither hatte er die Wohnung nicht verlassen.

Regina blickte sich um. Auf einem Rattansofa lagen farbenfrohe Kissen, der Boden war mit Spielsachen übersät. Neben einer verdorrten Zimmerpflanze stand eine volle Gießkanne. An den Fenstern entdeckte sie Kindersicherungen, nicht aber an den Steckdosen. Die Wände waren vermutlich einmal weiß getüncht gewesen, jetzt wiesen sie einen Gelbstich auf, an einigen Stellen hatte Elias direkt auf den Putz gekritzelt.

»Sie haben ausgesagt, dass ein Koffer, Kleider sowie der Pass

Ihrer Frau fehlen«, sagte Regina. »Können Sie mir sagen, welche Kleidungsstücke sie mitgenommen hat?«

Ochsner bewegte sich nicht.

»Herr Ochsner?«, sagte Regina.

»Vielleicht habe ich mich auch getäuscht.« Er verschränkte die Arme vor der Brust. »Der Schrank ist vollgestopft mit Sachen, woher soll ich wissen, ob ein oder zwei Fummel fehlen?«

Regina öffnete den Mund, um etwas zu sagen, doch sie fand keine Worte. Er hatte sie angelogen. Sie dachte daran, was sie in den vier Wochen seit dem Verschwinden von Laeticia und Elias alles in die Wege hätten leiten können. Es stünden ihnen Aufzeichnungen von Überwachungskameras zur Verfügung. Zeugen hätten sich vielleicht an die Vermissten erinnert, Nachbarn sich an fremde Personen, Lärm oder ungewöhnliche Ereignisse.

Ochsners Gesicht wurde düster. »Ich weiß doch genau, wie das bei euch läuft! Wenn so ein geschniegelter Bankfuzzi sein Kind als vermisst meldet, kriecht ihr ihm in den Arsch, aber mir glaubt keiner!«

Am liebsten hätte Regina ihm vorgehalten, dass das an seinen Vorstrafen lag, nicht an der fehlenden Krawatte. Noch schien er aber nicht zu begreifen, dass er zu den Hauptverdächtigen gehörte. Sie schluckte ihre Wut herunter.

»Wenn Sie uns die Wahrheit gesagt hätten, hätten wir das Verschwinden Ihrer Frau und Ihres Sohnes aus einem anderen Blickwinkel betrachtet«, erklärte sie. »Was ist mit dem Pass Ihrer Frau? Fehlt er tatsächlich, oder haben Sie diesbezüglich auch gelogen?«

»Vielleicht«, sagte Ochsner mürrisch.

»Das heißt?«

»Sie trägt ihn immer bei sich. In so einem ...« Ochsner deutete einen großen Beutel an. »Zusammen mit ihrem Schminkzeug und dem ganzen Kram.«

Eine Handtasche hatten sie bis jetzt nicht gefunden. Regina wandte sich ab, um Pilecki anzurufen, der die Durchsuchung im Nagelstudio leitete. Auch dort befand sich keine Tasche.

»Hier sieht es aus, als habe die Frau mitten in der Arbeit die Flucht ergriffen«, sagte er. »Es stehen offene Fläschchen herum, schmutzige Wattebäusche liegen auf der Arbeitsfläche, im Hinterraum haben wir eine angebrochene Tüte Chips und ein halb volle Packung Eistee gefunden. War Ochsner nach dem Verschwinden der Frau noch einmal hier?«

»Dem regionalen Staatsanwalt hat er erklärt, dass er nur kurz vorbeiging, um nachzusehen, ob sie dort war.«

»Sie muss aufgebrochen sein, kurz nachdem die letzte Kundin das Studio verlassen hatte. Aber warum so überstürzt?«

»Sieht man von den umliegenden Häusern auf den Eingang?«, fragte Regina.

»Nur auf den Haupteingang. Die Hintertür liegt in einem Hof. Am besten, du schaust kurz vorbei, wenn du in der Wohnung fertig bist.«

Fahrni kam aus dem Schlafzimmer und schüttelte den Kopf. Sie hatten gehofft, ein Kleidungsstück zu finden, zu dem der orange Knopf passte. Regina trat ins Kinderzimmer, ein liebloser Raum, der einer Rumpelkammer glich. Auf dem Bett saß ein Teddybär mit einem Bein, herausgerissene Seiten eines Kinderbuchs lagen auf dem Linoleumboden. Die Unordnung wirkte bedrückend. Sie zeugte von Chaos und Zerstörungswut. Hier hatte kein glückliches Kind gespielt. Trauer hüllte Regina ein wie ein schwerer Mantel. Sie ging in die Hocke, unter dem Bett lagen ein paar Gummibärchen, von Staub bedeckt.

Im Wohnzimmer fluchte Werner Ochsner. Ein Kriminaltechniker hatte einen Bierkrug von einem Regal genommen und in einen Asservatenbeutel gesteckt. Regina sah ihn fragend an. Er nickte leicht und formte mit den Lippen das Wort Blut. Reginas Puls schoss in die Höhe. Sie bat Werner Ochsner, ihnen sein Kellerabteil zu zeigen. Einen Dachboden gab es nicht. Er weigerte sich, nach unten zu kommen, nannte ihnen aber die Zahlenkombination des Schlosses. Das Abteil war mit ausrangierten Möbeln, Schachteln mit Kleidern, Babysachen und Gerümpel gefüllt. Keine Kinderleiche.

Langsam erwachte das Wohnhaus. Türen gingen auf, Nachbarn verließen ihre Wohnungen. Zwei Uniformierte standen im Treppenhaus und stellten Fragen im Zusammenhang mit der Nacht, in der Laeticia und Elias verschwunden waren. Niemand hatte etwas gesehen, viele erinnerten sich aber an den Streit ein paar Tage zuvor.

Das Nagelstudio lag fußläufig zur Wohnung. Unterwegs kaufte sich Regina an einem Kiosk einen doppelten Espresso. Sie hatte den Sonntagmorgen im Büro verbracht und am Nachmittag an einer Besprechung im Kripogebäude teilgenommen. Die Suche im Wald war nach achtundvierzig Stunden eingestellt worden.

An der Kasse lag eine Zeitung. »Prügeleltern«, stand in fetten Buchstaben auf der ersten Seite. Darunter, etwas kleiner: »Wie Elias (3) leiden musste«. Der Journalist gab den Behörden die Schuld an Elias' Verschwinden. »Wo ist die Kesb, wenn man sie braucht?«, fragte er.

Wurde die Kesb-Debatte nun wieder losgetreten? Regina dachte an die Ereignisse rund um das Tötungsdelikt in der Zürcher Gemeinde Flaach vor einigen Jahren. Die Kindes- und Erwachsenenschutzbehörde Kesb hatte eine vorübergehende Unterbringung von zwei Kindern in einem Heim angeordnet. Über Weihnachten und Neujahr hatte die Mutter den fünfjährigen Knaben und das zweijährige Mädchen für zwei Wochen zu sich nach Hause nehmen dürfen. Statt sie nach den Feiertagen ins Heim zurückzubringen, hatte sie ihre beiden Kinder erstickt. Die Wut in der Bevölkerung war grenzenlos gewesen. Man machte die Kesb für die Tragödie verantwortlich. Hätte sie die Mutter mit ihren Kindern in Ruhe gelassen, so der Tenor, würden sie jetzt noch leben. Auf Facebook gründeten Kesb-Gegner die Gruppe »Stopp der Kesb-Willkür«. Mit einer Petition wollten sie dafür sorgen, dass die Behörde abgeschafft wurde. Die Stimmung war so aufgeheizt, dass die zuständigen Mitarbeiter unter Polizeischutz gestellt wurden.

Wie schnell die Menschen doch bereit waren, Schlüsse zu ziehen, dachte Regina. In einem anderen Fall, der weiter zurücklag, waren die Behörden attackiert worden, weil sie nicht eingegriffen hatten. Damals waren noch Laienbehörden für Vormundschaftsfragen zuständig gewesen. Einem Vater war das Sorgerecht für seinen Sohn zugesprochen worden, kurz darauf hatte er den Jungen in der Badewanne ertränkt.

Die Durchsuchung im Nagelstudio war abgeschlossen. Während Uniformierte in der Nachbarschaft von Tür zu Tür gingen, führte Pilecki Regina durch das Studio. An der Wand hing ein Werbeplakat, es zeigte eine Frau, das Kinn auf die verschränkten Hände gestützt. Ihr Nagellack hatte den gleichen Farbton wie der von Laeticia Ochsner. Koralle, Trendfarbe des Jahres. Angesichts der Endlichkeit des menschlichen Körpers kam es Regina plötzlich lächerlich vor, sich die Fingernägel anzumalen. Sie rieb sich die Schläfen. Jetzt war nicht der Moment, um sich über die Absurdität des Lebens Gedanken zu machen. Sie schuldete es Laeticia Ochsner, sich voll und ganz der Untersuchung zu widmen.

Sie berichtete Pilecki von dem Blut am Bierkrug.

»Blut haben wir hier nicht gefunden, aber auf mich wirkt die Unordnung seltsam. Als sei etwas Unvorhergesehenes geschehen.«

Regina konnte sich auch nicht vorstellen, dass Laeticia Ochsner das Nagelstudio in so einem Zustand hinterließ, wenn sie Feierabend machte. Pilecki zeigte ihr den Hinterraum. In einer Ecke stand ein Fernseher, davor ein Sitzsack, auf dem Brotkrümel und Chips verteilt waren. Da hatte Elias also gewartet, während seine Mutter arbeitete. Regina spürte den Mantel der Trauer wieder, er lag schwer auf ihren Schultern.

»Lief der Fernseher, als du eintrafst?«, fragte sie.

»Nein«, antwortete Pilecki. »Es brannten auch keine Lichter, und alle Türen waren verschlossen.«

»Das könnte Werner Ochsner gewesen sein«, mutmaßte Regina. »Mir kommt es allerdings seltsam vor, dass er überhaupt nicht beunruhigt wirkte, als wir vor der Tür standen. Er scheint davon auszugehen, dass wir seine Wohnung nur durchsuchen, um mehr über Laeticia und Elias zu erfahren, und nicht, weil wir ihn verdächtigen.«

»Schläger fühlen sich häufig unbesiegbar.«

Oder er war es nicht gewesen, dachte Regina. Das würde alles auf den Kopf stellen. Sie müssten wieder ganz von vorne beginnen, nach neuen Verdächtigen, einem neuen Motiv suchen. Sie sah sich in dem fensterlosen Raum um. Er diente als Lager und Rückzugsort. In einer Ecke befand sich eine Kochnische, daneben die Toilette. Regina öffnete die Hintertür und blickte hinaus. Im Hof gab es drei Parkplätze, an den Mauern standen ein paar Müllcontainer. Ein Vordach verdeckte die Sicht auf den Eingang.

Zwei Polizisten kehrten von ihrem Rundgang zurück und erstatteten Bericht. Niemand konnte sich daran erinnern, am fraglichen Abend eine fremde Person im Hof gesehen zu haben, einem Anwohner war aber ein Wagen aufgefallen, der verbotenerweise auf einem der Parkplätze gestanden hatte.

»Warum erinnert er sich so genau an das Datum?«, fragte Regina.

»Weil er ein heißes Date hatte«, antwortete einer der Polizisten prompt. »Er war mit seiner neuen Bekanntschaft im

Kino und kam gegen Mitternacht nach Hause. In seiner Aufregung hatte er den Müll vor der Wohnungstür vergessen. Als er ihn rausbrachte, fiel ihm der Wagen auf. Leider kennt er sich nicht mit Automarken aus. Er konnte nur sagen, dass der Wagen dunkel war.«

Wie viele andere auch, dachte Regina. Sie waren Elias keinen Schritt näher.

20

Zehn Tage nach dem Leichenfund gab es immer noch keine Spur von Elias. Werner Ochsner pendelte zwischen Wohnung, Arbeit und Kneipe hin und her. Er war öfter betrunken als nüchtern, rief weiterhin regelmäßig die Familie seiner Frau in Brasilien an und überhäufte sie mit Beschimpfungen. Regina ging die Akte erneut durch. Wieder und wieder las sie die Rapporte der Polizisten und die Gutachten der Wissenschaftler.

Inzwischen war auch der vorläufige Obduktionsbericht eingetroffen. Die histologische Untersuchung hatte ergeben, dass der Sturz erst nach dem Schlag erfolgt war. Wäre die Leiche früher gefunden worden, hätte Sabine Hahn genauer bestimmen können, wann ihr die Wunden zugefügt worden waren, aufgrund des langen postmortalen Intervalls war eine genaue Differenzierung zwischen den einzelnen Zelltypen jedoch nicht mehr möglich. Es könnten einige Stunden, aber auch mehrere Tage zwischen den Ereignissen verstrichen sein.

Regina studierte den Bericht, dann griff sie zum Telefon.

Sabine Hahn meldete sich sofort. »Ich dachte mir, dass du anrufen würdest.«

»Du hast gesagt, dass du nicht weißt, ob Laeticia Ochsner allein an den Folgen des Schlags gestorben wäre. Wie ist es umgekehrt? Hätte der Sturz ohne vorhergehende Schlagverletzung zu ihrem Tod geführt?«

»Als Folge des Schlags hat sich ein Epiduralhämatom entwickelt«, antwortete die Rechtsmedizinerin. »Die Blutansammlung war jedoch gering, deshalb hat sich die Verletzung nicht tödlich ausgewirkt. Meine persönliche Meinung? Die Wahrscheinlichkeit, dass das Opfer später daran gestorben wäre, ist klein. Ganz anders beim Sturz. Beim Aufprall kam es zu einer Stoß-Gegenstoß-Verletzung. Die Stoßverletzung betraf die Hinterhauptslappen, sie war eine Auswirkung der Kompression. Die Folge davon waren Blutaustritte in Hirnrinde und Hirnmark sowie ein Blutübertritt in den Subduralraum. Die Gegenstoßverletzung entstand durch den abrupten Unterdruck in den Stirnlappen. Dabei wurden Rinde und angrenzendes Mark verletzt, und es kam zu umfangreichen Blutaustritten ins Hirngewebe und in den Subduralraum. Diese Verletzungen führten innerhalb von Stunden zum Tod der Frau.«

»Laeticia Ochsner wäre also auch ohne vorherige Verletzung an den Folgen des Sturzes gestorben?«, vergewisserte sich Regina.

»Ja, aber ich kann dir nicht sagen, ob sie ohne diese Verletzung gestürzt wäre. Möglicherweise fühlte sie sich aufgrund des Epiduralhämatoms unwohl und verlor das Gleichgewicht.«

»Oder sie wurde gestoßen.«

»Das ist auch möglich.«

Regina bedankte sich und rief die Aussage der letzten Kundin auf. Sie ließ die Ereignisse des 31. August noch einmal Revue passieren.

Laeticia weicht die abgestorbenen Nagelhäutchen auf, stößt sie zurück, kontrolliert die Ränder. Sie trägt eine enge Jeans und ein ärmelloses Top, aber das hat keine orangen Knöpfe. Sie fühlt sich nicht wohl, reibt sich mehrmals die Augen, ab und zu muss sie sich sogar kurz hinsetzen. Sie versiegelt die

Nägel, verzichtet aber auf die Handmassage, die sie normalerweise anbietet. Nachdem sie die Nägel mit Alkohol entfettet hat, bringt sie den Tip mit Nagelkleber an. Elias, der im Hinterraum auf dem Sitzsack lümmelt und fernsieht, steht plötzlich in der Tür und klagt über Hunger. Laeticia reicht ihm eine Tüte Chips. Während sie einen Kunstnagel in Form feilt, greift sie sich an den Kopf. Sie arbeitet weniger genau als sonst, und als sie das Gel aufbringt, fließt ein wenig an die Nagelhaut. Sofort entfernt sie es mit einem Rosenholzstäbchen. Beim Finish kürzt sie ab. Sie feilt die Ränder kein zweites Mal und vergisst, die Schwitzschicht zu entfernen. Schon um 20.15 Uhr erklärt sie die Behandlung für beendet.

Was geschah danach? Verließ sie das Nagelstudio fluchtartig, weil sie sich schlecht fühlte? Ein Krankenhaus hatte sie nicht aufgesucht, das hatte Fahrni abgeklärt. Wurde sie überfallen? Bargeld fehlte keines, Spuren eines sexuellen Übergriffs hatte Sabine Hahn auch nicht festgestellt. Am wahrscheinlichsten erschien es Regina, dass Werner Ochsner seine Frau an ihrem Arbeitsplatz aufgesucht hatte. Vielleicht wollte sie ihn verlassen, und er hatte Wind davon bekommen. Das Blut auf dem Bierkrug in seiner Wohnung stimmte mit ihrem überein. Die Spurensicherung hatte zwar keine Erde gefunden, doch er könnte die Kleider, die er im Wald getragen hatte, entsorgt haben.

Regina malte sich den Streit im Nagelstudio aus. Wer hatte wen angegriffen? Laeticia verhielt sich oft aggressiv, das hatten mehrere Personen bestätigt. Möglicherweise hatte Werner Ochsner sie nicht stärker geschlagen oder gestoßen als sonst, aufgrund der älteren Kopfverletzung war sie aber gestürzt und hatte sich eine weitere Verletzung zugezogen. Wie hatte Werner Ochsner reagiert, als sie am Boden liegen blieb? Warum hatte er keinen Krankenwagen gerufen? Oder war sie schon tot gewesen, als er ankam, und er hatte geglaubt, dass das auf den

Schlag mit dem Bierkrug zurückzuführen war? Hatte er aus Angst vor den Folgen Elias versteckt und Laeticias Abreise vorgetäuscht? Ein eigenes Fahrzeug besaß er nicht. Fahrni hatte alle Autovermietungen überprüft, ohne Erfolg. Seine Freunde und Bekannten behaupteten, sie hätten ihm keines geliehen.

Angenommen, Werner Ochsner war nicht der Täter, und auch kein Fremder hatte sich Zugang zum Nagelstudio verschafft. Gab es einen Liebhaber, mit dem sich Laeticia gestritten hatte? Musste Elias sterben, weil er Zeuge des Streits geworden war? Hatte ein Verwandter den Jungen außer Landes geschmuggelt, um ihn vor den Behörden zu verstecken? Vielleicht hatte Laeticia Elias schon vor den Ereignissen im Nagelstudio in Sicherheit gebracht. Regina blätterte die Akte durch, bis sie auf den Bericht des Polizeiattachés stieß. Er hatte eine Liste der Familienmitglieder in Brasilien beigelegt, unter ihnen befanden sich zahlreiche Kinder. Hätte es jemand bemerkt, wenn Elias mit dem Pass eines Cousins gereist wäre? Regina nahm sich vor, nach blonden Verwandten zu fragen.

In einem Punkt hatte sie recht behalten. Die Kesb-Debatte war neu entflammt. Man warf der Behörde mangelnde Bürgernähe und Starrheit vor. Hätte man Elias' Wohlbefinden an erste Stelle gesetzt, wäre er gleich zu Beginn der Untersuchung fremdplatziert worden, hieß es. Dass eine Abklärung Zeit brauchte, wurde als mangelnde Flexibilität ausgelegt. Statt Juristen, Psychologen oder Sozialarbeitenden müssten sich Menschen mit Herz um Vormundschaftsfragen kümmern, so die Forderung. Als würden sich Professionalität und Mitgefühl ausschließen, dachte Regina verärgert. Im Fall des ertränkten Knaben hatte sich die Laienbehörde mit dem Vater solidarisiert, obwohl er bereits versucht hatte, seinen Sohn aus erster Ehe zu töten.

Regina starrte in den Regen hinaus. Es herrschte wenig Verkehr auf den Straßen, das würde sich jedoch bald ändern. In vielen Kantonen gingen die Herbstferien in diesen Tagen zu Ende. Elias' Foto war an Bahnhöfe, Tankstellen und Grenzübergänge geschickt worden, die Polizei hatte Taxifahrer und Zugbegleiter befragt, das Tösstal durchkämmt, das Internet durchforstet. Regina hatte die Hoffnung, ihn lebend zu finden, fast aufgegeben.

Nina Dietz trat herein. »Hast du das Resultat der Gesundheitsumfrage auch erhalten? Im Pausenraum reden sie darüber.«

»Noch nicht, aber ich kann mir vorstellen, wie es ausgefallen ist«, antwortete Regina abwesend.

Die Umfrage des Vereins der Staatsanwälte und Jugendanwälte des Kantons Zürich würde mit Sicherheit bestätigen, was sie alle spürten. Dass die Belastung stark zugenommen hatte, auch auf der Staatsanwaltschaft I.

»Die Rücklaufquote soll bei uns besonders hoch sein«, sagte Dietz.

»Wir sind auch am stärksten betroffen.« Regina drehte sich seufzend um. »Ich bezweifle allerdings, dass sich daran etwas ändern wird.«

»Warum so pessimistisch? Die Umfrage ist doch eine gute Sache. Irgendwo muss man anfangen. Allerdings hätte man auch uns Protokollführer mit einbeziehen sollen.« Ihr Blick fiel auf die Akte, die vor Regina lag. »Immer noch nichts?«

»Elias ist wie vom Erdboden verschluckt.« Regina schloss kurz die Augen, als ihr die Doppeldeutigkeit ihrer Worte bewusst wurde.

»Was ist eigentlich mit den Ameisen, die Laeticia Ochsner gebissen haben?«, fragte Dietz. »Weiß man schon, woher sie stammen?«

»Nur, dass sie im Tessin vorkommen. Jeder könnte sie angeschleppt haben, es muss nicht der Täter gewesen sein. Viele Zürcher verbringen ihren Urlaub im Tessin.«

Dietz musterte sie. »Du bist erschöpft.« Sie ging hinaus und kehrte kurz darauf mit einem grünen Getränk zurück.

Regina rümpfte die Nase.

»Zucker macht dich nur noch müder«, mahnte Dietz.

Regina nahm eine Banane aus der Schublade.

»Enthält auch Zucker«, sagte Dietz.

Das Telefon klingelte. Regina warf einen Blick auf das Display. Tobias Fahrni. Sie nahm ab.

»Soeben ging die Meldung ein, dass jemand Elias gesehen hat.« Er klang atemlos.

Ein Ruck ging durch Regina. Sie schaltete die Lautsprecherfunktion ein, damit Dietz mithören konnte. »Wo?«

»An der Autobahnraststätte Schönbuch in der Nähe von Stuttgart, am Tag nach seinem Verschwinden.«

Vor sieben Wochen, dachte Regina. In dieser Zeit könnte er um die ganze Welt gereist sein. »Wie glaubhaft ist die Aussage?«

»Elias ist einer Frau aufgefallen. Er habe sich auf den Boden geworfen und geschrien, weil er unbedingt Gummibärchen haben wollte. Seine Begleiterin – unsere Zeugin hielt sie für die Mutter – habe nachgegeben und ihm eine Tüte gekauft. Die Zeugin meinte, das habe sie gestört, deshalb sei ihr der Vorfall in Erinnerung geblieben.«

»Demnach war Elias mit einer Frau unterwegs?«

»Wenn er es wirklich war, ja. Leider kann die Zeugin die Frau nicht besonders gut beschreiben. Sie habe völlig normal ausgesehen. Braunes Haar, mittelgroß, weder jung noch alt. Sie habe jedoch Schweizerdeutsch gesprochen.«

»Warum hat sie sich erst jetzt gemeldet?«

»Sie war auf den Kanaren und hat das Foto von Elias erst jetzt gesehen.« Im Hintergrund waren Stimmen zu hören. »Walker hat bereits Kontakt zu den Kollegen in Deutschland aufgenommen.«

»Gut.« Die Zusammenarbeit zwischen den beiden Ländern verlief in der Regel unkompliziert. »Ich werde mich mit der zuständigen Staatsanwaltschaft in Verbindung setzen. Wir müssen die Flughäfen in Deutschland überprüfen.«

»Denkst du, sie sind nach Brasilien geflogen?«

»Es ist zumindest eine Möglichkeit.«

21

Zügig durchquerte Cavalli den Irchelpark. Der Pfad führte an einer künstlichen Teichlandschaft entlang, vorbei an den Gebäuden der Universität, die sich an den Hang schmiegten. Studenten kamen ihm mit gesenkten Köpfen entgegen, alle hatten es eilig, dem Regen zu entkommen. Cavalli war diesen Weg schon Dutzende Male gegangen. Er führte zum Institut für Rechtsmedizin, das sich nördlich des Hauptgebäudes befand.

Heute galt sein Besuch jedoch nicht einem Rechtsmediziner, sondern einer Tierärztin. Dr. Gerlind Maidhof arbeitete seit vierzehn Jahren in der Kleintierklinik. In einem kürzlich veröffentlichten Interview, in dem auch Eva Kulova erwähnt wurde, hatte sie das Ausmaß des illegalen Hundehandels aus Osteuropa beklagt. Am Empfang bat man Cavalli, einen Moment zu warten. Kurz darauf kam eine Frau mit Kurzhaarschnitt auf ihn zu. Sie führte ihn in ihr Büro und bot ihm einen Kaffee an, den er dankend ablehnte.

»Warum interessiert sich die Kantonspolizei für den Fall?«, fragte sie.

»Eva Kulovas Name ist in einem anderen Zusammenhang aufgetaucht. Leider darf ich aus ermittlungstechnischen Gründen nicht mehr dazu sagen«, log er. »Ich wäre froh, wenn Sie dieses Gespräch vertraulich behandeln würden.«

»Natürlich«, sagte Maidhof. »Ich weiß allerdings nicht, ob ich Ihnen helfen kann.«

»Mich interessiert Eva Kulovas Geschäftsmodell. Wie geht sie vor?«

»Was wissen Sie über den Handel mit Hunden aus Osteuropa?«

»So gut wie nichts.«

Maidhof lehnte sich zurück. »Damit Sie sich eine Vorstellung von dem Ausmaß machen können, nenne ich Ihnen ein paar Zahlen. Pro Jahr werden gut fünfundzwanzigtausend Hunde in die Schweiz eingeführt, viele davon unter fragwürdigen Umständen. Pro Hund verdient der Händler im Schnitt tausend Franken, und das, obwohl diese Tiere vier Mal günstiger sind als ein Hund aus einer Schweizer Zucht. Wir reden hier nicht nur von Rassehunden, sondern auch von Mischlingen. Besonders gefragt sind kleine Hunde mit großen Augen. In letzter Zeit importiert Eva Kulova jedoch vermehrt größere Tiere.«

»Wird der Import nicht reguliert?«

»Das kantonale Veterinäramt erteilt eine Handelsbewilligung. Ein Händler muss eine Reihe von Anforderungen erfüllen. Unter anderem wird verlangt, dass die Tiere von qualifiziertem Personal betreut werden. Eva Kulova hat ein Fähigkeitszeugnis als Tierpflegerin, sie darf bis zu fünfzig Hunde pro Jahr einführen. Laut ihren Inseraten stammen die Tiere aus ihrer eigenen Zucht in der Slowakei, tatsächlich aber kauft sie die Hunde bei unseriösen Züchtern in der Ukraine oder holt sie aus dem Tierheim. Anschließend werden sie in der Slowakei gechipt und erhalten einen Tierpass. Häufig sind die Einträge darin gefälscht. Geburtsdatum und Geburtsort sind erfunden, manche Impfungen wurden nie durchgeführt. Der Import in die Schweiz geschieht dann auf legalem Weg. Allerdings verkauft Kulova weit mehr als fünfzig Hunde pro Jahr. Die anderen führt sie vermutlich privat ein. Bis zu fünf Hunde darf jeder über die Grenze bringen, man muss als

Händler also bloß immer wieder das Auto und den Fahrer wechseln, um nicht aufzufallen.«

Lukasch, vermutete Cavalli. Er zeigte Maidhof ein Foto des Ukrainers, sie hatte ihn aber noch nie gesehen.

»Die Schmuggler bekomme ich nicht zu Gesicht. Bei mir landen die kranken Hunde und die enttäuschten Besitzer.« Sie schüttelte den Kopf. »Wenn Sie diese armen Tiere sehen könnten, würden Sie verstehen, warum wir härter gegen den illegalen Hundehandel vorgehen müssen. Aber vermutlich muss erst ein Mensch mit Tollwut angesteckt werden, bevor etwas geschieht.«

Cavalli fasste die illegalen Aspekte der Tätigkeit zusammen. »Damit das Geschäft läuft, braucht es also gefälschte Papiere aus der Ukraine, einen Tierarzt in der Slowakei, der falsche Einträge im Tierpass macht, sowie einen Fahrer, der die Hunde transportiert.«

»Und eine gehörige Portion Grausamkeit«, fügte Maidhof hinzu.

Was hatte Stefan Guth damit zu tun? War er als Fahrer tätig gewesen? Das passte nicht in das Bild, das Cavalli von dem Polizisten hatte. Wieder fragte er sich, ob er einen Menschen kreiert hatte, den es nicht gab.

Es dämmerte bereits, als er in den Regen hinaustrat. Nicht mehr lange, und es wäre dunkel, wenn er das Büro verließ. Er blickte zum Wald hinauf, der gleich hinter der Universität begann. Die Bäume hoben sich dunkel vom Himmel ab, graue Wolken hüllten die Kronen ein. Cavalli erwog, nach Hause zu laufen, da fiel ihm ein, dass er Regina versprochen hatte einzukaufen. Er schlug den Weg zur Tramhaltestelle ein. Das Knirschen des Kieses unter seinen Schuhen mischte sich mit dem Prasseln des Regens. Der Pfad war verlassen, in der Ferne sah Cavalli die Scheinwerfer der Fahrzeuge, die auf dem Autobahnzubringer unterwegs waren. Er fragte sich, was für einen

Wagen Stefan Guth gefahren hatte. Wenn es ein neuerer Jahrgang war, könnte ein IT-Forensiker Daten auslesen. Er nahm sich vor, Simona Guth danach zu fragen.

Er sah den Schatten erst, als er direkt auf ihn zukam. Augenblicklich schalteten seine Sinne auf Alarm. Sein Körper übernahm die Führung, noch bevor sein Kopf begriff, was geschah. Eine Faust schoss auf Cavalli zu, instinktiv leitete er den Schlag an sich vorbei. Kaum hatte er sich in Kampfstellung gebracht, kam schon ein Fuß auf ihn zu, diesmal von der anderen Seite. Zwei Angreifer. Er hörte es knirschen, schmeckte Blut, spürte einen Schlag in die Nieren. Erfahrene Kickboxer, dachte er, als er zu Boden ging. Er rollte sich weg und hatte es fast auf die Beine geschafft, als ihm ein Knie ins Gesicht gerammt wurde. Es gelang ihm, seinen Gegner mit einem seitlichen Stoßtritt zu treffen, doch er richtete kaum Schaden an. Der nächste Schlag traf ihn am Kopf.

Als er wieder zu sich kam, wusste er einen Augenblick nicht, wo er war. Regen tropfte ihm aufs Gesicht, in seinen Ohren rauschte es. Er versuchte aufzusitzen und bewegte vorsichtig Arme und Beine. Das Atmen fiel ihm schwer, vermutlich waren einige Rippen geprellt oder gebrochen. Sein Hinterkopf pochte, er tastete ihn ab und spürte Blut. Übelkeit überkam ihn. Er blieb sitzen, bis sie verebbte. Dann stand er langsam auf. Im Institut für Rechtsmedizin brannte Licht. Cavalli ging darauf zu. Vor der Anlieferung sah er einen Leichenwagen mit geöffneter Heckklappe. Der Bestatter zuckte zusammen, als Cavalli vor ihm auftauchte. Auf einmal begann sich alles zu drehen. Cavalli stützte sich am Leichenwagen ab und schloss die Augen. Hände griffen nach ihm. Er hörte eine bekannte Stimme.

»Das ist das erste Mal, dass eine Leiche zu Fuß zu mir kommt«, sagte Uwe Hahn trocken und führte Cavalli in den Aufbahrungsraum.

»Freu dich nicht zu früh«, murmelte Cavalli. »Noch lebe ich.«

Das Neonlicht blendete ihn, und er kniff die Augen zusammen. Durch die Trennscheibe sah er schemenhaft einen Assistenten, der einen Obduktionstisch säuberte.

Hahn drückte ihn auf einen Stuhl. »Du gehörst in die Notaufnahme.«

Cavalli berührte die Wunde am Hinterkopf. »Ist etwas gebrochen?«

»Erwartest du etwa, dass ich eine Autopsie durchführe?«

»Ich dachte eher an eine Virtopsy.«

»Ich glaube kaum, dass deine Krankenkasse das bezahlen würde.« Hahn untersuchte Cavallis Kopf. »Ich spüre keine Unregelmäßigkeiten. Was aber nichts bedeuten muss.«

Der Bestatter kam herein, um sich zu verabschieden. Hahn übergab ihm die nötigen Papiere. Während sie sprachen, ging die Tür zum Flur auf. Sabine Hahn starrte Cavalli an und schlug die Hand vor den Mund.

»Was ist passiert?«, stieß sie aus.

Ihr Vater reagierte nicht.

Sabine Hahn eilte zu Cavalli. »Das sieht übel aus.«

»Er hat einen dicken Schädel«, sagte Uwe Hahn, ohne sich umzudrehen.

Sabine Hahn presste die Lippen zusammen und begann, Cavalli zu untersuchen. Als sie sich davon überzeugt hatte, dass keine unmittelbare Gefahr für sein Leben bestand, bat sie ihn, sich auf einen der Obduktionstische zu legen.

»Ist nicht sehr komfortabel«, entschuldigte sie sich. »Aber ich würde gerne deinen Bauch abtasten. Warum bist du zu uns gekommen, statt in die Notaufnahme zu fahren?«

Er fasste kurz zusammen, was geschehen war.

»Ein Raubüberfall?« Sie riss die Augen auf. »Im Irchelpark?«

»Eher eine persönliche Abrechnung.«

»Hast du eine Ahnung, wer es gewesen sein könnte?«

Hahn schnaubte. »Kennst du jemanden, der kein Interesse daran hätte, ihm einen Denkzettel zu verpassen?«

Sabine Hahn sah ihren Vater an. »Ich habe dir einen Bericht ins Büro gelegt. Ich wäre froh, wenn du ihn kurz durchsehen könntest.«

Uwe Hahn verschwand mit einem heiseren Lachen.

»Er ist sonst nicht nachtragend«, sagte Sabine Hahn. »Aber was damals geschah … er ist nie wirklich darüber hinweggekommen.«

Cavalli fragte sich, ob sie von ihm eine Entschuldigung erwartete. Hätte er Hahn als Verdächtigen ausschließen sollen, nur um ihn zu schonen? Obschon vieles auf ihn hingedeutet hatte?

»Ich weiß, dass du nur deine Arbeit getan hast«, sagte Sabine Hahn. »Es ist die Art und Weise, wie du sie getan hast, die ihm zu schaffen macht.«

Cavalli sagte nichts.

Schweigend führte Sabine Hahn die Untersuchung zu Ende. Mindestens zwei Rippen waren gebrochen, und seine Nase musste von einem Spezialisten behandelt werden. Cavalli versicherte ihr, dass er sie schon mehrmals selbst gerichtet hatte.

»Davon rate ich dir ab«, sagte sie. »Der Knochen ist an mehreren Stellen gebrochen. Wenn dir etwas an deinem Geruchssinn liegt, muss sie operiert werden.« Sie zog ihre Handschuhe aus. »Ich fahre dich in die Notaufnahme.«

»Das kann warten«, protestierte Cavalli.

»Die Nase vielleicht, nicht aber der Kopf. Ich nehme an, Regina hat dir von Laeticia Ochsner erzählt?« Sie wartete die Antwort nicht ab. »Ich möchte nicht, dass du in ein paar Tagen zur Obduktion vor mir liegst.«

»Ich kann mir ein Taxi nehmen.«

»Ich mache ohnehin Feierabend. Soll ich jemanden für dich anrufen?«

Cavalli winkte ab und nahm sein Handy hervor. Es hatte den Angriff überlebt. Er sah, dass Regina ihm eine Nachricht geschickt hatte. Ein neuer Hinweis sei eingegangen, es würde heute spät werden. Er rief Fahrni an und fragte, ob Paz länger bei Lily bleiben könne. Erst im Auto merkte Cavalli, wie erschöpft er war. Sein Kopf pochte, die Lichter der Straßenlaternen tanzten vor seinen Augen.

»Hast du eine Ahnung, wer hinter dem Angriff stecken könnte?«, fragte Sabine Hahn.

Mehr als das, dachte Cavalli. Die Schläge waren eine Nachricht von Viktor Lukasch, daran bestand kein Zweifel. Der Kickboxer wollte ihn wissen lassen, dass er über Cavallis Interesse an seinen Aktivitäten im Bild war. Gut, dachte Cavalli. Das würde ihn aus der Reserve locken. Lukaschs Reaktion bewies, dass er etwas zu verbergen hatte.

Der Notarzt bestätigte Sabine Hahns Diagnose und nähte die Wunde am Hinterkopf. Er riet Cavalli, die Nacht im Krankenhaus zu verbringen, was Cavalli ablehnte. Nachdem er das Gebäude verlassen hatte, rief er Jasmin Meyer an und berichtete ihr von dem Überfall.

»Konntest du dich schon umhören?«, fragte er.

»Es stimmt, dass Lukasch als Personal Trainer arbeitet, allerdings nur für einen einzigen Mann«, fasste sie zusammen. »Sergei Sokolow. Ihm werden Verbindungen zur russischen Mafia nachgesagt.«

»Warum wundert mich das nicht?«, murmelte Cavalli.

»Es kommt noch besser. Sokolow hat nicht nur einen Personal Trainer, sondern auch zwei Leibwächter engagiert. Beide waren früher aktive Kickboxer. Klingt ganz danach, als hättest du sie bereits kennengelernt. Hunde in Ehren, aber ich glaube nicht, dass dir Lukasch deswegen eine Abreibung verpassen wollte. Er hat etwas Größeres am Laufen.«

Cavalli teilte ihre Meinung. Er wies sie an, die Sache fallen zu lassen. Es reichte, dass Lukasch ihn im Visier hatte. Aber genauso gut hätte er einen Hund bitten können, seinen Knochen herzugeben.

Bevor er losfuhr, versuchte er, Pilecki zu erreichen, der jedoch nicht abnahm. Ein neuer Hinweis, hatte Regina geschrieben. Cavalli stellte sich die Stimmung unter den Ermittlern vor. Ihre gespannte Erwartung, ihre Entschlossenheit. Der Kopf klar, einsatzbereit, die Moral gehoben. Endlich eine Spur, nach Wochen zermürbender Routinearbeiten ohne Ergebnisse. Er hinterließ keine Nachricht.

22

An der Wand hing eine Karte von Europa. Die Fahnder hatten alle Flughäfen markiert, von denen es einen direkten Flug nach Brasilien gab. Die Kriminalanalyse war damit beschäftigt, Werner Ochsners Verbindungen zu Deutschland zu überprüfen, und Tobias Fahrni stellte eine Liste von Frauen zusammen, die mit den Ochsners in Kontakt gestanden hatten. Regina sah sich die Namen an. Die meisten waren Bekannte von Laeticia Ochsner, nur eine Frau stand in Beziehung zu ihrem Mann. Seine Schwester Helga. Fahrni hatte unmittelbar nach dem Leichenfund mit ihr gesprochen, sie jedoch als Täterin ausgeschlossen, weil sie ein Alibi für den fraglichen Abend besaß. Außerdem war kein Motiv erkennbar. Nun aber hatte sich die Ausgangslage geändert. Sie suchten nach einer Frau.

Fahrni zupfte an seinem Ohrläppchen. »Sie ist berufstätig, lebt allein. Wie soll sie sich plötzlich um ein Kind kümmern?«

»Indem sie es irgendwo unterbringt«, sagte Regina. »Hol sie her. Wir müssen noch einmal mit ihr reden.«

Fahrni regte sich nicht.

»Was denkst du?«, fragte Regina.

»Vielleicht hat sich die Zeugin getäuscht. Elias mit einem anderen Kind verwechselt.«

Er sprach aus, was sie alle dachten. Sie konnten es sich jedoch nicht leisten, ihren Zweifeln zu viel Raum zu lassen, denn es gab keine andere Spur. Regina wiederholte ihre

Anweisungen und stellte sich neben Joe Walker, der die Karte studierte.

Er zeigte auf Frankfurt. »Direktflüge nach Rio und São Paulo. Wenn die unbekannte Frau mit dem Jungen nach Brasilien wollte, ergibt das am meisten Sinn. Hat sich Den Haag schon gemeldet?«

Regina hatte die Schweizer Verbindungsstaatsanwältin bei Eurojust kontaktiert. Corinne Kusumaj war früher bei der Staatsanwaltschaft II gewesen, die sich mit Strukturkriminalität befasste. Seit drei Jahren koordinierte sie den Austausch von Informationen zwischen der Schweiz und ausländischen Strafverfolgungsbehörden. Noch hatte sie nicht zurückgerufen.

»Wenn Elias unter einem falschen Namen flog, werden wir ihn nicht finden«, sagte Regina.

»Überwachungskameras, Datenbanken.«

»Auch wenn die Aufzeichnungen so lange aufbewahrt werden, wäre die Datenmenge nicht zu bewältigen.«

»Warum so pessimistisch?« Walker heftete eine Liste der Hotels in Flughafennähe auf die Karte.

»Großbritannien hat achtzehn Millionen Gesichter vermessen«, sagte Kristian Stanic, ohne den Blick von seinem Bildschirm zu nehmen. »Wenn ein vermisstes Kind in die Nähe einer Kamera kommt, wird es sofort erkannt.«

»Das funktioniert nur, weil sie ihre Fahndungsdatenbank mit einem Gesichtserkennungssystem verknüpft haben«, wandte Regina ein. »Dazu fehlt in Deutschland die gesetzliche Grundlage. Bei uns übrigens auch.«

Walker und Stanic tauschten Blicke, sagten jedoch nichts.

Reginas Handy klingelte. Eine niederländische Nummer. Regina verließ den Raum, um in Ruhe zu telefonieren. Corinne Kusumaj teilte ihr mit, dass sie den zuständigen Staatsanwalt erreicht hatte, und nannte seine Kontaktdaten. Sie hatte sich zudem mit den brasilianischen Behörden in Verbindung gesetzt. Auch wenn es kein Kooperationsabkommen mit Brasilien gab, arbeitete Eurojust doch häufig mit Drittstaaten zusammen, erklärte sie. Sie bot Regina sogar an, ein Treffen mit Vertretern der Strafverfolgungsbehörden der drei Länder zu organisieren, damit sie schneller vorankam. Regina bedankte sich, wollte aber zuerst ihren deutschen Kollegen kontaktieren. Ein paar Minuten später hatte sie ihn am Telefon, und sie besprachen das weitere Vorgehen.

Sie kehrte in die Kripoleitstelle zurück, wo Pilecki eine Liste aller Kindsentführungen ausgedruckt hatte.

»Ich habe Andrea um Unterstützung gebeten«, verkündete er. »Sie wird uns ab morgen begleiten. Die Profilerin«, erklärte er, als Regina ihn fragend ansah.

Fahrni wies Pilecki darauf hin, dass Andrea Brennwald es nicht mochte, wenn man sie Profilerin nannte. »Das weckt falsche Erwartungen. Sie ist Kriminalpsychologin. Hast du noch nie mit ihr gearbeitet?«, fragte er Regina.

»Bis jetzt nicht.«

»Sie ist super, du wirst sehen.«

Regina war einverstanden. Vordergründig erschien der Fall unkompliziert. Ein Ehemann, der mehrfach wegen häuslicher Gewalt in Erscheinung getreten war. Ein Kind, das unter dem Verhalten der Eltern litt. Die Behörden, die gezwungen waren einzuschreiten. Die Mutter, die das verhindern wollte. Alle Puzzleteile passten. Bei genauerem Hinschauen waren die einzelnen Teile jedoch leicht verschoben. Der Bierkrug in Werner Ochsners Wohnung war zwar als Schlagwerkzeug eingesetzt worden, die resultierende Fraktur hatte aber nicht direkt zum Tod seiner Frau geführt. Laeticia Ochsner hatte ein Motiv, ihren Sohn zu verstecken, doch sie hatte nichts mit seinem Verschwinden zu tun. Werner Ochsner hätte Elias ohne Probleme über die Grenze schmuggeln können, doch wozu? Er kannte niemanden in Deutschland, und dass er seinen Sohn freiwillig bei der Familie seiner Frau in Brasilien unterbringen wollte, war höchst unwahrscheinlich. In Reginas Kopf begannen sich immer mehr Fragen anzuhäufen. Sie dachte an ein Puzzle, das sie als Kind geschenkt bekommen hatte. Das Bild zeigte den Nachthimmel über dem Meer. Fleißig hatte sie den Himmel zusammengesetzt, bis plötzlich nichts mehr passte. Da erst war ihr aufgegangen, dass die dunkle Fläche, an der sie arbeitete, das Meer darstellte, nicht den Himmel. Von diesem Moment an kam sie wieder voran.

»Helga Ochsner ist da«, sagte Fahrni und sammelte seine Unterlagen ein.

»Frag sie, ob sie schon einmal in Brasilien war«, bat Regina.

»Und wann sie das letzte Mal nach Deutschland gereist ist«, ergänzte Walker.

Pilecki bot Regina einen Kaffee an.

»Danke, aber ich mache mich gleich auf den Weg.«

Sie musste noch die Einvernahme mit Werner Ochsner vorbereiten, außerdem gab es nichts, was sie in der Kripoleitstelle noch hätte tun können.

Es war kurz vor elf, als sie sich auf den Weg nach Hause machte. Cavalli hatte darauf bestanden, dass sie mit dem Auto zur Arbeit fuhr. Nun war sie froh, dass sie nicht auf öffentliche Verkehrsmittel angewiesen war. Mit dem Volvo sparte sie nicht nur Zeit, der Wagen bot ihr auch einen Rückzugsort. Unterwegs rief Fahrni an und teilte ihr mit, dass Helga Ochsner ihren Neffen laut eigenen Angaben seit über einem Jahr nicht mehr gesehen hatte. In Brasilien war sie noch nie gewesen, sie machte jedoch regelmäßig Urlaub an der Ostsee.

Regina sah die Strandkörbe vor sich. Wann war sie das letzte Mal weggefahren, abgesehen von beruflichen Reisen? Zu dritt hatten sie noch gar nie Urlaub gemacht. Sie schaltete das Radio ein und lauschte einem klassischen Musiksender. Auch Konzerte besuchte sie so gut wie keine mehr. Sie steuerte den Wagen durch das Industrieviertel von Dübendorf, vorbei an Möbelhäusern, deren Logos in allen Farben leuchteten. Normalerweise stauten sich die Fahrzeuge auf der Ringstraße, um diese Zeit wirkte die Gegend verlassen, als habe jemand das Leben auf Stand-by geschaltet. Hatte sie das auch getan?

Cavalli war noch wach. Er saß auf der Terrasse, durch die Glastür sah Regina nur seine Umrisse. Sie ging zu ihm hinaus.

Er lächelte schief. »Nicht erschrecken. Es sieht schlimmer aus, als es ist.«

Seine Nase war geschwollen, seine Lippe aufgeplatzt, die Haut im Gesicht stellenweise aufgeschürft. Reginas erster Gedanke war, dass sich jemand für Stefan Guths Tod hatte rächen wollen.

»Viktor Lukasch«, erklärte Cavalli und erzählte ihr, was geschehen war. »Jasmin hat sich in der Szene umgehört und –«

»Jasmin Meyer?«, unterbrach Regina.

Cavalli berichtete von seinem Besuch im Fight.

»Du darfst sie da nicht mit hineinziehen! Was, wenn Lukasch das nächste Mal auf sie losgeht? Er ist ein Vergewaltiger! Einen weiteren Übergriff steht sie nicht durch.«

Zu ihrer Überraschung stimmte Cavalli ihr zu. »Ich weiß nur nicht, wie ich sie davon abhalten soll«, gestand er.

Regina hockte sich vor ihn hin und inspizierte sein Gesicht. Als sie seine Nase sah, sog sie die Luft ein.

»Diesmal muss sie operiert werden«, sagte Cavalli.

»Warst du in der Notaufnahme?«

»Ja, Sabine Hahn hat darauf bestanden. Wegen der Kopfverletzung.«

Regina dachte an Laeticia Ochsner, und ein Kloß bildete sich in ihrem Hals. Vielleicht lag es nur an der Müdigkeit, die bleiern auf ihr lastete, vielleicht auch an der aussichtslos anmutenden Suche nach Elias. Sie sah die Ostsee vor sich und wünschte sich auf einmal nichts sehnlicher, als dorthin zu fahren, den Alltag hinter sich zu lassen, auszuschlafen, sich mit einem Buch auf einen Liegestuhl zu legen, mit Lily zu baden, lange Spaziergänge zu unternehmen.

»Hast du Lust, Urlaub an der Ostsee zu machen?«, fragte sie.

Cavalli schaute sie irritiert an.

»Oder in Skandinavien?« Regina stellte sich Norwegens Fjorde vor. »Wir könnten ein Sommerhaus mieten! Mit Lily im Wald Pilze und Beeren sammeln, am Strand spazieren, kein Mensch weit und breit, nur wir drei und die Natur.«

»Seit wann reizt dich die Wildnis?«

Regina schloss die Augen. Er sehnte sich nicht danach, zur Ruhe zu kommen, ihm fehlte die Herausforderung.

»Was beschäftigt dich wirklich?«, fragte er.

Sie erzählte ihm von den Ermittlungen, die nicht vorankamen. Von den Spuren, die immer wieder im Sand verliefen, den Widersprüchen und den offenen Fragen.

»Warum fährst du nicht nach Den Haag?«, schlug er vor.

»Ich kann doch nicht einfach weg.«

»Warum nicht?«

»Was ist mit Lily?«

»Ich lasse mich krankschreiben.«

Jetzt blickte Regina ihn ungläubig an. Sie konnte sich nicht daran erinnern, dass er je wegen einer Verletzung oder einer Krankheit zu Hause geblieben war.

»Mehrere Rippen sind gebrochen«, rechtfertigte er sich.

Regina begriff, dass er einen Vorwand suchte, um nicht arbeiten zu müssen. Ihr war klar gewesen, dass ihn die neue Stelle nicht erfüllte. Aber fühlte er sich so unwohl, dass er sich lieber krankmeldete? Da dämmerte es ihr.

»Du brauchst Zeit für deine privaten Ermittlungen!« Hätte sie nicht so genau hingeschaut, wäre ihr sein angedeutetes Lächeln glatt entgangen.

»Ich brauche Zeit für Lily.«

Regina stand auf. »Ich kann genauso gut von Zürich aus telefonieren.«

»Manchmal muss man einen anderen Zugang zu einem Fall finden.« Cavalli klang jetzt nachdenklich. »Muster durchbrechen. Den Haag könnte dir die Gelegenheit dazu bieten. Dir sozusagen eine europäische Perspektive eröffnen.«

»Ich weiß ja gar nicht, ob es sich um einen grenzüberschreitenden Fall handelt. Die Zeugin hat sich vielleicht getäuscht. Außerdem habe ich noch andere Fälle, um die ich mich kümmern muss. Und den Inspektionsbericht habe ich auch noch nicht geschrieben.«

»Um Lily brauchst du dir keine Sorgen zu machen. Ich würde sie nie in Gefahr bringen.«

Regina suchte nach einer unversehrten Stelle, um ihn zu küssen. »Wenn Elias tatsächlich im Ausland ist, komme ich darauf zurück. Jetzt aber gehe ich ins Bett. Sonst bin ich es, die sich krankschreiben lassen muss. Kann ich noch etwas für dich tun?«

»Alles gut.« Er richtete den Blick in die Dunkelheit.

Als sie am nächsten Morgen aufstand, war die Küche mit Karteikärtchen tapeziert. Darauf standen Namen, Daten, Fakten, Hypothesen und Fragen. Cavalli kritzelte etwas auf einen Notizblock. Er murmelte eine Begrüßung, deutete mit einer vagen Handbewegung hinter sich auf den Kaffee, den er gekocht hatte, und brütete weiter.

23

Der Leichenfund hatte Werner Ochsner zugesetzt. Er ging leicht gebückt, und seine Hände zitterten, was aber vielleicht auch daran lag, dass er vor der Einvernahme nichts getrunken hatte. Zumindest roch er nicht nach Alkohol. Regina hatte mit aggressivem Verhalten gerechnet, doch Ochsner wirkte mehr verängstigt als wütend. Seinen Anwalt kannte sie von früheren Fällen. Er dachte lösungsorientiert und war stets an einer guten Zusammenarbeit interessiert.

Regina begann mit dem Tag, an dem Laeticia und Elias Ochsner verschwunden waren. Schritt für Schritt ging sie die Ereignisse durch.

Werner Ochsner hatte geschlafen, als seine Frau am Morgen das Haus verließ, er hatte weder sie noch Elias gesehen. Nach dem Aufstehen war er direkt in sein Büro gefahren, wo er auch über Mittag blieb. Kurz vor sieben machte er sich auf den Weg in seine Stammkneipe. Seine Angaben stimmten mit den Zeugenaussagen und den Angaben, die er der Polizei gegenüber gemacht hatte, überein.

»Kam es häufig vor, dass Sie Ihre Frau und Ihren Sohn weder vor noch nach der Arbeit sahen?«, fragte Regina.

»Wenn die Luft dick war«, brummte er.

»Können Sie das bitte genauer erklären?«

»Na, wenn sie die Krallen ausfuhr. Sie wissen schon.«

»Wenn Sie sich stritten?«

»Dieses Weib hatte nicht alle Tassen im Schrank!«

»Sie haben sich also gestritten, als Sie sich das letzte Mal sahen?«

Ochsner verschränkte die Arme vor der Brust. »Kann sein.«

»Wann war das?«

Er sah sie düster an. »Woher soll ich das wissen? Sehe ich aus, als führe ich Tagebuch?«

»Einen Tag vor ihrem Verschwinden? Zwei? Mehrere?«

»Zwei vielleicht. Oder drei.«

Regina bat ihn, den Streit zu schildern.

Unruhig rutschte er auf seinem Stuhl hin und her. »Wie ein Streit eben läuft. Sie keift mich an, ich will meine Ruhe, sie macht weiter. Geht auf mich los. Der Junge beginnt zu schreien, macht alles noch schlimmer.«

»Worum ging es bei diesem Streit?«

Ochsner zuckte die Schultern. »Das Übliche, nehme ich an. Geld. Oder sie hatte den Jungen nicht im Griff.«

»Hat Ihre Frau gedroht, Sie zu verlassen?«

»Wer behauptet das?« Ochsners Gesicht wurde rot. »Sie konnte froh sein, dass ich sie nicht rausgeschmissen habe!«

»Hat sie je damit gedroht, mit Elias nach Brasilien zurückzukehren?«

»Was sollte sie dort?« Ochsner schnaubte. »Hier hat sie zehn Mal so viel verdient.«

»Als Sie Ihre Frau und Ihren Sohn als vermisst gemeldet haben, behaupteten Sie, die beiden seien nach Brasilien gefahren.«

Ochsner sah zu seinem Anwalt, der ihm aufmunternd zunickte. »Weil ich nicht wusste, wohin sie sonst gehen sollte. Ich meine, verdammt, sie konnte sich ja nicht in Luft aufgelöst haben.«

»Ist Ihnen je die Idee gekommen, dass Elias und ihr etwas zugestoßen sein könnte?«

Er schnaubte. »Glauben Sie mir, das Weib kann sich wehren.«

Regina kam noch einmal auf den Streit zu sprechen. Sie bat Ochsner, ihn detailliert zu schildern. Mühsam rekonstruierte sie den Ablauf. Als sie endlich zu dem Punkt kamen, wo er nach dem Bierkrug gegriffen hatte, verstummte Ochsner. Regina zeigte ihm ein Foto von einem umgedrehten Bierkrug und erklärte, dass das Blut darauf von seiner Frau stamme.

»Ihre Fingerabdrücke befinden sich auf dem Griff«, erklärte sie.

Ein dünner Schweißfilm bildete sich auf seinem Gesicht. »Ich habe das Recht, mich zu wehren!«

»Haben Sie mit dem Bierkrug auf Laeticia Ochsner eingeschlagen?«

»Wenn Sie es sagen.«

»Ich möchte es von Ihnen hören, Herr Ochsner.«

»Sie war danach noch quicklebendig!«, rief er. »Sie ist auf mich losgegangen und hat mir das Gesicht zerkratzt. Sehen Sie«, er deutete auf seine Wange, »hier, rote Striemen, ich habe geblutet!«

Regina sah nur graue Bartstoppeln.

»Haben Sie Laeticia mit dem Bierkrug gegen den Kopf geschlagen?«

»Ich habe sie nicht getötet!« Ochsner zitterte noch stärker.

»Bitte beantworten Sie meine Frage.«

»Ja, Herrgott noch mal, aber nicht fest. Und das mit dem Jungen war ein Versehen, das müssen Sie mir glauben!«

Regina wurde kalt. Elias war nach dem Streit noch mindestens zwei Tage in die Kita gegangen. Niemand hatte Verletzungen bemerkt, was jedoch nicht bedeutete, dass es keine gegeben hatte. Laut Linda Sommer war Elias an seinem letzten Tag krank gewesen. Krank oder verletzt?

»Erzählen Sie mir von dem Versehen«, bat sie Werner Ochsner.

Er studierte seine Hände.

»Was geschah mit Elias?«, bohrte sie.

»Nichts.«

»Herr Ochsner?«

Der Anwalt beugte sich zu ihm. »Sie müssen sich nicht selbst belasten.«

Ochsner tupfte sich den Schweiß von der Stirn. Sein Gesicht hatte eine gelbliche Farbe angenommen, und er atmete schwer.

»Sie haben mit dem Bierkrug nach Ihrer Frau geschlagen«, wiederholte Regina. »Was geschah danach?«

»Sie ist auf mich losgegangen wie eine Furie! Ich wollte mich nur schützen, ich habe doch nicht mehr an den verdammten Krug gedacht.«

»Hielten Sie ihn noch in der Hand?«

»Offenbar.« Seine Hände zitterten so stark, dass er sie falten musste.

»Haben Sie Elias damit geschlagen?«

Der Anwalt bat um eine Unterbrechung.

Ochsner sah ihn nicht einmal an. »Ich konnte doch nichts dafür! Das Ding ist mir aus der Hand geflogen!«

»Hat der Krug Elias getroffen?«, fragte Regina.

»Er hat geschrien wie am Spieß, aber so schlimm war es auch wieder nicht.«

»Was haben Sie anschließend gemacht?«

»Nichts.«

»Gar nichts?«

»Ich bin gegangen.« Ochsner rieb sich über das Gesicht. »Beide haben geschrien, und die Alte von unten hat gegen die Decke geschlagen, das hält ja keiner aus.«

Im Flur waren gedämpfte Stimmen zu hören, irgendwo

klingelte ein Telefon. Nina Dietz hatte aufgehört zu tippen. Die Luft im Raum war stickig, angefüllt mit Aktenstaub und Ochsners säuerlicher Ausdünstung.

»Hat Ihre Frau nach dem Streit einen Arzt aufgesucht?«, fragte Regina.

Ochsner senkte den Blick. »Woher soll ich das wissen?«

»Hat sie über Kopfschmerzen geklagt?«

»Sie hat immer über irgendetwas gejammert.«

»Sind Sie mit Elias zu einem Arzt gegangen?«

»Ich sage ja, so schlimm war das nicht. Der Junge hat nicht einmal geblutet.«

»Also nein.«

»Herrgott!« Ochsner sah auf. »Wie oft muss ich Ihnen noch sagen, dass ich Laeticia nicht umgebracht habe! Sie ist nach dem Streit wieder arbeiten gegangen. Sie war völlig normal.«

Regina zeigte ihm ein Bild von der Fraktur an Laeticia Ochsners Schädeldach. »Sehen Sie diesen Bruch hier? Wie erklären Sie sich die Verletzung?«

Auf Ochsners Gesicht zeichneten sich Überraschung und Angst ab. »Aber sie stand doch wieder auf.«

»Haben Sie Laeticia am Tag ihres Verschwindens im Nagelstudio besucht?«

»Das habe ich Ihnen alles schon gesagt. Ich kam erst um Mitternacht nach Hause. Ich war mit Kollegen in der Kneipe, Sie können sie fragen.«

»Das hat die Polizei bereits getan.«

»Na also.« Er verschränkte die Arme und lehnte sich zurück.

Regina nahm einen ausgedruckten Stadtplan hervor, auf dem der Wohnblock, das Nagelstudio sowie Werner Ochsners Stammkneipe markiert waren. Sie zeigte mit dem Finger auf die Kneipe. »Von hier aus erreicht man das Nagelstudio zu Fuß in acht Minuten.«

»Ja, und?«

»Haben Sie die Kneipe an diesem Abend vielleicht kurz verlassen, um zu rauchen?«

»Vielleicht.«

»Wie lange waren Sie draußen?«

»Keine Ahnung.«

Seine Kumpel hatten ausgesagt, dass er mehrmals vor die Tür getreten war, um eine Zigarette zu rauchen, jedoch nie länger als fünf Minuten wegblieb.

»Wann sind Sie nach Hause gegangen?«

»Gegen Mitternacht, das habe ich doch gerade gesagt.«

»Zeigen Sie mir, welchen Weg Sie genommen haben.« Sie schob ihm die Karte hin. Es dauerte eine Weile, bis sich Ochsner darauf zurechtfand. Er fuhr mit dem Finger die Langstraße entlang, demnach war er auf direktem Weg nach Hause gegangen. Auf die Frage, ob jemand seine Angaben bestätigen könne, schüttelte er verärgert den Kopf. Theoretisch könnte er einen Abstecher ins Nagelstudio gemacht haben, dachte Regina. Aber warum hätten Laeticia und Elias um diese Zeit dort sein sollen? Wenn Laeticia ihren Mann hätte verlassen wollen, wäre sie zu Freunden gegangen. Im Nagelstudio gab es weder ein Bett noch eine Dusche, außerdem würde Werner Ochsner sie dort als Erstes suchen.

»Sind Sie sicher, dass Ihre Frau nicht zu Hause war?«

»Sie hat sich wohl kaum im Schrank versteckt, oder?«

»Lag das Handy Ihrer Frau in der Wohnung?«

»Das hat sie immer mitgenommen.«

»Laeticia Ochsners Telefon wurde um 23.58 Uhr ausgeschaltet«, hielt Regina ihm vor. »Genau in dem Moment, als Sie nach Hause kamen.«

»Was kann ich dafür?«

»Was haben Sie getan, als Sie merkten, dass Ihre Frau und Ihr Sohn nicht zu Hause waren?«

»Ich ging schlafen.«

»Sie haben sich keine Sorgen gemacht?«

Erstmals wirkte er verlegen. »Ich dachte mir, Sie wissen schon.«

»Nein, ich weiß es nicht. Bitte erklären Sie es mir.«

Hilfe suchend sah Ochsner zu seinem Anwalt, doch auch dieser schien nicht zu verstehen, warum sein Klient nichts unternommen hatte.

»Ich dachte, sie war beleidigt. Wie Frauen es eben oft sind.«

»Wo war sie denn Ihrer Meinung nach?«

Er zuckte die Schultern. »Bei einer Freundin vielleicht.«

»Hat sie öfters bei Freundinnen übernachtet?«

»Eigentlich nicht«, brummte er.

Entweder hatte er zu viel Alkohol intus gehabt, um klar denken zu können, oder er spielte ihnen etwas vor.

»Wann ist Ihnen die Idee gekommen, dass etwas nicht stimmte?«

»Als sie am nächsten Tag nicht nach Hause kam.« Er verschränkte die Arme vor der Brust. »Ich habe sie angerufen, aber das Handy war aus!«

Regina lehnte sich zurück. Werner Ochsner hatte nicht ein einziges Mal danach gefragt, wie seine Frau gestorben war.

»Kam es nach dem Streit, den Sie uns geschildert haben, zu einer weiteren Auseinandersetzung zwischen Ihnen und Ihrer Frau?«, fuhr sie fort.

Ochsner schüttelte den Kopf.

»Haben Sie Ihre Frau nach dem Streit gestoßen?«, fragte Regina.

»Nein.«

»Auch am folgenden Tag nicht?«

»Sie ist mir aus dem Weg gegangen.«

Der Anwalt meldete sich zu Wort. »Was werfen Sie meinem Klienten genau vor?«

Regina legte ein weiteres Foto von der Verletzten auf den Tisch und zeigte auf die Fraktur an der Schädelbasis. »Es ist deutlich zu sehen, dass Ihre Frau eine zweite Verletzung erlitten hat. Erklären Sie mir, wie es dazu kam.«

»Das war nicht ich!«, rief Ochsner.

»Die Verletzung ist durch einen Sturz entstanden.«

»Damit habe ich nichts zu tun.«

»Hat dieser zweite Bruch zum Tod von Frau Ochsner geführt?«, fragte der Anwalt.

Regina sah weiterhin Ochsner an. »Haben Sie Ihre Frau gestoßen?«

»Mein Klient hat sich höchstens der einfachen Körperverletzung schuldig gemacht«, sagte der Anwalt.

»Herr Ochsner?«, sagte Regina.

»Nein!«

»Wer könnte es gewesen sein?«

»Na, jeder.«

Jetzt, wo weitere Verdächtige ins Spiel kamen, wurde er redselig. Er nannte die Nachbarn, mit denen sich Laeticia gestritten hatte, die Kita-Angestellten, die Mitarbeiterinnen des Sozialzentrums und der Mütter- und Väterberatung.

»Die haben sich in Dinge eingemischt, die sie einen feuchten Dreck angehen!«, echauffierte er sich.

»Erzählen Sie mir von den Abklärungen«, bat Regina.

Jetzt war Werner Ochsner in seinem Element. Er zog über die beiden Mitarbeiterinnen des Sozialzentrums und der Mütter- und Väterberatung her, die ihnen einen Hausbesuch abgestattet hatten, beschimpfte Barbara Bortis als Lesbe und ihre Kollegin als linke Sau. Er fluchte über die Nazis von der Kesb, die man seiner Meinung nach erschießen sollte, den Kinderarzt, der eine Tracht Prügel verdiente, und die Polizei, die ihm das Leben zur Hölle machte. Mehrmals versuchte sein Anwalt, die Tirade zu unterbrechen, schließlich gab er auf und lehnte sich resigniert zurück. Regina schlug eine Mittagspause vor.

Kaum hatte Werner Ochsner den Raum verlassen, riss sie die Fenster auf und sog die kalte Luft ein.

»Wow«, sagte Nina Dietz.

Regina blieb noch einen Moment am offenen Fenster stehen, bevor sie an ihren Schreibtisch zurückkehrte.

»Glaubst du, dass Elias noch lebt?«, fragte Dietz.

Dieselbe Frage hatte sich Regina auch gestellt. Angesichts der möglichen Verletzungen, die der Junge davongetragen haben könnte, erschien ihr das Chaos im Nagelstudio in einem neuen Licht.

Hatte Laeticia, nachdem die letzte Kundin gegangen war, Elias im Hinterraum aufgefunden, krank, bewusstlos oder gar tot? War sie aus dem Nagelstudio gestürzt, um ihn in die Notaufnahme zu fahren?

Regina schilderte ihre Überlegungen. »Wen hätte Laeticia um Hilfe gebeten, wenn sie dringend ein Auto gebraucht hätte?«

»Der Zeuge hat um Mitternacht einen Wagen im Hof gesehen«, rief Dietz ihr in Erinnerung. »Deinen Überlegungen zufolge müsste Laeticia das Nagelstudio aber um 20.15 Uhr verlassen haben. Vielleicht sind beide gestorben? Und der Fahrer stand plötzlich mit zwei Leichen da?«

Wie in einer Kriminalkomödie, dachte Regina, doch das Lachen blieb ihr im Hals stecken.

Nina Dietz bot an, zwei Fertigsalate zu kaufen. Regina rang ihr das Versprechen ab, für sie auch noch ein Sandwich zu besorgen. Dann rief sie Fahrni an. Es gab keine Neuigkeiten aus Deutschland. Sie fasste kurz zusammen, was Werner Ochsner bisher ausgesagt hatte, und bat Fahrni, das Alibi von Barbara Bortis und ihrer Kollegin zu überprüfen.

»Vielleicht haben sie Laeticia Ochsner an jenem Abend

einen Besuch im Nagelstudio abgestattet«, sagte sie. »Um sich ein Bild von Elias' Umfeld zu machen.«

»Wenn es dabei zu einem Unfall gekommen wäre, hätte Barbara Bortis einen Krankenwagen gerufen«, wandte Fahrni ein.

Regina wäre es auch lieber, sie könnte gegen Werner Ochsner Anklage erheben, doch die wahrscheinlichste Erklärung war nicht immer auch die richtige.

»Ruf noch einmal alle Krankenhäuser an«, bat sie. »Und frag diesmal nach Elias.«

Werner Ochsner war nach der Unterbrechung immer noch aufgewühlt, hatte sich jedoch wieder im Griff. Regina begann mit unverfänglichen Themen. Sie erfuhr, dass weder er noch Laeticia im letzten Jahr im Tessin gewesen waren, dass Laeticia fast ausschließlich portugiesisch mit Elias gesprochen hatte und dass es keine blonden Verwandten gab, zumindest keine, von denen Ochsner wusste. Die Frage, wie seine Beziehung zu seiner Schwester Helga aussah, löste Erstaunen bei ihm aus, er wirkte aber nicht beunruhigt und erklärte, dass sie kaum Kontakt hatten. Als Regina hingegen wissen wollte, ob es einen anderen Mann in Laeticias Leben gab, verlor er erneut die Beherrschung.

»Wer ist es? Sagen Sie es mir! Diese verdammte Hure, ich hätte es wissen – «

»Herr Ochsner«, unterbrach Regina ruhig. »Ich muss diese Frage stellen, das bedeutet nicht, dass es so war.«

Nach weiteren Beschwichtigungen drang sie endlich zu ihm durch. Ochsner zählte zahlreiche Namen von Männern auf, die Laeticia angeblich aufgerissen hatte, in Reginas Ohren klang die Aussage aber nicht glaubhaft. Ihre letzten Fragen betrafen das Nagelstudio.

»Sie haben ausgesagt, dass die Tür verschlossen war. Besitzen Sie einen Schlüssel?«

Er schnaubte. »Wie wäre ich sonst reingekommen?«

»Gibt es noch jemanden, der einen Schlüssel besitzt?«

»Woher soll ich das wissen?«

»Ist Ihnen etwas Außergewöhnliches aufgefallen?«

Missmutig kratzte er sich am Arm. »Was soll das gewesen sein?«

»Lag da vielleicht etwas, das nicht dorthin gehörte?«

»Nein.«

»Stand etwas am falschen Ort?«

Er sah sie verständnislos an.

Sie beschrieb, wie sie das Nagelstudio vorgefunden hatten. »Hat Ihre Frau häufiger Wattebäusche herumliegen lassen oder Flaschen nicht verschlossen?«

»Keine Ahnung. Ich glaube nicht.«

Regina wartete, in der Hoffnung, dass ihm doch noch etwas einfallen würde.

»Kann ich jetzt gehen?«, fragte er ungeduldig.

»Nein, Herr Ochsner, Sie können nicht gehen.« Sie beugte sich vor. »Sie haben gestanden, dass Sie Laeticia Ochsner mit einem Bierkrug geschlagen haben.«

»Was kann ich denn dafür, dass sie später gestürzt ist?«, rief er.

»Erzählen Sie es mir.«

»Was?«

»Wie kam es zu dem Sturz?«

»Warum schieben Sie mir die Schuld für alles in die Schuhe?«

Regina stieß seine Opferhaltung sauer auf. Begriff er denn wirklich nicht, dass er an Laeticias Tod mitschuldig war? Auch wenn er sie nicht gestoßen hatte, würde er sich zumindest wegen versuchter schwerer Körperverletzung verantworten müssen.

Der Anwalt sprach beruhigend auf ihn ein. Nun richtete

sich Ochsners Zorn auch gegen diesen. Er beschimpfte ihn als unfähigen Idioten und drohte, Beschwerde gegen ihn einzureichen. Der Anwalt seufzte tief. Regina beneidete ihn nicht um seine Aufgabe.

24

Andrea Brennwald sah aus, als würde sie mehr Zeit im Freien als vor einem Computer verbringen. Ihre Haut war gebräunt, ihr Haar zu einem Zopf geflochten, und sie trug eine praktische Fleecejacke. Als Regina erfuhr, dass sie bereits die umfangreichen Akten studiert hatte, war ihr klar, dass sie sich ein falsches Bild von ihr gemacht hatte. Die Kriminalpsychologin musste rund um die Uhr gearbeitet haben.

Von Pilecki darauf angesprochen, zuckte Brennwald die Schultern. »Ein Kind wird vermisst.« Sie breitete ihre Unterlagen vor sich aus und begrüßte Regina. »Ich möchte keine Zeit mit langen Erklärungen verlieren, aber da wir noch nie zusammengearbeitet haben, erläutere ich kurz, was ich mache.« Sie erzählte, dass sie Psychologie studiert, ein Nachdiplomstudium in Kriminologie und eine Weiterbildung als Geoprofilerin absolviert hatte. »Ich bin keine Polizistin, sondern eine Wissenschaftlerin. Ähnlich wie Naturwissenschaften können Sozialwissenschaften wichtige Hinweise liefern und das Fallverständnis erweitern. Ich komme zum Zug, wenn spezielle Kenntnisse über menschliches Verhalten oder kriminalpsychologisches Wissen gefragt sind, beispielsweise um tatbezogenes Verhalten einzuschätzen, Hypothesen zu generieren oder Tatserien zu erkennen. Ich sehe meine Arbeit als Ergänzung zur herkömmlichen Polizeiarbeit, im Idealfall als Mehrwert.«

»Sie hilft uns auch beim Generieren von Verdächtigen«, sagte Fahrni.

»Und berät uns bei Einvernahmen«, meldete sich Heinz Gurtner, der eben erst zu der Ermittlungsgruppe gestoßen war.

»Was in deinem Fall besonders wichtig ist«, grinste Pilecki und kratzte sich mit gespielter Nachdenklichkeit am Kopf. »Andrea, wie wird der Beschuldigte auf ein mit Kaffee bekleckertes Hemd reagieren?«

Gurtner sah an sich hinunter und entdeckte einen Kaffeefleck auf seinem Hemd. Er leckte sich den Zeigefinger ab und versuchte, den Stoff zu reinigen.

Brennwald lachte. »Ich wurde tatsächlich schon gefragt, welche Kleidung einen Tatverdächtigen zum Reden bringen könnte. Aber das war ein besonderer Fall.«

Regina schmunzelte. »Und was kannst du zu diesem Fall beitragen?«

Brennwald wurde wieder ernst. »Ehrlich gesagt, bin ich mir nicht ganz sicher. Wir haben einerseits wenig feststehende Fakten, andererseits viele verschiedene Möglichkeiten, was geschehen sein könnte. Ich schlage vor, eine Analyse der konkurrierenden Hypothesen durchzuführen. Ob euch das allerdings weiterbringt, weiß ich nicht.«

Regina schätzte ihre Ehrlichkeit.

»Die ACH – die Abkürzung kommt von Analysis of Competing Hypotheses – ist eine Methode, die ein CIA-Analyst entwickelt hat«, erklärte Brennwald. »Sie geht von der Tatsache aus, dass wir Menschen dazu neigen, Informationen dann leichter wahrzunehmen und stärker zu gewichten, wenn sie unseren Erwartungen entsprechen oder unsere Hypothesen stützen. Man nennt das eine kognitive Verzerrung. Mit der ACH versucht man, Fehlbestätigungen von bestehenden Hypothesen aufgrund solcher Bestätigungstendenzen und anderer kognitiver Verzerrungen zu reduzieren und einen Tunnelblick zu vermeiden.«

Regina dachte an das Puzzle, das sie in die Irre geführt hatte.

»Konkret sieht das so aus.« Brennwald stand auf und ging zu einem Flipchart. »Wir formulieren unsere Hypothesen. Da wir kaum Informationen über den Jungen haben, schlage ich vor, dass wir uns im Moment auf Laeticia Ochsner konzentrieren. Was könnte ihr zugestoßen sein?«

Regina sah ihre Küchenwand vor sich, die voller Karteikärtchen hing. Cavalli wäre begeistert, dachte sie. Bei jedem Fall strukturierte und analysierte er die Daten gründlich. Wenn er nicht weiterkam, sortierte er sie nach anderen Kriterien. Manchmal eröffnete ihm das eine neue Perspektive.

»Vorschläge?«, fragte Brennwald.

»Laeticia Ochsner fühlte sich unwohl, verließ deswegen das Nagelstudio und ging nach Hause, wo sie um Mitternacht von ihrem Mann getötet wurde«, sagte Pilecki. »Anschließend vergrub Werner Ochsner die Leiche.«

»Sie stürzte im Nagelstudio, weil ihr schwindlig war«, sagte Fahrni. »Als Werner Ochsner sie fand, war sie tot. Er fürchtete, man könnte ihn dafür verantwortlich machen, und schaffte die Leiche weg. Dasselbe könnte auch in der Wohnung geschehen sein, was mehr Sinn ergibt, weil –«

Brennwald unterbrach ihn. »Nur Hypothesen, bitte.«

»Vielleicht ist sie von einem Unbekannten überfallen worden«, sagte Regina.

Brennwald notierte alle Vorschläge.

»Oder sie hat ihren Mann verlassen und starb woanders«, sagte Gurtner.

»Das unterscheidet sich nicht von der zweiten Hypothese«, widersprach Fahrni.

»Ich finde schon«, beharrte Gurtner.

»Das kommt auf die weiteren Umstände an«, sagte Brennwald. »Zum Beispiel darauf, was mit der Leiche geschehen ist.

Für unsere Zwecke genügt aber die Hypothese, dass sie ohne Fremdeinwirkung starb.«

»Nicht ohne Fremdeinwirkung, sondern an den indirekten Folgen des Schlags«, präzisierte Fahrni.

»Richtig. Ich würde gerne mit diesen drei Hypothesen beginnen. Erstens, Werner Ochsner hat sie getötet und die Leiche versteckt. Zweitens, sie starb indirekt an den Folgen des Schlages, und er schaffte die Leiche fort. Drittens, es war ein Unbekannter.« Sie schaute in die Runde, alle nickten. »Gut. Sind wir uns einig, dass sich diese Hypothesen gegenseitig ausschließen?« Zustimmendes Gemurmel. »In einem zweiten Schritt würden wir alle Fall-Elemente zusammentragen, also Beweise, Aussagen und Indizien, die einen Bezug zu den drei Hypothesen haben. Aber das kostet jetzt zu viel Zeit. Ich schlage vor, wir machen ein Beispiel zusammen, die weiteren erarbeite ich anschließend alleine oder mit einem von euch.« Sie sah Pilecki an, der einverstanden war.

»Die Schädelverletzung?«, schlug Fahrni vor.

Brennwald schürzte die Lippen. »Das ist kein gutes Beispiel. Die Relevanz ist zwar hoch, doch die Verletzung ist mit allen Hypothesen vereinbar. Wie wäre es mit dem Auto, das ein Nachbar im Hof sah?«

»Wir wissen nichts darüber«, wandte Pilecki ein.

»Für die ACH spielt das keine Rolle.«

Brennwald rief auf ihrem Laptop eine vorbereitete Exceltabelle auf und projizierte sie an die Wand. Die Spalten waren mit *zu bewertende Elemente*, *Quelle*, *Art*, *Glaubwürdigkeit*, *Relevanz* und *Hypothesen 1 bis 7* beschriftet. Sie trug die drei Hypothesen ein, anschließend das erste Fall-Element.

Nachbar sieht gegen Mitternacht fremdes dunkles Auto im Hof des Nagelstudios (im Parkverbot). Als Quelle gab sie *Auskunftsperson*, als Art *Aussage* an.

»Wie schätzt ihr die Glaubwürdigkeit des Elements ein?«

»Gering«, sagte Pilecki. »Es ist kein Sachbeweis, nur eine möglicherweise unzuverlässige Aussage einer Auskunftsperson.«

»Mittel«, widersprach Fahrni. »Die Auskunftsperson erinnert sich aufgrund eines Ereignisses sehr genau daran. Aber es bleibt eine Aussage einer uns unbekannten Person.«

»Finde ich auch«, stimmte Regina zu.

»Also mittel.« Brennwalds Finger flogen über die Tastatur. »Und die Relevanz?«

»Hoch«, sagte Pilecki. »Werner Ochsner besitzt kein Fahrzeug, und wir haben weder eine Autovermietung noch einen Bekannten gefunden, der ihm eines geliehen hätte.«

»Woher wissen wir, dass das Auto etwas mit unserem Fall zu tun hat?«, fragte Regina.

Brennwald nickte. »Gar nicht. Aus diesem Grund würde ich das Element nur als mittelrelevant bezeichnen.«

Langsam begriff Regina, wie die ACH funktionierte. »Mit den ersten beiden Hypothesen ist das Element nicht vereinbar«, sagte sie. »Nur mit der dritten.«

»Genau.« Brennwald notierte ein Pluszeichen unter der dritten Hypothese. »Die Vereinbarkeit können wir gewichten. Zwei Pluszeichen wären stärker, hier würde ich aber nur eines setzen.« Sie schob den Laptop beiseite. »Nachdem ich alle Elemente eingetragen und bewertet habe, liefert die ACH die Hypothese, die am wenigsten unwahrscheinlich ist.« Sie wartete einen Augenblick, bevor sie fortfuhr. »Das war jetzt stark vereinfacht. Das Resultat hängt von der Qualität und Anzahl der Elemente, der Vollständigkeit der Liste, der subjektiven Bewertung und vielem mehr ab. Ich kann nicht garantieren, dass die Analyse die richtige Antwort liefert, immerhin sorgt sie aber für mehr Objektivität.«

»Es ist auf jeden Fall einen Versuch wert«, sagte Regina. »Schon der Prozess bringt uns weiter.«

Brennwald lächelte zufrieden. »Dann müsste ich nur noch ein paar Fragen mit euch klären.«

Sie kam auf Laeticia Ochsners Gewohnheiten zu sprechen. Sie wollte wissen, wann die Frau normalerweise ihr Handy ausschaltete, ob es öfters vorkam, dass sie eine Behandlung abkürzte, und wie sie ihren Arbeitsplatz normalerweise hinterließ.

Fahrni war allen Punkten nachgegangen. »Nach Aussagen ihrer Kundinnen war sie sehr gewissenhaft. Wenn eine Stunde für eine Behandlung vorgesehen war, dauerte sie auch ganze sechzig Minuten. Sie räumte stets ordentlich auf, bevor sie das Nagelstudio verließ, wie eine ihrer Freundinnen erzählte. Und ihr Telefon schaltete sie nie aus, nicht einmal, wenn sie zu Bett ging. Manchmal erhielt sie mitten in der Nacht einen Anruf aus Brasilien.«

Brennwald machte sich Notizen. »Hat Werner Ochsner einen Bezug zum Tösstal? Es kommt selten vor, dass eine Leiche an einem völlig fremden Ort versteckt wird.«

Fahrni verneinte. »Zumindest habe ich keinen gefunden.«

Die nächste Frage galt dem Knopf. Brennwald wollte wissen, ob das Forensische Institut Nachforschungen angestellt hatte.

Fahrni nickte. »Dutzende von Kleider- und Knopfherstellern wurden kontaktiert. Bisher ohne Erfolg.«

Brennwalds letzte Frage betraf die Aussage von Linda Sommer. »Laeticia Ochsner soll eine Reise geplant haben. Wie glaubhaft ist die Aussage?«

Regina erklärte, dass sie Linda Sommer persönlich kannte.

Brennwald klappte ihren Laptop zu. »Das war schon alles. Jetzt müssen wir nur noch entscheiden, ob ich die Hypothesen alleine analysieren soll, oder ob wir uns zu zweit daranmachen.« Sie sah Pilecki an, der als Dienstchef die Personalressourcen einteilte.

Er zögerte. »Zu zweit wäre mir zwar lieber, aber ich fürchte, das können wir uns zum jetzigen Zeitpunkt nicht leisten. Ich brauche alle meine Leute.«

»Alles klar.« Brennwald stand auf. »Ihr hört von mir, sobald ich ein Resultat habe.«

25

Stefan Guths Beerdigung fand auf dem Friedhof Uetliberg statt. Cavalli folgte einem Mosaik aus Pflastersteinen zur Abdankungskapelle, die fast bis auf den letzten Platz gefüllt war. Unter den Trauernden befanden sich zahlreiche Polizisten. Die Angehörigen saßen nahe beisammen, Cavalli entdeckte Simona Guth, eine schlanke Frau mit Pagenschnitt und aufrechter Haltung. An ihrer Seite die beiden Kinder. Der Junge war ein Abbild seines verstorbenen Vaters.

Cavalli suchte sich einen Platz auf der Empore. Stefan Guth war beliebt gewesen, nicht nur bei den Arbeitskollegen, sondern auch in seinem privaten Umfeld. Der Pfarrer sprach von Fassungslosigkeit und von der Lücke, die er hinterließ. Seine Worte waren keine leeren Floskeln, mehrmals brach seine Stimme. Cavalli dachte daran, dass Guths Vater Pfarrer war. Er entdeckte keine Ähnlichkeit zwischen dem Mann auf der Kanzel und Guth. Ein Freund der Familie? Der Pfarrer rief zum Gebet auf.

Bis auf einige leise Schluchzer war es ganz still. Cavalli schaute sich um. Unterhalb der Empore saß Nadia Tolusso, sie drehte den Kopf in seine Richtung, und ihre Blicke trafen sich. Tolusso sah rasch weg. Weitere Köpfe drehten sich, einige Polizisten begannen zu tuscheln. Die Orgel setzte ein. Cavalli mochte die pompöse Schwere des Klangs nicht. Er wandte sich dem Fenster zu, das sich an der Empore entlangzog. Dahinter leuchtete der Uetlibergwald in allen Herbstfarben.

Nach der Abdankung standen die Trauernden in kleinen Gruppen vor der Kapelle beisammen. Ein breitschultriger Polizist sprach mit einem Kollegen. Als er Cavalli sah, brach er abrupt ab und kam auf ihn zu.

»Hast du der Familie nicht schon genug Leid zugefügt?«, zischte er. »Musst du nun auch noch die Beerdigung stören?«

Cavalli schwieg.

Der Polizist musterte Cavallis Verletzungen. »Wenn mir nicht schon jemand zuvorgekommen wäre, würde ich …«

Nadia Tolusso war neben den Polizisten getreten und legte ihm die Hand auf den Arm. »Lass gut sein.«

»Du hast mir gar nichts zu sagen.« Er sah sie voller Verachtung an.

Tolusso errötete.

»Nestbeschmutzer«, murmelte der Polizist und wandte sich ab.

Seit der Befragung hatte Tolusso an Gewicht verloren. Unentwegt kratzte sie an der Nagelhaut ihres Daumens, die leicht blutete.

»Geht das schon lange so?«, fragte Cavalli.

Sie biss sich auf die Unterlippe. Er führte sie durch einen Eichenhain zum Ausgang des Friedhofs, wo sie auf den Panoramaweg einbogen, der am Fuß des Uetlibergs entlangführte. Eine Weile gingen sie schweigend nebeneinanderher. Unterhalb des Weges lag ein Schrebergartenareal. An den Fahnenmasten hingen Flaggen aus aller Welt.

»Der Mensch ist ein Gruppenwesen«, sagte Cavalli nachdenklich. »Polizisten ganz besonders. Wehe dem, der aus der Reihe tanzt. Er wird als Bedrohung wahrgenommen, als Unruhestifter.«

»Was hätte ich tun sollen? Lügen, als mein Chef mir Fragen über Stefan stellte?«

»Sie haben das Richtige getan«, sagte er.

»Dafür verachten mich die Kollegen jetzt.« Sie klang bitter.

Sie kamen zu einer Bank, und Tolusso setzte sich. Sie wirkte kraftlos.

»Ich glaube, Stefan Guth ist in etwas hineingerutscht und sah keinen Ausweg. Hilf mir herauszufinden, was es war.« Er hatte absichtlich zum Du gewechselt, wie es unter Polizisten üblich war, um auszudrücken, dass dies keine Einvernahme, sondern ein Gespräch unter Kollegen war.

Sie sah ihn ungläubig an. »Ich soll Ihnen … dir helfen?«

»Inoffiziell. Die Untersuchung gegen Stefan Guth wurde eingestellt, mir lässt die Sache aber keine Ruhe. Ich will wissen, was ihn in den Suizid getrieben hat.«

Ihre Augen füllten sich mit Tränen. Sie senkte den Kopf und starrte auf ihre Hände. Cavalli erzählte ihr von Guths Reise nach Litauen. Tolusso blickte auf. Hinter der Trauer zeigte sich jetzt Neugier.

»Du machst also keine Witze? Du willst wirklich herausfinden, was Stefan gequält hat?«, fragte sie.

»Könnte er in Litauen eine Frau getroffen haben?«

Tolusso dachte nach. »Irgendwie passt das nicht. Er war nicht auf der Suche, wenn du weißt, was ich meine. Falls doch, hätte er sich bei einer Schweizer Partnervermittlung angemeldet.«

»Warum? Litauerinnen gelten als besonders schön.«

Sie ließ sich Zeit mit der Antwort. »Das war ihm nicht so wichtig. Ich meine … ich weiß nicht, wie ich es erklären soll.«

Cavalli wartete.

»Wenn wir zusammen unterwegs waren, ging er häufig auf Leute zu. Zu manchen hatte er sofort einen Draht. Nicht nur zu Frauen, sondern auch zu Männern und Kindern. Man spürte es förmlich. Da war zum Beispiel dieser Typ, der seine Frau schlug, Werner Ochsner. Ich glaube, ich habe dir von ihm erzählt. Zu ihm fand er gleich einen Zugang.«

»Du hast erzählt, dass Stefan Guth teilnahmslos dastand, als Ochsner ihn beschimpfte.«

»Einerseits ließ Stefan einfach alles über sich ergehen, andererseits hatte ich irgendwie das Gefühl, dass es da eine Verbindung gab. Nicht, dass es ihm Spaß machte oder er den Mann mochte. Ganz im Gegenteil, er hasste Schläger. Es war mehr so, als redeten sie die gleiche Sprache.«

»Wie meinst du das?«

»Werner Ochsner war ihm vertraut. Als Typ, meine ich. Stefan konnte ihn einordnen. Er wusste, wie er dachte und was ihn antrieb. Wenn er aber mit jemandem zu tun hatte, den er nicht verstand, kam er mir manchmal hilflos vor.« Auf ihrer Stirn hatte sich eine steile Falte gebildet. »Wie ein Hundemensch, dem eine Katze um die Beine streicht.«

»Du willst damit sagen, dass ihm eine Frau aus Litauen zu wenig vertraut gewesen wäre?«

»Vermutlich.« Sie lachte kurz auf. »Nicht sehr hilfreich.«

Cavalli war anderer Meinung. Wenn das stimmte, war es umso erstaunlicher, dass sich Guth auf Viktor Lukasch eingelassen hatte.

»Was, denkst du, hat er in Litauen gemacht?«

Tolusso blies die Wangen auf und ließ langsam die Luft entweichen. »Bestimmt nicht Urlaub. Er mochte den Süden, am liebsten Italien.«

»Kannst du dir vorstellen, dass er Hunde schmuggelte?«

Sie riss die Augen auf. »Warum hätte er das tun sollen?«

»Viktor Lukasch könnte ihn erpresst haben.«

»Womit?«

»Finde es heraus«, bat Cavalli. »Halt die Ohren auf. Geh seine Fälle durch. Vielleicht hat er irgendwo einen Fehler gemacht, und Lukasch hat davon erfahren.«

Sie zögerte, dann nickte sie.

Cavalli stand auf. »Eines musst du mir versprechen.« Er

wartete, bis er ihre volle Aufmerksamkeit hatte. »Halte dich von Viktor Lukasch fern.«

Sie versprach es.

Cavalli sah ihr nach, während sie zum Friedhof zurückging. Eine Weile blieb er stehen und genoss den Wind, der aufgekommen war. Es reizte ihn, durch den Wald zu laufen, dem Knarren der Bäume und dem Scharren der Tiere zu lauschen, doch die frisch operierte Nase und die gebrochenen Rippen hinderten ihn daran. Der Bewegungsmangel machte sich bemerkbar, er fühlte sich unruhig und gereizt. Auch die Gerüche fehlten ihm, er tappte orientierungslos umher und konnte sich an nichts festhalten.

Eine Krähe landete neben ihm und pickte verdorrte Beeren von einem Strauch. Cavalli löste sich aus seiner Starre und sah auf die Uhr. Zeit, sich auf den Weg zu machen. Er folgte einem Sträßchen durch das Schrebergartenareal, vorbei an verwilderten Naturparadiesen und herausgeputzten Minilandschaften. Eine Schulglocke erklang, Kinderstimmen wurden laut, bald darauf war das Viertel voller Leben.

Jasmin erwartete ihn bereits. Sie stand mit einer Werkzeugkiste vor dem Eingang zu Stefan Guths Wohnblock und knabberte an einem Müsliriegel.

»Wie ist die OP gelaufen?«, fragte sie.

»Meine Nase ist gerader als vor der Begegnung mit Lukaschs Schlägern.«

Sie grinste. »Viel krummer konnte sie auch nicht werden.«

Während sie zur Wohnung hinaufstiegen, berichtete sie, dass sie mit einem Drogenfahnder gesprochen hatte. »Der Handel mit Methamphetaminen hat zugenommen. Einiges deutet darauf hin, dass Sergei Sokolow dahintersteckt.«

Cavalli blieb stehen. »Habe ich dir nicht gesagt, du sollst die Finger davon lassen?«

Sie schaute ihn verärgert an. »Du bist nicht mehr mein Chef.«

Cavalli holte Luft, gestand sich dann aber ein, dass sie recht hatte. Wenn er ihre Hilfe wollte, musste er akzeptieren, dass sie die Grenzen selbst bestimmte.

»Methamphetamine werden hauptsächlich in Osteuropa hergestellt«, fuhr sie fort. »Zumindest der Stoff, der bei uns auf den Markt kommt. Allerdings ist die Droge bei Weitem nicht so beliebt wie Kokain, Marihuana oder Ecstasy. Viele fürchten das hohe Suchtpotenzial. Meth wird hauptsächlich im Rotlichtmilieu konsumiert, da es billig ist.«

»Wo befinden sich die Labors?«

»Weiß man nicht so genau, aber in Litauen wird auf jeden Fall viel mit Meth gehandelt.«

»Das Geschäft ist nicht besonders lukrativ.«

»Außer, man ist in der Zuhälterbranche tätig und verabreicht es den eigenen Frauen, damit sie mehr leisten. Sokolow ist Besitzer eines Partyservices.« Sie deutete mit den Fingern zwei Anführungszeichen an.

Versorgte Lukasch seinen Chef mit Methamphetaminen aus Osteuropa? Es würde zu ihm passen, der Ukrainer handelte mit allem, was sich in klingende Münze verwandeln ließ. Cavalli konnte sich jedoch nicht vorstellen, dass sich Stefan Guth als Schmuggler hatte einspannen lassen. Er würde Pilecki bitten, mit ein paar ehemaligen Kollegen vom Gift zu reden.

Sie waren im zweiten Stock angekommen. Cavalli schloss Guths Wohnungstür auf. Aus Gewohnheit blieb er auf der Schwelle stehen, um die Gerüche zu erfassen, doch seine Nase verwehrte ihm den Dienst. Er ging ins Schlafzimmer, wo er das Fach mit den Schlüsseln durchsah, das er bei seinem letzten Besuch entdeckt hatte. Tatsächlich befand sich ein Autoschlüssel darunter.

»Ich kann für nichts garantieren«, sagte Jasmin. »Als ich Automechanikerin lernte, waren die Fahrzeuge noch nicht mit so komplexen Computersystemen ausgestattet.«

»Du hast doch in der Werkstatt deines Bruders gearbeitet, nachdem du die Polizei verlassen hast. Das ist noch nicht so lange her.«

»Geräte ausbauen gehörte nicht zu meinen Aufgaben. Außerdem ist jedes Fahrzeug anders.«

»Ich kann das Auto schlecht mitnehmen.«

Sie fuhren mit dem Lift in die Tiefgarage. Der Wagen stand auf dem Parkplatz, den Stefan Guth gemietet hatte.

»Ein Ford?«, fragte Jasmin. »Ich hätte ihn als VW-Fahrer eingeschätzt.«

»Sein Schwager ist Ford-Händler.«

»Das ist gut.« Jasmin stellte die Werkzeugkiste ab. »Aus amerikanischen Autos kann man mehr Daten herausholen als aus europäischen oder asiatischen.«

Sie zog Einweghandschuhe an, setzte sich auf den Fahrersitz und begann, Zierleisten und Plastikabdeckungen zu entfernen. Ab und zu rief sie nach einem Werkzeug, das Cavalli ihr reichte.

»Ich baue das Infotainmentsystem aus«, erklärte sie. »Das ist am einfachsten. Ob die Version durch die Software der Fahrzeugforensiker unterstützt wird, weiß ich aber nicht. Wer macht die Untersuchung?«

Er schwieg.

Sie rutschte vom Sitz und stand auf. »Sag nicht, dass du gar niemanden angefragt hast!«

»Ich regle das schon.«

Sie schüttelte den Kopf und machte sich wieder an die Arbeit. »Das Airbag-Modul und die Parksensoren liefern ebenfalls Daten, in modernen Fahrzeugen werden diese aber häufig im Infotainmentsystem gespeichert. Das ist sozusagen die zentrale Recheneinheit. Ich baue deshalb zunächst dieses aus.«

Während sie arbeitete, untersuchte Cavalli den Wagen. Er wirkte frisch geputzt. Keine Spur von Methamphetaminen, keine Hundehaare.

Aus dem Innern des Wagens war ein Klappern zu hören.

»Weißt du eigentlich, dass BMW alle Daten automatisch an das Werk übermittelt?«, fragte Jasmin.

»Genau deshalb fahre ich einen alten Volvo.«

Jasmin fluchte. »Dieses Plastikzeug ist einfach nicht dafür gemacht, auseinandergenommen zu werden. Ich kann dir nicht versprechen, dass ich es wieder zusammenbauen kann. Wem gehört der Wagen jetzt?«

»Vermutlich den Kindern«, sagte Cavalli. »Sie sind die Erben.«

»Vermutlich?« Jasmin stieg aus und reichte ihm das Infotainmentsystem. »Hast du nicht um Erlaubnis gefragt?«

»Die Familie hat zurzeit andere Sorgen.«

Kopfschüttelnd legte sie das Werkzeug zurück. »Zum Glück trage ich Handschuhe.«

»Niemand wird es erfahren. Sobald die Daten ausgelesen sind, bringe ich alles zurück.«

»Zu wem gehst du?«

»Ich werde Martin Angst fragen, ob ihm jemand einen Gefallen schuldet.«

»Das wird sich herumsprechen. Du weißt, wie das bei der Polizei läuft.« Jasmin zögerte. »Ich kenne einen Fahrzeugforensiker aus Zug. Wenn du möchtest, kann ich ihn fragen.«

Cavalli grinste und gab ihr das Infotainmentsystem zurück.

Sie kniff die Augen zusammen. »Das war die ganze Zeit so geplant. Du hast mich manipuliert.«

Er sagte nichts.

Zu seiner Überraschung ließ sie es dabei bewenden. Gemeinsam verließen sie die Tiefgarage. Der Wind hatte aufgefrischt, die Sonne war hinter dem Uetliberg verschwunden. Jasmin verstaute Werkzeug und Computer in der Gepäckbox ihrer Ducati und fragte, ob sie ihn irgendwohin mitnehmen könne.

»Ich muss ein paar Sachen aus meinem Büro holen«, sagte er. »Aber das liegt nicht auf deinem Weg.«

»Kein Problem«, sagte sie großzügig.

Erst als er bereits auf dem Sozius saß, begriff er, weshalb. Jasmin raste auf jede Schwelle zu, legte sich unnötig tief in die Kurven und fuhr nach einem Rotlicht sogar auf dem Hinterrad an. Cavalli war schweißnass, als sie ihn an der Lessingstraße absetzte, Rippen und Nase pochten. Jetzt grinste sie.

26

Regina ging zu Fuß zum Kripogebäude. Sie fühlte sich beschwingt. Sie hatte nicht nur ihre Einschätzung zu dem Berufungsfall, sondern auch den Inspektionsbericht abgegeben, und obschon sie wusste, dass der Leitende Staatsanwalt sie wegen der vielen älteren Fälle, die noch nicht abgeschlossen waren, rügen würde, war sie das Problem vorerst einmal los. Lily übernachtete bei ihrer Mutter. Zum ersten Mal seit Cavallis Rückkehr hatten sie einen Abend zu zweit vor sich. Regina hatte Kinokarten besorgt, Cavalli ein Restaurant ausgesucht.

Sie zeigte dem Portier ihren Ausweis und nahm den Aufzug in den fünften Stock. Andrea Brennwald hatte sich bereits in der Kripoleitstelle eingerichtet. Ein Beamer projizierte eine Exceltabelle an die Wand, darauf erkannte Regina die vollständige Analyse konkurrierender Hypothesen. Alle Felder waren ausgefüllt, einige mit Farben markiert.

Pilecki eröffnete die Besprechung und gab Brennwald gleich das Wort.

»Bevor ich das Resultat erläutere, gibt es neue Erkenntnisse?«, fragte sie.

Fahrni verneinte. »Elias ist in keinem Krankenhaus registriert, es gibt keine blonden Verwandten, und aus Deutschland sind keine weiteren Meldungen eingetroffen.«

Brennwald fasste die Elemente zusammen, die sie bei der Analyse berücksichtigt hatte, und erklärte ihre Gewichtung.

»Einverstanden?«, fragte sie.

Nicken.

»Dann komme ich jetzt zum Resultat.«

Gespannte Stille trat ein. Brennwald klickte auf einen Reiter, die Matrix verschwand, und eine Grafik erschien. Darauf waren die Hypothesen als Säulen dargestellt. Sie ließen Rückschlüsse über die Wahrscheinlichkeit und die Unwahrscheinlichkeit jeder Hypothese zu. Die dritte Säule wies nicht nur die höchste Wahrscheinlichkeit auf, sie zeigte auch, dass diese Hypothese am wenigsten unwahrscheinlich war.

Wenn sie zutraf, war Laeticia Ochsner von einem Unbekannten überfallen worden.

Ein mulmiges Gefühl breitete sich in Reginas Magen aus. Sie hatte sich von Anfang an auf Werner Ochsner konzentriert. Alles hatte gepasst. Die Vorstrafen wegen häuslicher Gewalt, die Drohungen, die er ausgesprochen hatte, die Ereignisse im Vorfeld der Tat. Werner Ochsner hatte ein Motiv, er besaß einen Schlüssel zum Nagelstudio, sein Alibi deckte die Zeit nach Mitternacht nicht ab.

Pilecki nahm eine Zigarette hervor und drehte sie zwischen den Fingern.

»Das bedeutet nicht zwingend, dass es so war«, mahnte Brennwald. »Wir dürfen jetzt nicht den umgekehrten Fehler machen und nur dieser Hypothese nachgehen. Aber ich schlage vor, wir schauen uns die Fall-Elemente an, die am stärksten ins Gewicht fallen, und überprüfen sie.«

Sie gingen Punkt für Punkt durch. Am meisten Rätsel gab Werner Ochsners Verhalten auf. Hatte er Laeticia immer wieder angerufen, um eine falsche Spur zu legen? Hatte er sein Telefon in Zürich gelassen, um unbemerkt ins Tösstal zu fahren? Hatte er sich einen orangen Knopf besorgt und in die Grube geworfen, um die Polizei zu täuschen?

Brennwald wiegte den Kopf hin und her. »Ich tendiere zu der Annahme, dass er die Wahrheit sagt. Ich habe nirgends

Widersprüche gefunden, auch nicht in den älteren Rapporten wegen häuslicher Gewalt. Sein Verhalten und seine Aussagen sind stringent. Gehen wir hingegen davon aus, dass er der Täter ist, wirft das einige Fragen auf. Er achtet peinlich genau darauf, seine digitalen Spuren zu verwischen, lässt aber den Bierkrug stehen, auf dem Blut klebt? Er lügt, was Koffer, Pass und Kleidungsstücke des Opfers angeht, gibt die Lüge aber später zu, wo er doch einfach ein paar Kleider hätte entsorgen können?«

»Das heißt, wir beginnen wieder von vorne«, sagte Pilecki resigniert.

»Überhaupt nicht«, widersprach Brennwald. »An eurer Stelle würde ich mir jetzt die Fall-Elemente ansehen, die nicht mit der dritten Hypothese vereinbar sind.«

»Weil es eine Erklärung für sie geben muss«, sagte Regina.

»Richtig.« Brennwald stützte sich auf den Tisch. »Zum Beispiel die Aussage der Kita-Mitarbeiterin. Laut Linda Sommer hat die Mutter ihren Sohn aufgefordert, sich zu beeilen, weil sie noch packen müsste. Das stützt die Hypothese, dass Werner Ochsner seine Frau daran hindern wollte, ihn zu verlassen. Wir schrieben der Aussage eine hohe Relevanz zu. Wenn nun nicht der Ehemann, sondern ein Unbekannter der Täter ist, was bedeutet das in Bezug auf diese Aussage?«

»Entweder war es Zufall, dass Laeticia Ochsner genau an dem Tag starb, an dem sie verreisen wollte, oder jemand wollte sie daran hindern«, antwortete Regina.

»Oder die Kita-Mitarbeiterin hat gelogen«, sagte Gurtner.

»Warum hätte sie das tun sollen?«, fragte Brennwald.

Gurtner zuckte die Schultern. »Weil sie die Täterin ist?«

Regina wies ihn darauf hin, dass Linda Sommer fast einen Kopf kleiner war als Laeticia Ochsner und über zwanzig Jahre älter. »Wie hätte sie das Opfer wegschaffen sollen? Wir wissen, dass Laeticia gewalttätig war. Ich glaube nicht, dass Linda physisch dazu in der Lage wäre, sie zu töten.«

»Es könnte ein Unfall gewesen sein«, bemerkte Pilecki. »Vielleicht wollte sie die Mutter zur Rede stellen, weil sie sich Sorgen um den Jungen machte. Immerhin war sie es, die die Kesb eingeschaltet hat.«

Alles in Regina sträubte sich gegen die Vorstellung, doch sie zwang sich, die Fakten objektiv zu betrachten.

»Normalerweise sprach Laeticia mit Elias Portugiesisch«, warf Fahrni ein. »Entweder hat sie an diesem Tag Deutsch gesprochen, oder Linda Sommer hat gelogen.«

»Wenn sie die Absicht hatte, Laeticia zu töten, warum hat sie es nicht zu Ende gebracht?«, fragte Regina. »Sabine Hahn sagt, dass zwischen Sturz und Todeseintritt mehrere Stunden lagen.«

»Vielleicht hat sie nicht gemerkt, dass Laeticia noch lebte.« Fahrni klang bekümmert.

Brennwald stand auf und schrieb den Namen der Kita-Mitarbeiterin auf das Whiteboard. »Wer kommt sonst noch als Täterin oder Täter infrage?«

»Gehen wir von einem Unfall oder einem Tötungsdelikt aus?«

»Im Moment tragen wir die Personen zusammen, die sie in ihrem Nagelstudio aufgesucht haben könnten.«

»Ein Liebhaber«, sagte Gurtner sofort.

»Eine Freundin, die sie dazu bringen wollte, ihren Mann zu verlassen«, schlug Fahrni vor. »Oder ein Verwandter.«

»Was ist mit der Kundin, die zuletzt von ihr behandelt wurde?«, fragte Regina.

Brennwald schrieb den Namen auf die Liste. Auch die Sozialarbeiterin Barbara Bortis musste genauer unter die Lupe genommen werden.

Fahrni versprach, alle Personen noch einmal zu überprüfen. »Die Mitarbeiterin der Mütter- und Väterberatung können wir allerdings von der Liste streichen, sie hat sich zwei

Tage davor den Arm gebrochen und wurde an jenem Tag operiert.«

Sie diskutierten über einen möglichen Liebhaber. Laeticia Ochsners Telefondaten ließen keine Rückschlüsse über eine Beziehung mit einem anderen Mann zu, vielleicht gab es eine Freundin, die mehr darüber wusste.

Regina betrachtete das Foto von Elias, das an der Tafel hing. Seine braunen Augen schienen sie direkt anzustarren. Sie verspürte das Bedürfnis, ihn an sich zu ziehen und zu drücken. Ein Gedanke nahm Gestalt an.

Pilecki klopfte mit dem Finger unruhig auf den Tisch. »Das FOR hat –«

Brennwald, die Regina beobachtete, bedeutete ihm mit einer Geste zu schweigen. »Sprich es aus.«

Regina blinzelte. »Kann es sein, dass … das Ziel gar nicht Laeticia war?«

»Sondern Elias.« Brennwald nickte. »Die Idee ist mir auch gekommen.«

»Eine Kindsentführung?«, fragte Pilecki.

»Ja.« Jetzt, wo Regina es ausgesprochen hatte, wurde der Gedanke greifbar. »Vielleicht wollte jemand Elias entführen, und Laeticia hat den Täter dabei überrascht.«

Pilecki fluchte leise. Sieben Wochen waren seit Elias' Verschwinden vergangen. Wenn er in die Fänge von Kinderhändlern gelangt war, würden sie ihn kaum finden.

Sie teilten die anstehenden Aufgaben auf und schlossen die Sitzung. Die Stimmung war gedrückt, die Hoffnung, Elias zu finden, hatte einen neuen Tiefpunkt erreicht.

Draußen lehnte sich Regina gegen eine Mauer. Nina Dietz hatte angerufen und eine Nachricht hinterlassen. Die Einvernahme, die im Anschluss an die Besprechung hätte stattfinden sollen, musste abgesagt werden. Regina beschloss, die Zeit zu nutzen, um Barbara Bortis einen Besuch abzustatten.

Die Sozialarbeiterin war sofort bereit, mit Regina zu reden. »Wie wäre es unten im Café?«, schlug sie vor. »Das ist keine offizielle Befragung, nehme ich an?«

»Nein, dafür ist die Polizei zuständig. Ich hatte gehofft, dass Sie mir mehr über Elias Ochsner erzählen könnten.«

»Kann ich.«

Fünf Minuten später saßen sie bereits vor einer Tasse Kaffee und beobachteten eine Schar Tauben vor dem Fenster. Regina hatte sich Barbara Bortis älter vorgestellt. Mit ihrem asymmetrischen Haarschnitt und der bunten Brille wirkte sie unkonventionell. Sie erzählte, was Regina bereits aus den Akten wusste. Elias war ein auffälliges Kind, das häufig aggressives Verhalten zeigte.

»Hat sich außer den Eltern noch jemand um ihn gekümmert? Ein Babysitter vielleicht, eine Verwandte?«, fragte Regina.

»Manchmal hat eine Freundin der Mutter auf ihn aufgepasst, wenn man das so nennen darf. Sie hat den Jungen vor den Fernseher gesetzt und sich mit ihrem Handy beschäftigt. Ich nehme an, Sie brauchen den Namen?« Sie wartete die Antwort nicht ab, sondern holte einen Notizblock hervor, schrieb den Namen auf und reichte Regina das Blatt.

Eduarda Cristiano dos Santos.

»Sie haben ein gutes Gedächtnis«, stellte Regina fest.

»Wenn ich mich so intensiv mit einem Fall beschäftigt habe, bleiben mir die Namen in Erinnerung.«

»War der Fall intensiver als andere?«

»Ja, wegen der Wende, die er genommen hat.« Sie schüttelte den Kopf. »Ich frage mich die ganze Zeit, ob wir einen Fehler gemacht haben.«

Noch jemand, der sich Vorwürfe macht, dachte Regina.

»Hätten wir früher reagieren müssen? Sofort einen superprovisorischen Entscheid einleiten sollen? Sie kennen die

Akten, also wissen Sie auch, dass es Anzeichen von Misshandlung gab.«

»Warum haben Sie gezögert?«

»Wir haben nicht gezögert.« Bortis' Stimme klang bestimmt. »Wir haben uns entschieden, weitere Abklärungen zu treffen. Das ist nicht dasselbe. Jede Maßnahme ist ein Eingriff in die Privatsphäre der Betroffenen. Sie muss deshalb zwingend erforderlich sein.«

»Die Kesb wird häufig kritisiert. Beeinflusst Sie das?«

Bortis sah aus dem Fenster. Lange Zeit sagte sie nichts, dann überraschte sie Regina erneut.

»Ja«, gestand sie. »Wir vom Sozialzentrum stehen zwar nicht direkt in der Schusslinie, trotzdem fühle ich mich mitverantwortlich, wenn die Kesb kritisiert wird. Ich muss mir meiner Sache sehr sicher sein. Ich spreche bloß Empfehlungen aus, hinter denen ich zu hundert Prozent stehen kann. Das bedeutet nicht, dass sie richtig sind. Nur, dass ich die Abklärungen so seriös wie möglich getroffen habe.«

»Seriöse Abklärungen brauchen Zeit«, sagte Regina. »Sich diese Zeit zu nehmen, kann genauso gefährlich sein, wie überstürzt zu handeln. Und ebenso viel Kritik auslösen.«

»Das ist so. Elias ist das beste Beispiel dafür. Es gab Anzeichen dafür, dass er körperlich misshandelt wurde. Trotzdem haben wir nicht sofort eine Fremdplatzierung eingeleitet. Als Täter kamen nicht nur der Vater und die Mutter infrage. Theoretisch hätte auch eine Kita-Angestellte, ein Verwandter oder Bekannter dahinterstecken können. Das wollten wir ausschließen, bevor wir empfahlen, den Jungen aus seiner gewohnten Umgebung zu reißen.«

»Was denken Sie im Nachhinein? Wer hat ihn geschlagen?«

»Ich habe keine neuen Erkenntnisse.«

»Was sagt Ihr Bauchgefühl?«

»Darauf verlasse ich mich ungern.« Sie trank einen Schluck Kaffee. »Wissen Sie schon, ob der Vater hinter dem Tötungsdelikt steckt?«

»Wer zeigte sonst noch ein Interesse an Elias?«

»Wie meinen Sie das?«

»Sie haben mit allen Personen in seinem Umfeld gesprochen. Ist jemandem etwas Außergewöhnliches aufgefallen? Gab es einen Nachbarn, der Elias zu nahe kam? Ein Fremder, der sich in der Gegend herumtrieb? Irgendetwas?«

Barbara Bortis lehnte sich zurück. Sie betrachtete Regina mit einer Mischung aus Neugier und Vorsicht. Es reizte Regina, sie nach ihrem Alibi für die Tatnacht zu fragen, doch sie wollte sich noch nicht in die Karten blicken lassen. Spätestens wenn Fahrni Bortis vorlud, würde diese erfahren, dass sie auch zum Kreis der Tatverdächtigen gehörte.

»Nein«, sagte die Sozialarbeiterin. »Dem wären wir nachgegangen.«

»Ich weiß nicht, ob ich tatenlos zusehen könnte, wenn ein Kind leidet.« Regina beobachtete Bortis genau, während sie sprach.

»Das ist ja das Schöne an unserem Beruf«, sagte die Sozialarbeiterin. »Wir müssen nicht tatenlos zusehen, wir können handeln!«

»Ist es dann nicht oft zu spät?«

»Kinder sind resilienter, als wir glauben. Vor allem, wenn sie so jung sind wie Elias. Ich bin mir sicher, dass wir eine Lösung gefunden hätten.«

Regina bedankte sich für das Treffen. Bortis versicherte, dass sie sich jederzeit wieder an sie wenden könne. Auf dem Weg in die Staatsanwaltschaft ließ sich Regina das Gespräch durch den Kopf gehen. Es erschien ihr bedeutsam, dass die Sozialarbeiterin kein Gefühl von Ohnmacht verspürte. Zwar war nicht gesagt, dass Elias zu seinem eigenen Schutz entführt worden war oder dass jemand ihn vor den Behörden hatte verstecken wollen, doch die Möglichkeit bestand weiterhin. Regina hoffte es sogar, denn wenn die Tat von einem Wildfremden begangen worden war, steckte vielleicht ein sexuelles Motiv dahinter. Sofort sah sie Lily vor sich. Sie hatte noch nie eine Untersuchung wegen Herstellung von Kinderpornografie führen müssen, dafür war sie zutiefst dankbar. War sie jetzt zum ersten Mal damit konfrontiert?

Der Gedanke ließ sie den restlichen Tag nicht mehr los. Sie dachte an den Fall eines pädokriminellen Betreuers in einer privaten Kita. Der Mann hatte Mädchen im Alter zwischen sechs Monaten und sechs Jahren geschändet, dabei hatte er sich selbst gefilmt und die Aufnahmen ins Internet gestellt. Kurz vor Arbeitsschluss hielt sie es nicht mehr aus und rief Fahrni an. Er erklärte, dass er sich soeben eine Liste aller Kinder in der Sandburg besorgt habe und persönlich bei den Eltern vorbeigehen wolle.

»Dann denkst du auch, was ich denke?«, fragte Regina.

»Wir müssen es in Betracht ziehen«, sagte er leise. »Die Kollegen vom Fachdienst Sexualdelikte/Kindesschutz werden sehr genau hinsehen, wenn sie sich in den einschlägigen Foren bewegen.«

Sie besprachen die nächsten Schritte. Nachdem Regina aufgelegt hatte, rief sie ihre Mutter an.

»Ist alles in Ordnung mit Lily?«, fragte sie.

»Natürlich.« Marlene Flint klang beleidigt.

»Holst du sie kurz ans Telefon?«

»Sie spielt ganz zufrieden mit deiner alten Puppenstube.«

»Bitte.«

»Wenn sie dich hört, wird sie dich vermissen. Ist es das, was du willst?«

Regina riss sich zusammen. »Du hast recht. Gib ihr einen Kuss von mir.«

»Was ist los?«, fragte Marlene in vorwurfsvollem Ton. »Ist etwas passiert?«

Regina bereute, dass sie angerufen hatte. Marlene schaffte es immer, alles so zu drehen, dass sie am Schluss als Opfer dastand.

»Nein«, antwortete Regina müde. »Alles ist gut.«

27

Cavalli wartete bereits vor dem Kino. Als Regina ihn dort stehen sah, spürte sie das altbekannte Ziehen im Bauch. Auch nach so vielen Jahren übte er eine Anziehungskraft auf sie aus, der sie nicht widerstehen konnte. Er hatte die Hände in die Taschen geschoben, die breiten Schultern waren entspannt, dennoch strahlte er Wachsamkeit aus. Eine junge Frau ging an ihm vorbei und bedachte ihn mit einem interessierten Blick. Er schaute ihr nach, eine Augenbraue leicht nach oben gezogen.

Regina trat vor ihn. »Falsche Frau.«

»Ich habe dich gar nicht kommen sehen.«

»Lügner.«

Er schmunzelte und beugte sich vor, um sie zu küssen, brach den Kuss aber mit einer reuigen Grimasse ab, als er keine Luft mehr bekam.

»Du siehst müde aus«, sagte er.

»Ich erzähl dir später davon. Jetzt freue ich mich darauf, die Arbeit für ein paar Stunden zu vergessen.«

Der Film, den sie ausgesucht hatte, handelte von der ehemaligen Drogenszene am Zürcher Platzspitz. Im Kino merkte Regina, dass sie nicht in der Lage war, sich zu konzentrieren. Ihre Gedanken kehrten immer wieder zu Elias zurück.

Erstaunlicherweise starrte Cavalli gebannt auf die Leinwand. Normalerweise interessierten ihn Filme nicht, er war nur ihr zuliebe mitgekommen. Nach der Vorstellung fragte sie ihn, was ihn so fasziniert hatte.

»Jasmin denkt, dass Viktor Lukasch womöglich mit Meth handelt.«

»Dann war das für dich eine Weiterbildung?«

»So ähnlich«, gab er zu.

Regina lachte. Im Grunde war sie erleichtert, dass auch er in Gedanken bei der Arbeit war. Sie fragte ihn, in welchem Restaurant er reserviert hatte.

»Beim Libanesen«, antwortete er. »Aber ... hast du schon mal einen Elvis-Toast gegessen?«

»Was ist das?«

»Keine Ahnung. Aber ich weiß, wo wir einen probieren können.«

»Ein Arbeitsessen?«

Sein schuldbewusstes Lächeln reichte ihr als Antwort.

Zehn Minuten später saßen sie in der Meyer's Bar und lauschten dem Folsom Prison Blues. Es roch nach abgestandenem Rauch und Bier. Sie waren die ersten Gäste an diesem Abend, aber schon bald begann sich die Bar zu füllen. Trotz des verlockenden Namens verzichteten sie auf den Elvis-Toast und entschieden sich für einen Toast mit Camembert, Nüssen und Birne und einen mit pikanter Salami. Während sie auf ihre Bestellung warteten, erzählte Cavalli von Stefan Guths Treffen mit Viktor Lukasch.

»Warum glaubt Jasmin, dass Lukasch mit Methamphetaminen handelt?«

»Sie hat sich ein bisschen umgehört.« Cavalli fasste zusammen, was er über Lukaschs Chef Sergei Sokolow wusste. »Alles passt. Osteuropa, Sokolows Partyservice, Lukaschs Beziehungen.«

»Vielleicht benutzt er die Hunde als Bodypacker«, witzelte Regina.

Cavalli starrte sie an.

»Das war ein Scherz«, stellte Regina klar.

Langsam schüttelte Cavalli den Kopf. »Nein, das ist gut!« Er griff nach seinem Telefon.

Regina legte ihm die Hand auf den Arm. »Kulova und Lukasch verkaufen Chihuahuas! Wenn er Drogen schmuggeln wollte, würde er mit Doggen oder anderen großen Tieren handeln.«

»Die Ärztin in der Kleintierklinik hat gemeint, dass Kulova in letzter Zeit vermehrt größere Hunde importiert.« Er wählte eine Nummer.

»Wen rufst du an?«

»Pilecki.« Er stand auf und ging kurz vor die Tür.

Kaum war er draußen, brachte die Bedienung die Toasts. Regina pickte ein paar Baumnüsse vom Käse.

Cavalli kehrte zurück. »Er wird seine ehemaligen Kollegen beim Gift darauf ansetzen. Warum bin ich nicht auf die Idee gekommen?«

»Weil wir nur das sehen, was in unser Bild passt.«

Sie erzählte von der Zusammenarbeit mit Andrea Brennwald und beschrieb, wie die Analyse konkurrierender Hypothesen zu einem Perspektivenwechsel geführt hatte. Die Methode war Cavalli nicht unbekannt, er hatte sie jedoch noch nie angewandt.

»Was ist dabei herausgekommen?« Er griff nach seinem Toast.

Freimütig erzählte sie ihm von Werner Ochsner und dem falschen Schwerpunkt, den sie gesetzt hatten. Vielleicht, weil sie dringend jemanden brauchte, mit dem sie sich austauschen konnte, vielleicht, weil er krankgeschrieben war, was ihr das Gefühl gab, dass er nicht mit dem Ohr des internen Ermittlers zuhörte. Sie fühlte sich in die Zeit zurückversetzt, als er noch beim Leib/Leben gewesen war.

Er sah besorgt aus. »Falls sich herausstellt, dass ein Pädo-Ring dahintersteckt, könnte die Untersuchung belastend werden.«

»Ich weiß.« Regina legte die Gabel hin, ihr war der Appetit vergangen.

»Habt ihr Kontakt zu Interpol aufgenommen?«

»Ja.«

»Wer geht dem Verdacht nach?«

»Fahrni.«

»Das ist gut.« Cavalli nickte. »Er wird nicht lockerlassen.«

»Wenn sich herausstellt, dass Elias tatsächlich in die Fänge eines Kinderschänder-Ringes geraten ist, wird das Fahrnis letzter Fall sein.«

»Vermutlich.«

Die Tür ging auf, und ein junges Paar kam herein. Regina rutschte näher an Cavalli heran, um auf der Bank Platz zu machen.

»Ich muss immer daran denken, dass Elias die Sandburg besucht hat. Was, wenn ...« Sie konnte es nicht aussprechen.

Nachdem Cavalli in den USA untergetaucht war, hatte Regina Lily häufiger in die Kita gebracht. Während dieser Zeit hatte sich Lily verändert. Sie sprach kaum noch und spielte nicht mit den anderen Kindern. Regina hatte die Veränderung Cavallis plötzlicher Abwesenheit zugeschrieben. Weil sich ihr Unterbewusstsein nicht mit weitaus schlimmeren Möglichkeiten befassen wollte?

Cavalli schob die Teller beiseite und ging zur Bar, um zwei Kaffee zu bestellen. Die Bedienung beugte sich vor, sagte etwas und deutete mit dem Kinn auf das Paar, das neben ihnen Platz genommen hatte. Cavalli rief ein Foto von Viktor Lukasch auf seinem Handy auf.

»Sind Sie diesem Mann schon einmal begegnet?«, fragte er die beiden.

Der Mann sah von der Getränkekarte auf. »Ja, warum?«

Die Frau reckte den Kopf, um das Bild besser sehen zu können. »Das ist doch der Typ, der mich vor der Toilette blöd angemacht hat.«

Sie blickte zu Cavalli. »Er stand mitten im Gang und fingerte an seinem Handy herum. Als ich ihn bat, Platz zu machen, stellte er sich noch breitbeiniger hin, sodass ich mich an ihm vorbeizwängen musste. Ich habe mich ziemlich geärgert. Einen Moment habe ich geglaubt, dass er nach mir greifen wollte, doch dann klingelte sein Handy.«

»Du hast ihn einen Arsch genannt«, ergänzte ihr Partner.

Sie zuckte die Schultern. »War er ja auch.«

»Was geschah danach?«, fragte Cavalli.

»Er kehrte an seinen Platz zurück und beachtete mich nicht mehr«, sagte die Frau. »Ehrlich gesagt hatte ich mit Ärger gerechnet. Wir wollten schon gehen, doch er hat sich nur für den Typen interessiert, mit dem er hier war.«

Cavalli zeigte ihr ein Bild von Stefan Guth. »War das der Typ?«

»Ja.«

»Warum wollen Sie das wissen?«, fragte der Mann.

Cavalli murmelte etwas von seiner Schwester, die mit Lukasch aneinandergeraten war, dann fragte er, ob sie gehört hätten, worüber Lukasch und Guth sprachen.

»Es war viel zu laut«, sagte die Frau. »Ich weiß nur, dass der Arsch dem anderen Typen irgendwelche Papiere gab.«

Cavalli nickte gelassen und fragte, wie die Papiere ausgesehen hätten.

»Wie Papiere eben aussehen.« Die Frau sah ihn stirnrunzelnd an. »Meinen Sie, welches Format sie hatten?«

»Es waren Blätter?«

»Ja, ganz normale Blätter, A4, vermute ich. In einem Umschlag. Der Arsch übergab sie dem Typen, der Typ packte sie aus, sah sie durch, steckte sie wieder in den Umschlag und ging.«

»Konnten Sie erkennen, was draufstand?«

»Unmöglich. Sie saßen dort drüben.« Die Frau deutete auf die Nische.

Es war zu laut geworden, um weiterzureden. Cavalli schlug vor, nach Gockhausen zu spazieren. Regina waren die acht Kilometer Weg bis dorthin zu weit, sie einigten sich deshalb darauf, mit der Zahnradbahn auf den Adlisberg zu fahren und den Rest der Strecke zu Fuß zurückzulegen. Sie hatte Mühe, mit Cavalli Schritt zu halten, dennoch genoss sie die frische Luft. Ab und zu drang ein Mondstrahl durch die Wolken und tauchte den Wald in silbriges Licht. Sie sprachen über Elias und wie groß die Wahrscheinlichkeit war, dass es sich bei dem Jungen, den man in der Nähe von Stuttgart gesehen hatte, um ihn handelte. Über Viktor Lukasch, die Drogenszene in Zürich und warum sich Stefan Guth mit einem Kriminellen eingelassen hatte. Als Cavalli erzählte, dass Jasmin das Infotainmentsystem in Guths Wagen ausgebaut hatte, blieb Regina abrupt stehen.

»Das ist Sachentziehung!«, sagte sie.

»Nicht aus rechtlicher Sicht«, widersprach er.

»Das kannst du trotzdem nicht machen!«

»In ein paar Tagen ist alles wieder an seinem Platz.« Er setzte sich in Bewegung.

»Cava …« Regina eilte ihm nach. »Was, wenn du etwas entdeckst? Die Beweise wären nicht verwertbar.«

Wie häufig hatten sie diese Art von Gesprächen geführt und dabei heftig gestritten? Sie verteidigte das Gesetz, er die Gerechtigkeit. Sie ermahnte ihn, korrekt vorzugehen, er war der Ansicht, der Zweck heilige die Mittel. Regina dachte daran, dass sie am nächsten Tag früh aufstehen musste, und fragte sich, was sie mitten in der Nacht im Wald tat. Endlich tauchten die Lichter von Gockhausen auf. Regina rechnete damit, dass Cavalli sie nach Hause begleiten und dann in den Wald zurückkehren würde, wie so häufig, wenn die Stimmung zwischen ihnen angespannt war. Zu ihrer Überraschung kam er mit herein, schloss die Tür und begann, sie auszuziehen.

28

Eduarda Cristiano dos Santos hatte drei Kinder, sie war geschieden, und sie besaß einen Schweizer Pass. Das, behauptete sie, sei der Hauptunterschied zwischen ihr und Laeticia Ochsner. Als sie herausfand, dass ihr Ehemann sie mit einer anderen betrog, packte sie ihre Sachen und verließ ihn noch am selben Tag. Diese Möglichkeit hatte Laeticia Ochsner nicht gehabt. Sie fürchtete, dass sie durch eine Trennung ihre Aufenthaltsbewilligung verlieren könnte.

Fahrni zeichnete ein klares Bild der Auskunftsperson. Beim Lesen seines Protokolls war Regina, als säße sie ihr direkt gegenüber. Laeticia Ochsner und ihre Freundin Eduarda Cristiano dos Santos stammten beide aus Porto Seguro, zum ersten Mal begegnet waren sie sich aber im Brasil-Grill in Zürich-Affoltern, einem Treffpunkt von Brasilianern in Zürich. Sie wohnten gut zehn Kilometer auseinander, das hatte sie jedoch nicht davon abgehalten, gegenseitig auf die Kinder aufzupassen und in der Freizeit gemeinsam zu kochen. Allerdings hatte der Kontakt in den letzten Monaten etwas nachgelassen. Grund dafür war Elias. Eduarda Cristiano dos Santos bezeichnete ihn als kleinen Teufel. Wenn sie auf ihn aufpasste, verlangte er ihre ganze Aufmerksamkeit. Sobald sie ihn für einen kurzen Moment aus den Augen ließ, kletterte er auf die Küchenabdeckung, um Kekse aus dem Schrank zu holen, rupfte die Blätter der Zimmerpflanzen ab oder biss eines ihrer Kinder. Es war ihr zunehmend schwerer gefallen, ihn in Schach zu halten. Für Regina klang es nicht so, als habe sie sich Sorgen um den Jungen gemacht. Sie schien eher froh zu sein, dass er aus ihrem Leben verschwunden war.

Ihre Freundin hingegen vermisste sie aufrichtig. Eduarda Cristiano dos Santos weinte, als Fahrni sie fragte, ob Laeticia Ochsner einen Liebhaber hatte. Leider nicht, sie hätte es ihr gegönnt. Laeticia habe immer Pech gehabt mit Männern. Der Vater ihrer sechzehnjährigen Tochter war ein amerikanischer Tourist gewesen, der unmittelbar nach der Zeugung verschwand, ihr erster Ehemann ließ sie nach einer Fehlgeburt ohne einen Centavo sitzen und Werner Ochsner … An dieser Stelle wurde sie von heftigen Schluchzern geschüttelt. Sie schien davon auszugehen, dass Werner Ochsner ihre Freundin getötet hatte.

Regina legte das Protokoll beiseite und nahm sich das nächste vor. Auch das Gespräch mit der letzten Kundin hatte Fahrni selbst geführt. Über drei Stunden lang war er die fünfundvierzig Minuten durchgegangen, in denen sich die Frau im Nagelstudio aufgehalten hatte. Er hatte die Kundin chronologisch erzählen lassen und anschließend die Dreiviertelstunde rückwärts aufgerollt. Falls die Kundin mehr wusste, war sie eine hervorragende Lugnerin.

Blieb noch die Befragung von Linda Sommer. Mit ihr hatte Heinz Gurtner gesprochen. Regina versuchte, die Aussage der Kita-Mitarbeiterin trotz ihrer persönlichen Beziehung objektiv zu beurteilen. Linda Sommer behauptete, dass sie weder bei Elias noch bei anderen Kindern Anzeichen sexueller Misshandlungen festgestellt habe. So, wie Regina die Frau einschätzte, würde sie nicht lügen, um die Kita zu schützen, dafür bedeuteten ihr die Kinder zu viel. War es möglich, dass sie nichts bemerkt hatte? Der einzige männliche Angestellte der Sandburg hatte Urlaub auf einem Kreuzfahrtschiff gemacht, als Elias verschwand. Gurtner hatte ihn trotzdem befragt.

Eine Mutter hatte ausgesagt, dass sich ihre Tochter in den letzten fünf Monaten verändert habe. Dass sie nicht mehr durchschlief und wieder einnässte. Der Fall war jetzt beim Fachdienst Sexualdelikte/Kindesschutz.

Regina schloss die Akte. Sie hatte alle Berichte mehrmals gelesen, denn sie wollte sicher sein, dass sie nichts übersehen hatte. Die Polizei war jedem Tipp aus der Bevölkerung nachgegangen, der auch nur halbwegs glaubhaft erschien. Sie hatten mit Andrea Brennwald neue Theorien und Ideen ausgetauscht, weitere Hypothesen analysiert, verglichen und besprochen. Ein Durchbruch lag nicht in Sicht.

Regina rieb sich die Augen. Sie wollte gerade Fahrni anrufen, als das Telefon klingelte.

»Wir haben etwas«, sagte Joe Walker ohne Umschweife. »Eine Aufnahme von Elias auf einem Campingplatz in der Fränkischen Schweiz.«

Reginas Müdigkeit war wie weggeblasen. »Wo liegt die Fränkische Schweiz?«

»In Bayern. Sie umfasst achtundsechzig Gemeinden in fünf Landkreisen.« Er nannte ihr den Campingplatz.

Regina rief eine Landkarte auf ihrem Computer auf. »Nur knapp drei Stunden von der Raststätte entfernt, auf der jemand Elias gesehen haben will. Wie gut ist die Aufnahme?«

»Er ist es, zweifellos. Allerdings ist das sieben Wochen her.«

Regina lehnte sich enttäuscht zurück. Immerhin hatten sie nun die Gewissheit, dass Elias lebte. Gelebt hatte.

»Ich melde mich, sobald wir mehr wissen«, sagte Walker.

»Warte! Woher stammt die Aufnahme? Von einer Überwachungskamera?«

»Von einer zuverlässigen Quelle.« Walker legte auf.

Regina saß mit dem Hörer in der Hand da und überlegte, was er damit gemeint haben könnte.

»Gibt es eine Spur?«, fragte Nina Dietz in der Tür.

Regina berichtete ihr von der Aufnahme.

Dietz war skeptisch. »Die müsste nach so langer Zeit doch längst gelöscht sein.«

»Finde ich auch.«

»Fahnder.« Regina schüttelte den Kopf. »Die lassen niemanden in ihre Karten blicken.«

Sie merkte, dass sie immer noch den Hörer in der Hand hielt, und legte auf. Sie suchte im Internet nach dem Campingplatz und las die Kommentare der Gäste. Viele beschwerten sich über den schlechten Zustand der Anlage. Dafür waren die Übernachtungskosten günstig.

Zwei Stunden später rief Walker wieder an. »Elias war eine Nacht dort, vom ersten auf den zweiten September.«

»Das ist der Tag, an dem er an der Tankstelle gesehen wurde.«

»Laut den Unterlagen des Campingplatzes war er in Begleitung einer Frau.«

»Wie verlässlich ist die Aussage?«

»Wir treffen uns in einer Viertelstunde in der Kripoleitstelle«, sagte Walker. »Kannst du an der Besprechung teilnehmen?«

Regina stand vor der Europakarte, die an einer Wand der Kripoleitstelle hing, und betrachtete die neuen Markierungen im Raum Stuttgart und Nürnberg. Daneben hatte jemand Computerausdrucke des Campingplatzes geheftet. Er lag nur drei Kilometer von der Autobahn entfernt in einer kleinen Senke. Es gab dreißig Stellplätze und eine Wiese für Zelte. Die wenigen Dauermieter wohnten am Rand des Geländes. Die Fahnder hatten einen Auszug des Melderegisters neben die Bilder gehängt. Ein Name war markiert.

Olena Parchomenko.

»Eine Russin?«, fragte Regina überrascht.

»Das ist ein ukrainischer Name«, antwortete Pilecki.

Regina blickte zu Walker. Seine stahlblauen Augen waren hart, seine Lippen bildeten einen schmalen Strich. Dachte er dasselbe wie sie? Unter Werner und Laeticia Ochsners Bekannten befanden sich keine Ukrainerinnen. Würden sich ihre schlimmsten Befürchtungen bewahrheiten? War Elias von Kinderschändern entführt worden?

Fahrni trat atemlos herein. »Entschuldige, ich bin gekommen, so schnell ich konnte.«

Walkers Telefon klingelte. Er sprach ein paar Worte und legte wieder auf. Ein Sachbearbeiter vom Fachdienst Sexualdelikte/Kindesschutz nahm neben Fahrni Platz. Walker fasste zusammen, was bisher bekannt war.

»Der Campingplatz wird von einem Horst Uhlig geführt. Achtundsechzig Jahre alt, Witwer. Vor drei Wochen hat das US-Zentrum für vermisste und ausgebeutete Kinder das Bundeskriminalamt auf ihn aufmerksam gemacht.«

»Im Gegensatz zu Deutschland sind Internetprovider in den Vereinigten Staaten dazu verpflichtet, Verdachtsfälle auf Kinder- und Jugendpornografie zu melden«, erklärte der Sachbearbeiter vom Fachdienst Sexualdelikte/Kindesschutz.

»Uhlig hatte Bilder von urinierenden Knaben auf eine Pornoseite hochgeladen«, fuhr Walker fort. »Die Plattform ist schon länger im Visier der Ermittler. Sie funktioniert mithilfe anonymer Bitcoin-Zahlungen. Die registrierten Bitcoin-Adressen lassen darauf schließen, dass es bis zu einer halben Million Nutzer gibt.«

Fahrni stöhnte.

»Hat man Bilder von Elias gefunden?«, fragte Regina.

»Zwei«, bestätigte Walker. »Er wurde in der Toilette des Campingplatzes gefilmt. Uhlig hat dort Kameras installiert. Ich denke –«

»Einen Moment«, unterbrach Regina. »Ich sehe den Zusammenhang nicht. Welche Rolle spielt die Ukrainerin? Elias ist in dieser Toilette doch eher zufällig gefilmt worden.«

Pilecki war derselben Meinung. »Wenn Parchomenko dem Mann Kinder zuführte, hätte er weit mehr Kapital aus Elias schlagen können.«

»Das ist alles, was wir im Moment haben«, sagte Walker.

Er reichte die Bilder herum. Darauf trug Elias dasselbe T-Shirt, das er an seinem letzten Tag in der Kita getragen hatte. Vom Bauch an abwärts war er nackt. Seine Augenbrauen waren vor Konzentration zusammengezogen.

Regina musterte das Foto. »Steht er auf einem Schemel? Oder wurde das Urinal absichtlich tief montiert?«

Walker reichte ihr ein weiteres Foto. Es zeigte ein Kinder-Urinal in Froschform.

»Uhlig hat einen Pisstrainer installiert«, erklärte er. »Ein spezielles Urinal für Kinder. Wenn der Urinstrahl das Rad in der Mitte trifft, beginnt es, sich zu drehen. Die Kameras hat er in den Augen des Froschs versteckt.«

»Das ist ja krank«, stieß Fahrni aus.

»Glaub mir, das ist noch harmlos«, sagte der Sachbearbeiter vom Fachdienst Sexualdelikte/Kindesschutz.

»Was weiß man über die Frau?«, fragte Regina.

»So gut wie nichts«, antwortete Walker. »Uhlig behauptet, dass er sie nicht kennt. Allerdings würde er kaum zugeben, dass er entführte Kinder durch seinen Campingplatz schleust. Laut ihm ist Parchomenko erst spät auf den Zeltplatz gekommen und kurz nach sechs am nächsten Morgen wieder verschwunden. Übernachtet hat sie in einem Zelt. Das deutsche Kennzeichen, das auf dem Meldeschein steht, existiert nicht. Uhlig erinnert sich aber daran, dass sie einen Nissan fuhr. Behauptet er. Wenn er mit drinsteckt, könnten seine Angaben natürlich auch falsch sein.«

»Gibt es Fotos von ihr?«

»Negativ.«

»Vielleicht erinnert sich ein Gast an sie«, sagte Pilecki. »Alle Personen, die vom ersten auf den zweiten September auf dem Campingplatz übernachtet haben, müssen kontaktiert werden.«

»Die Kollegen in Deutschland sind bereits dran«, sagte Walker.

Regina stand auf. »Ich setze mich mit Den Haag in Verbindung. Corinne Kusumaj hat angeboten, ein Arbeitstreffen bei Eurojust zu organisieren, damit wir schneller vorankommen. Damals dachten wir noch, dass Elias in Brasilien sein könnte, deshalb entschied ich mich dagegen.«

Fahrni bot ihr zum Telefonieren sein Büro an. Regina hatte Glück, sie wurde sofort durchgestellt. Von Kusumaj erfuhr sie, dass sich seit einigen Monaten eine Verbindungsstaatsanwältin aus der Ukraine in Den Haag befand. Regina schilderte ihr die neusten Entwicklungen im Fall.

»Möchtest du persönlich mit den Vertretern der ukrainischen Strafverfolgungsbehörden sprechen?«, fragte Kusumaj.

»Bei unserem letzten Gespräch hast du erwähnt, dass du ein Treffen zwischen den Justiz- und Polizeibehörden aus mehreren Ländern in die Wege leiten kannst.«

»Wir können zwei Personen pro Land einladen, plus Dolmetscher, wenn nötig. Wenn es um ein vermisstes Kind geht, ist eine zeitnahe Zusammenarbeit sinnvoll.«

»Wie sieht es mit der Finanzierung aus?«

»Das übernimmt Eurojust.« Das Geräusch einer Tastatur war zu hören. »Ich werde mit meinem Kollegen aus Deutschland und der Verbindungsstaatsanwältin aus der Ukraine Kontakt aufnehmen.«

»Wie lange wird das dauern?«

»Beide arbeiten hier im Haus. Wenn sie nicht gerade besetzt sind, rufe ich dich innerhalb der nächsten Stunde an.«

Regina kehrte in die Kripoleitstelle zurück.

»Sieht gut aus«, berichtete sie. »Wir können uns schon einmal überlegen, wer mich begleiten wird.« Sie sah zu Fahrni, der ungewöhnlich still dasaß.

Pilecki schüttelte kaum merklich den Kopf. »Jemand vom Kindesschutz vielleicht?«

»Ein Fahnder«, beschloss Walker. »Solange wir nicht wissen, ob Parchomenko Teil eines Pädo-Rings ist, müssen wir in alle Richtungen ermitteln.«

Regina teilte seine Meinung. »Kannst du jemanden entbehren?«

Er nahm sein Telefon hervor und verließ den Raum.

Regina bat Fahrni um eine Zusammenfassung aller Informationen, die die deutschen und die ukrainischen Kollegen brauchen würden, dann besprachen sie die Punkte, die sie in Den Haag abklären wollte. Sie waren noch mitten im Gespräch, als Kusumaj sich meldete. Die beiden Staatsanwälte würden sich den übernächsten Nachmittag frei halten.

29

Regina wartete wie vereinbart vor der Sicherheitskontrolle auf den Fahnder, der sie begleiten würde. Die Reise war von der Oberstaatsanwaltschaft bewilligt worden, vorsichtshalber hatte Regina zwei Nächte in Den Haag eingeplant. Sie würde nicht so schnell wieder Gelegenheit haben, sich persönlich mit den Deutschen und den Ukrainern auszutauschen. Sie unterdrückte ein Gähnen. Sie war um vier Uhr aufgestanden, um vor der Abreise die dringendsten Arbeiten im Büro zu erledigen, trotzdem war einiges liegen geblieben.

Sie fragte sich gerade, ob der Fahnder sie erkennen würde, als sie Joe Walker mit seinem aufrechten Gang und seiner militärischen Haltung direkt auf sie zukommen sah. Sein Jackett saß perfekt, das blaue Hemd hatte den gleichen Farbton wie seine Augen. In der Hand trug er eine Reisetasche.

»Entschuldige die Verspätung.« Er beugte sich vor, um sie mit einem Wangenkuss zu begrüßen.

Er roch nach Aftershave und Erwartungen. Regina versuchte, ihre Überraschung zu verbergen. Diese Genugtuung würde sie ihm nicht geben. Sie war sicher, dass er von Anfang an vorgehabt hatte, sie zu begleiten.

»Gut, dass du mit mir kommst«, sagte sie. »Ich hatte schon befürchtet, dass ich jemanden neu in den Fall einarbeiten muss.«

Ein kleiner Seitenhieb, doch er saß. Wenn Walker einen Untergebenen geschickt hätte, wäre der von ihm vorher sorgfältig gebrieft worden. Sie passierten die Sicherheitskontrolle und gingen zum Gate. Unterwegs kaufte sich Regina einen Kaffee. Der Flug war pünktlich, bald hatten sie das Nebelmeer unter sich gelassen. Regina blickte aus dem Fenster und genoss den wolkenlosen Himmel. Sie versuchte zu schlafen, doch Walkers Präsenz irritierte sie. Sie nahm sich die Akte noch einmal vor. Inzwischen kannte sie die Fakten in- und auswendig.

Kurz vor elf Uhr landeten sie in Amsterdam, wo sie von einem Schweizer Verbindungsbeamten bei Europol abgeholt wurden. Während der einstündigen Fahrt nach Den Haag dämmerte es Regina, dass nicht etwa die Aussicht auf einen Flirt Walker zu der Reise bewogen hatte. Sie sah ihre Vermutung bestätigt, als Walker anbot, sie im Hotel abzusetzen. Unter normalen Umständen hätte er sich ein gemeinsames Mittagessen nicht entgehen lassen.

»Vom Hotel aus ist es nur ein viertelstündiger Spaziergang zu Eurojust«, sagte er. »Wir treffen uns um 13.45 Uhr am Haupteingang.«

»Hat dein Gespräch bei Europol etwas mit unserem Fall zu tun?«, fragte Regina scharf.

Der Verbindungsbeamte warf Walker einen kurzen Blick zu, aber der verzog keine Miene.

»Ich komme mit«, beschloss Regina.

»Das ist eine Polizeiangelegenheit«, lehnte Walker ab.

Der Verbindungsbeamte räusperte sich. »Vielleicht kann ich eine Führung organisieren? Waren Sie schon einmal bei Europol?«

Glaubte er etwa, sie sei als Touristin hier?

Regina wandte sich an Walker. »Wenn dein Gespräch bei Europol meinen Fall tangiert, will ich dabei sein. Ich bin die Verfahrensleiterin, nicht du.«

Eine unangenehme Stille trat ein. Walker hatte sein Pokerface aufgesetzt, und er nahm eine andere Haltung an. Es ging jetzt etwas Bedrohliches von ihm aus. Regina betrachtete die vorbeiziehende Landschaft. Der Verkehr war dicht, ein Unfall kurz nach Wassenaar hatte zu einem Stau geführt. Zwanzig Kilometer vor Den Haag begann Walker zu reden.

»Seit knapp zwei Jahren ermittelt Europol gegen ein Kinderporno-Netzwerk. Über zwanzig Länder sind involviert. Bis heute wurden mehr als fünfhundert Verdächtige identifiziert, es dürften aber weit mehr sein. Wir schätzen, dass das Netzwerk rund neunzigtausend Mitglieder hat. Sie tauschen Fotos und Filme aus, vermitteln sexuelle Kontakte zwischen Erwachsenen und minderjährigen Jungen. Wir sind noch nicht so weit, dass wir zuschlagen können. Von vielen Opfern kennen wir die Identität nicht, außerdem vermuten wir, dass wir erst die Spitze des Eisbergs vor uns haben.«

Regina versuchte, sich das Ausmaß vorzustellen. Statt Entsetzen spürte sie nur Leere. Wie viele Männer, mit denen sie täglich zu tun hatte, verbrachten ihre Freizeit vor dem Bildschirm, wo sie pornografische Bilder von Kindern betrachteten, oder, weit schlimmer, setzten ihre Fantasien in Taten um?

»Elias?«, fragte sie.

»Das versuche ich herauszufinden.«

»Warum hast du mir diese Informationen vorenthalten?«

»Die Operation befindet sich in einer heiklen Phase.« Er sah sie mahnend an. »Es darf kein Wort nach außen dringen!«

»Davon gehe ich aus«, sagte Regina knapp.

»Auch nicht an andere Mitglieder der Strafverfolgung. Staatsanwälte, Richter, Polizisten, Behörden.«

»Gibt es Hinweise darauf, dass sich Schweizer Strafverfolger unter den Verdächtigen befinden?«

Walker schwieg.

Regina kroch es eiskalt den Rücken hinunter. Eigentlich hätte sie nicht überrascht sein dürfen. Juristen und Polizisten waren auch nur Menschen. Trotzdem ertappte sie sich dabei, dass sie die Gesellschaft in »wir« und »sie« unterteilte. Die Strafverfolger und die Verbrecher. Die Guten und die Bösen. Doch Überschneidungen waren die Regel, nicht die Ausnahme.

Sie bat den Verbindungsbeamten, sie beim Hotel abzusetzen. Er bog auf eine mehrspurige Straße ein, die von imposanten Gebäuden gesäumt wurde. Früher sei Scheveningen ein Fischerdorf gewesen, erklärte er, offensichtlich erleichtert, das Thema wechseln zu können. Heute beherberge der Stadtbezirk neben Eurojust und Europol auch den Internationalen Strafgerichtshof und das UN-Kriegsverbrechertribunal. Er hielt vor dem Eingang des Hotels.

»Ich will alles erfahren, was mit Elias zu tun hat«, sagte Regina, bevor sie ausstieg.

Walker nickte kurz, holte ihr Gepäck aus dem Kofferraum und reichte es ihr. Ohne sich zu verabschieden, stieg er wieder ein.

Seine Worte verfolgten Regina noch während des Mittagessens, das sie im Hotel zu sich nahm. Ihr Zimmer war noch nicht bezugsbereit, sie ließ ihren Koffer im Gepäckraum und machte sich zu Fuß auf den Weg.

Der Hauptsitz von Eurojust fügte sich in die umliegende Dünenlandschaft ein. Ein Wasserspiel schirmte die Fassade von Eindringlingen ab, in den Fenstern spiegelte sich der Himmel. Walker wartete wie vereinbart am Eingang.

»Wie ist es gelaufen?«, fragte Regina.

»Ich habe die Kollegen gebrieft, sie werden das Material gezielt nach Spuren von Elias durchforsten.«

»Ist der Campingplatz bei Nürnberg in den Ermittlungen aufgetaucht?«

»Das weiß ich nicht.«

Sie passierten die Sicherheitskontrollen. Die Eingangshalle

erstreckte sich über zwei Stockwerke, von allen Seiten drang Licht in das Gebäude.

Corinne Kusumaj holte sie am Empfang ab. Sie umarmte Regina und schüttelte Walker die Hand.

»Ich verstehe, warum du die Stelle gewechselt hast«, sagte Regina. »Dagegen kommt mir die Staatsanwaltschaft I wie ein Schuhkarton vor.«

»Vermutlich bekamen die Architekten den Auftrag, uns zu Überstunden zu animieren«, scherzte Kusumaj und führte sie zu einem Aufzug.

Die Staatsanwältin aus der Ukraine, eine schmale Frau mit zartem Knochenbau und mädchenhafter Ausstrahlung, befand sich bereits im Sitzungsraum. Sie sprach mit einem Mann, dessen Alter schwer zu schätzen war.

Kusumaj stellte sie vor. »Das sind Valentina Jarmolenko und Daniil Stezjura aus der Ukraine. Valentina war Staatsanwältin in Kiew, Daniil arbeitet bei der Nationalpolizei.«

Sie reichten sich die Hand.

»Die Dolmetscherin wird gleich hier sein.« Kusumaj zeigte auf den Besprechungstisch. »Richtet euch schon einmal ein.«

Regina packte ihre Unterlagen aus und besprach sich kurz mit Walker. Sie einigten sich darauf, dass sie in den Fall einführen und er übernehmen würde, wenn es um die gesuchten Personen, den Campingplatz und die Nacktfotos von Elias ging.

Ein Vertreter des Deutschen Büros betrat den Raum zusammen mit der Dolmetscherin, kurz darauf ein Beamter vom Bayerischen Landeskriminalamt. Regina schilderte ihre Ermittlungen und verteilte Fahrnis Zusammenfassung des Falls. Er hatte nicht nur die wichtigsten Punkte herausgestrichen, sondern auch eine Liste erstellt, auf der die Ereignisse chronologisch aufgeführt waren. Walker beschrieb die Entwicklungen in Zusammenhang mit der Zeugin in Stuttgart und auf dem Campingplatz.

Daniil Stezjura, der auf seinem Laptop mitschrieb, sah auf. »Auf Anhieb finde ich keine Olena Parchomenko im System. Ich habe die Anfrage an einen Kollegen in Kiew weitergeleitet. Gibt es ein Foto von der Frau?«

»Nein.«

»Spricht sie Deutsch?«

»Das wissen wir noch nicht.« Walker sah zu dem bayerischen Kollegen hinüber.

»Ich habe vorhin mit den Beamten in Nürnberg gesprochen. Inzwischen haben wir eine Beschreibung der Frau. Vierzig bis fünfzig Jahre alt, 1.60 Meter groß, braune Haare.«

Stezjura tippte mit.

»Die Camperin, die uns die Beschreibung geliefert hat, hat auch den Jungen gesehen«, fuhr der Polizist aus Bayern fort. »Er habe nicht sonderlich beunruhigt gewirkt. Sie meint übrigens, dass die Frau Schweizerdeutsch sprach, ist sich aber nicht sicher, weil sie noch nie in der Schweiz war. Mit slawischen Akzenten kennt sie sich nicht aus.« Er schaute auf seine Notizen. »Zwei Jugendliche, die zur gleichen Zeit dort waren, haben den Jungen bei den Sanitäranlagen gesehen. Er kam kurz nach neun Uhr abends aus der Frauendusche. Ein weiterer Zeuge aus Hamburg sagte aus, er habe gesehen, dass der Nissan am nächsten Morgen um 6.20 Uhr wegfuhr.«

»Hatte die Frau Kontakt zu anderen Personen?«, wollte Walker wissen.

»Nach übereinstimmenden Aussagen von vier Zeugen ist sie für sich geblieben. Der Junge durfte nicht mit anderen Kindern spielen. Weitere Aussagen von Campern haben wir bisher noch nicht.«

»Was ist mit den Dauermietern?«, bohrte Walker.

»Werden noch verhört.«

Der deutsche Staatsanwalt schilderte die Ermittlungen gegen Horst Uhlig, der sich in Untersuchungshaft befand. Bei der Hausdurchsuchung waren Nacktaufnahmen von anderen Jungen gefunden worden, alle stammten von der Kamera im Urinal.

»Kam es zu sexuellen Handlungen mit Kindern?«, fragte Walker.

»Das wissen wir noch nicht«, antwortete der Staatsanwalt. »Seit die Meldung des US-Zentrums für vermisste und ausgebeutete Kinder beim BKA einging, arbeiten wir rund um die Uhr an der Sache. Im Moment sind wir daran, alle Familien zu kontaktieren, die auf dem Campingplatz übernachtet haben.«

Er ging detailliert auf die bereits getroffenen Maßnahmen ein, fasste die Resultate zusammen und erläuterte die verfolgte Strategie. Sie besprachen mögliche Verbindungen in die Ukraine und einigten sich auf die nächsten Schritte. Im Zentrum stand die Identifizierung von Olena Parchomenko. Sie hatte eine Adresse in Lwiw angegeben, die jedoch nicht existierte.

»Leider bekommen Sie bei uns fast alles, wenn Sie bereit sind, dafür zu zahlen«, sagte Valentina Jarmolenko. »Auch Identitätspapiere. Ich würde die Angaben deshalb mit Skepsis betrachten.«

Es dämmerte bereits, als sie die Sitzung beendeten. Da Regina ohnehin zwei Übernachtungen eingeplant hatte, beschlossen sie, am nächsten Tag eine weitere Besprechung abzuhalten. Vielleicht würde es den Kollegen aus der Ukraine bis dahin gelingen, mehr über Parchomenko in Erfahrung zu bringen. Das Foto von Elias hatte Daniil Stezjura bereits weitergeleitet.

»Ich würde euch gerne zum Essen ausführen«, sagte Corinne Kusumaj, nachdem die anderen gegangen waren. »Leider habe ich aber einen geschäftlichen Termin. An der Strandpromenade gibt es eine Menge gute Restaurants. Um diese Jahreszeit findet ihr sogar einen Tisch. Es ist ein schöner Spaziergang dorthin.«

»Meeresluft klingt verlockend, danke für den Tipp«, sagte Regina.

Kusumaj begleitete sie zum Ausgang, wo sie sich verabschiedeten. Der Wind hatte aufgefrischt, er brachte den Duft von Salzwasser mit sich. Regina hatte erwartet, dass Walker den Vorschlag eines gemeinsamen Essens sofort aufgreifen würde, doch er holte sein Handy hervor und überprüfte seine E-Mails.

»Hat sich Europol gemeldet?«, fragte Regina.

Er murmelte etwas, trat ein paar Schritte beiseite und wählte eine Nummer. Mitten im Gespräch wandte er sich um und fragte, ob Regina ihn am nächsten Vormittag zu Europol begleiten könne. Sie nickte.

»Sie sind auf etwas gestoßen«, erklärte er, als er das Handy wieder eingesteckt hatte. »Keine direkte Verbindung zu Elias, aber einen Link zum Campingplatz. Die Datenmenge, die sie durchwühlen, ist riesig. Sie sind noch nicht so weit, dass sie konkrete Angaben machen können. Morgen um acht treffen wir uns zu einer Besprechung.«

»Warum sind die Sachbearbeiter vom Fachdienst Sexualdelikte/Kindesschutz nicht involviert?«

»Wir arbeiten eng zusammen«, antwortete Walker. »Es waren auch schon Kollegen aus Zürich hier. Morgen wird es aber nur um die mögliche Verbindung zu Elias gehen.«

»Verstehe.«

»Wollen wir Kusumajs Vorschlag beherzigen und heute Abend an der Strandpromenade essen?«

Regina stimmte zu. Auf dem Weg zurück ins Hotel schwiegen sie, worüber sie froh war. Was sie gehört hatte, beschäftigte sie. Unentwegt fragte sie sich, ob Elias hatte leiden müssen, weil sie sich viel zu lange auf Werner Ochsner fokussiert hatten.

Im Hotel stellte sie sich unter die Dusche, zog eine bequeme Jeans an und schlüpfte in ihre Turnschuhe. Aus Gewohnheit griff sie zum Lippenstift, beschloss dann, sich nicht zu schminken, um ein deutliches Zeichen zu setzen. Sie hatte keine Lust auf Walkers Anspielungen und Doppeldeutigkeiten.

Sie hätte sich keine Sorgen machen müssen. Weder bot er ihr seinen Arm an, wie er es sonst tat, noch hatte seine Stimme den flirtenden Unterton, den er häufig anschlug, wenn er mit ihr sprach. Er wirkte leicht bedrückt, eine Seite, die sie an ihm nicht kannte. Als sie durch den Park schritten, der an das Hotel grenzte, fragte sie ihn nach dem Grund.

»Es ist das Ausmaß«, erklärte er. »Die ungeheure Größe des Netzwerks. Es kommt mir vor wie eine Hydra. Manchmal fürchte ich, dass wir nur einen einzigen Kopf abschlagen.«

»Ich verstehe nicht, wie die Täter damit davonkommen.«

»Sie werden gedeckt.«

»Von anderen Tätern?«

»Richtig.«

Personen an hohen Stellen. Eine verschworene Gemeinschaft, deren Mitglieder sich gegenseitig schützen. Regina hatte schon viele Berichte über Kindesmissbrauchsringe gelesen, teilweise geschahen die Verbrechen vor den Augen der Behörden. Manchmal, weil sie selbst involviert waren, manchmal, weil es einfacher war wegzusehen. Ein Abgrund tat sich vor ihr auf, und sie versuchte, wieder auf sicheren Boden zu gelangen.

»Wisst ihr, ob es zwischen Werner Ochsner und dem Netzwerk eine Verbindung gibt?«

»Sein Rechner ist sauber, und die IP-Adresse taucht nirgends auf.«

Sie bogen in ein Wohnviertel ein. Die Fenster der Reihenhäuser waren hell erleuchtet, dahinter sah Regina Menschen, die kochten, schwatzten, fernsahen. Vorhänge gab es keine, wer es nicht besser wusste, hätte glauben können, dass niemand etwas zu verbergen hatte. Der Meeresgeruch nahm zu, Möwengeschrei war zu hören. Die kalte, feuchte Luft ließ Regina frösteln. Sie wählten ein Restaurant, das direkt am Hafen lag, und setzten sich an einen Fensterplatz. Draußen schaukelten die Masten der Boote hin und her, am Horizont blinkten Lichter. Sie bestellten eine Platte mit Meeresfrüchten, dazu ein lokales Bier.

»Ich wusste gar nicht, dass du Bier trinkst«, sagte Walker.

»Selten.«

Er richtete den Blick auf das Meer. »Wie geht es Cavalli?«

Warum erwähnte er Cavalli immer wieder? Die Rolle des Nebenbuhlers passte nicht zu Walker. Die Bedienung brachte das Bier und ersparte ihr eine Antwort.

»Heute habe ich eine Aufnahme von einem Kind gesehen, das während des Missbrauchs getötet wurde«, sagte Walker, ohne den Blick vom Meer abzuwenden.

»Hör bitte auf«, bat Regina.

»Eine der Hauptschwierigkeiten besteht darin, den Tätern etwas nachzuweisen«, fuhr er unbeirrt fort. »Sie agieren im Darknet und verstehen es, ihre Spuren zu verwischen. Wir brauchen …« Er korrigierte sich. »Ich brauche für diesen Fall fähige Leute an der Front. Gute Ermittler, die nicht davor zurückschrecken, im Dreck zu wühlen.« Er sah ihr in die Augen.

Regina wich zurück, innerlich um Luft ringend.

»Ermittler, die keine Hemmungen haben, die eigenen Kollegen ins Visier zu nehmen.«

Sie schüttelte den Kopf.

»Man würde Cavalli eng betreuen«, sagte er.

»Ein verdeckter Ermittler braucht Monate, wenn nicht Jahre, um tief genug in so ein Netz einzudringen!«, stieß Regina hervor. »Er muss ein Vertrauensverhältnis aufbauen und … aber wem erkläre ich das.«

Immer noch hatte Walker den Blick auf sie gerichtet.

»Erwartest du von mir Absolution?«, fragte Regina.

»Deine Zustimmung reicht.«

»Cava braucht meine Zustimmung nicht. Er macht, was er will.«

»Aber er macht es besser, wenn du hinter ihm stehst.«

30

Von Jasmin war bloß ein Bein zu sehen. Halb lag, halb saß sie auf dem Fahrersitz des Fords, während sie versuchte, das Infotainmentsystem wieder einzubauen. Cavalli nahm ihr Fluchen nur mit halbem Ohr wahr. Seine Gedanken waren bei Stefan Guth. Dem Fahrzeugforensiker war es gelungen, die Daten ab dem Speicher zu sichern, noch hatte er sie aber nicht aufbereitet, weshalb unklar war, welche Informationen sie liefern würden.

Jasmin fluchte erneut.

»Kann ich helfen?«, fragte Cavalli.

»Ja, lass mich in Ruhe meine Arbeit machen.«

»Ich schaue mich noch einmal in der Wohnung um.«

Diesmal suchte Cavalli nach Spuren von Methamphetaminen, doch wenn Stefan Guth mit Drogen gehandelt hatte, war er vorsichtig gewesen. Cavalli fand auch kein Hundefutter. Er durchwühlte den Schreibtisch nach den Papieren, die das Paar im Meyer's erwähnt hatte, ebenfalls ohne Erfolg.

Die Möbel waren mit einer feinen Staubschicht bedeckt. Cavalli legte sich auf das Doppelbett und versuchte, sich in Guth hineinzuversetzen. Was hatte er empfunden, wenn er zu Bett ging? Woran hatte er beim Erwachen als Erstes gedacht? Cavalli musterte den Verputz an der Decke, über den sich ein feiner Riss zog. Wann war der Riss in Guths Seele entstanden? Als das Mädchen aus dem Fenster fiel? Oder hatte der Tod des Kindes ihn bloß sichtbar gemacht? Cavalli stand auf und ging ins Bad, wie Guth es jeden Morgen getan hatte. Er betrachtete sich im Spiegel, sah die blauen Flecken, die sich langsam grünlich färbten. Ein Pflaster fixierte sein Nasenbein, ein Bartschatten bedeckte sein Kinn. Er öffnete den Spiegelschrank. Zwei farbige Zahnbürsten lagen auf dem untersten Regal. Auf dem Badewannenrand stand eine Flasche mit Schaumbad.

Auf dem Weg in die Küche kam Cavalli an den Kinderzimmern vorbei. Ob der Papagei immer noch nach Vanille, Sandelholz und Iris roch? Er ging zurück ins Bad, studierte die Inhaltsstoffe des Schaumbads. Es enthielt kein Vanillearoma. In der Küche schaltete er die Kaffeemaschine ein. Ein Lämpchen leuchtete auf, sie musste entkalkt werden. Im Wasserbehälter hatte sich ein Bakterienfilm gebildet. Irgendwo im Haus lachte eine Frau, draußen wurde eine Autotür zugeschlagen.

Cavalli setzte sich an die Stelle, an der sich Guth erschossen hatte. Spürte die Einsamkeit. Warum hatte Guth keine Hilfe gesucht? Er war von Menschen umgeben gewesen, an die er sich hätte wenden können.

Cavalli kehrte in die Tiefgarage zurück.

Jasmin sammelte bereits ihr Werkzeug ein. »Erinnerst du dich daran, wie wir Sandsäcke aus dem Kofferraum gehievt haben, als wir Thok Lados Mörder suchten?«

Sie hatten herausfinden wollen, wie viel Kraft es brauchte, um eine Leiche aus einem Kofferraum zu heben. Den Fall würde Cavalli nie vergessen. Nicht wegen der Methoden, die sie angewendet hatten, sondern weil die Lösung die ganze Zeit direkt vor ihnen lag. Niemand hatte sie gesehen.

Jasmin klopfte sich die Hände an der Jeans ab. »Ich bin fertig. Wenn wir uns beeilen, schaffen wir es noch rechtzeitig nach Zug.«

»Sind die Daten denn schon aufbereitet?«

»Der Forensiker hat vor einer halben Stunde geschrieben. Er kann uns über Mittag treffen.«

Das Zuger Polizeigebäude lag in der Nähe des Bahnhofs. Sie meldeten sich am Empfang und wurden nach oben geschickt. Sven Handke entsprach nicht dem gängigen Klischee eines IT-Spezialisten. Mit seinem Walross-Schnurrbart und den kräftigen Händen strahlte er etwas Hemdsärmeliges aus. Als Jasmin gegen den Türrahmen klopfte, griff er nach seinem Laptop, klemmte ihn unter den Arm und kam ihnen mit einem leichten Humpeln entgegen.

»Perfektes Timing!«, sagte er.

Er schlug vor, im Personalrestaurant die Daten durchzugehen, was Cavalli jedoch ablehnte. Je weniger Leute ihn in Verbindung mit Guths Infotainmentsystem brachten, desto besser. Sie einigten sich auf ein Restaurant am See, wo sie einen Platz in einer hinteren Ecke wählten, weit weg von den Fenstern, die den Blick auf die Schneeberge freigaben.

Handke war älter, als Cavalli erwartet hatte. Der IT-Forensiker erklärte, dass er sich nach einem Unfall hatte umschulen lassen. Da er wie Jasmin Automechaniker gelernt hatte, bevor er die Polizeischule absolvierte, brachte er ideale Voraussetzungen für die Fahrzeugforensik mit. Sobald sie ihre Bestellungen aufgegeben hatten, klappte er seinen Laptop auf.

»Ich muss ein paar Erklärungen vorausschicken«, begann er. »Damit ihr das Resultat versteht.« Er zeigte ihnen eine Grafik. »Das ist das Infotainmentsystem, die zentrale Recheneinheit im Fahrzeug. Es speichert nicht nur den Datenverkehr aus den einzelnen Steuergeräten, sondern auch die Interaktionen mit den Insassen.«

»Allen Insassen oder nur mit dem Fahrer?«, fragte Cavalli.

»Je nach Fahrzeug. Wir nennen ein Vorkommnis in einem Wagen ein direktes oder indirektes Event. Welche Events protokolliert werden, hängt vom Hersteller ab. Als indirektes Event bezeichnet man zum Beispiel die Anzahl Kilometer, die ein Wagen zurücklegt. Ein direktes Event wäre das Öffnen einer Tür.«

»Das wird protokolliert?«

»Kürzlich konnten wir bei einem Raubüberfall dank der Aufzeichnung herausfinden, wie viele Personen in dem Fluchtfahrzeug saßen.«

»Big Brother lässt grüßen«, sagte Jasmin.

»Das ist noch gar nichts«, fuhr Handke fort. »Schon mal von Automotive Ethernet oder Connected Cars gehört? Das ist unsere Zukunft.« Er zog eine Grimasse. »Wir reden hier nicht nur von eingebauter Software, sondern von ganzen Netzwerken. Von einem Tesla aus kannst du dich schon jetzt via Touchscreen in der Mittelkonsole mit dem Internet verbinden. Die Daten sind weder verschlüsselt, noch gibt es Firewalls. Wundere dich also nicht, wenn du eines Tages einem Beschuldigten gegenübersitzt, der behauptet, er sei ferngesteuert worden.«

Cavalli stieß einen leisen Pfiff aus.

»Erzähl ihm vom Infoaustausch zwischen Fahrzeug und Heimnetzwerk«, sagte Jasmin.

»C2H. Willst du die Heizung in der Wohnung aufdrehen? Kein Problem, kannst du vom Auto aus steuern. Die Rollläden herunterlassen? Auch möglich. Die komplette Vernetzung. Alles ist miteinander verbunden. Telefon, Fernseher, Heimnetzwerk.«

Cavalli kam auf die Daten in Stefan Guths Wagen zu sprechen.

Handke klappte den Laptop auf. »Wir hatten Glück. Die Software, die wir benutzen, unterstützt das System. Ich konnte eine Anzahl von Informationen gewinnen. Interessiert euch ein bestimmter Zeitrahmen?«

Die Bedienung brachte das Essen. Handke legte den Laptop neben sich auf einen freien Stuhl und befestigte seine Serviette am Hemd. Mit großem Appetit machte er sich über sein Schnitzel her. Cavalli war klar, dass er bis zum Kaffee nichts mehr erfahren würde. Er konzentrierte sich auf die Polenta, die er bestellt hatte. Handke fragte Jasmin nach ihrem Bruder Bernie, sie sprachen über dessen Autowerkstatt und darüber, wie sich der Beruf des Mechanikers gewandelt hatte. Endlich wurden die Teller abgeräumt, und Handke stellte den Laptop wieder auf den Tisch.

»Womit soll ich beginnen?«, fragte er. »Mit den Track Points oder dem Handy, das sich mit dem Ford verband?«

Cavalli setzte sich neben den Forensiker, damit er den Bildschirm besser sehen konnte. »Wohin war der Ford in der ersten Septemberwoche unterwegs?«

Handke rief eine Übersicht der zurückgelegten Routen auf. »Die Track Points speichern die Angaben zur geografischen Lage, Zeit und Geschwindigkeit. Hier sehen wir zum Beispiel, dass der Ford am 1. September kurz nach Mitternacht von Zürich Richtung Tösstal fuhr.«

Cavallis Puls schoss in die Höhe. Er hatte mit vielem gerechnet, nicht aber damit.

»Ins Tösstal?«, wiederholte er.

Handke deutete auf die Karte. »Ich gehe ein paar Stunden zurück. 31. August. Keine Aktivität bis kurz vor Mitternacht. Der Wagen steht in Zürich-Friesenberg. 23.37 Uhr, Fahrt durch die Friesenbergstraße hinunter zum Goldbrunnenplatz. Dort biegt er in die Kalkbreitestraße ein, fährt ein kurzes Stück auf der Badenerstraße und gelangt dann via Ankerstraße, Militärstraße zur Langstraße. Für die 2,9 Kilometer braucht er acht Minuten.« Er zoomte näher heran. »Der Wagen parkt hinter einem Nagelstudio. Steht elf Minuten mit ausgeschaltetem Motor dort und setzt dann die Fahrt fort.

Via A1 bis Illnau-Effretikon, wo er die Autobahn Richtung Tösstal verlässt.«

Die Nacht, in der Laeticia und Elias Ochsner verschwanden.

Jasmin musterte Cavalli mit zusammengekniffenen Augen.

»Und danach?«, fragte er.

Handke klickte auf den weiteren Verlauf. Vom Tösstal ist der Ford zur Friesenbergstraße zurückgekehrt. Einen Tag später verließ der Wagen Zürich und fuhr über Bregenz nach Ulm, dort stand er einige Stunden auf einem Rastplatz, setzte sich um vier Uhr morgens wieder in Bewegung und traf kurz nach sechs auf einem Parkplatz in der Nähe eines Campingplatzes nördlich von Nürnberg ein. Vierzig Minuten Pause, Weiterfahrt nach Chemnitz, Dresden, Bautzen. Über die Grenze nach Polen. Fünfunddreißig Minuten auf einer Raststätte. Um 17.13 Uhr Ankunft in Lodz.

»Kannst du näher rangehen?«, bat Cavalli. »Ich möchte sehen, wo der Wagen in Lodz geparkt wurde.«

Handke zoomte heran. »In der Nawrotstraße. Dort gibt es einen überwachten Parkplatz. Sieht ziemlich heruntergekommen aus. Liegt im Zentrum, in der Nähe sind einige Unterkünfte.« Er klickte weiter. »Um 7.54 Uhr am nächsten Morgen geht es weiter nach Warschau, dann die E67 hinauf nach Ostrów Mazowiecka, Wechsel auf die 677, Pause in Łomża, nächste Pause vor der litauischen Grenze, noch eine an der Grenze zu Lettland. Ankunft in Riga um 21.10 Uhr.«

Cavalli starrte gebannt auf den Bildschirm. Von Riga aus war der Ford nach Tallinn unterwegs, wo er am Vormittag des 4. September ankam. In Estland endete die Reise. Diesmal an einem Strand. Um 18.30 Uhr trat der Fahrer den Rückweg an.

»Du hast ein Handy erwähnt, das sich mit dem Ford verbunden hat«, sagte Cavalli.

Handke nannte ihm die Nummer. Es war nicht die Nummer, die in Cavallis Akten stand. Guth, sofern er der Fahrer gewesen war, und davon ging Cavalli aus, hatte das Telefon nur zweimal vom Auto aus benutzt. Das erste Mal, als er vom Tösstal zurück nach Zürich fuhr, dann wieder kurz nach Nürnberg.

»Kannst du sehen, wen der Fahrer angerufen hat?«

»Nicht über das Infotainmentsystem.« Handke schaute auf die Uhr. »Ich muss zurück. Ich habe dir die Daten auf einen externen Speicher geladen. Wenn du noch Fragen hast, ruf mich an.«

Cavalli bedankte sich. »Das Mittagessen übernehme ich.«

Handke blieb neben dem Tisch stehen. »Jasmin hat mir geschildert, worum es geht. Der Kollege hat es verdient, dass jemand seinen Namen reinwäscht.«

Cavalli nickte unverbindlich.

»Ich habe nicht gelogen«, sagte Jasmin, nachdem Handke gegangen war. »Wenn du könntest, würdest du Guths Unschuld beweisen.«

Nur, dass die Aufzeichnungen aus dem Wagen Stefan Guth nicht entlasteten. Ganz im Gegenteil.

»Sag schon, was hat er in der Nacht auf den 1. September im Tösstal gemacht?«, drängte Jasmin. »Ich sehe dir an, dass dir das Datum etwas sagt.«

»Eine Leiche vergraben«, antwortete Cavalli.

31

Cavalli starrte an die Küchenwand. Auf einmal ergaben die Fakten auf den Karteikarten einen Sinn. Guths Trauer. Seine Erschöpfung. Die Angst, als Cavalli ihn befragt hatte. Der anschließende Suizid.

Stefan Guth hatte Laeticia Ochsner getötet.

Oder zumindest ihre Leiche vergraben. War ihr Tod ein Unfall gewesen? Hatte Viktor Lukasch etwas damit zu tun? Wo befand sich der Junge? Die Fragen überschlugen sich in Cavallis Kopf.

Er musste Regina informieren. Ihm wurde klar, dass genau das eingetroffen war, wovor sie sich gefürchtet hatte. Das Infotainmentsystem hatte Beweise geliefert. Er hatte wieder ihre Sätze im Ohr.

Was, wenn du darauf etwas entdeckst? Die Beweise wären nicht verwertbar.

Draußen regnete es in Strömen. Trotzdem hatte er Paz gebeten, mit Lily einen Spaziergang zu machen, damit er in Ruhe nachdenken konnte. Er ging in der Küche auf und ab. Er musste ein legales Beweisstück finden, mit dem er Guth und Laeticia oder Elias Ochsner miteinander in Verbindung bringen konnte. Es bestand immer noch die Möglichkeit, dass nicht er selbst den Wagen gefahren hatte, doch sie erschien Cavalli gering.

Er klappte seinen Laptop auf, loggte sich ins System ein und gab die Geschäftsnummer des Falls ein. Wie erwartet stand nicht viel im Journal, nur, wen die Einsatzzentrale aufgeboten hatte und wer vor Ort gewesen war. Er rief die einzelnen Rapporte auf. Keine Falldetails. Auch die Befragungsprotokolle halfen ihm nicht weiter. Schließlich wählte er Nadia Tolussos Nummer und bat sie, ihm Kopien aller Rapporte zu schicken, in denen Werner und Laetitia Ochsner vorkamen.

»Hat Stefans Tod etwas mit Werner Ochsner zu tun?«, fragte sie.

»Ich weiß es nicht«, log er. »Du hast erwähnt, dass du eine Verbindung zwischen Guth und Ochsner festgestellt hast. Wie hast du es ausgedrückt? Als redeten sie die gleiche Sprache?«

»Ich wollte damit nicht sagen, dass sie sich nahestanden«, protestierte sie.

»Was ist mit Laeticia Ochsner? Könnte sich Stefan Guth in sie verliebt haben?«

»Nie im Leben!«

»Warum nicht?«

»Er hat sich furchtbar über sie geärgert und sie eine schlechte Mutter genannt. Von einer Mutter erwartete er mehr als von einem Vater. In dieser Beziehung war er vielleicht etwas konservativ.«

Oder sie hat in ihm Erinnerungen an die Frau geweckt, deren Tochter aus dem Fenster gefallen war. Hatte Guth diesmal rechtzeitig handeln wollen? War er ins Nagelstudio gefahren, um mit Laetitia Ochsner zu reden? Frustriert musterte Cavalli die Karteikarten. Er wusste zu wenig über den Fall.

Eine Mail von Tolusso traf bei ihm ein. Er las die Rapporte sorgfältig durch. Suchte nach einer Verbindung zwischen Werner Ochsner und Stefan Guth oder einem Hinweis darauf, dass sich Guth und Laeticia Ochsner näher gekannt hatten. Was war der Grund für Guths Stimmungswechsel im Sommer? Gab es eine Erklärung für sein Verhalten? Gab es irgendetwas, das er Regina geben könnte?

In einem Rapport, den Stefan Guth verfasst hatte, fand er es. Werner Ochsner hatte eine Parfümflasche nach seiner Frau geworfen, las Cavalli. Chrypré Vanillé von Montale. Er rief das Parfüm im Internet auf. Die Basisnote bestand aus Iris, Sandelholz, Tonkabohne und Vetiver, die Kopfnote aus Rose, die Herznote aus Amber, Weihrauch und Vanille.

Cavalli schloss die Augen und holte den Duft hervor. Vanille, Iris und Sandelholz. So hatte der Papagei in Stefan Guths Wohnung gerochen.

Gehörte das Stofftier Elias?

Die Tür ging auf, Paz kam mit Lily zurück. Sie zog ihr Stiefel und Jacke aus, strich ihr mit ernstem Gesicht übers Haar und sagte etwas, das Cavalli nicht verstand. Lily nickte und verschwand im Bad. Cavalli hörte, wie sie den Schemel hervorzog, der unter dem Lavabo stand.

»Hunger?«, fragte Paz ihn scheu.

»Ich habe schon gegessen.«

Paz blieb in der Tür stehen, sie traute sich nicht, die Küche zu betreten. Cavalli schob seine Unterlagen zusammen. Ihre Anwesenheit ärgerte ihn. Paz gab ihm das Gefühl, in seinem eigenen Heim zu stören. Er betrachtete ihr langes Gesicht und die schiefen Zähne und fragte sich, was Fahrni an ihr fand.

»Holt dich Tobias ab?«, fragte er.

Sie schüttelte den Kopf. »Viel Arbeit.«

»Kann ich dich irgendwohin fahren?«

Ohne ein weiteres Wort zog sie ihren Mantel an, verabschiedete sich von Lily und verließ die Wohnung. Cavalli sah nach Lily. Sie saß im Zimmer und spielte mit ihren Stofftieren, ab und zu murmelte sie etwas auf Spanisch.

Er dachte wieder an den Papagei. Es konnte Zufall sein, dass das Stofftier nach Laeticia Ochsners Parfüm roch, er glaubte es jedoch nicht. Zu vieles stimmte. Er hatte sich damals sogar gefragt, weshalb Guth das fehlende Auge nicht ersetzt hatte, wo er doch alles flickte. Um sicher zu sein, dass er den richtigen Schluss zog, musste er sich die Fallunterlagen ansehen. Er ging die Fakten, die er notiert hatte, ein letztes Mal durch. Zwei Fragen blieben offen. Hatte Guth den Jungen bei sich gehabt, als er nach Estland fuhr? Und was hatte er dort getan? Cavalli fiel ein, dass eine Zeugin Elias in Stuttgart gesehen haben wollte. Wenn seine Theorie stimmte, hatte sie sich getäuscht.

Er ging ins Kinderzimmer. »Komm, Junebug, wir machen einen Ausflug.«

Lily ignorierte ihn.

Er holte ihre Jacke, doch sie wollte sich von ihm nicht anziehen lassen. Mit einem Seufzer verstaute er ihre Sachen im Wagen. Dann stopfte er Chipa in eine Tüte, trug Lily mitsamt den Stofftieren, die sie in den Armen hielt, hinaus und setzte sie in den Kindersitz. Sie wehrte sich lauthals. Im Handschuhfach suchte er nach den Geschichten, die seine Großmutter aufgenommen hatte. Seit Jahrzehnten kämpfte June für den Erhalt ihrer Muttersprache; sie besuchte Kindergärten, trug dort Mythen und Sagen vor, und sie unterrichtete im Kulturzentrum. Obschon Tsalagi inzwischen auch an einigen Universitäten gelehrt wurde, beherrschten immer weniger Cherokee-Indianer die Sprache. Cavalli wählte Lilys Lieblings-CD und schob sie in den Player, bald durchdrang Junes ausdrucksvolle Stimme den Wagen. Sofort wurde Lily still.

Auf der Fahrt nach Zürich versuchte er, Ordnung in seine Gedanken zu bringen, doch er konnte sich dem Sog von Junes Stimme nicht entziehen. Sie entführte ihn in die Welt seiner Kindheit, die mit Fabelwesen und Geistern bevölkert gewesen war. Er sah die Nunnehi vor sich, ein übernatürliches Volk, das den Cherokee in schwierigen Situationen geholfen hatte. Er dachte an eine Aussage von Simona Guth.

Er hätte sein letztes Hemd hergegeben, wenn er jemandem

damit hätte helfen können. Was er aber nicht ertrug und auch nicht begriff, war die Tatsache, dass nicht jeder seine Hilfe wollte.

Der Regen war noch stärker geworden, die Scheibenwischer kämpften gegen die Wassermassen an. Auf der gegenüberliegenden Fahrbahn bildeten die verschwommenen Lichter der Scheinwerfer lange Kolonnen. Es war dunkel, als Cavalli an der Zeughausstraße ankam. Die Büros im fünften Stock des Kripogebäudes waren hell erleuchtet. Cavalli fuhr mehrmals um die Kaserne herum, fand aber keinen Parkplatz. Schließlich bog er in die Tiefgarage des Kripogebäudes ein. Im zweiten Untergeschoss gab es frei verfügbare Parkplätze für Offiziere, niemand würde es merken, wenn er den Volvo kurz dort abstellte.

Als die Stimme von June verstummte, stieß Lily einen Protestschrei aus. Cavalli erzählte die Geschichte weiter, während er sie aus dem Kindersitz hob. Auf der Treppe begegnete er einem Brandermittler, den er von einem früheren Fall kannte. Der Mann begrüßte ihn verhalten.

»Mehr!«, verlangte Lily, als Cavalli die Geschichte zu Ende erzählt hatte.

Überrascht sah er sie an. Sie hatte die Forderung auf Tsalagi gestellt. Eine Welle der Zärtlichkeit kam über ihn, und einen Moment lang vergaß er, warum er hier war. Etwas hatte sich in Lily aufgetan, sie ließ nicht nur die gemeinsame Sprache wieder zu, es war eine Verbindung zwischen ihnen entstanden, das spürte er deutlich.

»Die Nunnehi müssen jetzt schlafen«, erklärte er auf Tsalagi. »Wollen wir in der Zwischenzeit Tobias besuchen?«

»Reiten?«, fragte sie.

»Heute nicht.« Er strich ihr eine Haarsträhne aus dem Gesicht. »Pferde müssen auch schlafen.«

Er war so gerührt, dass er kaum wahrnahm, dass die Kripochefin auf ihn zukam. Sie hatten nie ein inniges Verhältnis gehabt, zu oft hatte Cavalli gegen die Vorschriften verstoßen oder ihre Ansichten kritisiert. Vermutlich war sie es gewesen, die sich dafür starkgemacht hatte, Pilecki als Dienstchef einzusetzen. Als sie aber Lily sah, strahlte sie und erzählte von ihrer neugeborenen Enkelin. Cavalli hatte nicht gewusst, dass sie Mutter war. Dann senkte sie die Stimme.

»Ich teile übrigens Joes Meinung«, sagte sie. »Wenn du dich entscheidest, sein Angebot anzunehmen, kannst du mit meiner Unterstützung rechnen.«

Cavalli nickte kurz und ging weiter. Joe Walker wollte ihm also tatsächlich eine Stelle anbieten. Die Vorstellung, für ihn zu arbeiten, reizte Cavalli nicht.

Er fand Fahrni in der Kripoleitstelle, wo sich ein Dutzend Sachbearbeiter um den Besprechungstisch versammelt hatten. Überall hingen Bilder und Karten, ein Fahnder hatte Fotos von Personen an die Wand projiziert und war im Begriff, sie zu erläutern. Die Umgebung fühlte sich vertraut und dennoch fremd an. Pilecki saß auf Cavallis angestammtem Platz, die Falldaten auf der Tafel waren nicht strukturiert, sondern scheinbar zufällig verteilt.

Cavallis Erscheinen löste Unruhe aus. Die Sachbearbeiter schienen nicht zu wissen, wie sie sich verhalten sollten.

Als Fahrni Lily entdeckte, fuhr er erschrocken zusammen. »Ist etwas mit Paz?«

An der Wand sah Cavalli das vergrößerte Bild eines orangen Knopfes. Langsam ging er darauf zu. Das fehlende Auge des Papageis. Auf dem nächsten Bild lag der Knopf in einer Erdgrube.

»Was ist passiert?«, fragte Fahrni aufgebracht.

»Tobi!«, rief Lily.

Cavalli riss sich vom Anblick des Knopfes los. »Nichts, ich muss dich nur kurz sprechen.«

Lily zappelte in seinen Armen, er ließ sie herunter, und sie rannte zu Fahrni. Cavalli schaute wieder auf das Foto. Nun bestand kein Zweifel mehr. Der Papagei, der bei Stefan Guth in der Wohnung lag, gehörte Elias Ochsner. Cavalli brauchte die Akten nicht mehr zu lesen. Er betrachtete die anderen Fotos. Zwei zeigten einen Jungen beim Urinieren. Regina hatte zwar erzählt, dass die Ermittlungen eine neue Wende genommen hatten, auch, dass der Verdacht von Kinderpornografie im Raum stand, Einzelheiten hatte sie ihm aber keine genannt.

»Was hat das zu bedeuten?«, fragte er.

Pilecki blickte verärgert auf Cavalli. »Ich schlage vor, wir machen eine Pause.«

»Wo wurde das Foto aufgenommen?«

Pilecki stand auf. »Komm mit in mein Büro …«

Cavalli brachte ihn mit einer Handbewegung zum Schweigen. »Ich kenne diesen Knopf.«

Pilecki blieb unschlüssig stehen.

»Das Auge.« Cavalli deutete auf das Bild.

Die Spannung im Raum war greifbar, Cavallis unerwünschte Anwesenheit vorübergehend vergessen.

»Das ist ein Auge?«, brach es aus Gurtner heraus.

Cavalli ging vor Lily in die Hocke. »Was meinst du, Junebug, möchte Wohali Hallo sagen?«

Sie schüttelte den Kopf und vergrub das Gesicht in Fahrnis Schoß, ließ es aber zu, dass Cavalli ihr den Stoffadler abnahm. Er hielt ihn so, dass das eine Glasauge gut sichtbar war. Im Gegensatz zum Papagei war der Adler aus natürlichem Material angefertigt worden, und seine Augen waren braun.

Pilecki wies Cavalli darauf hin, dass der Knopf, den sie im Wald gefunden hatten, orange war. Keine übliche Augenfarbe.

»Es handelt sich auch nicht um das Auge eines Adlers, sondern um das eines Papageis.« Cavalli gab Lily ihren Adler zurück und erzählte, dass er den Knopf schon einmal gesehen habe. »Ein Beschuldigter hat ihn während einer Einvernahme zwischen den Fingern gedreht. Als ich ihn fragte, was es damit auf sich habe, meinte er, er müsse dem Papagei ein Auge einsetzen.«

Die Lüge ging ihm glatt von den Lippen.

»Und wer war dieser Beschuldigte?« Die Skepsis war Pilecki anzuhören.

»Stefan Guth.«

Die eintretende Stille war so durchdringend, dass Cavalli glaubte, die Gedanken der Sachbearbeiter hören zu können. Sogar Lily hielt den Atem an.

»Stefan Guth?«, wiederholte Gurtner. »Du meinst, der Polizist, den du … der sich erschossen hat?«

Wie auf Kommando erwachte die Kripoleitstelle zum Leben. Pilecki wies Gurtner an, Eduarda Cristiano dos Santos anzurufen und sie zu fragen, ob Elias einen Stoffpapagei besaß. Der Techniker der Sonderelektronik begann, auf seinem Laptop zu tippen, Fahrni nahm einen Bericht zur Hand, und schließlich trat auch noch die Kripochefin in den Raum, um nachzusehen, was los war. Nur Lily saß reglos da und starrte alle mit großen Augen an.

Cavalli griff nach der Akte, die auf dem Besprechungstisch lag, und schlug sie auf. Er hörte kaum, wie Gurtner zurückkehrte und bestätigte, dass der Stoffpapagei das Geschenk einer brasilianischen Bekannten war und Elias ihn häufig bei sich hatte. Er stieß auf einen Bericht über eine eingeschleppte Ameisenart, die im Tessin vorkam. Dort, wo Stefan Guth mit seinen Kindern Urlaub gemacht hatte. Viele Teile fügten sich zusammen, es gab aber auch einige, die nicht passten. Die Aussage der Zeugin in Stuttgart. Dass Elias in Begleitung einer Frau gesehen worden war. Und welche Rolle spielte Viktor Lukasch?

Fahrnis Stimme holte ihn zurück. »Häuptling?«

Die Sachbearbeiter hatten sich wieder um den Besprechungstisch versammelt. Martin Angst und Andrea Brennwald waren dazugestoßen, neben Fahrni saß jetzt die Kripochefin. Lily kniete am Boden und malte auf einem Flipchartblatt.

»Ich schlage vor, du führst uns als Erstes in deinen Fall ein«, sagte Pilecki.

Cavalli erzählte, was er über Stefan Guth wusste. Dass er in dessen Wohnung eingebrochen war, erwähnte er ebenso wenig wie die Tatsache, dass er Jasmins Hilfe in Anspruch genommen hatte oder dass er wusste, wohin Guth gefahren war. Als Viktor Lukaschs Name fiel, veränderte sich die Stimmung im Raum. Sie wurde düster, es lag etwas Bedrohliches in der Luft.

Die Kripochefin beobachtete Pilecki genau. Sie wusste von der Vergewaltigung, auch, dass sich Pilecki an Lukasch zu rächen versucht hatte. Dass sein Alleingang glimpflich ausgegangen war, hatte er nur Cavallis Eingreifen zu verdanken.

»Ich ging davon aus, dass Stefan Guth eine Gegenleistung für seine Informationen erhalten hatte«, kam Cavalli zum Schluss. »Weil Lukasch kein unbeschriebenes Blatt ist, konnte ich die Sache nicht auf sich beruhen lassen. Deswegen habe ich mich ein wenig umgehört.«

Pilecki räusperte sich. »Wir haben uns ein wenig umgehört«, gestand er.

Die Kripochefin sah ihn scharf an.

Pilecki berichtete, was sie über den Handel mit Methamphetaminen erfahren hatten. »Lukasch arbeitet für Sergei Sokolow, Besitzer eines sogenannten Partyservices. Er liefert Delikatessen aus aller Welt.«

»Lebendes Fleisch?«, fragte Gurtner.

Pilecki nickte. »Sokolow hat Lukasch offiziell als Personal Trainer engagiert, wir vermuten aber, dass Lukasch ihn mit Stoff aus Osteuropa versorgt. Die Kollegen vom Gift haben bestätigt, dass in den letzten Monaten vermehrt Meth auf den Markt kam. Bei uns wird die Droge fast nur im Rotlichtmilieu konsumiert.«

Cavalli erzählte von dem Hundeschmuggel, von seinem Gespräch mit der Tierärztin und von dem Überfall im Irchelpark. Er meinte fast zu hören, wie die Zahnräder ineinandergriffen. Als die Datenmenge unübersichtlich wurde, strukturierte er sie an der Tafel. Er erstellte einen Zeitablauf, entlang dessen er Stefan Guths Gemütszustand erläuterte. Der Tiefpunkt, als das Mädchen aus dem Fenster fiel. Das vorübergehende Hoch im vergangenen Sommer. Der erneute Absturz in der ersten Septemberwoche.

»Du vermutest also einen Zusammenhang zwischen seiner guten Verfassung im Sommer und den Ereignissen rund um den Fall Ochsner?«, fragte Andrea Brennwald.

»Auf mich wirkt es so, als habe Stefan Guth im Sommer neue Hoffnung geschöpft«, erklärte Cavalli.

»Interessante Beobachtung. Du beschreibst Stefan Guth als gewissenhaften Polizisten. Doch er lässt sich mit einem Kriminellen ein, und das soll auch noch dazu geführt haben, dass sich sein Gemütszustand besserte?«

»Was immer er vorhatte, es war mächtiger als sein Gewissen.«

»Willst du damit ausdrücken, dass er einem Trieb nachgab, oder dass er ein übergeordnetes Ziel verfolgte, das seinen Wertvorstellungen entsprach?«

»Beides ist denkbar. Bis jetzt bin ich allerdings davon ausgegangen, dass der Drang, die Welt in Ordnung zu bringen, ihn antrieb.«

»Was geschah in der ersten Septemberwoche?«, fragte Brennwald. »Aus Guths Sicht?«

»Ich vermute, dass sein Plan schieflief.«

»Kannst du das etwas abstrakter formulieren?«

Cavalli dachte nach. »Seine Hoffnungen erfüllten sich nicht. Oder, um deinen Gedanken aufzugreifen, seine Bedürfnisse wurden nicht befriedigt.« Er markierte den 1. September auf der Zeitlinie. »Genau hier entstand der Bruch.«

»Er hat also Laeticia Ochsner ermordet«, fasste Gurtner pragmatisch zusammen.

»Das ist eine Möglichkeit.« Brennwald neigte nachdenklich den Kopf.

»Vielleicht hingen Guths Bedürfnisse mit Elias zusammen«, sagte Fahrni.

Cavalli deutete auf die Fotos mit dem urinierenden Jungen. »Wurden sie auf dem Campingplatz bei Nürnberg aufgenommen?«

Pilecki fasste ihm noch einmal kurz die Entwicklungen des letzten Tages zusammen. »Regina hat angerufen, kurz bevor –«

»Mama?«, sagte Lily.

Sie stand neben der Tafel, Hände, Hose und Pullover voller Filzstiftstriche, sogar an den Lippen hatte sie dunkle Flecken. Cavalli hatte sie völlig vergessen.

Eine Sachbearbeiterin vom Fachdienst Sexualdelikte/Kindesschutz bot an, mit Lily in die ehemalige Hausmeisterwohnung zu gehen, die auf dem gleichen Stock lag. Die Räume waren in Befragungszimmer umfunktioniert worden, im Warteraum gab es Spielsachen. Alles in Cavalli sperrte sich gegen die Vorstellung. Er brachte die Räume mit Gewalt und Schmerz in Verbindung.

»Mama?«, wiederholte Lily mit zitternder Unterlippe.

»Möchtest du ein Chipa?« Im selben Moment realisierte Cavalli, dass er die Tüte im Auto vergessen hatte.

Er schaute zu Fahrni, der in seiner Schreibtischschublade immer etwas Essbares aufbewahrte.

»Ich glaube, wir könnten alle etwas zu essen vertragen«, beschloss die Kripochefin.

Sie sprach nicht aus, was die meisten dachten. Dass es eine lange Nacht werden würde.

Pilecki stand auf. »Ich bestelle uns Pizza.«

Fahrni kam mit einem Keks zurück, den er Lily reichte. »Was wolltest du eigentlich von mir?«, fragte er Cavalli. »Du hast gesagt, du müsstest mich kurz sprechen.«

»Hat sich erledigt«, antwortete Cavalli.

Pilecki nahm die Bestellungen auf. Als die Reihe an Cavalli war, reichte er diesem die Hand.

»Danke für deine Hilfe«, sagte er.

Die Botschaft war unmissverständlich. Das Leib/Leben brauchte keinen internen Ermittler, der ihnen bei der Arbeit zusah.

32

Europol lag im World Forum Park, wenige Gehminuten von Eurojust entfernt. Mehr als achthundert Personen arbeiteten in dem Neubau. Im Sockel befanden sich die gemeinschaftlichen Räume, darüber erhoben sich vier Türme in unterschiedlicher Höhe. Die Schweizer Verbindungsbeamten waren im größten Turm untergebracht.

Regina fühlte sich wie unter einer Glasglocke. Verschwommen nahm sie die Gesichter der Leute wahr, die sich an ihr vorbeibewegten. Sie war bereits auf dem Weg ins Bett gewesen, als ihre Mutter angerufen hatte, um sich darüber zu beschweren, dass Cavalli Lily mitten in der Nacht vorbeibrachte.

»Sie ist von Kopf bis Fuß mit Filzstiftstrichen vollgemalt!«, hatte sich Marlene empört. »Warum kannst du nicht zu Hause bleiben wie alle anderen Mütter und dich um deine Tochter kümmern? Ich habe dir immer gesagt, dass dein Mann nichts taugt. Das arme Kind!«

Regina hatte nicht die Energie gehabt, auf ihre Vorwürfe zu reagieren. Eine dumpfe Müdigkeit hatte sich in ihr breitgemacht. War Cavalli bereits der Atem ausgegangen? Sie hatte an die Vorsätze gedacht, die er als Vater immer wieder fasste, um sich dann doch nicht an sie zu halten. Dann hatte das Telefon erneut geklingelt. Diesmal war es Cavalli selbst gewesen. Eine Stunde später saß sie mit Joe Walker in einem Sitzungszimmer, das ihnen das Hotel zur Verfügung gestellt hatte, und ließ sich über eine Webcam mit der Kripoleitstelle verbinden. Was sie erfuhr, beschäftigte sie bis in die frühen Morgenstunden.

Natürlich hatte sie Cavallis Lügen durchschaut. Ihr war klar, dass er die neue Spur nicht dem Zufall, sondern dem Infotainmentsystem verdankte. Sie wusste nicht, was er dort gefunden hatte, und sie würde ihn auch nicht fragen. Ab jetzt war er Teil der Ermittlung, er konnte seine Informationen korrekt einfließen lassen. Sein Input hatte ihr gefehlt. Bei der Arbeit waren ihre unterschiedlichen Sichtweisen nützlich, und sie profitierten gegenseitig vom Schwung des anderen.

Heute Morgen fühlte sie sich jedoch alles andere als schwungvoll. Der kurze Schlaf hatte sie nicht erfrischt, sondern nur betäubt. Sie hatte Mühe, mit Joe Walker Schritt zu halten, der zielstrebig auf den Eingang von Europol zusteuerte. Er hatte Cavalli nicht mehr erwähnt, trotzdem ging ihr das Gespräch, das sie im Restaurant geführt hatten, noch nach.

Der Verbindungsbeamte, der sie am Flughafen abgeholt hatte, reichte ihr die Hand. Er führte sie in ein düsteres Sitzungszimmer mit nackten Backsteinmauern. Mehrere Personen hatten bereits um einen Tisch Platz genommen. Walker kannte sie alle. Man offerierte ihnen Kaffee, den Regina dankend annahm. Während Walker die neusten Entwicklungen in ihrem Fall schilderte, studierte sie die Anwesenden. Bis auf eine Niederländerin waren alle Polizisten Männer. Regina spürte die Verbindung zwischen ihnen. Sie war eine Außenseiterin, ein Gast, den man höflich empfing, aber nicht bis ins Innere vordringen ließ. Das gleiche Gefühl überkam sie regelmäßig, wenn sie an Besprechungen bei der Kantonspolizei teilnahm. Egal, auf welcher Ebene und in welchem Land, Polizeibeamte und Staatsanwälte waren aus zweierlei Holz geschnitzt. Cavalli hatte einmal gesagt, Polizisten wühlten im Dreck und brachten Juristen die Beute. Daran musste Regina jetzt denken, als sie die Bilder der vielen Knaben betrachtete, die über die Leinwand liefen. Im Sitzungsraum gab es keine Fenster, durch die das Tageslicht hätte dringen können, keine Aussicht, die von den Verbrechen, die den Kindern angetan worden waren, ablenkte.

Über zwanzigtausend Fotos hatte Horst Uhlig auf seinem Rechner gespeichert. Einige hatte er selbst aufgenommen, andere in Auftrag gegeben, die meisten aber stammten von einer Plattform, die sich Greenhorn nannte. Uhligs Aufnahmen gehörten zu den harmloseren. Details gaben die Polizisten keine preis, worüber Regina insgeheim froh war. Sie war hier, um zu erfahren, ob der Besitzer des Campingplatzes etwas mit Elias' Verschwinden zu tun hatte, mehr nicht.

»Von Elias haben wir keine weiteren Bilder gefunden«, sagte ein deutscher Polizist. »Weder auf Greenhorn noch auf anderen Pornoseiten.«

»Taucht Eva Kulova in euren Ermittlungen auf?«, fragte Walker.

Pilecki hatte während der nächtlichen Videokonferenz die Frage aufgeworfen, ob es sich bei Olena Parchomenko um Kulova handeln könnte.

»Keine Eva Kulova, keine Olena Parchomenko, kein Viktor Lukasch«, antwortete der Polizist. »Wir wissen aber, dass die Ukraine eine wichtige Rolle in dem Geschäft spielt, trotz der Bemühungen des Europarats.« Er wandte sich jetzt an Regina. »Kürzlich hat eine Expertendelegation im Rahmen des Projekts EndOCSEA@Europe – Beendigung der sexuellen Ausbeutung und des sexuellen Missbrauchs von Kindern im Internet in Europa – Kiew besucht, um die Gesetze sowie die politischen und praktischen Maßnahmen unter die Lupe zu nehmen. Das Resultat stimmt nicht gerade optimistisch. Ukrainische Kinder sind leichte Beute, manchmal handelt es sich dabei um Straßenkinder, oft aber machen die Mütter mit.

Sie erhalten genaue Vorgaben, wie sie ihre Kinder fotografieren sollen, dafür bekommen sie einen lächerlichen Betrag, der für sie ein kleines Vermögen darstellt.« Er drehte sich wieder zu Walker. »Fand bei euch nicht kürzlich der Prozess gegen einen Wirtschaftsprüfer statt, der durch Partnervermittlung eine ukrainische Mutter kennengelernt hat?«

»Beim Kreisgericht Toggenburg«, bestätigte Walker. »Er wurde wegen mehrfacher Schändung, sexueller Nötigung, Verleitung zu sexuellen Handlungen und dem Besitz von Kinderpornografie zu acht Jahren verurteilt. Die Staatsanwältin wollte fünfzehn.«

Der deutsche Polizist schnaubte.

»Wisst ihr mehr über die Dauermieter auf dem Campingplatz?«, fragte Regina.

»Sauber, zumindest, was Kinderpornografie betrifft. Einer ist wegen Körperverletzung vorbestraft, eine ältere Frau weist Anzeichen von Verwahrlosung auf, nichts deutet aber darauf hin, dass sie mit Elias Kontakt hatten. Ich würde diesen Uhlig im Auge behalten. Auf seinem Rechner befinden sich nicht nur Fotos von Kindern.«

»Er ist nicht pädophil?«, fragte Regina.

»Nutzer von Kinderpornografie sind nicht zwingend pädophil«, erklärte die niederländische Polizistin. »Häufig handelt es sich um Männer, die generell viele Pornos konsumieren. Sie entwickeln eine Sucht, und wie bei allen Süchten müssen sie die Dosis ständig steigern. Sie verspüren ein immer stärkeres Verlangen nach extremen Inhalten, irgendwann landen sie dann bei der Kinderpornografie.«

»Und dazu zählt Horst Uhlig?«

»Gut möglich.«

Der deutsche Polizist fuhr fort: »Uhligs Finanzen könnten darüber Auskunft geben. Der Zustand des Campingplatzes deutet darauf hin, dass er in Schwierigkeiten steckt. Er muss sein Hobby ja irgendwie finanzieren, und die Pissbilder bringen nicht viel ein. Seien wir ehrlich, die findet man heute zuhauf in den sozialen Medien. Manche Eltern sind schlimmer als Teenager, sie stellen alles online.«

»Ich sehe den Zusammenhang mit Elias nicht«, sagte Regina.

»Geld«, sagte der Schweizer Verbindungsbeamte. »Uhlig könnte Elias gegen eine Provision vermittelt haben. Er kennt die Szene und hat vermutlich einige Kontakte, wenn auch auf der untersten Hierarchiestufe. Vielleicht haben Guth und seine Komplizin ihm Elias gebracht, und er hat den Jungen verkauft.«

Cavalli hatte keine Hinweise gefunden, dass Stefan Guth eine sexuelle Vorliebe für Kinder entwickelt oder übermäßig Pornos konsumiert hatte. Andererseits verstanden es die meisten Pädophilen, ihre Neigung zu verbergen, manche litten selbst darunter. Nur ein kleiner Teil der Männer lebten ihre Fantasien aus. Regina hatte gelesen, dass fast ein Prozent aller Männer pädophile Neigungen hatte. Warum also nicht Stefan Guth? Cavalli hatte ihn als niedergeschlagen beschrieben. Der Anteil an Depressionen und Angsterkrankungen war bei Pädophilen viel höher als beim Rest der Bevölkerung.

Wenn er aber unter seiner Neigung litt, hätte er Elias dann weitervermittelt? Ihn wissentlich an einen Pornodealer weitergereicht?

»Was geht dir durch den Kopf?«, fragte Walker.

Regina sprach ihre Gedanken laut aus. »Vielleicht hat er Elias entführt, einer Komplizin übergeben, die mit dem Jungen nach Nürnberg fuhr – eine Frau mit Kind erregt weniger Aufmerksamkeit als ein Mann –, und ihn dann in der Nähe des Campingplatzes entgegengenommen. Anschließend Urlaub mit dem Jungen gemacht und dabei seine Fantasien ausgelebt. Im Sommer soll er ausgesprochen guter Laune gewesen sein, vielleicht aus Vorfreude. Als der Urlaub vorbei war, beging er Suizid, weil er mit seinen Taten nicht leben konnte.«

Eine nachdenkliche Stille legte sich über den Raum.

Hatte Cavalli zugegeben, dass er in Guths Wohnung gewesen war? Darauf konnte Regina jetzt keine Rücksicht nehmen. Es ging um das Leben eines Kindes.

»Wir wissen, dass der Ford in Lodz betankt wurde«, sagte sie. »Und dass man bei Guth eine Münze aus Litauen fand.« Sie spürte Walkers Blick auf sich. »Auch, dass er während seines Urlaubs weder Kreditkarte noch Handy benützte«, fuhr sie fort, ohne Walker anzusehen. »Für mich klingt es danach, als wollte er keine Spuren hinterlassen.«

»Das passt zu beiden Szenarien«, sagte der deutsche Polizist. »Auch ein Kurier versucht, unter dem Radar zu bleiben.«

»Es könnte natürlich auch reiner Zufall sein, dass Elias auf Uhligs Campingplatz übernachtete«, gab die niederländische Kollegin zu bedenken.

Sie vereinbarten, dass die Gruppe im Rahmen ihrer weiteren Ermittlungen auf Verbindungen zu pädophilen Kreisen achten würde. Walker bat Regina, sie kurz allein zu lassen, dankbar verließ sie den Raum. In der Toilette spritzte sie sich Wasser ins Gesicht. Anschließend holte sie in der Kantine einen weiteren Kaffee und ein Brötchen. Durch einen breiten Schacht fiel Tageslicht bis ins Untergeschoss des Gebäudes. Regina betrachtete eine Skulptur, die sich über mehrere Stockwerke zog. Sie stellte einen bunten Wasserfall dar, am Boden sah es aus, als würde das Wasser in alle Himmelsrichtungen davonfließen.

»Kunst ist ein humanitärer Akt«, zitierte Walker, der neben sie getreten war. »Sie sollte in der Lage sein, die Menschheit zu beeinflussen, die Welt zu einem besseren Ort zu machen.« Er stützte die Unterarme auf das Geländer. »Das hat Jeff Koons gesagt.«

»Dann ist das ja der richtige Ort für ein Kunstwerk«, stellte Regina fest.

»Eine Putzhilfe hat versucht, die Farbe auf den Fliesen wegzuwischen«, sagte Walker. »Sie hat nicht begriffen, dass sie Teil des Kunstwerks ist.«

Regina konnte es der Putzhilfe nicht verdenken. Sie wartete auf Walkers Fragen, die prompt folgten.

»Lodz? Litauen? Wie lange weißt du schon davon?«

Regina ließ sich Zeit mit der Antwort. »Er musste dem Suizid nachgehen. Man hat ihn dafür verantwortlich gemacht.«

»Was hat er sonst noch herausgefunden?«

»Nur, dass der Fahrer des Fords vermutlich nach Litauen weiterfuhr.«

»Das ist alles?«

»Mehr weiß ich nicht.« Sie sah auf die Uhr. »Wir sollten uns auf den Weg machen. In zwanzig Minuten müssen wir bei Eurojust sein.«

33

In Guths Wohnung wimmelte es von Polizisten. Cavalli spürte nichts mehr von der Einsamkeit, die ihn bei seinen letzten Besuchen bedrückt hatte. Kriminaltechniker schleppten Material hinaus, Uniformierte befragten Nachbarn, die Spurensicherung untersuchte den Ford in der Tiefgarage. Fahrni war zu Simona Guth gefahren, Pilecki leitete die Aktion vor Ort. Cavalli sah seinem ehemaligen Kollegen an, dass er alles andere als begeistert war über seine Anwesenheit. Er hatte darauf bestanden mitzukommen, zu seiner Überraschung hatte die Kripochefin ihn darin bestärkt. Sie hatte Pilecki darauf hingewiesen, dass sich Cavalli intensiv mit Stefan Guth beschäftigt hatte und wertvolle Informationen beisteuern konnte.

Pileckis Handy klingelte. Er führte ein kurzes Gespräch und wandte sich anschließend an die Anwesenden.

»Werner Ochsner hat bestätigt, dass es sich um den Papagei von Elias handelt.«

»Kennt er Lukasch?«, fragte Cavalli.

»Er behauptet, nein.« Pilecki kehrte Cavalli den Rücken zu und wählte eine weitere Nummer.

Cavalli streifte in der Wohnung umher, er wollte sichergehen, dass niemand Verdacht schöpfte, wenn Spuren von ihm im Laufe der Untersuchung auftauchten. Dass er in der Wohnung gewesen war, stellte kein grobes Vergehen dar, könnte aber unangenehme Fragen aufwerfen.

In der Tiefgarage fand er Martin Angst, der mit einem Hundeführer sprach. Ein Fahrzeugtechniker sicherte Spuren im Wagen.

»Stammen die Abdrücke am Lenkrad alle von Guth?«, fragte Cavalli.

»Wissen wir noch nicht«, antwortete der Techniker. »Aber es sieht nicht so aus, als seien noch andere Personen mit dem Wagen gefahren.«

»Keine Drogen.« Angst reichte Cavalli eine Infrarot-empfindliche Kamera. »Aber schau dir mal den Kofferraum an.«

Cavalli richtete die Kamera auf den geöffneten Kofferraum. Blutflecken waren zu erkennen.

»Er hat ihn sauber gemacht, aber alles bringt man nie weg«, sagte Angst.

Insgeheim bedankte sich Cavalli bei Jasmin dafür, dass sie Einweghandschuhe getragen hatte. Er überließ den Wagen den Technikern und ging hinaus. Es gab hier nichts mehr für ihn zu tun. Ein paar Schaulustige hatten sich vor dem Haus versammelt, sie filmten die Kriminaltechniker, die mit Kisten aus dem Gebäude traten. Cavalli holte sein Telefon hervor, um Jasmin anzurufen, steckte es dann aber wieder weg. Er wollte ihr von den Entwicklungen berichten, es widerstrebte ihm jedoch, eine digitale Spur zu ihr zu hinterlassen. Stattdessen fuhr er ins Fight, wo er von der Besitzerin Jasmins Adresse bekam.

Die Wohnsiedlung lag auf einem ehemaligen Industrieareal. Cavalli schritt durch die verlassene Betonlandschaft und fragte sich, wie man freiwillig hierherziehen konnte. Ein Concierge meldete ihn an.

Jasmin erwartete ihn in der Tür. Sie trug eine Jogginghose und ein T-Shirt voller Ölflecken. Sichtbar überrascht über seinen Besuch, bat sie ihn herein. Die Fensterrahmen waren aus schwarzem Metall, auf einem kalten Steinboden standen verchromte Lederstühle. Die Wohnung passte eher zu einem

Broker als zu Jasmin. Oder zu einem Anwalt, dachte Cavalli. Natürlich. Sie war bei ihm eingezogen, nicht umgekehrt.

»Mir ging es zu Beginn auch so. Aber man gewöhnt sich daran.« Sie lächelte. »Auf der schwarzen Farbe sieht man die Karrenschmiere nicht. Kaffee?«

»Gern.«

In der Küche stand eine moderne Espressomaschine, aber Jasmin holte eine italienische Espressokanne aus Aluminium aus dem Schrank, füllte sie mit Wasser und gab Kaffeepulver in das Sieb.

»Wo ist dein Anwalt?«, fragte Cavalli.

»Brauche ich einen?«, scherzte sie. »Pal ist in der Bibliothek. Er schreibt an seiner Doktorarbeit. Warum bist du nicht an der Lessingstraße?«

»Ich bin noch bis Ende der Woche krankgeschrieben«, antwortete er.

Sie betrachtete ihn skeptisch. »Wenn du einen neuen Job suchst, kannst du bei mir einsteigen. Es sind heute schon drei Anfragen eingegangen, zwei von Müttern, die wissen möchten, was ihr Ex mit dem gemeinsamen Kind unternimmt, eine von einer Bar, in der die Kasse nicht stimmt.«

»Nein danke.«

Auf der Herdplatte röchelte die Espressokanne. Jasmin schenkte ein, und sie setzten sich an einen Glastisch, der mit Schrauben übersät war. Auf einer ausgebreiteten Zeitung lag ein zylindrischer Gegenstand.

Jasmin bemerkte seinen Blick. »Eine Drosselklappe. Du hast Neuigkeiten, ich sehe es dir an. Lukasch?«

»Guth.« Er berichtete von der Wende, die der Fall genommen hatte.

»Wow«, sagte sie. »Das kommt unerwartet. Seid ihr sicher, dass er am Steuer des Fords saß?«

»Noch nicht, aber alles deutet darauf hin.« Cavalli erzählte von den Nacktfotos und dem Pädophilie-Verdacht. »Wie denkst du darüber? Kannst du dir vorstellen, dass Lukasch und Kulova mit Kindern handeln?«

»Vorstellen schon.« Sie wirkte nicht überzeugt.

»Aber du hältst es für unwahrscheinlich?«

»Wenn es so wäre, würde Lukasch vermutlich nicht nur den Kurier spielen. Die meisten Beteiligten stecken selbst mit drin. Man kann Lukasch viel vorwerfen, aber von Kindern hat er bisher die Finger gelassen. Außerdem sehe ich nicht, wie er alles unter einen Hut bringen sollte. Personal Trainer, Handlanger für Sokolow, Hundeschmuggel, Drogen und auch noch Kinderpornos?« Sie rührte nachdenklich in ihrem Kaffee. »Das Geschäft mit Kindern ist riskant. Vor allem, wenn es sich um ein Schweizer Kind handelt. Da schauen die Behörden genau hin. Solche Risiken hat Lukasch immer gemieden. Die Hunde passen viel besser in sein Tätigkeitsfeld.«

Cavalli sah das genauso. Und doch war Lukasch der Schlüssel zu Guths Geheimnis. Guth hatte etwas von ihm gewollt. Die Frage war nur, was. Durch das Fenster sah Cavalli die Scheinwerfer des Letzigrund-Stadions. Er wünschte sich, er könnte Lukasch durchleuchten, doch das musste er dem Leib/Leben überlassen, ihm fehlte es an Möglichkeiten. Ob Pilecki die Spur verfolgen würde?

»Was wirst du tun?«, fragte Jasmin.

»Wenn ich beim Leib/Leben wäre, würde ich mir Lukasch vorknöpfen«, antwortete er. »Ich würde ihn so lange in die Mangel nehmen, bis ich wüsste, was er Guth für seine Informationen gegeben hat.«

»Hat er ihm eigentlich nur ein einziges Mal Infos zukommen lassen?«

»Das weiß ich nicht. Guth hat keine Spuren im System hinterlassen, nichts nachgeschlagen. Ich vermute, er hat einfach die Ohren gespitzt, wenn die Kollegen von dem

Hundeschmuggel sprachen, und so von der Hausdurchsuchung erfahren. Vielleicht war der Deal mit Lukasch aber noch nicht abgeschlossen.«

Er fühlte sich machtlos. »Wie hältst du es aus als Privatdetektivin?«

Sie lächelte wehmütig. »Wenn man ganz unten war, lernt man das zu schätzen, was einem vom Leben geblieben ist.«

Ihr letzter Satz verfolgte ihn auf dem Weg nach draußen. Er hatte bewiesen, dass Guth nicht wegen der Untersuchung Suizid begangen hatte. Damit könnte er die Sache auf sich beruhen lassen. Nur, dass ihm das nicht reichte. Die Fragen in seinem Kopf waren zu laut, sie würden erst verstummen, wenn sie geklärt waren. Cavalli mochte Lärm nicht.

Er fasste einen Entschluss. Eine halbe Stunde später stand er vor Reginas Elternhaus. Die Hecken waren akkurat geschnitten, ecrufarbene Imitationen von Statuen italienischer Bildhauer zierten den Garten. Unter dem Vordach stand ein Blumenständer aus Eisen, darüber hingen künstliche Geranien. Cavalli schauderte.

Marlene kam mit einem Topflappen in der Hand zur Tür, über der Leinenhose trug sie eine Kochschürze.

»Du hast mir nicht gesagt, dass du kommst«, warf sie ihm vor.

»Junebug?«, rief er.

Marlene stemmte die Hände in die Hüften. »Du hast aber nicht etwa vor, sie mitzunehmen?«

Cavalli sah sie schweigend an.

»Du kannst nicht einfach mitten in der Nacht hier auftauchen, sie bei uns deponieren, als wäre sie ein … ein Paket und sie dann ohne Vorankündigung wieder holen!«

Doch, dachte Cavalli, sagte es aber Regina zuliebe nicht. Die Beziehung zwischen ihr und Marlene war schon angespannt genug.

Lily kam aus der Küche gerannt. Sie trug eine Kinderkochschürze, ihre Haare waren mit zahlreichen Spangen hochgesteckt.

»Ich koche Vögel mit Otto, aber keine richtigen, nicht wie Wohali.«

Cavalli ging in die Hocke, um sie zu begrüßen.

»Wir essen in zwanzig Minuten«, sagte Marlene.

»Ich kann so lange im Auto warten.«

Mit einem lauten Seufzer trat Marlene zur Seite. Widerwillig trat Cavalli ein.

»Walter ist nicht da.« Wie alles, was Marlene sagte, klang es vorwurfsvoll.

Cavalli folgte ihr ins Wohnzimmer. Auf dem Fernseher stand ein Glas mit Duftstäbchen, vage nahm er den Geruch von Zitrusfrüchten und Lavendel wahr. Neben dem Sofa gab es einen Teppich, auf dem Spielsachen lagen. Ein abgestecktes Territorium. Dort durfte Lily spielen. Tagesgardinen versperrten die Sicht aus den Fenstern. Cavalli schob sie beiseite und schaute auf die Berge, die in der Ferne blass zu sehen waren.

Die Vögel mit Otto entpuppten sich als Fleischvögel mit Risotto. Cavalli schaufelte das Essen kommentarlos in sich hinein, während Marlene darauf achtete, dass Lily nicht mit den Fingern, sondern mit der Gabel aß. Nach jedem zweiten Bissen wischte sie ihr den Mund mit einem Latz ab.

»Wo ist Regina?«, brach sie schließlich das Schweigen.

»Den Haag.«

»Was treibt sie dort?«

Cavalli war versucht, ihr von dem Kinderpornoverdacht zu erzählen. Es reizte ihn, Marlene aufzurütteln, ihrer kleinen, heilen Welt einen Riss zuzufügen. Gleichzeitig wusste er, dass ihr Unbehagen sich in Nörgeleien und bissigen Bemerkungen äußern würde. Leidtragende wäre Regina.

»Arbeiten«, sagte er deshalb nur.

Sie strich Lily über den Kopf. »Armes Kind.«

Cavalli spießte ein Stück Fleisch auf.

Lily spürte die Spannungen und blickte zwischen ihm und Marlene hin und her.

»Hat Wohali gut geschlafen?«, fragte Cavalli auf Tsalagi.

Sofort galt Lilys Aufmerksamkeit dem Stoffadler, der auf ihrem Schoß lag. Sie holte ihn hervor, doch Marlene nahm ihn ihr aus der Hand.

»Er hat Hunger!«, sagte Lily auf Tsalagi.

»Mag er Risotto?«, fragte Cavalli.

»Hör bitte mit diesem Unsinn auf!«, sagte Marlene, die es nicht mochte, wenn man sie ausschloss. »Wir sind hier nicht im Urwald.«

»Oder lieber Fleisch?«, fuhr Cavalli in nasalem Singsang fort.

»Fleisch«, sagte Lily ernst.

Cavalli wickelte den Rest des Fleischvogels in eine Serviette ein.

Marlene starrte ihn an. »Was … machst du?«

»Wohali hat heute noch nichts gegessen«, erklärte er auf Deutsch. »Ich bin sicher, du hast nichts dagegen, wenn wir etwas für ihn mitnehmen.«

Er griff nach dem Adler. Zum ersten Mal erlebte er Marlene sprachlos. Er nutzte die Gelegenheit, um Lily den Latz abzunehmen und sie vom Stuhl zu heben.

»Wir müssen los«, sagte er. »Danke für das Essen.«

Im Auto versuchte er, die Haarspangen zu entfernen, doch Lily wehrte sich lauthals. Auf dem Weg nach Gockhausen schlief sie ein. Cavalli warf ein paar Kleider in eine Reisetasche, packte seinen Laptop, ein Zelt, zwei Schlafsäcke und eine Isoliermatte ein. Lily schlief immer noch, als er zum Volvo zurückkehrte. Auf der Autobahn rief er Regina an.

»Wie läuft es?«, fragte er.

»Gut, aber intensiv.« Sie klang erschöpft. »Es ist nicht einfach, den Überblick zu behalten.«

»Zieh Fahrni bei, wenn du einen Refresh brauchst«, riet Cavalli. »Er ist ein wandelnder Datenspeicher.«

Sie lachte. »Stimmt, aber ich durchschaue seine Logik nicht immer.«

»Kommt ihr voran?«

»Diese Olena Parchomenko gibt uns Rätsel auf. Die Deutschen suchen nach weiteren Zeugen im Umfeld des Campingplatzes. Irgendjemand muss etwas gesehen haben. Wenn wir es mit Kinderschändern zu tun haben, hat Parchomenko Elias vielleicht weitergereicht.«

»Ich habe den Campingplatz gegoogelt«, sagte Cavalli. »In der Nähe gibt es einen Parkplatz.«

Am anderen Ende war es lange still. »Gegoogelt also«, sagte Regina. »Dann werden wir uns diesen Parkplatz doch mal genauer ansehen.«

»Gute Idee.«

Auf der Rückbank raschelte es.

»Ich muss Schluss machen«, sagte Cavalli. »Ich wollte dir nur kurz sagen, dass ich mit Lily für ein paar Tage wegfahre. Zu Hause fällt mir die Decke auf den Kopf.«

»Wie geht es ihr?«

»Prima.«

»Wohin – «

»Sie ist gerade aufgewacht«, sagte er rasch. »Ich rufe dich später noch einmal an.«

34

Der graue Himmel gab Regina das Gefühl, sich unter Wasser zu befinden. Sie saß auf einer Bank im World Forum Park, neben ihr rauchte Corinne Kusumaj eine Mentholzigarette. Ausgebleichte Gräser wiegten sich im Wind, am Himmel kreisten Möwen.

»Ist er verheiratet?«, fragte Corinne Kusumaj.

»Wer?«, fragte Regina, obschon sie genau wusste, von wem ihre Kollegin sprach.

Sie erntete dafür ein Augenrollen.

»Geschieden«, antwortete sie. »Er teilt sich mit seiner Ex-Frau das Sorgerecht für den gemeinsamen Hund.«

»Ich liebe Hunde! Vor allem, wenn ihre Besitzer so sexy sind.«

»Lass die Finger von Walker«, riet Regina. »Er spielt immer irgendwelche Spielchen, man weiß nie, welche Ziele er wirklich verfolgt.«

»Klingt gut.«

Jetzt war es Regina, die mit den Augen rollte. »Gefällt dir dein Job?«, wechselte sie das Thema. »Fehlt es dir nicht, dass du keine eigenen Verfahren führst?«

»Ich mag die Atmosphäre.« Kusumaj blies eine Rauchwolke Richtung Himmel. »Nicht nur wegen des internationalen Charakters, auch wegen der Grundstimmung. Als Staatsanwältin in der Schweiz wird man von allen Seiten angegriffen, bei Eurojust hingegen versucht jeder, jedem zu helfen.

Auch die Klientel ist angenehmer. Ich habe mit Kollegen zu tun statt mit Gegnern. Mit Staatsanwälten und Polizisten, mit dem Gericht, dem Bundesamt für Justiz, der Zoll- oder der Steuerverwaltung. In der Schweiz war ich immer die Böse. Hier dankt man mir für meine Arbeit.«

»Ist noch eine Stelle frei?«, fragte Regina trocken.

Corinne Kusumaj lachte. »Ich kann die Ohren offen halten.« Sie wurde ernst. »Bei euch soll es schlimm sein, habe ich gehört. Immer mehr Fälle, Druck von oben, miese Stimmung.«

Das traf es ziemlich genau, dachte Regina. Vor zwei Wochen war sie mit dem Leitenden Staatsanwalt den Inspektionsbericht durchgegangen, und er hatte bei jedem zweiten Fall auf der Liste vorwurfsvoll gefragt, warum er immer noch pendent sei. Gleichzeitig plädierte der Regierungsrat, dem die Gesundheitsumfrage vorgelegt worden war, für mehr Eigenverantwortung. Wer überlastet sei, solle selbst initiativ werden und nach einer Lösung suchen.

»Wechseln wir das Thema«, sagte sie. »Sonst bleibe ich am Ende noch hier.«

»Darüber wollte ich mit dir sprechen. In dem vorliegenden Fall könnte es irgendwann sinnvoll sein, eine gemeinsame Ermittlungsgruppe einzurichten, ein sogenanntes JIT – Joint Investigation Team.«

»Das war nicht ernst gemeint«, wehrte Regina ab. »Ich kann nicht einfach hierbleiben. Ich habe eine Tochter. Und was ist mit meinen Fällen in der Schweiz?«

»Du würdest von Zürich aus arbeiten«, sagte Kusumaj. »Die Treffen in Den Haag finden in der Regel nur alle drei Monate statt. Der Vorteil gegenüber einem Level-3-Meeting, wie wir es jetzt durchführen, ist, dass dir bei einem JIT aufwendige Rechtshilfeersuchen erspart blieben. Die beteiligten Staatsanwaltschaften schließen einen Vertrag ab und legen fest, welchen Bereich sie gemeinsam verfolgen wollen. Danach können sie Informationen austauschen, Maßnahmen wie Telefonkontrollen durchführen oder sogar in einem fremden Staat Personen einvernehmen. Eine Ausnahme ist – wie kann es anders sein – die Schweiz. Unsere Gesetze lassen es nicht zu, dass fremde Staatsanwälte Einvernahmen durchführen.« Sie schüttelte den Kopf. »Die Schweiz und Europa, das ist ein Thema für sich. Item. Dafür gibt es bei Eurojust die Swiss Clause. Im Moment arbeitet der Kanton Waadt zum Beispiel mit Rumänien an einem Fall von Menschenhandel. Die Einvernahmen werden von einem Schweizer Staatsanwalt durchgeführt, die Rumänen sind aber immer dabei und können die Informationen und Editionen gleich mitnehmen, statt sechs bis zwölf Monate darauf zu warten. Sie müssen zwar anschließend ein Rechtshilfeersuchen stellen, das hindert sie jedoch nicht daran, am jeweiligen Fall weiterzuarbeiten.«

»Was, wenn das Rechtshilfeersuchen später verweigert wird?«, fragte Regina.

»Dann muss alles rückgängig gemacht werden«, räumte Kusumaj ein. »Aber das kommt höchst selten vor. Insgesamt überwiegen die Vorteile. Die Verfahren werden beschleunigt, die Zusammenarbeit verläuft unkompliziert.« Sie drückte ihre Zigarette aus und ließ die Kippe in eine mitgebrachte Dose fallen. »Kinderhändler halten sich nicht an Landesgrenzen. Meistens kommt es parallel in mehreren Staaten zu Verfahren. Es kann sinnvoll sein, sich gemeinsam Ziele zu setzen und die Vorgehensweise festzulegen.«

»Noch ist nicht bewiesen, dass Elias tatsächlich in die Fänge von Kinderhändlern geraten ist.«

»Nein«, stimmte Kusumaj zu. »Aber alles deutet in diese Richtung.«

Sie standen auf und gingen schweigend zurück zu Eurojust. Die Kollegen aus der Ukraine und Deutschland waren noch in der Kantine, wo sie gemeinsam zu Mittag gegessen hatten. Walker war nicht mit dabei. Ein grauhaariger Mann mit schiefem Kiefer und eingesunkenen Augen hatte sich neben Daniil Stezjura gesetzt, Kusumaj stellte ihn als Verbindungsstaatsanwalt aus Polen vor.

Valentina Jarmolenko ergriff im Sitzungszimmer als Erste das Wort.

»Wir haben Informationen, die Sie interessieren könnten«, sagte die Staatsanwältin. »Daniil?«

Der Polizist projizierte eine Karte der Ukraine an die Wand. »In den letzten Jahren hat der Handel mit synthetischen Drogen bei uns stark zugenommen. Früher waren wir Zielland, MDMA und Amphetamine aus den Niederlanden und aus Polen wurden über die Grenze in die Ukraine geschmuggelt, seit drei Jahren werden aber immer mehr Drogen in ukrainischen Labors produziert. Allen voran Fentanyl und Phencyclidin.«

»Was ist Phencyclidin?«, fragte Kusumaj.

»Angel Dust«, antwortete Walker, der soeben hereingekommen war. »Auch bekannt als Peace Pill.«

»Oder Killerweed«, ergänzte Daniil Stezjura. »Zu den Nebenwirkungen bei häufigem Gebrauch gehören schizophrenieartige Zustände, die tagelang anhalten können. Paranoia, Aggressivität, Halluzinationen und Gedächtnisverlust.«

Der deutsche Staatsanwalt schüttelte verständnislos den Kopf. »Wie kann man sich das antun?«

»Fentanyl ist ein synthetisches Opioid«, fuhr Stezjura fort. »Sie erinnern sich vielleicht an den Tod des Musikers Prince. Er starb an einer Überdosis dieses Schmerzmittels. Ich habe vorhin mit dem Chef der Abteilung für die Bekämpfung drogenbedingter Straftaten gesprochen. Inzwischen werden bei uns so viele synthetische Drogen produziert, dass wir auch nach Europa und Russland exportieren. Nicht alle sind illegal.

Manche fallen aufgrund ihrer chemischen Struktur gar nicht erst unter staatliche Kontrolle, was sie umso gefährlicher macht.«

»Weiß man, worauf der Anstieg zurückzuführen ist?«, fragte Regina.

»Zum Teil liegt es sicher daran, dass weniger Grenzkontrollen stattfinden«, antwortete Jarmolenko. »Ein wichtiger Faktor ist aber auch die instabile Situation in unserem Land.« Sie beschrieb die politische und wirtschaftliche Lage, kam auf die hohe Arbeitslosigkeit und die niedrigen Löhne zu sprechen. »Das Drogengeschäft bietet vielen ein Auskommen. Neben den Herstellern braucht es Händler und Kuriere, die kriminellen Gruppen werden immer größer, und sie sind immer besser organisiert. Leider gewinnen sie auch immer mehr an Einfluss.«

Regina staunte über die Offenheit der Staatsanwältin. Sie war es gewohnt, dass die Behörden in osteuropäischen Ländern die Lage in ihrer Heimat beschönigten.

»Vor zwei Jahren wurde ein Drogensyndikat in Kiew aufgedeckt«, erzählte Stezjura weiter. »Chimprom betrieb ein Rekrutierungszentrum für zukünftige Kuriere. Wie sich später herausstellte, arbeitete das Syndikat mit einem Pflanzenölhersteller zusammen. Die Drogen wurden in Kartons mit Sonnenblumenöl versteckt und nach Polen geliefert. Nach dem Auffliegen von Chimprom lief nicht mehr so viel. Dann begannen Kleinunternehmer, die Lücke zu füllen. Einigen Schmugglern konnten wir inzwischen das Handwerk legen, an der Grenze zur Slowakei floriert der Handel jedoch weiter. Die Kollegen in Uschgorod«, er zeigte die Stadt auf der Karte, »konnten die Lieferungen bis zu einem Zwischenhändler verfolgen, dort versandet die Spur jedoch. Ein Glied der Kette fehlt bis jetzt.«

»Viktor Lukasch«, riet Regina.

Stezjura nickte. »Vermutlich. Die Menge an geschmuggelten Drogen nahm im letzten Jahr signifikant zu. Gleichzeitig ging der Bestand an Straßenhunden stark zurück.« Er rief ein Foto von einem Hundezuchtbetrieb auf. »Das ist Sobaka. Ein florierendes Unternehmen, das Hunde nach Westeuropa verkauft. Die Nachfrage ist seit der Gründung ungebrochen. Pro Monat liefert der sogenannte Züchter bis zu hundert Tiere. Noch haben wir keine Beweise, aber wir können davon ausgehen, dass sie Fingerlinge schmuggeln. Hauptabnehmer ist Viktor Lukasch.«

»So verwandelt man Scheiße in Gold«, stellte der deutsche Staatsanwalt trocken fest.

Regina schmunzelte. »Handelt er nur mit Hunden?«

»Es gibt keinerlei Verbindung zu einem Kinderpornoring«, sagte Valentina Jarmolenko. »Auch nicht zu einer Olena Parchomenko. Aber wir suchen natürlich weiter. Das sind bloß erste Ergebnisse.«

Das lukrative Geschäft erklärte, weshalb Viktor Lukasch das Risiko auf sich genommen hatte, Stefan Guth für seine Zwecke einzuspannen, dachte Regina. Nicht aber, was er ihm dafür geboten hatte. Sie sprachen über das weitere Vorgehen. Während die Ukrainer darauf bestanden, Lukasch zu observieren, damit er sie zu weiteren Beteiligten führte, wollte Walker ihn so rasch wie möglich befragen lassen. Regina dachte an ihre früheren Erfahrungen mit dem Mann.

»Er wird nicht reden«, sagte sie. »Besser, wir knöpfen uns Eva Kulova vor. Leider haben wir noch nichts gegen sie in der Hand.« Sie wandte sich an Kusumaj. »Können wir mit der Unterstützung der Slowaken rechnen?«

Corinne Kusumaj bot an, gleich beim slowakischen Desk vorbeizugehen. Regina nutzte die Pause, um Fahrni anzurufen und ihn auf den neusten Stand zu bringen. Dabei erfuhr sie, dass das Blut in Stefan Guths Wagen tatsächlich von Laeticia

Ochsner stammte. Im Kofferraum hatte die Spurensicherung zudem eine Ameise der Art Solenopsis invicta entdeckt. Die Rote Feuerameise verursachte Verletzungen, wie man sie auch an Laeticia Ochsners Wade festgestellt hatte. Erde, mit der man die Bodenproben hätte vergleichen können, wurde jedoch weder im Wagen noch in der Wohnung gefunden. Jemand hatte gründlich geputzt.

»Fuhr Guth den Wagen?«

»Am Lenkrad sind nur seine Fingerabdrücke«, antwortete Fahrni. »Ob Elias bei ihm war, wissen wir noch nicht mit Sicherheit. Martin hat aber zwischen den Polstern ein angelutschtes Bonbon gefunden, das Guth übersehen hat. Wir haben eine Referenzprobe von Elias' Zahnbürste. Sobald die DNA-Analyse vorliegt, können wir die Proben vergleichen.«

»Handelte es sich bei dem Wagen, der im Hinterhof des Nagelstudios gesehen wurde, um Guths Ford?«

»Die Beschreibung passt.«

»Man muss sich das einmal vorstellen.« Fahrni klang fast ehrfürchtig. »Guth verscharrt die tote Frau im Wald und nimmt dann die Anzeige von ihrem Ehemann entgegen. Wir diskutieren hier gerade darüber, ob er mit Laeticia ein Verhältnis hatte.«

»Wenn, dann weiß Ochsner nichts davon«, sagte Regina. »Wie weit seid ihr mit Guths Computer?«

»Die Techniker stellen gerade die gelöschten Dateien wieder her. Die elektronischen Geräte im Fahrzeug haben sie auch sichergestellt.«

Kusumaj kehrte mit der slowakischen Verbindungsstaatsanwältin zurück. Aus einem Fall waren zwei geworden, beide gewannen zunehmend an Komplexität.

»Ist es Ihnen möglich, noch einen Tag zu bleiben?«, fragte der deutsche Staatsanwalt. »Ich würde gern eine gemeinsame Strategie festlegen.«

Regina rang mit sich. Noch war nicht klar, ob es einen Zusammenhang zwischen Elias' Verschwinden und Horst Uhligs Verbindungen zur Pornoszene gab. Sie dachte an die Arbeit, die in Zürich auf sie wartete. Gerichtstermine hatte sie zwar keine, und die Einvernahme, die für den folgenden Nachmittag geplant war, ließe sich ohne größere Auswirkungen verschieben. Schließlich sagte sie zu und erledigte die nötigen Anrufe.

»Ich muss zurück«, sagte Walker bedauernd. »Wir bleiben aber in Kontakt. Lass es mich wissen, wenn du etwas brauchst.«

»Fahrni wird mich auf dem Laufenden halten«, antwortete Regina.

35

Der Rastplatz, auf dem Guth übernachtet hatte, lag südlich von Ulm, nur einen halben Kilometer von der Donau entfernt. Es gab weder Toiletten noch Picknicktische und auch keine Überwachungskameras. Auf beiden Straßenseiten erstreckte sich Wald. Cavalli fragte sich, ob Stefan Guth den Platz ausgesucht hatte, weil er wenig frequentiert wurde, oder ob er einfach so lange gefahren war, bis er eine Unterbrechung brauchte. Er versuchte, sich in Guths Lage zu versetzen. Vierundzwanzig Stunden zuvor hatte er eine Leiche im Tösstal verscharrt. Danach war er nach Hause zurückgekehrt, wo er den Ford gründlich reinigte. Anschließend hat er sich vermutlich hingelegt und zu schlafen versucht, was ihm kaum gelungen sein dürfte. Cavalli sah die Bilder vor sich, die Guth gequält hatten. Dunkle Haarsträhnen, an denen Blut klebte. Trübe Augen, starre Glieder. Erde, die auf einen toten Körper rieselte und ihn langsam bedeckte.

Elias war nicht auf diesem Rastplatz gewesen, das hatte Cavalli begriffen, nachdem er die Nacktbilder gesehen hatte. Die Aussage der Zeugin in Stuttgart stimmte. Eine Komplizin muss den Jungen mitgenommen und über Stuttgart nach Nürnberg gefahren haben. Guth hatte eine andere Route gewählt, vielleicht, damit man ihn nicht mit der Frau und dem Kind in Verbindung brachte. Hatte die Komplizin Laeticia getötet? Und Guth nur hinter ihr aufgeräumt? Cavalli dachte an den Papagei und fragte sich, wo Guth ihn gefunden hatte.

Im Nagelstudio? Auf dem Parkplatz? Es passte zu ihm, dass er das Stofftier mitnahm. Auch, dass er es dann in der Aufregung zu Hause liegen ließ.

Auf der Rückbank murmelte Lily etwas im Schlaf. Cavalli zog ihren Schlafsack zurecht und strich ihr über die Wange. Ihm war klar, dass er hier nichts Neues erfahren würde. Dennoch wollte er erst um vier Uhr früh weiterfahren, wie Guth es getan hatte. Nur so konnte er die Welt durch Guths Augen sehen. Er klappte die Rücklehne nach hinten und schloss die Augen. Es war kalt im Wagen, doch er hatte keine Lust, seinen Schlafsack auszubreiten. Allmählich glitt er in einen unruhigen Schlaf.

Er träumte von einem Jungen, dessen Urinstrahl nicht versiegte. Von einer toten Frau, die wegen der Leichenstarre nicht in den Kofferraum passte. Er brach ihr die Glieder, eines nach dem anderen. Als er sie ins Grab legen wollte, hielt Guth ihn zurück und versuchte, den auseinandergebrochenen Körper zu reparieren. Schraubzwinge, Bohrhammer, Nietzange, ein Sechskantschlüsselsatz, Sekundenkleber und ein Skalpell lagen auf dem Waldboden. Guth kämpfte mit den Knochen, der Schweiß rann ihm von den Schläfen. Traurig schüttelte er den Kopf.

Cavalli erwachte von dem Geräusch eines Lastwagens, der auf den Rastplatz fuhr. Er beobachtete, wie der Fahrer ausstieg und in den Wald ging. Kurz darauf kehrte er zurück, an seinem Gürtel nestelnd. Der Lastwagen fuhr weiter, die Minuten krochen dahin. Einmal kam ein Reh aus dem Wald, verschwand jedoch gleich wieder, als Scheinwerfer auf der Straße aufleuchteten.

Lily wurde kurz nach dem Autobahnkreuz Feuchtwangen/Crailsheim wach. Sie frühstückten an einer Tankstelle, was den Zeitplan durcheinanderbrachte. Eine Dreiviertelstunde später als Guth fuhren sie an Nürnberg vorbei. Auf der

Landstraße, die zu dem Campingplatz führte, herrschte wenig Verkehr. Die Wälder waren kahl, die Bauernhöfe wirkten verlassen. Lily begann zu quengeln, die Geschichte, die Cavalli ins CD-Laufwerk geschoben hatte, interessierte sie nicht mehr. Er schaltete das Radio ein, doch die Musik beruhigte sie nicht.

»Wir sind gleich da«, versprach er.

»Mama?«

»Regina ist bei der Arbeit.«

Lily begann zu weinen.

In der Ferne sah Cavalli den Parkplatz, auf dem Guth angehalten hatte. Zwei Polizeifahrzeuge standen neben der Einfahrt. Cavalli fuhr an ihnen vorbei, ohne das Tempo zu drosseln. Als er außer Sichtweite war, bog er ab und parkte am Rand eines Feldwegs. Schneeregen setzte ein. Er holte Lilys Regenkleidung aus dem Kofferraum. Kaum war sie draußen, vergaß sie Regina. Die nassen Flocken faszinierten sie, immer wieder versuchte sie, ein paar aufzufangen.

Ein Pfad verlief parallel zur Straße in den Wald. Cavalli setzte Lily auf seine Schultern und ging zügig los. Der Pfad stieg leicht an und mündete in einen Weg, der von dichtem Unterholz gesäumt war. Rotbuchen lösten die Kiefern und Fichten ab, dazwischen wuchsen Bergahorn, Ebereschen und Wintereichen. Im Frühling hätten sie hier vermutlich Hirschkäfer oder die ungewöhnlichen Raupen des Buchenspinners beobachten können, jetzt aber bewegte sich kaum etwas. Die Stille war wohltuend.

Auf einer Anhöhe holte Cavalli sein Handy hervor und rief eine Karte auf. Der Campingplatz lag schräg hinter ihnen, der Parkplatz zweihundert Meter entfernt. Stefan Guth hatte vierzig Minuten lang dort geparkt. Wo hatte er Olena Parchomenko getroffen? Hatte sie ihm Elias auf dem Parkplatz oder im Wald übergeben? Der Ort musste für Guth innerhalb von zwanzig Minuten erreichbar sein. Er hätte also einen Fußmarsch von etwa einem Kilometer vor sich gehabt, mit einem Kind. Cavalli studierte die Stellen, die seiner Ansicht nach für eine Übergabe infrage kamen. Zwischen dem Campingplatz und dem Parkplatz führte ein Wanderweg in ein angrenzendes Naturschutzgebiet. Er steuerte den Ausgangspunkt an und entdeckte einen Kiesplatz, auf dem Parken erlaubt war.

»Wollen wir Adler spielen?« Er ließ Lily von seinen Schultern gleiten und griff nach einem faustgroßen Stein. »Ein Adler sieht alles, sogar wenn er hoch oben am Himmel fliegt.«

Lily sah nach oben.

»Schau dir diesen Stein genau an.« Cavalli ließ ihr einen Moment Zeit, dann warf er den Stein in Richtung Wald. »Findest du ihn wieder?«

Lily rannte los. Sie fand den Stein auf Anhieb. Cavalli wiederholte das Spiel, zuerst mit weiteren Steinen, dann mit Zweigen. Sechzehn Minuten später kamen sie am Parkplatz an. Schneller war es kaum zu schaffen. Sie verbrachten den restlichen Morgen damit, die Gegend zu erkunden und die anderen Wege abzuschreiten. Der Campingplatz war geschlossen, ein Streifenwagen stand neben dem Eingang.

Am Mittag fuhren sie ins Dorf, um etwas zu essen. Cavalli wählte ein Lokal, das aussah, als würde es hauptsächlich von Einheimischen frequentiert. Es war mit Holztischen und hellen Gardinen ausgestattet. An der Wand hing ein Naturbild, es zeigte dichte Wälder und einen Hirsch, der auf einer Lichtung äste. Cavalli nahm in einer Nische Platz. Am Nebentisch saß ein Mann zusammengesunken vor einem Bier. Er hatte ein aufgedunsenes Gesicht und spärliches Haar, das er über den kahlen Schädel gekämmt trug. Cavalli bestellte das Tagesgericht und einen Kinderteller.

Die Kellnerin kam mit Farbstiften und einer Malvorlage zurück.

»Möchte die junge Dame vielleicht etwas zeichnen?«, fragte sie Lily.

Cavalli bedankte sich. »Wir wollten auf dem Campingplatz übernachten, doch er ist geschlossen.«

Die Kellnerin zögerte. »Im Winter kommen nicht viele Gäste.«

»Im Internet steht, er sei das ganze Jahr über geöffnet.«

Die Kellnerin zuckte bedauernd mit den Schultern und verschwand in der Küche.

»Die Polizei hat ihn geschlossen«, erklärte der Mann am Nebentisch.

»Die Polizei?«, wiederholte Cavalli. »Ist etwas passiert?«

»Kann man wohl sagen.« Der Mann richtete sich auf. »Der Besitzer wurde verhaftet.«

»Was hat er getan?«, fragte Cavalli.

Der Mann blickte sich um, dann senkte er die Stimme. »Er ist ein Perversling, wenn Sie wissen, was ich meine.«

»Ich habe Polizisten auf einem Parkplatz gesehen.«

»Die suchen nach einem Jungen. Der Horst soll was mit ihm gehabt haben.«

Die Kellnerin brachte einen Korb mit Brot. Sie stemmte die Hände in die Hüften und sah den Mann wütend an. »Hör endlich auf mit diesem Getratsche. Wenn du etwas zu sagen hast, melde es der Polizei.«

»Hab ich ja versucht!«, wehrte sich der Mann. »Mich nimmt keiner ernst!«

»Und woran liegt das wohl?«, fragte die Kellnerin.

Der Mann blickte sie düster an und trank einen Schluck Bier. Die Tür ging auf, und weitere Gäste traten ein. Die Kellnerin wandte sich ihnen zu.

Cavalli beugte sich zum Nachbartisch hinüber. »Was haben Sie der Polizei denn gesagt?«

»Na, das mit August.«

Die Kellnerin drehte sich um. »Lass August aus dem Spiel!«

»Mach zu und bring mir noch eine Stange!«, rief der Mann und hielt sein leeres Glas hoch. »Sind Sie auch aus der Schweiz?«

»Auch?«

»Na, das soll doch eine Schweizerin gewesen sein, die mit dem Jungen. Wissen Sie, der August, der hat es nicht so mit dem …« Er tippte gegen seinen Kopf. »Aber pfeifen kann der, sage ich Ihnen! Selbst die Vögel fallen drauf rein.«

»Er ahmt sie nach?«, erriet Cavalli.

»Nicht nur Vögel, der macht dir jedes Geräusch nach.«

Cavalli ahnte, worauf er hinauswollte. »Auch Sprachen?«

»Und Wandervögel.« Der Mann lachte über seinen Witz.

»Dann hat er die Frau mit dem Jungen also reden hören und sie nachgeahmt«, bohrte Cavalli.

Der Mann nickte. »Drüben im Naturschutzgebiet.«

»Warum nahm die Polizei das nicht ernst?«

»Weil der August doch nur Blödsinn von sich gibt.«

Die Kellnerin brachte das Bier. »Was ist schon dabei, wenn er sich Wörter leiht? Die kosten ja nichts, oder?«

»Wo ist August jetzt?«, fragte Cavalli.

»Da, wo er immer ist«, sagte der Mann. »Im Wald. Wartet den ganzen Winter drauf, dass die Fledermäuse aufwachen.«

Die Kellnerin wirkte entnervt. »Vor drei Jahren sind einige Jungs mit Schreckschusspistolen von Höhle zu Höhle gezogen und haben die Fledermäuse aus dem Winterschlaf aufgescheucht«, erklärte sie. »Das hat August gar nicht gefallen. Jetzt wacht er über sie.«

Er hatte also richtiggelegen mit seiner Vermutung, dachte Cavalli. Parchomenko hatte auf dem Kiesplatz geparkt. Dass sie das Naturschutzgebiet besuchen wollte, lag zwar nahe, doch Cavalli wusste es besser. Sie war mit Elias nicht zu einer Wanderung aufgebrochen, sondern durch den Wald zum

Parkplatz gelaufen, wo Stefan Guth auf sie wartete. Auf diese Weise brachte niemand die beiden Fahrzeuge miteinander in Verbindung. Die Übergabe war sorgfältig geplant, der Ort geschickt gewählt. Laeticia Ochsners Tod mochte ein Unfall gewesen sein, nicht aber Elias' Entführung. Der Junge war von Anfang an das Ziel gewesen. Blieb nur die Frage, wovon. Es fiel Cavalli immer noch schwer, sich Stefan Guth als Pädophilen oder Pädosexuellen vorzustellen. Andererseits deutete vieles in diese Richtung. Hatte Lukasch davon erfahren und ihn erpresst?

Die Kellnerin servierte Lily eine Portion Schnitzel Pommes und Cavalli das Tagesgericht, Jägersteak mit Kartoffeln. Kaum waren sie mit dem Essen fertig, bezahlte er und fuhr zum Naturschutzgebiet, wo sie den Nachmittag damit verbrachten, nach August zu suchen. Cavalli musste Lily mehrmals davon abhalten, jauchzend in eine Höhle zu stürmen. Dazwischen sammelten sie Tannenzapfen, Steine und andere Schätze, bis seine Taschen randvoll waren. An einem Steilhang entdeckte Lily einen moosbewachsenen Baumstrunk. Auf allen vieren kletterte sie hoch. Da erklang ein tiefes Knurren.

Ein Wolf? Cavalli widerstand dem Drang, nach vorne zu preschen und Lily zu packen, bewegte sich stattdessen behutsam auf sie zu. Sie war vor Schreck wie gelähmt. Er hob sie hoch, setzte sie auf seine Schultern und griff nach einem Ast, mit dem er das Tier abwehren wollte. Das Knurren ging in einen lang gezogenen Schrei über. Lilys Finger krallten sich in seine Haare. Cavallis Mund wurde trocken. Er konnte das Tier nicht sehen, vermutlich befand es sich zwanzig bis dreißig Meter über ihnen. Normalerweise verhielten sich Wölfe Menschen gegenüber nicht aggressiv. Es sei denn, sie waren gefüttert worden und brachten Menschen mit Nahrung in Verbindung. Das würde erklären, warum das Tier nicht geflohen war, nachdem es sie gehört hatte.

Langsam trat er den Rückzug an. Ein weiterer Schrei war zu hören, er kam Cavalli seltsam menschlich vor. Auf einmal hielt er inne. Der Schrei ging in ein Zähneklappern über, ein unmissverständlicher Drohlaut, der jedoch nicht recht zu der Situation passte. Cavalli ließ Lily von den Schultern auf seinen Rücken gleiten, um kleiner zu erscheinen. Leise winselte er, ein Zeichen der Unterwerfung. Das Zähneklappern verstummte. Ein Zweig knackte. Jetzt war sich Cavalli sicher. Über ihnen befand sich ein Mensch. Cavalli kauerte auf den Boden und winselte noch einmal. Nebelschwaden stiegen wie kalte Finger vom Tal auf und hüllten sie ein.

Stille. Cavalli machte ein Geräusch und hoffte, dass es nach dem Fiepen einer Fledermaus klang. Eine Weile geschah nichts, dann blickte ein Jugendlicher hinter einem Felsen hervor. Sein helles Haar war feucht, seine glatten Wangen rosig. Er sah an Cavalli vorbei, trotzdem schien er ihn zu beobachten. Lily begann zu weinen, und der Jugendliche duckte sich wieder.

Cavalli nahm Lily auf den Arm. Sie ahmten Fledermäuse nach, es wollte ihnen aber nicht richtig gelingen. Da erklang über ihnen ein verstörend echtes Fiepen. Cavalli lächelte. Der Jugendliche kam aus seinem Versteck, seine Neugier war stärker als sein Unbehagen. Lily steckte den Daumen in den Mund.

»August?«, fragte Cavalli leise.

Keine Antwort.

»Schlafen die Fledermäuse noch?«, flüsterte Cavalli.

Der Jugendliche blähte den Brustkorb wie ein Alphatier.

»Wir werden sie nicht stören«, versprach Cavalli.

Die Lippen des Jugendlichen bewegten sich fortwährend, er ahmte knackende Zweige, ein Rascheln, dann Lilys Schmatzen nach. Sie hörte auf, am Daumen zu lutschen, und starrte den Jugendlichen unverblümt an. Cavalli redete auf

Tsalagi mit ihr, der Jugendliche ahmte den nasalen Singsang fehlerfrei nach. Cavalli sprach weiter. Das Echo des Jugendlichen erinnerte ihn an eine schlechte Telefonverbindung.

»Warum hat der …« Lily verstummte, als der Jugendliche den gleichen kindlichen Tonfall anschlug.

Cavalli war fasziniert von dieser Fähigkeit. Er sprach wieder Deutsch, jetzt wiederholte der Jugendliche die Sätze nicht nur, er fügte auch weitere hinzu. Eine Nachrichtensprecherin, die über die Landtagswahlen berichtete, sein Vater, der sich über den Milchpreis beschwerte, eine Verkehrsmeldung. Offenbar genügte ein Trigger, damit er Menschen und Geräusche nachahmte.

Cavalli zupfte ein Blatt aus Lilys Haar. »Du siehst aus wie eine Waldfee«, sagte er auf Schweizerdeutsch.

»Du siehst aus wie eine Waldfee«, sprach der Jugendliche den Satz nach, fuhr dann mit leichtem Basler Akzent fort: »Papier gehört in den Abfall, nicht auf die Wiese.« Das Wort »Waldfee« musste eine Erinnerung an jemanden aus Basel bei ihm ausgelöst haben.

Cavalli ahmte einen Kuckuck nach, der Jugendliche griff den Pfiff auf. Es folgten eine Reihe weiterer Vogellaute, und Lily klatschte begeistert.

»Komm schon, Elias«, sagte Cavalli auf Schweizerdeutsch.

»Komm schon, Elias«, wiederholte der Jugendliche. »Willst du huckepack reiten?« Er schlug einen sanfteren, höheren Ton an. »Steig auf, das macht Spaß. Elias, bitte. Wir haben nicht den ganzen Tag Zeit!«

Olena Parchomenko sprach Zürichdeutsch.

»Elias, bitte!«, sagte Cavalli.

»Elias!« Die Stimme des Jugendlichen klang ungeduldig. »Jetzt mach schon! Jewgen wartet auf uns.«

Cavalli war wie elektrisiert. Hatte sich Stefan Guth Jewgen genannt? Eine seltsame Namenswahl. Mehr war aus dem

Jugendlichen nicht herauszubekommen. Cavalli ließ ihn in Ruhe über die Fledermäuse wachen und kehrte zu seinem Volvo zurück, um das Zelt zu holen. In der Nähe einer Feuerstelle baute er es auf. Dann kochte er eine Suppe und strich ein paar Brote. Der Schneeregen war in Regen übergegangen, der Wald glänzte feucht.

Nachdem Lily eingeschlafen war, setzte sich Cavalli vor das Zelt und starrte in die Dunkelheit. Wäre er allein gewesen, hätte er sich auf den Campingplatz geschlichen, um die Stimmung in sich aufzunehmen. Er erwog, Regina anzurufen, wollte ihr aber nicht erzählen, wo er sich befand. Schließlich wählte er Fahrnis Nummer, der nicht zögerte, ihn auf den neusten Stand zu bringen.

In der Tatnacht hatte Guth kurz nach zehn Uhr einen Anruf von einem Prepaidhandy aus erhalten. Danach hatte er sein Telefon nicht mehr benutzt. Der Anruf untermauerte die Theorie, dass nicht Guth, sondern eine Komplizin Laeticia Ochsner getötet hatte. Hatte sie Elias aus dem Nagelstudio weglocken wollen und war dabei überrascht worden? War es zu einem Streit oder einem Unfall gekommen? Sie musste Laeticia Ochsner danach für tot gehalten haben. Aller Wahrscheinlichkeit war sie mit Elias direkt nach Deutschland gefahren, wo sie Guth anrief, vermutlich, um zu berichten, was geschehen war. Um 23.37 Uhr machte sich Guth auf den Weg ins Nagelstudio, schaltete Laeticia Ochsners Handy aus, schaffte die Leiche weg und verscharrte sie im Tösstal.

»Guths Computer ist übrigens sauber«, erzählte Fahrni weiter. »Keine Kinderpornografie. Allerdings fällt auf, dass er den Laptop in den Monaten vor seinem Tod immer seltener benutzt hat. Als Polizist weiß er natürlich, dass auch gelöschte Dateien wiederhergestellt werden können. Wenn er die Entführung geplant hat, dann hat er vermutlich ein anderes Gerät verwendet. Aber wir haben auch sonst keine Anzeichen gefunden, dass Guth pädophil gewesen war. In der Kita hat sich der Missbrauchsverdacht übrigens auch nicht erhärtet. Ich dachte, das interessiert dich, weil Lily die Sandburg besucht hat.«

»Gibt es Hinweise auf die Identität seiner Komplizin?«

»Helga Ochsners Alibi ist wasserdicht, sie war in der Tatnacht mit einer Freundin im Theater, am folgenden Tag hatte sie einen Arzttermin. Wir haben ihre Aussagen überprüft. Sie kann unmöglich mit Elias von Zürich nach Nürnberg gefahren sein.«

»Was ist mit Eva Kulova?«

»Wir wissen wenig über sie.«

»Hast du nicht mit ihr gesprochen?«

»Wir haben die Anweisung, uns noch zurückzuhalten. Es sieht ganz danach aus, als schmuggle Lukasch im großen Stil synthetische Drogen aus der Ukraine nach Westeuropa. Wenn wir ihn oder Kulova jetzt ins Visier nehmen, gefährden wir die Aktion der Ukrainer. Aber wir treffen diskret Abklärungen.«

»Spricht Kulova Zürichdeutsch?«

»Das weiß ich nicht, wieso?«

»Was ist mit der Frau, die mit Elias an der Raststätte in Stuttgart gesehen wurde?«

»Das wurde nicht überprüft.« Fahrni klang beschämt. »Ich kläre das sofort ab. Sonst noch etwas?«

»Ich bin auf den Namen Jewgen gestoßen.« Er erwähnte nicht, in welchem Zusammenhang. »Möglicherweise hat sich Guth so genannt. Falls der Name fällt, möchte ich informiert werden.«

»Ein ukrainischer Name als Pseudonym?«

»Er könnte auch russisch sein.«

»Dann hieße es Jewgeni.« Im Hintergrund waren Stimmen zu hören. »Ich muss auflegen – «

»Eines noch«, sagte Cavalli abschließend. »Stell bitte eine

Liste aller Frauen zusammen, mit denen Guth im letzten Jahr Kontakt hatte. Egal, in welchem Zusammenhang.«

»Ich habe bereits damit begonnen. Es sind viele, beruflich kam er täglich mit Frauen in Kontakt.«

Seine Worte lösten etwas in Cavalli aus, doch er konnte den Gedanken nicht greifen. Der Regen prasselte auf das Zelt, irgendwo bellte ein Hund. Cavalli fühlte sich geborgen, er hatte nie verstehen können, warum sich Menschen mehr vor dem Wald fürchten als vor der Zivilisation. Er dachte an Fahrni und wie ihm das Leid, das er bei der Arbeit sah, zusetzte. An Stefan Guth und sein Bedürfnis, sein Umfeld zu reparieren. An Regina, die Staatsanwältin geworden war, um für Gerechtigkeit zu sorgen. Cavalli hatte nie Ambitionen in diese Richtung gehabt. Seinen Glauben an eine heile Welt hatte er schon als Kind verloren, als er die Nächte in Striplokalen oder in seinem Kleiderschrank verbracht hatte, damit er seine Mutter und ihre Freier nicht hören musste. Ihm war schon damals klar, dass die Menschen von ihren Trieben gesteuert wurden. Moralische Werte waren wie Schminke, die man auftrug, um die Wirklichkeit zu kaschieren.

Plötzlich bekam er den Gedanken zu fassen. Die Frauen in Guths Leben. Nadia Tolusso. Mit ihr hatte Guth den Berufsalltag geteilt. Sie war mit ihm ausgerückt, sie kannte Elias, und sie sprach Zürichdeutsch. Vielleicht hatte sie ihn nicht aus Pflichtgefühl angeschwärzt.

Cavalli dachte den Fall von diesem Gesichtspunkt aus durch. Vieles passte. Einiges nicht. Er schrieb Fahrni eine SMS.

Lily lachte im Schlaf, und für einen Moment vergaß Cavalli die Fragen, die ihn beschäftigten. Er legte sich neben seine Tochter und atmete ihren warmen Duft ein. Fühlte sich so Glück an?

36

Viktor Lukasch öffnete eine Flasche Wein und machte es sich auf dem Sofa bequem. Eigentlich bevorzugte er Bier, manchmal musste man sich aber mit dem begnügen, was vorhanden war. Er legte die Füße auf die Armlehne und zündete sich eine Zigarette an. Er machte sich nicht die Mühe, nach einem Aschenbecher zu suchen, sondern ließ die Asche auf das unversiegelte Parkett fallen. Das Leben war gut.

Er hatte bereits die zweite Flasche geöffnet, als er hörte, wie ein Schlüssel ins Schloss gesteckt wurde. Die Wohnungstür schwang auf, eine Frau kam herein und blieb wie angewurzelt stehen. Das Staunen auf ihrem Gesicht verwandelte sich in Angst, als sie begriff, dass jemand auf ihrem Sofa lag. Lukasch genoss das Mienenspiel. Als sie zu sprechen anhob, legte er einen Finger an seine Lippen und sah sie drohend an. Die Frau zögerte tatsächlich. In Momenten wie diesen fragte er sich, was in den Köpfen von Frauen vorging. Statt zu fliehen oder zu schreien, standen sie einfach da, als hätten sie sich innerlich bereits mit dem abgefunden, was ihnen bevorstand. Manche erwachten irgendwann aus ihrer Starre, meist war es dann bereits zu spät.

»Es freut mich, Sie kennenzulernen, Olena Parchomenko«, sagte er.

Mit offenem Mund stand sie da.

»Treten Sie doch ein«, bat er mit gespielter Freundlichkeit.

»Wie sind Sie …« Ihre Stimme versagte.

Immer die gleiche Frage, dachte er genervt. Als käme es darauf an, wie er das Schloss geknackt oder das Fenster aufgebrochen hatte.

Ihr Gesicht war kreideweiß.

»Sie sehen aus, als könnten Sie auch einen Schluck vertragen.« Lukasch hielt die Flasche hoch. »Holen Sie sich doch ein Glas und setzen Sie sich zu mir.«

Sie stolperte beinahe auf dem Weg in die Küche. Er lehnte sich zur Seite, damit er sie im Auge behalten konnte. Vor dem Küchenschrank blieb sie stehen, als hätte sie vergessen, was sie wollte. Dann kehrte sie mit einem Weinglas zurück, traute sich aber nicht in seine Nähe.

»Sie erwarten doch nicht etwa, dass ich aufstehe?«, fragte er.

Sie huschte zum Couchtisch, stellte das Glas ab und zog sich wieder zurück.

Er schenkte ihr Wein ein und hob die Flasche. »Prost!«

Mit zitternder Hand griff sie nach dem Glas.

»Wollen Sie gar nicht wissen, worauf wir anstoßen?«, fragte er.

»W-Worauf?«

»Auf unsere Zusammenarbeit!« Er grinste breit.

In der Nachbarwohnung ging ein Fernseher an. Künstliches Gelächter war zu hören. Lukasch drückte seine Zigarette auf dem Couchtisch aus, ließ sie fallen und zündete sich eine neue an.

»Was wollen Sie von mir?«, stotterte die Frau.

»Setzen Sie sich doch endlich! Sie machen mich ja ganz nervös.«

Er deutete auf einen Sessel, dabei streifte seine Hand wie zufällig die Weinflasche, die mit einem dumpfen Klang auf dem Fußboden landete. Wein breitete sich auf dem Parkett aus, die Lache nahm die Form einer riesigen Träne an.

Die Frau setzte sich.

»Olena Parchomenko«, wiederholte er. »Sie sehen nicht aus wie eine Verbrecherin. Aber wem sieht man das schon an? Mir glaubt auch keiner, dass ich wegen Vergewaltigung saß.« Er lachte über seinen Scherz.

Ihre Augen wurden feucht.

»Keine Sorge, Sie sind nicht mein Typ. Außerdem achte ich darauf, Beruf und Privatleben strikt zu trennen.«

»Ich verstehe nicht …«

Er holte eine zusammengerollte Zeitung aus der Innentasche seiner Jacke und warf sie auf den Tisch.

Vermisster Elias von Kinderschänder entführt?

Die Frau blinzelte.

»Wollen Sie den Artikel gar nicht lesen?« Lukasch schlug sich auf den Oberschenkel. »Natürlich nicht! Wozu auch? Sie wissen ja, was drinsteht.«

Er hingegen hatte den Artikel verschlungen. Zwar war ihm immer klar gewesen, dass Stefan Guth die Finger bei der Entführung des Balgs im Spiel gehabt hatte, nicht aber, dass die Mutter dabei getötet worden war. Natürlich hatte er von der Leiche im Tösstal gehört. Auch von dem Suizid. Erst jetzt begriff er aber, wie alles zusammenhing.

Es hatte ihn eine ordentliche Summe gekostet, Olena Parchomenko ausfindig zu machen. Computerfritzen hielten sich für etwas Besonderes, sie verlangten für ein paar Tastenklicks mehr als andere für einen gezielten Schuss in den Hinterkopf. Irgendwann würde er sich mit Gesichtserkennungssoftware befassen müssen. So schwierig konnte es wohl nicht sein, ein Passfoto mit Internetbildern zu vergleichen. Diesmal aber hatte er es eilig gehabt. Eine Lieferung stand an der Grenze bereit, und Eva zu schicken war ihm zu heikel. Sie machte ihre Sache gut, doch seit der Geschichte mit den Chihuahuas schauten ihr die Behörden auf die Finger. Er hatte ihr von Anfang an gesagt, sie solle das Geschäft mit den Kötern lassen.

Sich wegen ein paar Hundertern zu exponieren, war leichtsinnig. Viel einfacher, sie beseitigten die Hunde, nachdem sie den Stoff in die EU eingeführt hatten. Kehle durchschneiden, ein gezielter Bauchschnitt und fertig. Eva ging es aber nicht um die Kohle, sondern um ihre Selbstständigkeit. Dafür gebührte ihr Respekt.

»Wollen Sie Geld?«, fragte Parchomenko fast hoffnungsvoll.

»So viel können Sie mir gar nicht geben.«

»Was dann?«

Er setzte sich gerade hin. Schluss mit dem Geplänkel, es war Zeit, zum Geschäftlichen überzugehen. »Dein Freund hat seine Schulden nicht bezahlt.«

Sie stand eilig auf. »Ich kann – «

»Setzen!«, befahl er.

Sie nahm so rasch Platz, dass er lachen musste. Er zweifelte keinen Moment daran, dass sie seine Anweisungen bis auf den letzten Buchstaben befolgen würde. Dennoch zog er die Jacke aus. Wirkten seine Worte nicht, würden sie seine Muskeln überzeugen, die sich unter dem Rippenshirt abzeichneten. Oder die eintätowierten Totenschädel auf seinen Unterarmen, das Kunstwerk eines Mitinsassen.

»Dein Freund und ich hatten einen Deal«, fuhr er fort. »Als seine Geschäftspartnerin bist du jetzt verantwortlich dafür, dass er eingehalten wird.«

»Natürlich«, flüsterte sie.

Er rieb sich die Hände, ließ die Frau noch eine Weile im Ungewissen, bevor er ihr beschrieb, wohin sie fahren und wie sie dabei vorgehen musste.

»Ich soll in die Ukraine fahren?«, fragte sie.

»Bist du schwer von Begriff?«

Sie sah aus, als würde sie gleich ersticken. Gut so. Ihm war es nicht besser ergangen, als er erfahren hatte, dass sich Guth eine Kugel in den Kopf gejagt hatte. Glaubte sie, er hätte ihnen wegen der lausigen Kommission geholfen? Er hatte ihnen einen Spezialpreis gemacht, der gerade mal die Unkosten deckte. Ein Spitzel bei der Polizei war weit mehr wert als ein paar Tausender.

»Komm ja nicht auf die Idee, dich wie dein Freund aus dem Staub zu machen«, drohte er. »Oder die Bullen einzuschalten.«

Er stand auf, packte sie an den Haaren und zerrte sie hoch. Sie stank nach Panik. Fehlte nur noch, dass sie sich in die Hose pisste.

»Kapiert?«

»Ja«, hauchte sie.

Er beugte sich über ihr Ohr. »Vergiss nie – ich weiß, was mit dem Jungen geschehen ist!«

37

Cavalli wachte gleichzeitig auf wie der Wald. Er entfachte ein Feuer und kochte Kaffee. Ein Rabe landete krächzend auf einem Ast, im Schnabel hielt er einen Wurm. Wenig später kroch Lily aus dem Zelt, das schwarze Haar zerzaust, die Augen halb geschlossen. Sie rollte sich auf seinem Schoß zusammen. Schweigend ließen sie es Tag werden.

Kurz vor sieben Uhr setzten sie ihre Reise fort. Guths Reise, dachte Cavalli. Sie führte ihn zurück auf die Autobahn, wo der Berufsverkehr bereits eingesetzt hatte. Sie waren noch nicht einmal in Chemnitz, als Lily zu quengeln begann. Wie hatte Stefan Guth es geschafft, innerhalb eines Tages bis nach Lodz zu fahren? Hatte er Elias ein Beruhigungsmittel verabreicht? Cavalli sah sich gezwungen, eine Pause einzulegen. Er gab sein Vorhaben, Guths Zeitplan einzuhalten, auf. Es musste reichen, dass er die gleiche Strecke zurücklegte. Wie lange würde es dauern, bis die Informationen dem Leib/Leben vorlagen? Fahrni hatte am Telefon nichts von dem Infotainmentsystem gesagt, Cavalli ging aber davon aus, dass die Techniker die Daten im Laufe des Tages liefern würden.

Er verließ die Autobahn und bog auf eine Hauptstraße ein. Die Landschaft war spärlich besiedelt, die Weite wohltuend. Viele Häuser standen leer, manche Fassaden wiesen Risse auf, da und dort war eine kaputte Scheibe durch Holzbretter ersetzt worden. Cavalli fühlte sich wie aus der Zeit gefallen. Sie unternahmen einen Spaziergang entlang einer aufgegebenen

Bahntrasse, wateten mit Gummistiefeln durch ein Bachbett, picknickten in der Nähe eines stillgelegten Kraftwerks. Am späten Nachmittag überquerten sie die Grenze. Die Raststätte, an der Guth Pause gemacht hatte, bot polnische Spezialitäten an. Cavalli bestellte Piroggen für Lily und für sich ein Kohlgericht. Er zeigte der Kassiererin Fotos von Elias und Guth, doch sie wandte sich gleichgültig dem nächsten Kunden zu. Erst als er ihr seinen Polizeiausweis hinhielt, blickte sie kurz auf die Bilder. Kopfschütteln. Auch die anderen Angestellten erinnerten sich nicht an die beiden.

Draußen zog eine endlose Kolonne Lastwagen vorbei. Cavalli kaufte am Kiosk ein Kinderkartenspiel, das er auf einer speckigen Wachstuch-Tischdecke ausbreitete. Sie spielten, bis der trübe Tag in eine trübe Dämmerung überging. Als Lily zu gähnen begann, zog Cavalli ihr ihren Schlafanzug über, und sie fuhren weiter. Die restliche Strecke legte er am Stück zurück.

Der Parkplatz an der Nawrotstraße wirkte noch heruntergekommener als auf den Fotos, die Cavalli im Internet aufgerufen hatte. Der übergewichtige Mann in dem Kabäuschen am Eingang war mit seinem Handy beschäftigt. Er sah erst auf, als Cavalli hupte. Wenigstens sprach er Englisch. Auf Cavallis Frage nach einer kinderfreundlichen Unterkunft nannte er, ohne zu zögern, ein Hotel zwei Querstraßen entfernt. Vermutlich verdiente er mit der Empfehlung ein paar zusätzliche Zloty.

Cavalli bezog ein Zimmer in einem Bed & Breakfast direkt dem Hotel gegenüber. Seine Schritte hallten von den Treppenwänden wider, eine einsame Glühbirne warf spärliches Licht in den Flur. Im Zimmer roch es nach Rauch. Neben einem Schrank stand ein brauner Lehnstuhl mit abgewetzten Armlehnen, an der Wand hing ein Kruzifix. Er legte Lily aufs Bett und deckte sie zu. Trotz der langen Fahrt war er nicht müde.

Eine Weile betrachtete er Lily, dann startete er seinen Laptop, beantwortete die eingegangenen E-Mails und las die neusten Meldungen über Elias. Die Medien hatten von Horst Uhligs Verhaftung erfahren und spekulierten über einen Zusammenhang zwischen Elias' Entführung und einem Kinderschänderring. Cavalli loggte sich bei der Kantonspolizei ein und las die Falldokumente, die neu hinzugekommen waren. Fahrni hatte wie immer gründliche Arbeit geleistet. Die Struktur seiner Befragungen war zwar nicht unbedingt nachvollziehbar, dafür waren sie ausführlich und sorgfältig protokolliert. Er hatte die Zeugin aus Stuttgart noch einmal vorgeladen, die bestätigte, dass die Frau an der Raststätte Zürichdeutsch gesprochen hatte. Auch Barbara Bortis, Linda Sommer, Simona Guth und Nadia Tolusso hatte er befragt. Alle sprachen sie Zürichdeutsch. Barbara Bortis und Nadia Tolusso waren in der Tatnacht allein zu Hause gewesen, Linda Sommer befand sich in einem Wellnesshotel im Appenzell, und Simona Guth hatte gearbeitet. In einem weiteren Dokument fand Cavalli Notizen, die Fahrni zu einem Telefongespräch mit dem Staatsanwalt gemacht hatte, der für die Hausdurchsuchung bei Viktor Lukasch zuständig gewesen war. Eva Kulova sprach gebrochenes Schweizerdeutsch mit Thurgauer Akzent.

Cavalli lehnte sich zurück. Unmöglich, dass Eva Kulova die Frau war, die August nachgeahmt hatte. Er brauchte eine Weile, um diese Tatsache zu begreifen. Alles hätte gepasst. Gab es eine Frau in Stefan Guths Leben, die er übersehen hatte?

Er schaute sich Guths Telefondaten an. Die meisten Nummern sagten ihm nichts. Zu der Auswertung hatte er keinen Zugang, er vertraute aber darauf, dass Fahrni die Personen sorgfältig studiert hatte. Er schaltete sein Handy ein. Zahlreiche Mitteilungen waren eingegangen. Diana Da Silva hatte versucht, ihn zu erreichen, Pilecki hatte zwei Mal angerufen, Regina noch häufiger. Er schrieb ihr eine Nachricht:

»Schlechter Empfang. Melde mich.« Er hätte gern mit ihr gesprochen, wollte sie aber nicht in einen Loyalitätskonflikt bringen. Außerdem musste sie nicht wissen, dass er Lily auf seine Ermittlungstour mitgenommen hatte.

Pilecki nahm nach dem zweiten Klingeln ab. »Wo bist du?«

»Unterwegs«, antwortete Cavalli.

Pilecki fasste die neusten Erkenntnisse über Lukasch zusammen. »Wir hatten recht. Er schmuggelt synthetische Drogen. Die Kollegen beim Gift arbeiten mit den Ukrainern zusammen. Wir kriegen ihn!«

Der Triumph in seiner Stimme war unüberhörbar.

»Wie hängt Stefan Guth mit drin?«

»Das wissen wir noch nicht«, gestand Pilecki. »Deshalb rufe ich dich an. Kann es sein, dass Guth Drogen konsumiert hat? Du hast ausgesagt, im Sommer habe sich seine Laune gebessert.«

Cavalli hatte sich dieselbe Frage auch schon gestellt. »Nicht zu dem Zeitpunkt, als ich ihn einvernommen habe, so viel steht fest.« Davor? Er wusste es nicht. »Meiner Meinung nach hätte er sich eher Antidepressiva verschreiben lassen. Warum das Risiko eingehen, gesundheitsschädigende Substanzen einzunehmen?«

»Damit man ihn nicht krankschrieb. Um Antidepressiva zu kriegen, muss man einen Arzt aufsuchen. Seine Ex-Frau sagt, die Arbeit sei sein Leben gewesen.« Am anderen Ende war das Klicken eines Feuerzeugs zu hören. »Er besorgt sich bei Lukasch heimlich Stoff, der sieht ihn später in Uniform wieder und erpresst ihn.«

»Das würde bedeuten, dass es zwischen Guth und der Frau, die Laeticia Ochsner getötet hat, keine Verbindung gibt«, spann Cavalli den Faden weiter. »Demnach wäre sie eine Bekannte von Lukasch. Er sucht jemanden, der eine Leiche entsorgt, und wendet sich an Guth.«

Cavalli ärgerte sich darüber, dass er automatisch von einer Verknüpfung der Ereignisse ausgegangen war. Auch, dass Pilecki in unkonventionellen Bahnen dachte, während er selbst nur das Naheliegende in Betracht gezogen hatte.

»Brennwald meint, wir sollten nach Verbindungen zwischen Lukasch und Laeticia Ochsner suchen«, sagte Pilecki.

Andrea Brennwald, dachte Cavalli. Daher wehte der Wind.

»Habt ihr das Resultat des DNA-Vergleichs?«, fragte er. »War Elias in Guths Wagen?«

»Ja«, bestätigte Pilecki. »Falls dir noch etwas zu Guth einfällt, lass es uns wissen.«

Cavalli legte das Handy weg und stellte sich ans Fenster. Unter ihm lag die Ulica Piotrkowska, im Herzen von Lodz. Die Straßenlaternen glommen schwach, keine Leuchtschilder verunstalteten die historischen Fassaden. An der Rezeption hatte man ihm gesagt, dass sich die meisten Lokale, Läden und wichtigen öffentlichen Ämter an dieser Straße befanden. Trotzdem wirkte sie wie eine Kulisse. Wo blieben die Partygänger? Die Restaurantbesucher?

Er spielte die Nachricht von Diana Da Silva ab. Seine Probezeit ging zu Ende. Da Silva wollte einen Termin für ein Mitarbeitergespräch vereinbaren. Bei der Vorstellung, ab Montag wieder in seinem Büro an der Lessingstraße zu sitzen, wurden Cavallis Glieder schwer. Er legte sich zu Lily und dachte über die Worte der Kripochefin nach.

Wenn du dich entscheidest, sein Angebot anzunehmen, kannst du mit meiner Unterstützung rechnen.

Die Aussicht, für Joe Walker zu arbeiten, erschien Cavalli plötzlich nicht mehr so schlimm.

Lodz wirkte auch tagsüber wie eine Geisterstadt. Zumindest, wenn man an das dicht besiedelte Zürich gewöhnt ist, dachte Cavalli. Er genoss es, mit Lily durch die Straßen zu schlendern, ohne entgegenkommenden Fußgängern ausweichen zu müssen. Niemand störte sich daran, wenn sich Lily um Straßenlaternen schwang oder plötzlich stehen blieb, weil sie auf dem Pflaster etwas entdeckt hatte.

Das Hotel, das der Parkplatzwächter empfohlen hatte, warb mit tiefen Preisen und gutem Service. Am Empfang warteten mehrere Gäste darauf, bedient zu werden. Cavalli setzte Lily auf ein Sofa, reichte ihr ein Bilderbuch und reihte sich in die Warteschlange ein, die sich vor einer sorgfältig geschminkten Angestellten um die vierzig gebildet hatte. Als Cavalli an der Reihe war, beugte er sich zu ihr hin.

»Ich hatte gehofft, dass Sie mir eine Auskunft geben könnten«, er warf einen Blick auf ihr Namensschild. »Krystyna.«

Sie blinzelte überrascht.

»Ein schöner Name«, lächelte er. »Ich wusste gar nicht, dass er auch in Polen verbreitet ist.«

»Man hört ihn nicht mehr so oft wie früher.« Sie errötete, als ihr bewusst wurde, dass sie ihr Alter verriet.

»Er ist elegant und zeitlos, wie Sie.« Sie trug keinen Ehering, stellte er fest.

»Ich … Sie haben eine Frage?«

»Es gibt eine Menge Dinge, die ich Sie gerne fragen würde«, flirtete er.

»Und ich kann Ihnen eine Menge erzählen.« Sie lächelte zurück.

In dem Moment rief Lily nach ihm. Cavalli schloss kurz die Augen. Nicht jetzt, Junebug, bat er im Stillen. Doch sie stand bereits neben ihm und zerrte an seiner Jacke. Mit einem reuigen Gesichtsausdruck hob er sie hoch.

Krystyna lachte laut.

»Haben Sie auch Kinder?«, fragte er.

»Ja.« Ihre Augen funkelten vergnügt. »Und einen tollen Ehemann. Nicht alle Frauen tragen einen Ring.«

»Autsch«, sagte er. »Dann werden Sie sicher verstehen, warum ich Ihre Hilfe brauche.« Er strich Lily das Haar aus dem Gesicht. »Meine Tochter hat sich verliebt. In einen gut aussehenden jungen Mann mit blondem Haar und Augen wie ein Teddybär.«

»Teddybär?«, wiederholte Lily.

Cavalli küsste sie. Aus dem Augenwinkel sah er, wie Krystynas Gesichtsausdruck weich wurde. Eine Mutter, die sich liebevoll um ihr Kind kümmerte, war nichts Besonderes. Ein zärtlicher Vater hingegen ließ Frauenherzen schmelzen. Unfair, doch das hinderte Cavalli nicht daran, sich diese Tatsache zunutze zu machen.

»Und wie kann ich Ihnen helfen?«, fragte Krystyna.

»Sie hat den jungen Mann Anfang September dort kennengelernt.« Er zeigte auf eine Bank am Rand der Fußgängerzone. »Leider wissen wir nicht, wie er heißt. Nur, dass er vom zweiten auf den dritten September hier oder irgendwo in der Nähe übernachtet hat.«

»Sind Sie sicher, dass Sie sich für den Jungen und nicht für die Mutter interessieren?«, fragte Krystyna augenzwinkernd.

»Ganz sicher.« Cavalli legte die Hand aufs Herz. »Der Junge war nämlich mit seinem Vater hier. Der Mann heißt Jewgen, wir sind ins Gespräch gekommen, als die Kinder zusammen spielten. Am selben Abend wollten wir Eis essen gehen, leider kam ein Notfall dazwischen.« Er senkte den Blick, schaute dann wieder auf. »Meine Frau.«

Krystyna sah ihn mitfühlend an.

»Aber jetzt sind wir wieder hier«, sagte Cavalli und atmete tief durch. »Und ich wollte mein Versprechen einlösen. Nicht nur meiner Tochter gegenüber. Ich versetze Menschen nur ungern, ich halte es für respektlos.«

Krystyna tippte bereits das Datum ein. »Jewgen«, murmelte sie.

»Ich weiß nicht einmal, ob er aus Polen stammt«, sagte Cavalli.

»Am zweiten September hat tatsächlich ein Mann hier übernachtet, der Jewgen heißt.« Sie klickte auf den Eintrag. »Und er hatte ein Kind bei sich!«

»War der Junge zwischen drei und vier Jahre alt?«

»Ja!« Sie strahlte. »Er heißt Denys.«

Cavalli küsste Lily erneut. »Hast du gehört, mein Schatz?«, sagte er. »Teddy heißt Denys.« Er sah wieder zu Krystyna. »Wo wohnt er?«

»In der Ukraine«, sagte sie bedauernd.

Cavalli gab sich enttäuscht. »Hat er eine Telefonnummer angegeben?«

Krystyna druckte die Anmeldung aus, faltete sie und steckte sie in einen Umschlag. »Sagen Sie niemandem, dass Sie die Informationen von mir haben«, bat sie und kniff Lily in die Wange. »Viel Glück, junge Dame!«

Vor dem Hotel öffnete Cavalli den Umschlag.

Jewgen Ostrouschko, las er, geboren am 4. August 1978, wohnhaft in Uschgorod. Sein Sohn Denys war vier Jahre alt.

Cavalli starrte auf das Blatt. Es erstaunte ihn nicht, dass Stefan Guth einen fiktiven Namen eingetragen hatte. Wohl aber, dass er sowohl seinen Namen als auch den des Jungen mit Pässen belegt hatte. Ukrainischen Pässen.

Cavalli hatte das fehlende Puzzleteil gefunden.

38

Regina kam am frühen Nachmittag in der Staatsanwaltschaft an. Ihr Koffer ratterte auf dem alten Parkett, einzelne Haare, statisch geladen von der trockenen Luft und der kunstfasernen Kopfstütze im Flugzeug, klebten ihr an den Wangen. Eben hatte sie noch in einem modernen Sitzungszimmer bei Eurojust gesessen und das Material aus Nürnberg mit dem deutschen Staatsanwalt durchgesehen, nun betrat sie ihr Büro, das nach Aktenstaub und gescheuertem Linoleum roch.

Auf dem Schreibtisch stapelten sich die Akten. Sie schob sie beiseite, packte die Unterlagen aus, die sie aus Den Haag mitgenommen hatte, und bat Nina Dietz, eine Kopie für das Leib/Leben anzufertigen. Sie enthielten Horst Uhligs Telefondaten, seine Korrespondenz, Kontoauszüge, Kreditkartenabrechnungen sowie einen aktuellen Geschäftsbericht, der belegte, dass der Campingplatz rote Zahlen schrieb. Uhlig hatte sich um einen Kredit bemüht, der Antrag war noch anhängig. Dass er Elias verkauft hatte, erschien höchst unwahrscheinlich. Er besaß weder die nötigen Kontakte, noch waren größere Geldbeträge auf seinem Konto eingegangen. Regina reichte Dietz auch die Protokolle der Vernehmungen, die der Staatsanwalt in Auftrag gegeben hatte. Ein Camper hatte Olena Parchomenko gesehen, als sie vor der Schranke des Campingplatzes wartete. Er beschrieb die Frau als unauffällige, braunhaarige Brillenträgerin.

»Dann ist Uhlig sauber?«, fragte Dietz.

»Das nicht, aber er hat ziemlich sicher nichts mit unserem Fall zu tun.«

Dietz schüttelte den Kopf. »Ein Kind wird entführt, und es taucht ausgerechnet auf einem Campingplatz auf, der von einem Pädophilen geführt wird.«

»Wenn man bedenkt, wie viele Männer sich Nacktfotos von Kindern ansehen, ist das kein großer Zufall.«

Dietz presste die Lippen zusammen.

»Ich sollte in einer Stunde im Kripogebäude sein«, sagte Regina. »Davor muss ich noch dringend einen Haftfall anschauen. Kannst du mir alle Informationen zusammensuchen, die das Leib/Leben während meiner Abwesenheit geschickt hat? Fahrni sagt, er habe die Telefondaten aus Guths Wagen gefaxt.«

Dietz reichte ihr eine Mappe. »Schon erledigt.«

Regina startete ihren Computer und warf einen letzten Blick auf ihr Handy. Cavalli hatte sich immer noch nicht gemeldet. Die Vorstellung, in eine leere Wohnung zurückzukehren, löste ein Gefühl von Einsamkeit in ihr aus. Sie fragte sich, ob seine Vorgesetzten wussten, dass er während seines Krankheitsurlaubs verreist war.

Sie wollte gerade aufbrechen, als Valentina Jarmolenko aus der Ukraine anrief.

»Uns liegen neue Informationen vor«, sagte sie ohne Umschweife. »Eine Lieferung steht an der Grenze zur Slowakei bereit. Es dürften Kuriere unterwegs sein. Daniil koordiniert die Aktion mit Europol.«

»Brauchen Sie etwas von mir?«

»Ich wollte Sie nur davon in Kenntnis setzen. Wir wären froh, wenn Sie sich von Viktor Lukasch fernhalten könnten, bis die Aktion abgeschlossen ist.«

»Ist Joe Walker informiert?«

»Ja, er koordiniert den Austausch mit den Schweizer Polizeibeamten.«

Auf dem Weg ins Kripogebäude warf Regina einen Blick auf die Unterlagen, die Dietz zusammengestellt hatte. Guth hatte von seinem Wagen aus nur wenige Anrufe getätigt. Zwei davon gingen an die Nummer, von der er in der Tatnacht angerufen worden war. Ein weiterer Anruf ging an ein anderes Prepaidhandy, auch dieses Gespräch ließ sich nicht zurückverfolgen. Später hatte er ein Zimmer in einem Hotel in Lodz reserviert, nach Angaben der polnischen Polizei tauchte er aber nie dort auf.

Aufschlussreicher waren die GPS-Daten. Als Regina sah, dass der Ford vierzig Minuten auf einem Parkplatz in der Nähe des Campingplatzes gestanden hatte, wurde ihr klar, dass Cavalli Guths GPS-Daten besaß. Wie lange schon? Verärgert wählte sie seine Nummer. Sein Telefon war ausgeschaltet.

Vor dem Kripogebäude versuchte sie es noch einmal, ohne Erfolg. Cavalli hatte Informationen zurückgehalten, die sie vielleicht weitergebracht hätten. Eine leise Stimme mahnte sie, keine voreiligen Schlüsse zu ziehen. Cavalli wusste, was er tat. Wenn er auf etwas Wichtiges gestoßen wäre, hätte er einen Weg gefunden, die Informationen in die Ermittlung einfließen zu lassen. Trotzdem brodelte der Ärger in ihr.

Sie verzichtete auf den Aufzug und ging zu Fuß in den fünften Stock, um Dampf abzulassen. Eine Gruppe Polizisten kam ihr schwatzend entgegen, aus dem Personalrestaurant drangen Essensdüfte. Kurz entschlossen marschierte sie an der Glastür vorbei, die zum Leib/Leben führte, um sich einen Schokoriegel zu kaufen. Dann trat sie auf die Terrasse. Ein kalter Wind trug eine Rauchwolke zu ihr herüber.

»Gehörst du jetzt auch zu den Nikotinsüchtigen?«, fragte Pilecki.

Er hatte den Kragen seiner Lederjacke hochgeschlagen und eine Hand tief in die Tasche geschoben, in der anderen hielt er eine Zigarette.

Regina zeigte auf den Schokoriegel. »Serotonin.«

»War Den Haag so schlimm?«

»Im Gegenteil.« Sie schilderte ihm die Zusammenarbeit. »Weißt du, wie viele einzelne Rechtshilfeersuchen ich hätte stellen müssen, um von hier aus an die Informationen zu gelangen?«

»Ich kann es mir vorstellen.« Er inhalierte tief. »Als Tschechien der EU beitrat, habe ich mir kurze Zeit überlegt, zurückzukehren. Ich hatte die Nase voll von der Schweiz. Kam mir vor wie von der Welt abgeschnitten. Eingesperrt.«

»Warum hast du es nicht getan?«

»Stockholm-Syndrom, vermutlich. Ich fühle mich inzwischen hier zu Hause. Allerdings habe ich es kürzlich bereut. Ich wollte im Internet meine Lieblingssendung schauen, da wurde mir der Zugang aus rechtlichen Gründen verweigert.«

»Ich bin mir sicher, eure IT könnte dein Problem lösen«, schmunzelte Regina.

Pilecki riss mit gespielter Unschuld die Augen auf. »VPN-Software? Ist das legal, Frau Staatsanwältin?«

»Hast du nicht einmal gesagt, der Zweck heilige die Mittel?«

»Das war dein Mann«, korrigierte er.

»Aber du teilst seine Meinung.«

Pileckis Blick wurde misstrauisch. »Worauf willst du hinaus?«

»Ich frage mich nur, ob alle Polizisten so denken.«

»So, wie sich alle Staatsanwälte an das Gesetz halten?«

Regina seufzte. »Wir sollten hinuntergehen.«

Kristian Stanic hatte die GPS-Daten aus dem Ford bereits an die Wand projiziert. Sobald sich Regina und Pilecki gesetzt hatten, rief er eine Karte auf. Ein blauer Strich führte von Guths Wohnung ins Nagelstudio, dann ins Tösstal, anschließend zurück an die Friesenbergstraße. Eine zweite Strecke war grün markiert. Sie begann in Zürich, führte über Ulm zu dem Parkplatz in der Nähe von Horst Uhligs Campingplatz, dann durch Polen nach Estland.

Wie hypnotisiert starrte Regina auf die Karte, während die Sachbearbeiter Spekulationen über das Reiseziel anstellten. Auf einmal ahnte sie, weshalb Cavalli nie abnahm.

»... Den Haag?«, fragte Fahrni.

Regina blinzelte. »Entschuldige?«

»Ob du noch einmal mit der Staatsanwältin in Den Haag Kontakt aufnehmen könntest«, wiederholte er. »Ich will mich direkt mit Estland in Verbindung setzen.«

»Natürlich.«

Stanic rief eine Tabelle auf. Sie zeigte, zu welchem Zeitpunkt Stefan Guth an den einzelnen Orten auf der Karte eingetroffen war und wie lange er sich dort aufgehalten hatte. Die Strecke stimmte nicht mit der Drogenschmuggel-Route überein. Was hatte Guth in Estland gewollt? War Elias noch bei ihm gewesen? Regina klappte ihren Laptop auf, schickte Corinne Kusumaj eine Kopie der Karte und bat sie, den Verbindungsstaatsanwalt aus Estland zu kontaktieren und ihn zu fragen, wer auf Polizeiebene zuständig war. Dann schrieb sie dem Staatsanwalt aus Deutschland, damit er Abklärungen in Sachsen veranlassen konnte.

»Gibt es eine Verbindung zwischen Viktor Lukasch und Laeticia Ochsner?«, fragte sie, nachdem die Diskussion über Guths Reise beendet war.

»Nada«, antwortete Fahrni. »Geografisch bewegten sie sich im selben Raum, doch sie lebten in verschiedenen Welten. Kein Telefonkontakt, keine Mails – auch nicht mit Werner Ochsner – und keine Treffen, soweit wir wissen. Wenn sie eine

Affäre hatten, dann ist es ihnen gelungen, die Beziehung geheim zu halten. Lukasch wäre nicht ihr Typ gewesen, meinte ihre Freundin.«

»Ochsner schon?«, warf eine Sachbearbeiterin vom Kindesschutz trocken ein.

»Das nicht, aber er hat ihr geboten, was sie brauchte: eine Niederlassungsbewilligung und ein Auskommen«, antwortete Fahrni ernst und zog ein Blatt aus einer Mappe. »Linda Sommer war Mitglied der Vormundschaftsbehörde, die damals diese Fehlentscheidung getroffen hat. Meine Mutter erinnert sich sogar an ihre Familie.«

»Deine Mutter?«, fragte Stanic.

»Welche Fehlentscheidung?«, fuhr Gurtner dazwischen.

»Meine Eltern wohnen im Nachbardorf«, erklärte Fahrni. »Damals gab es die Kesb noch nicht, Laien kümmerten sich um Vormundschaftsfragen.«

»Und das ist wichtig, weil …?«, fragte Pilecki.

»Ein Kind wurde seinem Vater zugesprochen, wenig später hat der Mann es in der Badewanne ertränkt«, erklärte Fahrni. »Meine Mutter meint, der Tod des Jungen habe Linda schwer getroffen. Ein Jahr später trennte sie sich von ihrem Mann und zog nach Zürich. Die beiden jugendlichen Töchter blieben bei ihrem Vater. Kurz darauf verkaufte er das Haus und zog zu seiner neuen Freundin. Die wiederum lebte in Luzern, was einen Schulwechsel für die jüngere Tochter bedeutet hätte, deshalb ist sie zur Mutter gezogen, doch nur, bis sie das Gymnasium abgeschlossen hatte, weil sie –«

Gurtner ballte ein Blatt Papier zu einer Kugel und warf es nach Fahrni, der überrascht innehielt.

»Was versuchst du uns zu sagen?«, wollte Gurtner wissen.

»Ich verbinde nur Punkte.«

»Soll ich dir eine Malvorlage kaufen?«, fragte Gurtner.

Regina setzte dem Geplankel ein Ende. »Es erklärt, warum

Linda Sommer die Kesb eingeschaltet hat. Sie ist sensibilisiert für das Thema.«

»Aber sie kommt als Täterin nicht infrage«, sagte Gurtner pragmatisch. »Wir haben ihr Alibi überprüft. Sie war in einem Wellnesshotel, die Masseurin kann sich sogar an das Tattoo auf ihrem Arsch erinnern.«

»Ich sage ja nicht, dass ich sie verdächtige, ich will nur verstehen, was passiert ist«, rechtfertigte sich Fahrni. »Linda Sommer ist Teil des Falls. Sie hat die Abklärungen in Gang gesetzt. Deshalb ist sie wichtig.«

»Die Beschreibung von Olena Parchomenko passt auf sie«, warf Pilecki ein.

»Ja, wenn sie eine Perücke und eine Brille trug«, brummte Gurtner.

»Die Beschreibung passt auf alle Verdächtigen«, sagte Fahrni. »Simona Guth, Barbara Bortis … am wenigsten auf Nadia Tolusso.«

»Wie hat Tolusso reagiert, als du sie vorgeladen hast?«, fragte Regina.

»Schockiert.«

»Wie schätzt du sie ein?«

Fahrnis Gedankengänge waren oft verwirrend, doch er hatte ein untrügliches Gespür für Zusammenhänge und Ungereimtheiten, die seine Kollegen kaum wahrnahmen. Er erinnerte Regina an ein Tier, das einen Wetterumschwung spürte, lange bevor er sich zeigte.

»Ihr Entsetzen wirkte jedenfalls echt.« Fahrnis Blick war nach innen gekehrt, als laufe ein Film in seinem Kopf ab.

Regina wartete.

»Sie ist jung«, sagte er schließlich.

Gurtner hob den Daumen. »Bravo, Sherlock.«

»Ein unbeschriebenes Blatt«, fuhr Fahrni unbeirrt fort. »Ich finde keine Brüche in ihrem Leben, nichts, das auf ein Motiv schließen lässt. Sie ist ausgeglichen, optimistisch und zufrieden. Verliebt in Guth war sie auch nicht.«

»Schulden?«, fragte Regina.

Fahrni schüttelte den Kopf. »Bis jetzt lief alles rund in ihrem Leben. Außer, dass einige Kollegen sie nun als Verräterin betrachten, was ihr zu schaffen macht. Im Gegensatz zu Nadia Tolusso sind Barbara Bortis, Simona Guth und Linda Sommer alle auf irgendeine Art und Weise vom Leben gezeichnet.«

Pilecki neigte nachdenklich den Kopf. »Vielleicht wollte Simona Guth ihrem Ex-Mann helfen?«

»Sie hat zur Tatzeit gearbeitet«, sagte Fahrni.

»Barbara Bortis war allein zu Hause«, meldete sich Gurtner. »Kann sein, dass sie die Nase voll hatte von dem ganzen Behördenkram. Die Warterei, die komplizierten Abläufe …«

»Du meinst, sie hat Elias auf eigene Faust fremdplatziert?«, fragte Pilecki.

Gurtner zuckte die Schultern. »Sozusagen.«

Regina dachte an ihr Gespräch mit Bortis. Die Sozialarbeiterin erschien ihr kompetent, professionell und gefasst. Vor allem aber glaubte Bortis an das System, genau wie Tolusso. Oder hatte sie ihr etwas vorgespielt? Regina blickte auf ihren Laptop. Corinne Kusumaj hatte bereits geantwortet. Der Verbindungsstaatsanwalt aus Estland war informiert, er hatte die Anfrage nach Tallinn weitergeleitet.

»Du hast gesagt, Barbara Bortis, Linda Sommer und Simona Guth seien vom Leben gezeichnet«, nahm Regina den Faden auf. »Was hat Bortis geprägt?«

»Sie hat einen Sohn verloren«, antwortete Fahrni.

Regina horchte auf.

»Das liegt aber schon eine ganze Weile zurück.« Fahrni blätterte in den Unterlagen. »Sechzehn Jahre. Danach hat sie Soziale Arbeit studiert und ihr Leben dem Beruf gewidmet.

Ich kann mir nicht vorstellen, dass sie jetzt Elias entführt hat, um die Lücke zu füllen. Nur schon aus praktischen Gründen. Sie kann ihn ja nicht gut über Jahre hinweg verstecken.«

»Andere haben es auch geschafft«, wandte Pilecki ein. »Josef Fritzl, Wolfgang Priklopil, Phillip Garrido, Ariel Castro und wie sie alle hießen.«

»Ihnen ging es aber nicht um das Wohl der Kinder«, wandte Fahrni ein.

»Woran starb der Junge?«, fragte Regina.

»Leukämie«, antwortete Fahrni. »Er war acht Jahre alt.«

Regina wollte sich den Schmerz der Frau nicht vorstellen. »Wir müssen trotzdem in Betracht ziehen, dass es einen Zusammenhang gibt. Vielleicht erinnert Elias sie an ihren Sohn. Wo ist der Vater?«

»Er lebt in Australien. Walker hat ihn aufgespürt. Der Mann hat wieder geheiratet, er hat seit Jahren schon keinen Kontakt mehr zu Bortis.«

»Wo ist Walker eigentlich?«, fragte Regina.

»Kommt später«, antwortete Pilecki.

»Habt ihr die Kinderhandelspur auch weiterverfolgt?«

»Guths Computer, Handy und Tablet sind sauber«, sagte Stanic. »Unmöglich, dass er alle Spuren selbst beseitigt hat. So versiert war er nicht.«

Die Sachbearbeiterin vom Fachdienst Sexualdelikte/Kindesschutz erklärte, dass sie Guths Kinder befragt und keinerlei Anzeichen von Missbrauch festgestellt hatte.

»Verdächtige Kontakte? Anonyme Therapien?«, bohrte Regina.

Kopfschütteln.

Sie sprachen über die Drogenlieferung, die an der ukrainischen Grenze wartete. Nach Abschluss der Aktion würden sie endlich Lukasch befragen können. Regina bezweifelte jedoch, dass er ihnen verraten würde, was Stefan Guth von ihm gewollt hatte. Lukasch arbeitete aus Prinzip nicht mit der Polizei zusammen, nicht einmal dann, wenn es ihm einen Vorteil verschaffte.

Sie unterbrachen die Besprechung für eine kurze Pause, die Regina nutzte, um Cavalli anzurufen. Der Anrufbeantworter schaltete sich ein. Kaum hatten sie sich wieder gesetzt, stieß Walker zu ihnen. Regina sah ihm sofort an, dass er Neuigkeiten hatte. In seinem Blick lag eine glühende Intensität. Er stützte sich mit beiden Händen auf den Tisch und wartete, bis er ihre ganze Aufmerksamkeit hatte.

»Jewgen Ostrouschko, geboren am 4. August 1978 in Uschgorod, ukrainischer Staatsangehöriger. Er hat in der Nacht vom 2. auf den 3. September in Lodz übernachtet.«

»Jewgen?«, wiederholte Fahrni. »Ich habe nach dem Namen gesucht, er kommt aber nicht in unseren Ermittlungen vor.«

Walker sah ihn scharf an, sagte aber nichts.

Pilecki hingegen wollte wissen, wie Fahrni auf den Namen gestoßen war.

»Der Häuptling hat ihn erwähnt.«

Reginas Herz schlug schneller. Cavalli war also erreichbar. Nur mit ihr sprach er nicht. Das bedeutete, dass er auf illegale Weise an Beweismaterial gelangt war. Immerhin hatte er die Informationen weitergegeben, sagte sie sich, doch es war ein schwacher Trost. Sie verdrängte die Gedanken an Lily und konzentrierte sich auf die Abbildung eines ukrainischen Passes, die Walker an die Wand projiziert hatte. Der Pass war ausgestellt auf den Namen Jewgen Ostrouschko. Das Foto zeigte Stefan Guth.

Eine Weile herrschte Stille, dann sprachen alle durcheinander.

Regina lehnte sich zurück. Wie hatte sie nur glauben können, Cavalli würde zu Hause darauf warten, dass sie aus Den Haag zurückkehrte? Dass er sich ausgerechnet an Walker gewandt hatte, bewies nur, wie unzufrieden er mit seiner Situation war.

»Woher hast du die Passkopie?«, fragte Pilecki.

»Von einem Informanten.« Walker zeigte keine Gefühlsregung.

Einem Fahnder Fragen über einen Informanten zu stellen war etwa so aussichtslos, wie einen Stein zu befragen, dachte Regina.

Offenbar teilte Pilecki ihre Meinung, denn er ließ es dabei bewenden. »Geboren in Uschgorod. Ausgerechnet dort, wo sich die Hundezucht Sobaka befindet.«

»Es kommt noch besser«, sagte Walker und drückte auf die Fernbedienung.

Ein weiterer Pass war zu sehen, ausgestellt auf den Namen Denys Ostrouschko. Die braunen Augen von Elias blickten ihnen entgegen.

»Mithilfe der Passkopie haben die polnischen Kollegen das Hotel in Lodz gefunden, in dem Guth und Elias übernachtet haben. Vermutlich hielt Guth es für zu riskant, an seinem ursprünglichen Plan festzuhalten, nach allem, was schiefgelaufen war. Ich habe vorhin mit Daniil Stezjura telefoniert. In der Ukraine haben sie ein gewaltiges Problem mit gefälschten Pässen. Viele Beamte bessern ihr Einkommen mit Nebengeschäften auf. Unter anderem handeln sie mit amtlichen Dokumenten.«

»In der Ukraine ist alles käuflich«, stimmte Pilecki zu. »Übrigens auch Autokennzeichen. Das könnte erklären, warum wir von dem Nissan und dem Ford keine Spuren finden.«

»Dann wissen wir nun, was Stefan Guth von Viktor Lukasch wollte«, sagte Regina, »Papiere.«

39

Cavalli war, als habe er einen Pakt mit dem Teufel geschlossen. Seltsamerweise fühlte es sich nicht so schlimm an wie befürchtet. Joe Walker hatte ihm absolute Verschwiegenheit zugesichert. Er hatte dafür gesorgt, dass Cavalli für eine weitere Woche beurlaubt wurde, und er ließ ihm alle Informationen zukommen, die er benötigte, um Elias zu finden. Die Monate seit seiner Abreise aus den USA hatte Cavalli in einem Schwebezustand verbracht. Nun war er endlich angekommen. Da, wo er hingehörte. Er ermittelte auf eigene Faust, jedoch mit einem Polizeiapparat im Rücken.

Lily schlief in ihrem Kindersitz. Tagsüber lange Strecken zu fahren, war zwecklos. Nach einer Stunde begann sie zu quengeln, die häufigen Unterbrechungen waren für beide unbefriedigend. Cavalli hatte deshalb den Tag am Olchowe-See verbracht, wo sie gepicknickt und nach Seeadlern, Schellenten und Haubentauchern gesucht hatten. Seit drei Stunden befand er sich auf der E67 nach Nordosten. Er genoss es, durch das spärlich besiedelte Land zu fahren. Vielleicht würde er im Sommer zurückkehren, um mit Lily durch die unberührten Wälder zu streifen.

Stefan Guths Aussagen erschienen ihm in einem ganz anderen Licht. Endlich ergab sein Verhalten einen Sinn. Cavalli fragte sich, ob Guth gewusst hatte, dass Viktor Lukasch nicht nur Hunde, sondern auch Drogen schmuggelte. Klar war, dass Guth die Entführung von langer Hand geplant hatte.

Eine SMS kam herein. Cavalli hatte das Handy wieder eingeschaltet, jetzt, wo er im Auftrag Walkers unterwegs war.

Ich weiß, dass du in Polen bist. Ruf an. Regina. Bitte.

An der nächsten Ausfahrt verließ er die Autobahn.

»Wie geht es Lily?«, fragte sie als Erstes.

»Bestens«, beruhigte er sie. »Wir haben den Tag in den Masuren verbracht, nun schläft sie.«

»Cava«, Regina sprach mit eindringlicher Stimme. »Versprich mir, dass du sie nicht in Gefahr bringst!«

»Wir sind als gewöhnliche Touristen unterwegs. Wir schauen uns Sehenswürdigkeiten an, spazieren durch die Wälder, füttern fette Tauben, was man eben so macht im Urlaub.«

»Versprich es, bitte!«

»Ich verspreche es.«

»Danke.«

»Hat Walker dich eingeweiht?«

»Nein, aber ich bin nicht dumm.«

Keine Vorwürfe. Keine Anweisungen. Keinen Hinweis darauf, dass er ihre Untersuchung gefährdete.

»Soll ich Lily abholen?«, fragte sie. »Ich könnte nach Tallinn fliegen, dann müsstest du nicht den langen Weg mit ihr zurückfahren.«

Cavalli blickte zum Kindersitz. Lilys Mund stand leicht offen, ein Speichelfaden rann ihr aus dem Mundwinkel. Er betrachtete ihre rosigen Wangen, die langen Wimpern und die Kinderhände, die entspannt auf der Decke lagen.

»Wir fahren an die Ostsee.«

Am anderen Ende war es eine Weile still. »Du kannst es dir ja noch überlegen.«

»Wie war Den Haag?«, wechselte er das Thema.

Sie berichtete ihm von den speditiven Abläufen bei Eurojust und der Hilfsbereitschaft der Staatsanwälte.

»Arbeitest du … offiziell für Joe?«, fragte sie vorsichtig.

»Man hat mich eine Woche freigestellt, damit ich ihn unterstützen kann. Nur wenige wissen davon, offiziell bin ich krankgeschrieben.«

»Was geschieht nach deiner Rückkehr?«

»Ich weiß es nicht«, antwortete er ehrlich. »Er hat mir eine Stelle bei den Besonderen Ermittlungsmaßnahmen angeboten.«

»Sind das die verdeckten Ermittler, mit denen wir bei schweren Straftaten zusammenarbeiten?«

»Ja.«

Er wartete ihre Reaktion ab. Der Dienst Besondere Ermittlungsmaßnahmen gehörte zur Fahndungsabteilung und war zuständig für verdeckte Ermittlungen und verdeckte Fahndungen, wenn herkömmliche Kommunikations-Überwachungsmaßnahmen nicht mehr ausreichten.

»Ein heikles Gebiet«, sagte sie schließlich. »Aus rechtlicher Sicht.«

»Ja.«

»Du warst bei meiner Mutter.«

Er atmete erleichtert auf. Sie sprachen über Marlene, das bevorstehende Weihnachtsfest bei ihr, auf das sie beide keine Lust hatten, und über Lily.

Am übernächsten Tag kam er in Tallinn an. Er war Elias' und Guths Spuren durch Litauen und Lettland gefolgt, aber er hatte niemanden getroffen, der sich an die beiden erinnerte.

Der Parkplatz, auf dem Guth gestanden hatte, lag im Norden der Stadt. Ein Fußweg führte durch die Dünen zum Strand. Die Ostsee erstreckte sich bis an den Horizont, wo das graue Wasser in den grauen Himmel überging. Schaumkronen tanzten auf der Oberfläche, es roch nach Fisch und Diesel. Weit und breit war kein Mensch zu sehen.

Was hatte Stefan Guth hier gesucht?

Sie spazierten an der Brandung entlang und spielten im Sand. Im Hafen von Muuga sahen sie den Frachtschiffen beim Ausladen von Containern zu. Ein Öltanker lag vor Anker, Getreidespeicher und Lagerhäuser beherbergten Waren. Die Welt war greifbar, sie schien aus lauter Verbindungen zu bestehen. Vor sich sah Cavalli ein Netz, das die Erde umspannte und wie Blutgefäße versorgte. Arterien, Arteriolen, Kapillaren.

Hatte Guth Elias in dieses Netz eingespeist? War der Junge doch in Brasilien? Sie fuhren zum Passagierhafen, der vor den Toren der Altstadt lag. Es gab Direktverbindungen nach Finnland, Schweden und Russland. Kreuzfahrtschiffe, die regelmäßig anlegten. Keine Fahrten über den Atlantik.

Cavalli kehrte zum Parkplatz zurück. Guth hatte die Reise minutiös geplant. Es konnte kein Zufall sein, dass er einen ganzen Tag hier verbracht hatte. Er sah sich die umliegenden Gebäude an. Wohnhäuser, Geschäfte, ein Restaurant. Der Strand war ein Ausflugsziel, er zog sowohl Touristen als auch Einheimische an. Eine verwitterte Tafel warb für Eis, um diese Jahreszeit war das Restaurant geschlossen.

Sie folgten der Straße zurück zum Parkplatz. Es herrschte kaum Verkehr, einzig ein Bus kam ihnen entgegen. Cavalli ging zur Haltestelle, um den Fahrplan zu studieren. Der Bus fuhr am Passagierhafen vorbei. Zurück im Volvo, rief er alle Fährverbindungen auf und verglich sie mit Guths Zeitplan. Im September verließ die Eckerö Line Tallinn am Mittag und kam um 14.15 Uhr in Helsinki an. Eine Stunde später legte sie wieder nach Tallinn ab, wo sie um 17.30 Uhr eintraf. Stefan Guth hatte kurz vor zehn Uhr am Vormittag hier geparkt, um 18.30 Uhr war er wieder losgefahren.

Als Cavalli den Parkplatz umrundete, begriff er auch, weshalb Guth hier und nicht in der Nähe des Hafenterminals geparkt hatte. Es gab keine Überwachungskameras.

Er rief Walker an.

40

Früher hatte der Schwarze Block am 1. Mai Pflastersteine durch die Fenster der Credit Suisse am Helvetiaplatz geworfen, heute befanden sich in dem Gebäude ein Café, ein Restaurant und eine Bäckerei. Die Abluftrohre an der Decke waren freigelegt worden, aus der offenen Backstube drang der Duft von frischem Brot. Regina bahnte sich mit einer Tasse Kaffee und einem Sandwich den Weg zu einem Tisch am Fenster. Sie war so darauf konzentriert, nichts zu verschütten, dass sie Barbara Bortis erst erkannte, nachdem sie an einem Bistrotisch neben ihr Platz genommen hatte.

Fahrni hatte die Sozialarbeiterin am Morgen über fünf Stunden lang befragt. Ihr Blick ging ins Leere, ihre Finger zerbröselten ein Früchtebrötchen. Da entdeckte sie Regina. Sie legte das Brötchen auf den Teller und holte ihr Handy hervor.

»Das ist Benjamin.« Bortis hielt Regina ihr Handy entgegen und zeigte ihr ein Foto.

Zu sehen war ein Junge mit Zahnlücke und Silberblick.

»Er war so tapfer«, sagte Bortis. »Obwohl er nicht wie alle anderen Kinder draußen spielen durfte, fand er immer etwas, worüber er sich freuen konnte. Er mochte Filzstifte, weil die Farben so schön leuchteten, und zeichnete damit Dinge, die er nur aus dem Fernsehen kannte. Seine Lieblingsspeisen waren Heidelbeeren und Nudeln. Ohne Soße, nur mit ein wenig Butter, damit sie nicht klebten. Er erkannte die Menschen an ihrem Schritt. Krankenpfleger, Ärzte, Freunde. Er wusste immer, wer auf dem Weg zu ihm war. Wenn er nicht schlafen konnte, spielten wir Monopoly. Mir hat das Spiel nie gefallen, ich finde es so materialistisch. Aber Benjamin war ganz versessen darauf, er wollte reich werden. Ich glaube, es gab ihm ein Gefühl von Macht. Er war allen und allem ausgeliefert. Dem Pflegepersonal, meinem Mann und mir, seiner Krankheit. Vor allem seiner Krankheit.« Sie verstummte.

Regina hatte Tränen in den Augen.

»Als er starb, starb ein Teil von mir. Ich habe versucht, da weiterzumachen, wo ich stehen geblieben war, doch ich war nicht mehr dieselbe. Irgendwann habe ich es geschafft, ein neues Leben aufzubauen. Mir war klar, dass ich nie wieder ein Kind wollte. Diesen Schmerz halte ich kein zweites Mal aus.« Sie sah Regina in die Augen. »Auch kein Adoptivkind. Oder ein entführtes Kind.«

Regina nickte stumm. Ihr war der Appetit vergangen. Sie packte ihr Sandwich ein, stand auf und ging.

Fahrni hatte das Protokoll der Befragung geschickt. Regina las es sorgfältig durch, obschon sie keine neuen Hinweise erwartete. Plötzlich hielt sie inne. Etwas, das Barbara Bortis gesagt hatte, arbeitete in ihr.

Die Sozialarbeiterin hatte von einem Adoptivkind gesprochen. Regina griff nach dem Hörer und rief Valentina Jarmolenko an.

»Die Lieferung wurde noch nicht abgeholt«, sagte die Staatsanwältin.

»Ich rufe nicht deswegen an«, erklärte Regina. »Ich habe eine Frage. Ist es möglich, sich auf illegalem Weg ukrainische Adoptionspapiere zu beschaffen?«

»Sicher. Manche Paare wünschen sich so sehnlich ein Kind, dass sie bereit sind, viel Geld dafür zu bezahlen. Das wissen die Heime.«

»Wie wird das Geschäft abgewickelt?«

»Dubiose Händler knüpfen Kontakte zu Waisenhäusern oder schwangeren Frauen, suchen im Ausland nach Eltern, die ein Kind adoptieren wollen, schmieren die Behörden, damit sie falsche Papiere ausstellen, und schon verschwindet ein Kind.«

»Und wenn man kein Kind, sondern nur die Papiere möchte?«

»Elias …« Eine nachdenkliche Stille trat ein. »Ein interessanter Gedanke. Man bräuchte bloß ein Passfoto des Kindes. Viele ukrainische Kinder haben keine Papiere, so kann ein fremdes Kind ganz einfach eine ukrainische Identität annehmen.«

»Das bedeutet, Stefan Guth könnte sowohl einen Pass als auch Adoptionspapiere für Elias gekauft haben. Auf zwei verschiedene Namen.«

»Während ihr nach Denys Ostrouschko sucht, lebt der Junge längst unter einem anderen Namen in einem anderen Land. Nach der Adoption wechselt er die Identität noch einmal und nimmt den Namen seiner neuen Familie an.«

»Gibt es eine Möglichkeit, nach in der Ukraine ausgestellten Adoptionspapieren zu suchen?«

»Das Land ist riesig. Natürlich könnten wir alle zuständigen Behörden kontaktieren, aber wir wissen nicht einmal, wann die Papiere ausgestellt wurden. Oder auf welchen Namen. Und ob sie überhaupt ins System eingetragen wurden. Wir können nur hoffen, dass das Zielland die Dokumente kontrolliert, was ich jedoch für unwahrscheinlich halte. Abklärungen bei unseren Behörden sind zeitintensiv und bleiben häufig ohne Resultat. Viele schrecken deshalb davor zurück.«

Regina bedankte sich. Grübelnd saß sie am Schreibtisch. Hatte Guth Elias entführt, damit der Junge in einer Familie aufwachsen konnte, die sich um ihn sorgte? Cavalli hatte immer betont, dass Guth vom Drang getrieben war zu reparieren.

Was gab es Wichtigeres, als eine zerbrochene Kindheit zu kitten? Laeticia und Werner Ochsner hatten sich wieder und wieder gestritten. Schon einmal hatte Guth erlebt, was passiert, wenn die Behörden zu spät reagieren. Regina rief Fahrni an und schilderte ihre Überlegungen. Sie waren nicht neu, doch in Zusammenhang mit einer möglichen Adoption ergaben sich andere Handlungsmöglichkeiten.

»Wenn wir wüssten, in welchem Land sich Elias aufhält, könnten wir nach Eltern suchen, die den offiziellen Weg eingeschlagen haben«, sagte Fahrni. »Wer illegal ein Kind adoptiert, hat es oft jahrelang vergeblich legal versucht. Einen Moment …« Im Hintergrund erkannte Regina Walkers Stimme. »Kann ich dich in ein paar Minuten zurückrufen?« Fahrni legte auf, ohne ihre Antwort abzuwarten.

Regina schlug die Akte auf und suchte nach kinderlosen Paaren, die in irgendeiner Verbindung mit Guth standen. Sie fand keine. Wenig später rief Fahrni zurück.

»Jewgen und Denys Ostrouschko sind am 4. September mit der Fähre von Tallinn nach Helsinki gereist. Noch am selben Tag ist Jewgen Ostrouschko ohne Denys zurückgekehrt.«

Reginas Gedanken überschlugen sich. »Also befindet sich Elias in Finnland. Oder er ist weitergereist nach Schweden.«

»Jemand hat in Finnland Verwandte«, murmelte Fahrni. »Warte kurz …« Tastaturklicken. »Linda Sommer. Ihre Schwester ist mit einem Finnen verheiratet.«

41

Linda Sommer befand sich weder bei der Arbeit noch in ihrer Wohnung oder bei Freunden. In der Kripoleitstelle herrschte der Ausnahmezustand. Walker telefonierte mit der Zielfahndung, Fahrni ging die Befragungen durch, Pilecki organisierte die Hausdurchsuchung. Regina hatte die Überwachung von Linda Sommers Handy aufschalten lassen und eine rückwirkende Teilnehmeridentifikation in die Wege geleitet. Das Gerät war seit zwölf Stunden ausgeschaltet. Der letzte Sendemast, bei dem es sich eingeloggt hatte, lag in der Nähe ihrer Wohnung.

Der Chef der Ermittlungsabteilung Gewaltkriminalität trat herein, um sich auf den neusten Stand bringen zu lassen. Während Pilecki mit ihm sprach, rief Regina in Den Haag an und bat Corinne Kusumaj, den Kontakt zu Finnland herzustellen. Eine Stunde später hatte sie einen finnischen Staatsanwalt am Telefon, der versprach, Abklärungen zu treffen.

»Es ist wichtig, dass die Verdächtigen nichts davon erfahren«, mahnte Regina. »Ich brauche Informationen über ihren Wohnort und die Familienverhältnisse. Besonders interessiert es mich, ob das Ehepaar versucht hat, ein Kind zu adoptieren.«

Der Staatsanwalt versprach, diskret vorzugehen.

»Ich habe noch einmal mit den Kollegen im Appenzell telefoniert«, sagte Gurtner in der Tür. »Linda Sommer hat sich mit einem Pass ausgewiesen. Die Angestellte im Wellnesshotel sagte, die Frau habe ausgesehen wie auf dem Passfoto.«

»Vielleicht war es die Schwester, die ihr auf diese Weise ein Alibi verschafft hat«, überlegte Regina.

»Wir müssen herausfinden, ob Linda ein Tattoo hat«, sagte Gurtner. »Gibt es einen Freund?«

Regina schüttelte den Kopf.

»Die beiden Töchter?«, schlug Fahrni vor.

Gurtner schnaubte. »So etwas will keine Tochter wissen.«

»Zu heikel«, beschloss Regina. »Wenn Elias tatsächlich bei Lindas Schwester ist, könnten die Töchter sie warnen.«

Regina las das Befragungsprotokoll noch einmal durch. Wie hatte sie sich so in Linda täuschen können? Zumal es ihr von Beginn an seltsam vorgekommen war, dass Laeticia Ochsner mit Elias Deutsch gesprochen haben soll. Sie dachte an die anderen Lügen, die Linda ihr aufgetischt hatte. Dass Laeticia mit Elias abreisen wollte. Dass der Junge krank gewesen sei. Oder war das keine Lüge? Es musste einen Grund dafür gegeben haben, dass Laeticia ihren Sohn früher abgeholt hatte. Vielleicht hatte Linda ihm etwas verabreicht. Vermutlich wusste sie, dass Elias im Hinterraum des Nagelstudios fernsah, wenn seine Mutter arbeitete. Regina stellte sich vor, wie er auf dem Sitzsack lag und Chips aß. Wie die Hintertür aufging und Linda den Raum betrat.

»Wieso hatte sie einen Schlüssel für das Nagelstudio?«, fragte sie.

»Guth war mehrmals in der Wohnung der Ochsners«, sagte Fahrni. »Er könnte einen entwendet haben.«

»Geh dem bitte nach.«

Regina ließ den Film weiterlaufen. Wie hatte Elias reagiert, als er Linda sah? Hatte sie ihn gezwungen mitzugehen? Gefürchtet hatte er sich bestimmt nicht vor ihr, er kannte sie gut. Vermutlich wäre alles nach Plan verlaufen, wenn Laeticia Ochsner nicht früher Schluss gemacht hätte. Wenn sie nicht in den Hinterraum gekommen wäre, wo die Kita-Mitarbeiterin gerade ihren Sohn weglockte. Was anschließend passierte, konnte Regina nur erahnen. Vermutlich hatte Laeticia ihren Sohn gepackt. Vielleicht war sie dabei gestürzt. Oder aber, Linda hatte sie weggestoßen. Sicher war nur, dass Linda danach mit Elias floh. Sie wollte die Grenze überqueren, bevor landesweit nach dem Jungen gefahndet wurde. In Deutschland rief sie Stefan Guth an und berichtete ihm, was geschehen war. Daraufhin fuhr Guth ins Nagelstudio. Wollte er Laeticia töten, damit sie Linda nicht identifizieren konnte? Oder wollte er sich vergewissern, dass sie wohlauf war? Was ging in ihm vor, als er sah, dass sie tot war? Ihm musste klar gewesen sein, dass man Werner Ochsner verdächtigen würde. Trotzdem schaffte er die Leiche weg, damit es aussah, als sei Laeticia mit Elias verreist. Danach verlief alles nach dem ursprünglichen Plan. Linda fuhr auf den Campingplatz, am nächsten Tag traf sie Guth und übergab ihm Elias. Linda kehrte in die Schweiz zurück, wo ihre Schwester ihr ein Alibi verschafft hatte. Am Montag ging sie wie gewohnt zur Arbeit.

Pilecki war in eine Besprechung mit einem Mediensprecher vertieft, Kristian Stanic heftete eine Grafik an die Wand, die Linda Sommers Telefonverbindungen zeigte. Jemand hatte die Schiebetür zum angrenzenden Ermittlungsraum geöffnet, trotzdem war es stickig in dem fensterlosen Raum. Handys klingelten, Sachbearbeiter tauschten sich aus, neue Informationen trafen ein.

»Es ist kein Nissan auf ihren Namen registriert«, sagte Gurtner.

Fahrni kam zurück. »Werner Ochsner kann nicht sagen, ob ein Schlüssel fehlt. Laeticia habe andauernd Sachen verloren oder herumliegen lassen, sagt er. Guth hätte problemlos einen mitgehen lassen können.«

»Zwei Zeugen haben Linda Sommer auf dem Foto erkannt«, verkündete Walker, der das Foto an das Landeskriminalamt geschickt hatte. »Auf dem Campingplatz trug sie eine Brille, auf der Raststätte nicht.«

Regina setzte sich neben Andrea Brennwald, die hinzugekommen war und konzentriert in den Akten las. Sie dachte daran, dass die Kriminalpsychologin der Aussage von Linda Sommer von Anfang an große Bedeutung beigemessen hatte. Sie hatten sogar überlegt, ob die Kita-Mitarbeiterin log. Regina hatte gemeint, Linda Sommer sei physisch weder in der Lage, Laeticia Ochsner zu töten, noch, die Leiche wegzuschaffen.

Brennwald sah auf. »Im Nachhinein sind wir immer schlauer.«

»Du hast dich nicht blenden lassen.«

»Ich hatte auch mehr Distanz.«

»Ich war fixiert auf Werner Ochsner.«

»Das ist normal«, sagte Brennwald. »Es ist schwierig, sich von einer Hypothese zu lösen, wenn alles gut passt. Die Bestätigungstendenz ist eine der stärksten kognitiven Verzerrungen, denen wir Menschen unterliegen. Ich bin auch nicht dagegen gefeit und versuche, sie mit Methoden wie der ACH zu verringern.«

Regina nickte.

Brennwald lehnte sich zurück. »Wie hast du Linda Sommer erlebt, als deine Tochter in der Kita war?«

»Als warmherzig, zuverlässig und geduldig. Besonnen«, fügte Regina hinzu. »Sie ist die älteste Mitarbeiterin der Kita, man spürt, dass sie viel Erfahrung hat.«

Sie dachte an Lilys ersten Tag zurück. Eine Erzieherin, kaum älter als zwanzig, hatte ihnen einen Kleiderhaken gezeigt, über dem Lilys Name stand. Daneben klebte ein Bild von einem Marienkäfer. Die Erzieherin war vor Lily auf die Knie gegangen und hatte sie enthusiastisch begrüßt. Lily war zurückgewichen, doch die Erzieherin hatte munter weitergeplappert. Regina hatte plötzlich daran gezweifelt, ob es richtig war, Lily in die Kita zu bringen. Dann kam Linda zu ihnen. Auch sie war vor Lily in die Hocke gegangen, doch sie hatte ihr genügend Raum gelassen, und sie nicht gleich angefasst. Sie hatte nicht Lily, sondern den Stoffadler angesprochen, den Lily im Arm hielt. Fünf Minuten später war Lily bereitwillig mit ihr in den Spielraum gegangen.

»Ich habe sie nur einmal wütend erlebt«, erzählte Regina. »Als wir über Elias sprachen. Sie war überzeugt, dass er von beiden Elternteilen geschlagen wurde. Sie hat sich nach ihrem Wutausbruch entschuldigt und behauptet, sie sei wegen seines Verschwindens angespannt. Jetzt ist mir natürlich klar, was sie wirklich beschäftigte.« Sie betrachtete ein Foto von Linda Sommer, das an der Tafel hing. »Tobias hat berichtet, dass sie Mitglied der Vormundschaftsbehörde war, die im Fall des ertränkten Knaben entschieden hat. Kann es sein, dass sie sich persönlich für die Fehlentscheidung verantwortlich fühlte? Ich kenne die Einzelheiten nicht, ich weiß nur, dass die Mutter des getöteten Kindes damals schwere Vorwürfe gegen die Vormundschaftsbehörde erhoben hat.«

»Ich kenne den Fall auch nur vom Hörensagen«, sagte Brennwald. »Die Mutter soll der Behörde Inkompetenz und Diskriminierung vorgeworfen haben, weil dem Vater das Obhutsrecht erteilt wurde, obschon er wegen Mordversuchs an seinem älteren Sohn vorbestraft war. Interessanterweise stammte die Mutter ebenfalls aus Südamerika. Kolumbien, glaube ich. Angeblich befürchtete man, sie könnte ihren Sohn in ihre Heimat entführen.«

»War die Entscheidung der Behörde nachvollziehbar?«

»Um das zu beurteilen, müsste ich mehr darüber wissen. Es hieß, der Vater habe nie ein Geheimnis aus seiner Vergangenheit gemacht. Er soll sogar eine Psychologin aufgesucht haben, die ihm eine gute Steuerungsfähigkeit auf risikorelevante

Faktoren attestierte. Die Mutter hat behauptet, der Vater kümmere sich nicht um das Kind und sei gewalttätig. Sie habe deswegen einen Platz in einem Frauenhaus gesucht. Offenbar wurde der Junge in einer Pflegefamilie untergebracht, bevor sie dort mit ihm einziehen konnte.«

»Glaubst du, man hat wirklich befürchtet, die Mutter würde nach Kolumbien zurückkehren, oder war das nur ein Vorwand, um ihr die Obhut zu entziehen?«

Brennwald zuckte die Schultern. »Den Medien gegenüber hat sie behauptet, die Behörden hätten sie immer abschätzig behandelt. Sie war Prostituierte. Ich kann mir vorstellen, dass das eine Rolle gespielt hat. Ihr Anwalt meinte, die Gemeinde habe sich mit dem Vater solidarisiert. Nach der Fremdplatzierung suchte sich die Mutter angeblich eine eigene Wohnung und eine Arbeitsstelle. Der Fall wurde neu geprüft, doch das Obhutsrecht ging trotzdem nicht an sie, sondern an den Vater. Die Vormundschaftsbehörde hat viel Zeit investiert, sie hat die Angelegenheit bestimmt nicht auf die leichte Schulter genommen.«

»Aber sie hat falsch entschieden.«

»Ja.« Brennwald blickte auf ein Foto von Elias. »Der Junge starb einen Tag vor seinem Geburtstag. Der Vater hat ihm Schlaftabletten gegeben und ihn anschließend in der Badewanne ertränkt.«

Regina sah eine Kinderleiche vor sich, braune Augen, die ins Leere starrten. Eine verzweifelte Mutter mit zu tiefem Ausschnitt und zu viel Temperament. Ein Behördenmitglied, selbst Mutter zweier Töchter, das den Jungen hatte schützen wollen und nun damit leben musste, dass sie mitschuldig war an seinem Tod.

»Der Fall liegt über zehn Jahre zurück. Linda Sommer hat sich von ihrem Mann getrennt, sie ist weggezogen, arbeitet als Erzieherin in einer Kita. Warum jetzt? Warum Elias?«

»Ich kann nur Vermutungen anstellen.« Brennwald sah immer noch auf das Foto. »Elias ist fast gleich alt wie der andere Junge. Beide Mütter stammen aus Südamerika. Beide Väter sollen gewalttätig sein. Vielleicht hat sie befürchtet, dass sich die Geschichte wiederholen könnte. Ich will damit nicht sagen, dass die Fälle identisch sind. Aber die offensichtlichen Parallelen könnten Linda Sommers Schuldgefühle geweckt haben. Diesmal wollte sie das Kind retten.«

»Anders als die kolumbianische Mutter, war Laeticia selbst gewalttätig«, rief Regina in Erinnerung.

Brennwald nickte. »Deshalb musste Linda eine andere Familie für Elias finden.«

»Und da traf sie auf eine verwandte Seele. Ein Polizist, der den Tod eines kleinen Mädchens nicht hatte verhindern können.«

»Und der immer zu spät kam«, sagte Brennwald traurig.

42

Cavalli saß im Flugzeug und studierte das Foto, das Walker ihm geschickt hatte. Nicole Mäkinen hatte ein unauffälliges Gesicht mit ebenmäßigen Zügen, genau wie ihre Schwester. Ihre Augenbrauen waren dichter, die Lippen etwas schmaler, doch es erstaunte Cavalli nicht, dass man sie im Wellnesshotel mit Linda verwechselt hatte, vor allem, weil es keinen Grund gegeben hatte, an ihren Angaben zu zweifeln.

Lily kniete auf dem Sitz neben ihm und spielte mit der Fensterblende. Wäre er ohne sie unterwegs, hätte er die dreizehnstündige Fahrt nach Lappland mit dem Auto in Angriff genommen. Weil die Zeit drängte, hatte er beschlossen zu fliegen. Sobald Nicole Mäkinen erfuhr, dass man nach Linda fahndete, würde sie womöglich untertauchen. Ob Elias bei ihr war oder ob sie ihn woanders untergebracht hatte, war unklar. Es zweifelte aber niemand mehr daran, dass sie oder ihr Mann Aki den Jungen in Helsinki in Empfang genommen hatten. Die Abklärungen waren noch im Gang, bald würden sie erfahren, ob Nicole und Aki Mäkinen kürzlich ein Kind adoptiert oder sich in der Vergangenheit um eine Adoption bemüht hatten. Cavallis Aufgabe war es, diskret nach Elias Ausschau zu halten und ihn, sollte er tatsächlich bei Mäkinens sein, im Auge zu behalten.

Er rief Walkers Informationen auf. Nicole Sommer hatte sich vor vierzehn Jahren auf einer Husky-Safari in ihren Tourenführer verliebt. Ein Jahr später heirateten die beiden. Aki

Mäkinen hatte eine kleine Feriensiedlung an der Grenze zu Norwegen geerbt, die aus einem Wohnhaus, einem Restaurant und acht Hütten bestand. Zusammen hatten sie die Anlage in ein komfortables Resort verwandelt. Nicole führte das Leben, von dem sie geträumt hatte, inmitten der Natur, umgeben von Tieren. Nur ihr Kinderwunsch wollte nicht in Erfüllung gehen.

Der Pilot kündigte die bevorstehende Ankunft in Ivalo an. Cavalli versuchte, Lily anzuschnallen, und erntete dafür einen Tritt in die gebrochenen Rippen. Während er nach Atem rang, rutschte sie vom Sitz und kroch unter seinen Beinen hindurch. Es gelang ihm gerade noch, sie am Fuß zu packen. Mehrere Passagiere drehten sich nach ihnen um. Cavalli schaute aus dem Fenster. Wald, bis an den Horizont. Der Himmel war grau, stellenweise verschmolz er mit der weißen Landschaft. Der Flughafen bestand aus einem niedrigen Gebäude, vor dem einige Fahrzeuge standen. Arbeiter in dicken Leuchtjacken und warmen Mützen bereiteten sich auf die Ankunft vor. Als der Ausgang geöffnet wurde, blies ihnen ein eisiger Wind entgegen. Schneeflocken wirbelten durch die Luft.

Der Mietwagen stand für sie bereit. Obschon erst vierzehn Uhr, dämmerte es bereits. Ab und zu kam ihnen ein Auto entgegen, den Großteil der Strecke legten sie in totaler Dunkelheit zurück. Auf halbem Weg standen drei Elche auf der schneebedecken Straße, und Cavalli musste an Reginas Wunsch denken, Urlaub in Skandinavien zu machen. Je länger er unterwegs war, desto stärker überkam ihn das Gefühl, ins Nichts zu fahren. Als wäre er im Begriff, sich aufzulösen. Da sah er am Horizont einen grünen Schimmer. Nordlichter? Dazu war das Licht zu diffus, als blicke er durch ein Nachtsichtgerät. Vor ihm lag Utsjoki, die letzte Ortschaft vor der norwegischen Grenze. Sie bestand aus einer Kreuzung, einem

Supermarkt, einer Tankstelle und ein paar Wohnhäusern. Das grüne Licht kam von den reflektierenden Straßenlaternen.

Der Supermarkt war auf die Bedürfnisse der lokalen Bevölkerung zugeschnitten. Es gab Autozubehör, Werkzeug, Lebensmittel, Kleidung und Haushaltsgeräte. Cavalli kaufte einen Schneeanzug für Lily sowie Nahrungsmittel, die sich einfach zubereiten ließen. Er hatte keine Hütte reserviert, er ging davon aus, dass die Siedlung in der Nebensaison nicht ausgebucht war. Der bärtige Mann an der Kasse wies ihm in wenigen Worten und mit starkem Akzent den Weg. Die Straße führte am Fluss entlang, der in der Dunkelheit nicht zu sehen war. Die Häuser standen weit auseinander, Lichterketten schmückten viele Dächer. Hätte Cavalli die Feriensiedlung nicht in das Navigationsgerät eingegeben, er wäre an der Abzweigung vorbeigefahren.

Er parkte vor dem Restaurant. Der Schnee knirschte unter seinen Schuhen, die kalte Luft prickelte ihm in der Nase. Vor dem Eingang standen zwei Körbe mit Holzscheiten. Die Ferienhütten waren kaum zu erkennen, nur in einem der Fenster brannte Licht. Hinter der Siedlung zeichneten sich die Umrisse des Waldes ab.

Das Restaurant bestand aus einem L-förmigen Raum, der auf der Längsseite mit breiten Fenstern versehen war. Eine Theke diente als Bar und Rezeption. Warme LED-Leuchten erhellten jeden Winkel, im Kamin brannte ein Feuer. An der Kasse wurde lokales Kunsthandwerk zum Verkauf angeboten, es gab gewobene Küchentücher, Schmuck, Filzzwerge, Holztiere und Kerzen. An einem der Tische saß ein älteres Paar, an einem anderen ein Tourist vor seinem Tablet.

Die Frau, die ihm entgegenkam, musste Nicole Mäkinen sein. Trotz ihres Lächelns entging Cavalli der angespannte Zug um ihren Mund nicht. Ihre Augen waren geschwollen, ihre Haltung steif. Sie war einen halben Kopf größer als ihre

Schwester, unter dem anliegenden Pullover zeichnete sich die Wölbung ihrer Brüste ab. Cavalli dachte an Walkers Anweisungen, nach einem Tattoo auf ihrem Gesäß Ausschau zu halten.

Sie begrüßte ihn auf Englisch. »Wie kann ich Ihnen helfen?«

Er fragte nach einer freien Hütte.

»Sie haben Glück, die Hauptsaison beginnt erst in zwei Wochen«, antwortete sie. »Ich kann Ihnen eine Hütte mit Sauna anbieten. Allerdings wird es etwa eine halbe Stunde dauern, bis die Räume aufgeheizt sind. Ich habe heute nicht mehr mit Gästen gerechnet.«

»Kein Problem.«

Sie reichte ihm ein Anmeldeformular, griff nach dem Telefonhörer und erteilte jemandem Anweisungen auf Finnisch. »Falls Sie etwas essen möchten, wir schließen in einer Stunde.«

»Gern.«

Lily hatte einen Schaukelelch entdeckt und sich daraufgesetzt. Cavalli sah sich die Prospekte an, die auf der Theke lagen. Einer warb für Husky-Safaris.

Cavalli schlug den Prospekt auf. »Sind die Safaris geeignet für Kinder? Meine Tochter ist dreieinhalb.«

Nicole Mäkinen sah kurz zu Lily. »Ich würde eher eine Schlittenfahrt empfehlen. Das ist gemütlicher. Kinder lieben unsere Rentiere.«

»Kann ich eine für morgen buchen?«

»Natürlich.« Sie machte sich eine Notiz.

Cavalli reichte ihr das Anmeldeformular und seinen Pass. Als sie sah, dass er Schweizer war, wurde sie unruhig. Gespannt wartete er auf ihre nächsten Worte.

»Brauchen Sie sonst noch etwas?« Sie stellte die Frage auf Englisch.

Warum sollte er nicht wissen, dass sie aus der Schweiz

stammte? Fürchtete sie, er könnte ein Foto von Elias in den Medien gesehen haben? Oder hatte sie erfahren, dass man ihr auf der Spur war?

»Können Sie mir ein paar kinderfreundliche Ausflüge empfehlen?«, fragte er.

Sie ratterte einige Vorschläge herunter.

»Gibt es hier einen Spielraum?«

»Nein.«

»Andere Kinder?«

Sie antwortete nicht.

Er ließ es dabei bewenden und setzte sich ins Restaurant. Das ältere Paar musterte ihn interessiert, bald waren sie in ein Gespräch vertieft. Cavalli erfuhr, dass sie aus England stammten und ihre goldene Hochzeit feierten. Sie hatten immer davon geträumt, das Nordlicht zu sehen, und wollten zwei Wochen in Lappland verbringen. Auf dem Tisch lag eine teure Fotoausrüstung. Cavalli erzählte, dass er mit Lily den Weihnachtsmann besuchen wollte. Entzückt faltete die Frau die Hände.

»Ich hoffe, dass ihr nicht langweilig wird«, sagte er. »Zu Hause ist sie ständig von Kindern umgeben, hier hat sie nur mich. Ihre Mutter arbeitet, leider konnte sie nicht mitkommen.«

»Es ist bestimmt nicht einfach für Sie, allein mit einem Kind zu reisen«, sagte die Frau.

Cavalli stellte sich vor, was Regina zu der Bemerkung sagen würde.

»Vielleicht freundet sie sich ja mit dem kleinen Jungen an.« Die Frau strich Lily über den Kopf. »Nicht wahr, Schätzchen?«

Lily wich zurück.

»Nehmen Sie es nicht persönlich, sie ist schüchtern«, entschuldigte sich Cavalli. »Einen Jungen, haben Sie gesagt? Reisen Sie mit Ihrem Enkel?«

Die Frau lachte. »Um Gottes willen, nein. Mein Enkel wird dieses Jahr achtundzwanzig.« Sie wandte sich an ihren Mann. »Wie heißt der Junge schon wieder? Ich kann mir diese finnischen Namen einfach nicht merken.«

»Peetu.«

»Peetu, richtig. Ein süßes Kind, er dürfte etwa im Alter Ihrer Tochter sein. Der Sohn der Besitzerin«, fügte sie hinzu und deutete auf Nicole Mäkinen, die soeben zur Tür hereinkam und sich den Schnee von den Schuhen klopfte.

»Ich bin gleich bei Ihnen«, rief sie.

Cavalli wechselte das Thema. Sie sprachen von Nordlichtern, Polarnächten und Huskys. Nicole Mäkinen brachte die Speisekarte, und Cavalli bestellte ein Eintopfgericht mit Rentierfleisch, dazu Preiselbeersaft. Kurz darauf verabschiedeten sich die Engländer. Der junge Tourist mit dem Tablet entpuppte sich als Deutscher, der auf Schneeschuhen Lappland durchquerte. Er war nicht sehr gesprächig.

Nach dem Essen bezogen sie die Hütte, die aus zwei Schlafzimmern, einem Wohnzimmer, einer Kochnische und einem geräumigen Bad mit Sauna bestand. Cavalli wartete, bis Lily eingeschlafen war, bevor er wieder nach draußen ging, um sich ein Bild von der Siedlung zu machen. Das englische Paar wohnte drei Hütten flussaufwärts, der Deutsche ihnen schräg gegenüber. Ein Pfad führte den Hang hinauf in den Wald. Cavalli ging ein paar Schritte und versank knietief im Schnee. Das Wohnhaus der Mäkinens befand sich hinter dem Restaurant, in dem jetzt nur ein schwaches Licht glomm. Vor dem Eingang stand ein Nissan X-Trail.

Er kehrte in die Hütte zurück und rief Walker an, um Bericht zu erstatten.

»Bis jetzt hat noch niemand Elias als süß bezeichnet«, stellte dieser fest. »Keine Spur von Linda Sommer?«

»Nein.« Cavalli nannte die dreistellige Buchstabenkombination auf dem finnischen Kennzeichen des Nissans, gefolgt von drei Ziffern.

»Die Angestellten im Wellnesshotel haben Nicole Mäkinen auf einem Foto erkannt«, sagte Walker. »Vermutlich fuhr sie in die Schweiz, übergab den Wagen ihrer Schwester, checkte unter deren Namen ein und verschaffte ihr so das Alibi. Wenn sie über Dänemark und Schweden zurückreiste, werden wir sie auf keiner Passagierliste finden. Bist du mit dem Tattoo schon weitergekommen?«

»Jede Hütte ist mit einer eigenen Sauna ausgestattet«, sagte Cavalli trocken.

»Dir wird schon etwas einfallen.«

»Wisst ihr, ob ein Adoptionsgesuch für Elias, beziehungsweise einen vierjährigen Jungen, in Finnland eingegangen ist?«

»Regina hat sich noch nicht gemeldet. Sie steht mit dem finnischen Staatsanwalt in Kontakt.«

Es störte Cavalli, Reginas Namen aus seinem Mund zu hören. Dass die Silben mit Walkers Zunge in Berührung kamen, war ihm zu intim. Kurz und knapp besprachen sie das weitere Vorgehen. Anschließend rief Cavalli Regina an.

»Bist du noch im Büro?«, fragte er.

»Ja.« Im Hintergrund surrte ein Drucker. »So, jetzt bin ich ganz Ohr. Wie gefällt euch die Ostsee? Ist es nicht ein bisschen zu kalt, um Sandburgen zu bauen?«

»Neulich hast du gesagt, du würdest gern Urlaub in Skandinavien machen. Was hältst du davon, nach Lappland zu reisen?«

Regina lachte auf. »Im November?«

»Eine romantische Schlittenfahrt durch verschneite Wälder, Winterabende vor dem Kaminfeuer. Eine eigene Sauna«, fügte er hinzu.

»Du machst Witze, oder? Um diese Jahreszeit muss es dort

stockdunkel …« Sie verstummte abrupt. »Du bist nicht etwa in Lappland?«

Er schwieg.

»Cava!«

»Lily liebt den Schnee.«

Er hörte, wie Regina die Luft einsog.

»Keine Sorge«, sagte er. »Ich bin als Tourist hier.«

»Dir ist Artikel 299 des schweizerischen Strafgesetzbuches schon ein Begriff?«

»Vermutlich geht es um die Verletzung einer fremden Gebietshoheit«, sagte er. »Da ich keine Amtshandlungen vornehme, sehe ich kein Problem.«

»So einfach ist das nicht! Wissen die Finnen davon?«

Er versuchte, sie zu beruhigen, doch sie verstummte erst, als er erklärte, dass Walker informiert war.

Schließlich siegte ihre Neugier. »Ist Elias dort?«

Er erzählte ihr von Peetu. »Nicole Mäkinen ist nervös. Ist etwas an die Presse durchgesickert? Weiß man, dass nach Linda gefahndet wird?«

»Nein, aber Tobias hat die Töchter befragt, vielleicht hat sie auf diesem Weg davon erfahren. Oder sie hat versucht, Linda zu kontaktieren, und kann sie nicht erreichen.« Reginas Stimme wurde eindringlich. »Du hast versprochen, Lily nicht in Gefahr zu bringen!«

»Wir machen morgen eine Schlittenfahrt«, versuchte Cavalli, sie zu beruhigen. »Das Schlimmste, was ihr zustoßen könnte, ist, dass die Rentiere durchbrennen.«

»Das ist nicht witzig, Cava! Ich meine es ernst.«

»Ich auch. Und es würde dir hier wirklich gefallen.«

Sie seufzte. »Ich kann nicht weg. Nicht jetzt. Ich versinke in Arbeit.«

Sie erzählte von der Hausdurchsuchung bei Linda Sommer. »Wir haben Fingerabdrücke von Lukasch gefunden. Eine

Nachbarin hat ihn erkannt, er war kürzlich in der Wohnung. Wir stehen kurz vor einem Durchbruch.«

Lily rief nach ihm, und sie verabschiedeten sich. Cavalli legte sich aufs Kinderbett und lauschte der Stille. Es roch nach Holz und warmer Kinderhaut, auf dem Fensterbrett türmte sich der Schnee. Lily war wieder eingeschlafen, sie lag entspannt in seinen Armen. Plötzlich fragte er sich, was er hier eigentlich tat. Nach Stefan Guths Suizid war er besessen davon gewesen, die Wahrheit über ihn ans Licht zu bringen. Später davon, Elias zu finden. Wie ein Bluthund war er Guths Spur quer durch Europa gefolgt. Sie hatte ihn hierhergeführt, in eine Welt fern der dicht besiedelten Schweiz, an einen Ort, den Menschen aufsuchten, um zur Ruhe zu kommen. War es nicht genau das, was Elias brauchte? Cavalli kannte weder Nicole noch Aki Mäkinen, doch wenn sie sich jahrelang vergeblich um ein Kind bemüht hatten, würden sie sich liebevoll um den Jungen kümmern. Elias hatte seine Kindheit zurückbekommen. Und Cavalli war hier, um sie ihm wieder wegzunehmen.

43

Es stank im Wagen. Nicht nach den Hunden, die trotz offenem Fenster hechelten, sondern nach Angstschweiß. Linda hatte einmal gelesen, dass der Gestank der nonverbalen Kommunikation diente, indem er Artgenossen vor Gefahren warnte. Ein Relikt aus Vorzeiten also, das nur unnötig Aufmerksamkeit erregte. Waren Polizisten nicht geschult darin, Nervosität zu erkennen? Nicht zum ersten Mal wünschte sie sich, sie hätte wie Stefan den Mut aufgebracht, allem ein Ende zu setzen. Stattdessen saß sie seit zehn Stunden am Steuer eines Lieferwagens und fuhr quer durch Europa. Viktor Lukasch hatte ihr nicht verraten, weshalb er sie für den Transport brauchte, und Linda hatte sich nicht getraut zu fragen. Sie würde jetzt seinen Anweisungen folgen, damit er danach hoffentlich wieder aus ihrem Leben verschwand.

Fünfhundert Meter bis zur nächsten Raststätte. Linda setzte den Blinker, verließ die Autobahn, parkte abseits und eilte auf die Toilette. Wem machte sie etwas vor? Typen wie Lukasch nahmen sich, was sie brauchten, sie hielten sich nicht an Abmachungen. Es lag an ihr, sich aus der Abhängigkeit von ihm zu befreien. Einmal mehr erwog sie, sich zu stellen und alles zu gestehen. Die Vorstellung löste große Erleichterung in ihr aus. Ihr Herz schlug wieder normal, sie spürte den Boden unter den Füßen. Dann dachte sie an Elias. Er hatte sich schneller als erwartet bei Nicole und Aki eingelebt. Schon nach wenigen Wochen hatte er aufgehört, nach seiner Mutter zu fragen. Er interessierte sich für die neue Welt, die ihn umgab, kroch auf Nicoles Schoß und begleitete Aki, wenn er die Hunde fütterte. Seine Wutausbrüche wurden immer seltener, manchmal spielte er lange Zeit für sich. Kürzlich hatte er seine ersten Worte auf Finnisch gesprochen.

Linda spritzte sich Wasser ins Gesicht. Sie war müde von der langen Fahrt und sehnte sich nach ihrem Zuhause, obschon sie sich seit Lukaschs Überraschungsbesuch nicht mehr wohlfühlte in ihrer Wohnung. Ob sie untertauchen könnte? Sie wusste jetzt, wie einfach es war, sich gefälschte Papiere zu beschaffen. Sie kehrte zum Lieferwagen zurück, wo sie noch einmal die Instruktionen durchlas. Die Hunde waren aufgesprungen und sahen sie erwartungsvoll an. Es roch nach Pisse, eines der Tiere hatte gekotzt. Das schlechte Gewissen plagte sie, doch sie hatte klare Anweisungen, die Tiere nicht aus dem Wagen zu lassen. Nicht einmal für einen kurzen Gang.

Je näher sie der Schweiz kam, desto besser fühlte sie sich. Bald hätte sie es geschafft. Die Wolkendecke riss auf und ließ einige zaghafte Sonnenstrahlen durch, wie um ihr Mut zu machen. Sie redete sich ein, dass es doch eine höhere Macht gab, die eine schützende Hand über sie hielt. Sofort kamen die Zweifel. Konnte ein Kinderleben gegen ein anderes aufgewogen werden? Und was war mit Laeticias Tod? Seit der Junge in der Badewanne ertränkt worden war, bestand Lindas Leben aus zwei Waagschalen. Unentwegt versuchte sie, ein Gleichgewicht herzustellen, doch die Schuld wog schwer. Sie schaltete das Radio ein, um sich abzulenken. Die letzte Stunde zog sich in die Länge.

Der Kombi stand wie vereinbart am Bodensee. Linda sperrte fünf der Hunde in die Transportboxen, die sich im Laderaum befanden, füllte die Wassernäpfe im Lieferwagen und wechselte das Fahrzeug. Der Handel mit fünf Tieren war nicht bewilligungspflichtig, so hatte es ihr Lukasch erklärt. Sie hatte es nicht überprüft. Sie würde die Hunde über die Grenze fahren, dort den Wagen tauschen, die nächsten fünf Tiere holen, eine andere Route in die Schweiz wählen, bis alle Tiere übergeben waren. Sie hatte sich jeden Grenzübergang im Internet angesehen, damit nichts Unvorhergesehenes sie aus der Bahn warf. In einem Internetcafé, wie Stefan es ihr beigebracht hatte. Wehmütig dachte sie an ihn zurück. Ihre zögerliche Annäherung, das vorsichtige Abtasten. Verwandte Seelen, von derselben Ohnmacht gequält, von denselben Schuldgefühlen zerfressen. Er hatte den ersten Schritt gewagt, als er sie zu einem Kaffee einlud. Sie hatte ihn dann gefragt, ob sein Beruf nicht belastend sei. Stück für Stück hatten sie sich vorgearbeitet, bis die Worte flossen. Irgendwann war aus dem Was-wäre-wenn eine Idee entstanden, aus der Idee ein Plan, aus dem Plan eine Tat. Stefan hatte an alles gedacht. In diesen Stunden hatte sie ihn glücklich erlebt. Sie bekam eine Ahnung davon, wie er früher gewesen war. Bevor ihm die Welt zu schwer wurde.

Vor ihr tauchte die Grenze auf. Leise summend fuhr Linda am Zoll vorbei. Niemand beachtete sie. Sie traute sich nicht, in den Rückspiegel zu schauen. Sie musste so tun, als wäre alles normal. Es ist alles normal. Nichts ist normal. Nichts und doch alles. Häuser am Straßenrand, Schilder, eine Ampel. Das Licht auf Grün. Der Fuß auf dem Gaspedal, die Hand auf dem Schalthebel. Ein Winseln im Laderaum, ein Supermarkt, eine Tankstelle. Beschleunigen, lenken, atmen.

Endlich der vereinbarte Treffpunkt. Sie sah Viktor Lukasch nicht, wusste aber, dass er irgendwo auf dem Parkplatz wartete. Sie stieg aus, hielt Ausschau nach einem weißen Hyundai und fand den Schlüssel wie vereinbart auf dem Vorderrad. Als sie wieder auf die Straße einbog, sah sie einen Schatten auf den Kombi zuhuschen. Die Scheinwerfer leuchteten auf, der

Wagen mit den Hunden verließ den Parkplatz und fuhr in die entgegengesetzte Richtung davon.

Der Lieferwagen stand noch dort, wo sie ihn zurückgelassen hatte. Die Hunde zitterten. Sie lud weitere fünf Tiere in den Hyundai, sie hätte ihnen jetzt gerne etwas zu fressen gegeben. Ein Schäfermischling klemmte den Schwanz zwischen die Beine, als sie ihn herauszulocken versuchte. Sie flüsterte ihm aufmunternde Worte zu.

Wieder überquerte sie die Grenze.

Plötzlich sah sie Blaulicht. Hinter ihr, vor ihr, neben ihr. Uniformen, Scheinwerfer, Streifenwagen. Linda trat auf die Bremse, geblendet. Ein Polizist tauchte neben dem Fahrerfenster auf, Befehle wurden erteilt. Handzeichen, Rufe, Straßensperre. Die Hunde bellten, einer fletschte die Zähne. Unfähig, einen klaren Gedanken zu fassen, blieb Linda sitzen, bis jemand die Fahrertür öffnete. Lippen bewegten sich, doch sie hörte nur das Rauschen ihres eigenen Blutes. Hände an ihrem Oberarm, Schmerzen in den Schultern. Sie wurde zu einem Streifenwagen geführt, kalte Polster, ein knisterndes Funkgerät.

Linda schloss die Augen. Erleichterung breitete sich in ihr aus, eine kleine Flamme, die allmählich größer wurde, bis die Wärme ihren ganzen Körper erfasste.

Es war vorbei.

44

Elias durchquerte das Zimmer, in der Hand hielt er einen hölzernen Wolf. Die Spitzen der Ohren waren abgenutzt, ein tiefer Kratzer zog sich der Schnauze entlang. Der Fuß des Tieres war schwarz, wo er mit Flammen in Berührung gekommen war. Auf seiner Flanke bildeten Bissabdrücke ein unregelmäßiges Muster. Der Wolf war schon durch viele Hände gegangen, alle hatten Spuren hinterlassen. Elias stellte das Tier auf einen Flickenteppich und ging vor ihm in die Hocke. Über der Strumpfhose trug er Fleecesocken mit Antirutschsohlen, dazu einen dicken Wollpullover, in den Fliegenpilze eingestrickt waren.

Der Wind rüttelte an den Fensterscheiben. Elias neigte den Kopf, dann stand er auf, ging zu einer Kiste und kniete sich hin. Er wühlte darin, nahm Stofftiere, Autos, eine Gummiente und Bauklötze heraus, verteilte sie auf dem Boden, wühlte weiter, lauschte dem Klappern, fand Gefallen daran, grub energischer. Unter einem Traktor lag ein Hase. Er war etwas größer als die anderen Tiere, Elias brauchte beide Hände, um ihn hervorzuholen. Vorsichtig setzte er ihn auf den Rücken des Wolfs. Beide Tiere fielen um. Auch der zweite Versuch misslang. Wütend holte Elias aus, um den Hasen gegen die Wand zu schleudern, mitten in der Bewegung hielt er inne, eilte zur Kiste und griff nach dem Traktor. Er lud Wolf und Hase auf, fuhr brummend zu einem niedrigen Tisch und baute den Turm auf der harten Unterlage. Diesmal blieben die Tiere stehen.

Elias lächelte zufrieden.

Hinter dem Tisch gab es ein Sofa, auf dem ein Schaffell und mehrere Kissen lagen. Die Wand darüber war kahl und zeigte Spuren von Holzwürmern. Es roch nach Rauch, Sellerie und nasser Wolle. Elias rieb sich die Augen und nieste kräftig. Er fuhr mit dem Traktor zurück zur Kiste, um eine weitere Fracht zu laden. Rotz tropfte auf die Hinterräder. Er brachte eine Ente, eine Ziege, ein Reh und einen Hahn zum Tisch, stellte sie in einer Reihe auf und kehrte zurück, bis alle Tiere auf dem Tisch versammelt waren. Draußen war es dunkel, wie immer, wenn er spielte.

Ein weiterer Windstoß ließ die Fenster erzittern. Im Haus wurde eine Tür geöffnet, und ein Schwall kalter Luft drang herein. Eine Stimme erklang, die Tür fiel zu, ein Klopfen war zu hören. Gemurmel, Rascheln, eine weitere Tür, die geschlossen wurde. Quietschen, Klospülung, Wasserrauschen. Im Flur ging ein Licht an. Schritte kamen auf das Zimmer zu. Wolf und Hase liefen zur Tischkante, ein Huhn hüpfte ihnen hinterher. Der Traktor ließ den Motor aufheulen, fuhr auf den Hinterrädern an, zurück zur Kiste, parkte schräg auf einem Bilderbuch, legte den Rückwärtsgang ein, fuhr noch einmal auf den Buchdeckel, blieb stehen. Die Tiere sprangen vom Tisch und landeten auf dem Teppich.

Die Schritte verstummten. Ein Schatten fiel in den Raum. Lang und dünn zog er sich quer über den Boden. Ein Baum mit zwei Ästen, an denen Zweige wuchsen. Füße, so breit wie der Traktor. Darüber Cargohosen, an den Knien verstärkt, mit feuchtem Saum. Der Schatten wurde kürzer und breiter. Zwei gerötete Hände streckten sich Elias entgegen.

»Komm her, mein Sohn.«

45

Walker reckte den Daumen in die Höhe. In der Kripoleitstelle war ein kollektives Aufatmen zu hören. Dreizehn Stunden lang hatten sie am Bildschirm gesessen, den Berichten der Kollegen aus der Ukraine, der Slowakei, aus Österreich und Deutschland gelauscht, die Bewegungen des Lieferwagens verfolgt. Linda Sommer war in St. Gallen verhaftet worden, nachdem sie Drogen über die Grenze geschmuggelt hatte, Viktor Lukasch und Eva Kulova im Thurgau, als sie die Hunde ausluden. Pilecki schlug mit der geballten Faust gegen seine offene Handfläche, wie um sich für einen bevorstehenden Kampf zu wappnen.

Regina rief Valentina Jarmolenko an. Die Staatsanwältin berichtete, dass bei der Hundezucht Sobaka über dreißig Kilogramm synthetische Drogen beschlagnahmt worden seien. Hundert Fingerlinge lagen für die nächste Lieferung bereit.

»Laut Aussage eines Kuriers wurden die Tiere früher in die Slowakei geliefert. In Kulovas Hundezwinger hat man die Fingerlinge dann neu verteilt und in kleineren Mengen in die Schweiz geschmuggelt. Seit die Schweizer Eva Kulova auf dem Radar haben, setzt Lukasch vermehrt auf Direktlieferungen in großen Mengen.«

Die Untersuchung wegen Drogenhandels würde nicht Regina führen, sondern der Staatsanwalt im Thurgau. Sie würde ihn fragen, welche Rolle Linda Sommer dabei gespielt hatte.

»Der Besitzer von Sobaka behauptet, er habe sie nie zuvor gesehen«, erklärte Jarmolenko. »Unsere Fahnder glauben, dass die Frau keine Ahnung von den Fingerlingen hatte. Sie muss jedoch gewusst haben, dass sie etwas Illegales tat. Sie war nervös und mied jeglichen Blickkontakt. Die slowakischen Kollegen, die an der Grenze übernahmen, sind derselben Meinung. Außerdem ließ sie die Hunde nie an die frische Luft, nicht einmal, damit sie ihr Geschäft verrichten konnten. Futter bekamen sie auch keines, nur Wasser.«

Lukasch hatte sie fest in der Hand gehabt, dachte Regina. Wie hatte er sie gefunden? Über den falschen Pass, den er für sie beschafft hatte? Das gefälschte Nummernschild? Die Adoptionspapiere? Oder gab es noch einen Informanten bei der Polizei? Regina wusste es nicht. Ihr war nur eines klar: Lukasch würde es nie verraten. In Linda hatte er ein dankbares Opfer gefunden. Um Elias zu schützen, war sie bereit gewesen, alles zu tun, was er verlangte.

»Habt ihr noch Neues über die Adoptionspapiere erfahren?«, fragte sie.

Valentina Jarmolenko verneinte. »Da sind wir auf eure Hilfe angewiesen. Das Kinderheim, in dem der Junge laut der gefälschten Papiere aufgewachsen ist, weiß von nichts. Wir brauchen eine Aussage von Lukasch.«

Regina bezweifelte, dass er ihnen den Gefallen tun würde.

Bevor sie nach Hause fuhr, musste sie noch mit Walker reden. Der finnische Staatsanwalt hatte bestätigt, dass sich Nicole und Aki Mäkinen jahrelang um eine Adoption bemüht hatten. Die für Adoptionen zuständige zentrale Behörde hatte ihr Gesuch zwar gutgeheißen, doch die Wartelisten waren lang, die Hürden hoch. Vor zweieinhalb Monaten schien es endlich zu klappen. Das Paar hatte von einem Heim in der Ukraine die Erlaubnis erhalten, ein Kind zu adoptieren, Finnland die nötige Bewilligung erteilt.

Sie fand Walker in Pileckis Büro, wo er sich gerade eine Zigarette anzündete.

»Ich wusste gar nicht, dass du rauchst«, sagte sie.

»Ein Abschlussritual.« Das Rauchverbot schien ihn nicht zu kümmern.

»Ist das nicht etwas voreilig?« Sie erzählte ihm von den Informationen aus Finnland. »Der Staatsanwalt wartet auf Anweisungen. Bevor ich etwas unternehme, muss ich wissen, welche Rolle Cavalli spielt.«

Walker blies den Rauch aus dem Fenster. »Cavalli soll nur bestätigen, dass Elias dort ist, mehr nicht. Bis jetzt hat er ihn allerdings nicht zu Gesicht bekommen.«

»Die Finnen haben mehr Ressourcen, um nach Elias zu suchen.«

»Wenn Nicole und Aki Mäkinen feststellen, dass wir ihnen auf die Schliche gekommen sind, könnte die Situation eskalieren. Es ist immer gut, möglichst viele Informationen vor einem Zugriff zu sammeln.«

Regina ärgerte sich über seinen belehrenden Tonfall. »Ich leite nicht zum ersten Mal eine Untersuchung. Mir ist sehr wohl klar, dass ein Zugriff eine sorgfältige Vorbereitung erfordert. Den Finnen vermutlich auch. Du scheinst nicht viel von deinen Kollegen zu halten.«

»Vertrauen ist gut, Kontrolle ist besser«, zitierte er Lenin.

»Wohin das geführt hat, haben wir ja gesehen.« Regina bemühte sich nicht, ihren Sarkasmus zu unterdrücken. »Wirst du als Nächstes Stalin zitieren?«

»Nein, aber vielleicht Mark Twain: Zuerst schuf der liebe Gott den Mann, dann schuf er die Frau. Danach tat ihm der Mann leid, und er gab ihm den Tabak.« Walker schnippte die Zigarette aus dem Fenster. »Misch dich nicht in meine Arbeit ein.«

Das Letzte, worauf Regina Lust hatte, war ein Machtkampf,

bei dem es nicht um die Sache, sondern um Empfindlichkeiten ging. Sie vertraute Cavalli. Er würde wissen, was zu tun war. Ohne ein weiteres Wort verließ sie das Büro und kehrte in die Kripoleitstelle zurück, um sich dort für die gute Zusammenarbeit zu bedanken. Pilecki fragte, ob sie noch mit auf ein Bier kommen wolle. Das Angebot war verlockend. Sie feierte Erfolge viel zu selten. Dann dachte sie an die Arbeit, die sie am nächsten Tag erwartete, und machte sich auf den Nachhauseweg. Als sie die leere Wohnung betrat, bereute sie ihren Entschluss beinahe. Keine Kinderschuhe neben der Tür, keine Spielsachen auf dem Boden, keine frisch gebackene Chipa. Statt nach Kindershampoo roch es nach abgestandener Luft, und das Frühstücksgeschirr befand sich noch genau dort, wo sie es zurückgelassen hatte. Sie stellte sich die Hütte in Lappland vor, das prasselnde Kaminfeuer und die Sauna, von der Cavalli erzählt hatte. Nadelbäume, mit Schnee beladen, frische Luft und Zimtbrötchen. Oder war das eine schwedische Spezialität?

Wenn sie die Hafteinvernahme jetzt vorbereitete, hätte sie morgen früh Zeit, ihre anderen Fälle durchzugehen und die anstehenden Aufgaben zu erledigen, bevor Linda Sommer in die Staatsanwaltschaft gebracht wurde. Dann benötigte sie einen weiteren Tag, um einen Antrag auf Untersuchungshaft zu schreiben, die Akten aufzubereiten, das Tagesgeschäft zu erledigen. E-Mails könnte sie auch unterwegs beantworten. Telefongespräche führen sowieso. Sie klappte ihren Laptop auf, buchte einen Flug nach Finnland, kochte sich einen starken Kaffee und setzte sich mit ihren Unterlagen an den Tisch.

46

Es hatte geschneit in der Nacht. Lily konnte es kaum erwarten, nach draußen zu gehen. Immer wieder stand sie auf und spähte aus dem Fenster. Mehrmals rettete Cavalli die Schale mit den Frühstücksflocken vor dem Umkippen. Am Himmel zeichnete sich ein pastellfarbener Schimmer ab, und er fragte sich, ob die Sonne um diese Jahreszeit überhaupt über den Horizont stieg. Klar war, dass ihnen nur wenige Stunden Tageslicht blieben, deshalb zog er Lily jetzt schnell ihren neuen Schneeanzug über. Wie ein Pinguin watschelte sie zur Tür. Draußen nahm Cavalli eine Schaufel von der Terrasse und begann, Schnee zu schippen, während Lily durch die Verwehungen pflügte.

Gegenüber ging die Tür auf, und der junge Deutsche trat aus seiner Hütte. Er trug Jeans und halbhohe Schuhe, in der Hand hielt er eine Tasse dampfenden Kaffee. Sein Haar war zerzaust, sein Gesicht verschlafen. Seine Schneeschuhe lehnten an der Hauswand.

»Wohin geht die Reise heute?«, fragte Cavalli.

»Nirgendwohin«, antwortete er. »Jedenfalls nicht auf Schneeschuhen. Proviant aufstocken ist angesagt, die nächste Etappe wird heftig. Eine neue Stirnlampe brauche ich auch. Waren Sie zufällig im Supermarkt? Wissen Sie, ob man dort welche kriegt?«

Cavalli wusste es nicht. Neben der Terrasse stand ein Schlitten. Er setzte Lily darauf und drehte eine Runde durch die

Feriensiedlung. Auf dem Waldweg entdeckte er Spuren von Schneeschuhen. Sie sahen frisch aus, sie mussten nach dem Schneefall der letzten Nacht entstanden sein. Bei Tageslicht wirkten die Hütten beinahe verloren inmitten der endlosen Wälder. Cavalli nahm die Stille in sich auf, sie legte sich wie Kopfhörer auf seine Ohren. Am Wohnhaus der Mäkinens blieb er kurz stehen. Ein Fenster war mit Fingerfarben bemalt, im Garten sah er eine Wölbung, die sich als Iglu entpuppte. Kein Laut drang aus dem Haus. Der Nissan stand noch immer dort.

Die Rezeption war unbesetzt. Als Cavalli die Klingel betätigte, kam ein Mann mit Fleecejacke aus dem Restaurant. Er musste sich ducken, damit er durch den Türrahmen passte. Er trug einen kurzen Bart, seine Haut war vom rauen Wetter gezeichnet. Der Mann sah ein wenig älter aus als auf dem Foto, das Walker geschickt hatte, aber es war zweifellos Aki Mäkinen.

»Ich suche die Frau, die uns gestern empfangen hat«, sagte Cavalli. »Arbeitet sie heute nicht?«

»Worum geht es?«

»Ich habe eine Schlittenfahrt gebucht, leider habe ich die Uhrzeit vergessen.«

Aki Mäkinen schlug ein Notizbuch auf. »Dreizehn Uhr.«

Cavalli bedankte sich.

»Sonst noch etwas?«, fragte Aki Mäkinen, als Cavalli keine Anstalten machte, die Rezeption zu verlassen.

Er wirkte unruhig, immer wieder ging sein Blick zum Fenster.

Cavalli zog eine Postkarte aus einem Verkaufsständer und legte sie auf den Tresen. »Verkaufen Sie auch Briefmarken?«

Mäkinen griff nach einer Mappe. »Wohin?«

»In die Schweiz.«

Der Blick des Mannes flackerte kurz auf. Er nahm den

Fünf-Euro-Schein entgegen, den Cavalli ihm hinhielt, und gab ihm das Wechselgeld.

»Eigentlich könnte ich die Schlittenfahrt auch gleich bezahlen«, sagte Cavalli.

»Wie Sie möchten.« Mäkinen klang zunehmend angespannter.

Cavalli führte seine Kreditkarte in das Gerät ein.

»Ist der Fluss gefroren?«, fragte er.

»Ja, aber das Eis ist nicht dick genug, um Sie zu tragen.«

»Ziemlich gefährlich«, erwiderte Cavalli. »Man sieht den Fluss unter dem Schnee gar nicht.«

Mäkinen reichte Cavalli den Beleg. »Ich habe Warnschilder aufgestellt.«

Er wandte sich ab und machte sich am Computer zu schaffen. Seine Nerven liegen so blank wie die seiner Frau, dachte Cavalli. Regina hatte angerufen und von Linda Sommers Verhaftung berichtet. Noch wusste die Öffentlichkeit nichts davon, das konnte also unmöglich der Grund für Mäkinens Unruhe sein. Linda Sommers Verteidiger hatte eingewilligt, Stillschweigen zu bewahren, bis es ein Lebenszeichen von Elias gab.

Im Restaurant fotografierte der englische Gast die Tischdekorationen.

Cavalli trat neben ihn. »Das gibt bestimmt ein schönes Foto.«

»Möchten Sie die Bilder sehen?«

»Gern.« Sehr gern sogar, dachte Cavalli.

Der Mann freute sich über sein Interesse und führte die Aufnahmen der letzten Tage vor. Birken, Nadelbäume, Schneeverwehungen, Eiszapfen, Lichtstreifen am Nachthimmel, Sterne, Wolken, Schneeflocken. Kunstvoll angerichtete Teller, Filzzwerge, Schnitzereien. Zahlreiche Elche, von vorne, von hinten, von der Seite.

Dann, braune Augen unter einer grünen Wollmütze. Dicke Fäustlinge, die einen Klumpen formten. Gerötete Wangen, ein fröhliches Lachen. Cavallis Herz wurde schwer.

»Das ist Peetu«, sagte der Engländer.

»Der Sohn der Mäkinens?«

Der Engländer nickte. »Normalerweise frühstückt er im Restaurant, heute habe ich aber weder ihn noch seine Mutter gesehen.«

Er zeigte Cavalli weitere Bilder, diesmal von Tierspuren.

Cavalli dachte an die Schneeschuhspuren, die er auf dem Weg in den Wald gesehen hatte. Von dem jungen Deutschen stammten sie nicht. Hatte er Nicole Mäkinen in die Flucht getrieben?

Sie kehrten in die Hütte zurück, um vor der Schlittenfahrt eine Kleinigkeit zu essen. Zu seiner Enttäuschung lenkte nicht Aki Mäkinen die Rentiere, sondern ein junger Mann, der sich als Mitarbeiter vorstellte. Mit seinem langen Gesicht glich er den Tieren, die er betreute. Nach der Fahrt reichte er Lily ein Büschel Heu. Zögerlich hielt sie es einem der Rentiere hin.

»Ich habe gehört, der Sohn der Besitzer soll in Lilys Alter sein«, sagte Cavalli.

»Ja.«

»Wie heißt er?«

»Peetu.«

»Ich habe den Jungen noch nirgends gesehen. Spielt er nie draußen?«

Der Mann zuckte mit den Schultern.

»Ist es nicht einsam, hier aufzuwachsen?«

»Mich hat es nie gestört.«

»Ich habe hinter den Hütten einen Weg entdeckt«, sagte Cavalli. »Wohin führt er?«

»Ohne Schneeschuhe kommen Sie nicht weit.«

»Vielleicht besorge ich mir welche. Wohin führt der Weg?«

»Zur Jagdhütte.«

»Lohnt sich die Wanderung?«

Erneut zuckte der Mann mit den Schultern. Dann schloss er das Gehege und verabschiedete sich.

In der Ferienhütte rief Cavalli eine Karte der Umgebung auf. Die Jagdhütte war darauf eingetragen, sie lag fünf Kilometer entfernt auf einer kleinen Anhöhe. Draußen war es schon wieder stockdunkel. Im Haus der Mäkinens regte sich immer noch nichts. Cavalli band Lily auf seinem Rücken fest und schnappte sich die Schneeschuhe vor der Hütte des deutschen Touristen. Eine Stirnlampe besaß er nicht, der Schnee und die hellen Birkenstämme reflektierten jedoch genügend Licht. Der Weg stieg an und führte durch einen Kiefernwald, unvermittelt gab er den Blick auf das Tal frei. Cavalli sah die Flussbiegung, dahinter schwebte eine schwache Lichtglocke über der Feriensiedlung.

Der Marsch dauerte länger, als Cavalli erwartet hatte. Ihm war, als trage er ein Heizkissen mit sich, und der Schweiß lief ihm den Rücken hinunter. Er war fast bei der Jagdhütte angelangt, als er im Halbdunkel eine Bewegung wahrnahm, begleitet von einem regelmäßigen Knacken. Zwei Elche fraßen Birkenzweige. Lily richtete sich hinter ihm auf. Cavalli legte den Zeigefinger an die Lippen. Eine Weile sahen sie den Tieren zu.

Endlich erschien zwischen den Bäumen ein rechteckiges Licht. Cavalli zog die Schneeschuhe aus und ging die restliche Strecke zu Fuß. Er versank bis zu den Knien im Schnee. Die Jagdhütte war aus übereinanderliegenden Baumstämmen gebaut und bestand aus einem einzigen Raum. Neben der Tür war ein kleines Fenster in das Holz eingebracht. Vorsichtig ging Cavalli näher und spähte durch die schmutzige Scheibe.

Auf dem Boden kauerte ein kleiner Junge und belud einen Spielzeugtraktor mit Holz.

47

Nicole Mäkinen musste etwas bemerkt haben. Sie ging neben dem Jungen in die Hocke, strich ihm über den Rücken und sagte etwas, worauf er nickte. Dann griff sie nach einem Jagdgewehr, das an der Wand hing.

Cavalli rang mit sich. Er sollte Walker anrufen. Die finnische Polizei war informiert, ein Sondereinsatzkommando wäre augenblicklich unterwegs.

Er stellte sich vor, wie die Grenadiere in voller Montur durch den Wald schlichen, die Waffe im Anschlag. Wie sie die Jagdhütte umzingelten, stürmten, Elias packten. Nicole Mäkinen vor den Augen des Jungen verhafteten. Was würde das mit Elias machen? Seit er auf der Welt war, hatte er nichts als körperliche und seelische Gewalt erlebt. Bei Nicole und Aki Mäkinen erfuhr er zum ersten Mal, was Elternliebe bedeutete.

Cavalli könnte behaupten, dass es sich bei dem Adoptivkind nicht um Elias, sondern tatsächlich um ein Waisenkind aus der Ukraine handelte. Gleichzeitig wusste er, dass er das Unweigerliche damit nur hinausschob, die Sache gar schlimmer machte. Je länger Elias bei den Mäkinens blieb, desto schwieriger würde der Abschied.

Die Tür ging auf. Er sah in den Lauf eines Gewehrs, es schwang nach rechts, nach links. Ein Finger am Abzug. Anhand der Art und Weise, wie Nicole Mäkinen die Waffe hielt, erkannte Cavalli, dass sie damit umgehen konnte. Er hob die

Hände. Sofort drehte sie sich in seine Richtung und richtete die Mündung auf seinen Oberkörper.

»Ich bin nicht hier, um Ihnen Elias wegzunehmen«, sagte Cavalli leise.

Nicole Mäkinen atmete heftig. »Umdrehen!«

»Das kann ich nicht«, sagte Cavalli ruhig.

Erst jetzt entdeckte sie Lily auf seinem Rücken.

»Ich möchte nur mit Ihnen reden«, fuhr Cavalli fort. »Bitte, legen Sie die Waffe weg. Ich tue Ihnen nichts.«

»Wer sind Sie?« Sie gab sich nicht mehr die Mühe, Englisch zu sprechen.

»Können wir hineingehen? Meine Tochter würde sich freuen, wenn sie mit Elias spielen dürfte.«

»Lassen Sie uns in Ruhe! Verschwinden Sie!«

Cavalli bewegte sich nicht von der Stelle. »Das wird Ihnen nichts nützen. Die Behörden wissen von den gefälschten Papieren. Elias stammt nicht aus der Ukraine, sondern aus der Schweiz. Deshalb sind Sie mit ihm hierhergekommen. Sie wollten nicht, dass ich ihm begegne.«

»Sie lügen! Wenn die Behörden … sie wären längst …« Der Finger am Abzug zitterte.

Cavalli streckte vorsichtig die Hand aus. »Wenn Sie auf mich schießen, treffen Sie auch meine Tochter.«

»Mama?«, rief Elias.

Ein Schauder durchfuhr Nicole Mäkinen. Cavalli legte die Hand auf das Gewehr, langsam drückte er den Lauf nach unten. Eine Weile blieb die Frau stehen, sie zitterte jetzt am ganzen Körper. Dann rief Elias erneut nach ihr, und sie rannte in die Hütte, fiel vor ihm auf die Knie und zog ihn in seine Arme, als wolle sie mit ihm verschmelzen.

Lily, die bis jetzt noch keinen Ton von sich gegeben hatte, begann zu weinen. Cavalli ging mit ihr hinein. Es war warm im Raum, der Geruch von geräuchertem Fleisch hing in der Luft.

»Willst du Lily zeigen, wie der Traktor fährt?«, fragte er Elias.

Der Junge löste sich aus Nicole Mäkinens Umarmung, packte den Traktor und drückte ihn schützend gegen seine Brust.

Lily, die sich nicht für Fahrzeuge interessierte, hatte ein Reh aus Holz entdeckt. Elias ließ sie nicht aus den Augen.

Nicole Mäkinen schaukelte sanft hin und her, die Arme um die Knie geschlungen. Das Feuer, das im Kamin brannte, warf tanzende Schatten an die Wände.

Cavalli setzte sich neben sie. »Ich weiß, was Sie für Elias getan haben.«

»Ich liebe ihn«, flüsterte sie. »Wir lieben ihn.«

»Ja.«

»Was wird jetzt geschehen?«

»Das liegt an Ihnen. Sie können sich mit Elias verstecken, und ein Leben in Angst führen. Sie müssten immer damit rechnen, dass man Sie findet und Ihnen den Jungen wegnimmt. Oder Sie können sich freiwillig stellen. In Ruhe von Elias Abschied nehmen, es ihm so leicht wie möglich machen.«

Sie sah ihn verzweifelt an. »Wird man ihn zu seinem Vater zurückbringen?«

»Vielleicht.« Cavallis Brust schmerzte. »Oder man wird eine Pflegefamilie für ihn suchen.«

»Bei uns hat er es gut!«

Cavalli sprach nicht aus, was sie beide wussten. Auf die Mäkinens wartete eine Strafe wegen Beihilfe zur Entführung. Sie würden nie ein Kind adoptieren, vermutlich nicht einmal ein Pflegekind aufnehmen dürfen.

»Als er zu uns kam, schlief er keine Nacht durch. Oft erwachte er schreiend, und nichts konnte ihn beruhigen. Er ließ es nicht einmal zu, dass wir ihn berührten. Die Tiere waren es schließlich, die zu ihm durchdrangen. Die Rentiere und vor allem die Huskys. Aki nimmt ihn immer mit zu den Hunden. Peetu liebt es, mit den Welpen zu spielen. Anfangs hatte ich Angst, dass die Hündin seine Aggressionen spüren und ihn angreifen könnte, um ihre Jungen zu schützen. Aber unter Tieren ist Peetu ganz entspannt. Die Welpen krabbeln über ihn, zupfen an seinen Kleidern, lecken ihm das Gesicht ab. Wenn die Hündin sie säugt, legt sich Peetu zu ihnen und schaut zu.« Tränen rannen Nicole Mäkinen über das Gesicht. »Das erste Wort, das er auf Finnisch sagte, war Hund.«

Elias hatte den Traktor wieder auf den Boden gesetzt. Er fuhr damit an Lily vorbei und gab Motorengeräusche von sich.

»Was wissen Sie über seine … Rettung?«, fragte Cavalli. »Wie viel hat Linda Ihnen erzählt?«

Nicole Mäkinen senkte den Blick. »Es war ein Unfall! Die Frau ist einfach hingefallen. Meine Schwester ging davon aus, dass sie betrunken war, anders konnte sie sich nicht erklären, warum sie so wankte. Deshalb führte sie den Plan auch zu Ende. Linda glaubte sogar, dass es das Schicksal besonders gut mit ihr meinte, weil sich die Frau nach ihrem Rausch vermutlich an nichts erinnern würde. Wenn sie geahnt hätte, dass … sie hätte Hilfe geholt! Das müssen Sie mir glauben! Es sollte niemand verletzt werden! Linda rief sogar Stefan an und bat ihn, nach der Frau zu sehen. Als er hinfuhr, war es aber bereits zu spät.«

»Sie hätte sich stellen können.«

»Wozu?« Nicole Mäkinen sah ihn an, ihr Gesicht war von Tränen überströmt. »Es hätte die Frau nicht zurückgebracht.«

»Werner Ochsner hätte deswegen hinter Gitter wandern können.«

»Stefan meinte, das Gesetz wirke manchmal auf seltsame Weise.«

Der Gerechtigkeit wäre Genüge getan worden. Cavalli konnte die Überlegung gut nachvollziehen. Werner und Laeticia Ochsner hatten Elias seiner Kindheit beraubt. Sie hatte dafür mit dem Tod bezahlt, er sollte eine Gefängnisstrafe absitzen. Cavalli dachte daran, wie sich Stefan Guths Laune in der Zeit vor der Tat gebessert hatte. Endlich durfte er tun, wofür er Polizist geworden war. Einen Menschen beschützen. Mehr noch – ein Kind retten.

Doch die Aktion lief schief. Guths Verstand sagte ihm, dass Ochsners nichts Besseres verdient hatten, trotzdem wurde er von Schuldgefühlen geplagt. Hatte er Suizid begangen, weil er befürchtete, Cavalli könnte ihm auf die Schliche kommen? Hatte Viktor Lukasch ihn erpresst? Vielleicht war er auch nicht mit der Tatsache klargekommen, dass sein Alltag ganz normal weiterging. Das Adrenalin war verebbt, er arbeitete auf kein Ziel mehr hin, sondern kehrte als Polizist wieder die Scherben zusammen.

Elias lud einen Wolf auf seinen Traktor und fuhr damit zum Reh. Nach kurzem Zögern setzte Lily das Reh in den Anhänger. Gemeinsam krochen sie durch den Raum. Elias überließ Lily den Traktor und holte ein weiteres Tier.

»Wann?«, flüsterte Nicole Mäkinen.

»Wann immer Sie bereit sind.«

Sie schauten den Kindern schweigend beim Spielen zu. Das Feuer brannte herunter. Als nur noch Glut übrig war, stand Nicole Mäkinen auf.

48

Durch das Dach des Glasiglus sah Regina den Sternenhimmel. Lily lag auf dem Rücken, die Arme ausgebreitet, und schlief tief. Sie hatte den ganzen Tag im Schnee getobt, kaum hatte sie die Stiefel abgestreift, waren ihr die Augen zugefallen. Statt einem Vier-Gang-Menü in der Lodge hatte es ein Picknick im Iglu gegeben. Es störte weder Regina noch Cavalli. Sie hatten beide das Bedürfnis nach Ruhe. Es gab so viel zu erzählen, so viel zu verstehen.

»Glaubst du ihr?«, fragte Cavalli.

Die Fragen waren wie Luftblasen, die fortlaufend an die Oberfläche drangen. Beim Zähneputzen hatte Regina versucht, sich ein Bild von Nicole Mäkinen zu machen. Sie hatte die Zahnpasta ausgespuckt und Cavalli gebeten, ihr die Frau zu beschreiben. Unter der Dusche hatte Cavalli plötzlich an Stefan Guth gedacht, und er wollte wissen, mit wem der Polizist in den Tagen vor seinem Tod gesprochen hatte. Beim Mittagessen war Horst Uhlig Thema, während des Waldspaziergangs häusliche Gewalt.

»Ja, ich glaube ihr«, antwortete Regina. »Linda war am Boden zerstört, als sie begriff, dass sie Laeticia Ochsner hätte retten können. Sie glaubte wirklich, dass die Frau nur ihren Rausch ausschlief.«

»Wessen Idee war die Entführung?«

»Schwer zu sagen. Linda hat ausgesagt, dass der Plan wie von allein Gestalt annahm. Ein Wort folgte aufs andere, ein

Schritt auf den nächsten. Alles lief so glatt, dass sie irgendwann selbst davon überzeugt waren, das einzig Richtige zu tun.«

»Bis die Sache mit der Hausdurchsuchung aufflog.«

»Linda meinte, Guth habe Lukasch unterschätzt. Statt sich mit dem Deal zufriedenzugeben, begann Lukasch, Recherchen anzustellen. Er erfuhr, wo Elias lebte, und benutzte das als Druckmittel.«

»Das war zu erwarten. Ich nehme nicht an, dass er redet?«

»Kein Wort.«

Auch das war zu erwarten gewesen, dachte sie. Es würde Lukasch jedoch nichts nützen. Man hatte ihn auf frischer Tat ertappt, wortwörtlich mit Scheiße an den Händen, wie Pilecki voller Schadenfreude erzählt hatte.

»Was wird mit Elias geschehen?«, fragte Cavalli.

»Werner Ochsner hat angekündigt, dass er um ihn kämpfen wird.« Regina schloss kurz die Augen.

In den Medien waren Elias und die Kesb seit Tagen das große Thema. Werner Ochsner gab bereitwillig Auskunft, er genoss seine Rolle als Opfer. Er habe bereits seine Frau verloren, klagte er, jetzt wolle ihm die Kesb auch noch den Sohn wegnehmen. Viele reagierten empört. Sie forderten, dass die Befugnisse der Behörde beschnitten wurden, und warfen der Kesb vor, sie entscheide von oben herab und ohne Mitgefühl. Wie so oft fand keine sachliche Auseinandersetzung statt.

Cavalli streichelte Lily gedankenverloren. Er war dabei gewesen, als man Elias an Barbara Bortis und einen Sachbearbeiter vom Kindesschutz übergeben hatte, die extra nach Finnland geflogen waren. Er sprach nicht darüber, doch Regina hatte ihn selten so bedrückt erlebt.

Sie legte ihren Kopf gegen seine Schulter. Einen kurzen Moment glaubte sie, ihre Nähe sei ihm unangenehm, dann vergrub er die Nase in ihrem Haar.

»Kannst du wieder riechen?«, fragte sie.

Statt zu antworten, beschnupperte er sie. »Du riechst nach zu vielen Überstunden, unbequemen Schuhen und …« Er runzelte theatralisch die Stirn. »Vitaminen? Kann das sein?«

Es war ein Versuch, die Stimmung aufzulockern.

Regina zwang sich zu einem Lächeln. »Mein Lippenbalsam duftet nach Pink Grapefruit. Allerdings habe ich ihn heute nicht benutzt.«

Cavalli schüttelte entsetzt den Kopf. »Nein, ich rieche frische Vitamine!«

Er griff unters Bett und hob etwas vom Boden auf. Eine Karotte. Lily musste sie fallen gelassen haben. Regina lachte auf, es kam von Herzen. Und es tat gut. Cavalli zog sie näher an sich heran und küsste sie. Sie spürte sein Herz, das auf einmal schneller schlug. Seine Hände, zärtlich, dann dringlicher. Sie wollte die Augen schließen und die Welt für eine Weile vergessen. Seine Arme um sich spüren, seinen Körper, der ihr so vertraut war und sie trotzdem jedes Mal von Neuem in Erstaunen versetzte. Doch zuerst musste sie eine Frage klären. Sie schob ihn ein wenig von sich weg, damit sie ihm ins Gesicht schauen konnte.

»Etwas muss ich noch wissen«, flüsterte sie.

»Ich weiß es nicht.«

»Ich habe die Frage noch gar nicht gestellt.«

»Du willst wissen, ob Nicole Mäkinen ein Tattoo auf dem Gesäß hat.« Seine Lippen berührten ihren Hals. »Ich weiß es nicht.«

Dank

Während der Arbeit an diesem Buch standen mir viele Menschen mit Rat und Tat zur Seite. Ohne Unterstützung der Kantonspolizei Zürich, der Stadtpolizei Zürich und der Staatsanwaltschaft I des Kantons Zürich für schwere Gewaltkriminalität hätte diese Geschichte nicht erzählt werden können. Besonders hervorheben möchte ich all die Menschen, die mir geholfen haben, mein Fachwissen zu vertiefen. Bettina Groth, Judith Hödl, Corinne Kauf, Sonja Müller, Markus Oertle, Werner Schaub und einige Verdächtige, die lieber unter dem Radar bleiben. Wie immer sind alle formalen Fehler mir zuzurechnen.

Die »epischen Ausführungen« des Rechtsmediziners Thomas Sigrist, für die er sich jedes Mal entschuldigt, die ich aber wie immer außerordentlich schätzte, haben mich durch die Geschichte begleitet. Es freut mich, dass mein Fall ihn aus forensisch medizinischer Sicht so interessiert hat.

Dass ich den Verein der Staatsanwälte und Jugendanwälte des Kantons Zürich nach Den Haag begleiten und dort eine Lesung abhalten durfte, erlaubte es mir, einen Blick hinter die Kulissen von Eurojust und Europol zu werfen. Tanja Bucher, die Verbindungsstaatsanwältin der Schweiz bei Eurojust, war mir bei meiner Recherche eine unschätzbare Hilfe.

Annelene Paul hat mir die Arbeit der Sozialzentren und der Kindes- und Erwachsenenschutzbehörde Kesb nähergebracht. Der kritische Blick der Öffentlichkeit, die komplexen und belastenden Schicksale sowie die zeitlich begrenzten Ressourcen machen den Alltag von Sozialarbeitenden alles andere als einfach. Trotzdem verlieren sie die Einzelschicksale nicht aus den Augen. Davor habe ich große Achtung.

Karin Aeschlimann, Esther Künzler und Regula Schmid haben meinen Text gelesen und mit klugen Kommentaren versehen. Sie haben mich vor unfreiwilliger Komik gerettet, als sie Uwe Hahn daran hinderten, einem Bestatter die Hand zu reichen.

Wie immer bin ich auf großartige Weise vom Unionsverlag unterstützt worden. Ein besonderer Dank gilt Matthias Gräzer und meiner hervorragenden Lektorin Susanne Gretter.

Und natürlich Regina. Für ihre Einsichten und ihre Geduld bin ich ihr zu tiefer Dankbarkeit verpflichtet.

Und schließlich den allergrößten Dank an meine Leserinnen und Leser für ihre ungebrochene Begeisterung über die Flint-und-Cavalli-Reihe.

Petra Ivanov wurde 1967 in Zürich geboren. Sie verbrachte ihre Kindheit in New York, wo sie dank Mark Twain, Louisa May Alcott und Julie Campbell die Freude am Lesen und Schreiben entdeckte. Nach dem Studium an der Dolmetscherschule Zürich arbeitete sie vorerst als freie Übersetzerin und Sprachlehrerin, später als Journalistin in verschiedenen Redaktionen.

Auf Deutsch zu schreiben, begann sie während ihrer Tätigkeit bei HEKS, dem Hilfswerk der Evangelischen Kirchen Schweiz. Als Redakteurin gehörte es zu ihren Aufgaben, über Projekte im In- und Ausland sowie über verschiedene Kampagnen zu informieren. Sie stellte fest, dass sie mit Geschichten Menschen auf andere Art und Weise erreichen konnte als durch journalistische Beiträge. Kurzerhand verpackte sie die Themen, die ihr am Herzen lagen, in Spannungsromane.

2005 veröffentlichte sie ihren ersten Kriminalroman *Fremde Hände*, der Beginn einer Reihe mit dem Ermittler-Duo Regina Flint und Bruno Cavalli. 2011 startete sie mit *Tatverdacht* eine neue Reihe mit der privaten Ermittlerin Jasmin Meyer und dem Anwalt Pal Palushi. Ihre Kurzgeschichten erschienen in Zeitungen, Zeitschriften und Anthologien, in Buchform seit 2007 zudem mehrere Bände von Regio-Krimis. *Reset* (2009) war das erste von mehreren Jugendbüchern, Spannungsromane für Jugendliche ab 12 Jahren. Petra Ivanov hat zahlreiche Auszeichnungen erhalten, u. a. den Zürcher Krimipreis (2010).

Ausführliche Informationen zur Autorin und zu ihren Büchern finden Sie auf Petra Ivanovs Homepage: *www.petraivanov.ch*

FLINT & CAVALLI ERMITTELN

Erster Funke Flint und Cavalli – Wie alles begann
Fremde Hände Flint und Cavalli ermitteln im Rotlichtmilieu
Tote Träume Flint und Cavalli ermitteln gegen die Brandstifter
Kalte Schüsse Flint und Cavalli ermitteln gegen die russische Mafia
Stille Lügen Flint und Cavalli ermitteln in Georgien
Tiefe Narben Flint und Cavalli ermitteln gegen einen Insider
Leere Gräber Flint und Cavalli ermitteln in Argentinien
Heiße Eisen Flint und Cavalli ermitteln in besten Kreisen
Alte Feinde Flint und Cavalli ermitteln im Reservat
Stumme Schreie Flint und Cavalli ermitteln hinter verschlossenen Türen
Das Geständnis Ein Regina-Flint-Kurzkrimi

MEYER & PALUSHI ERMITTELN

Tatverdacht Meyer und Palushi ermitteln in Kosovo
Hafturlaub Meyer und Palushi ermitteln gegeneinander
Täuschung Meyer und Palushi ermitteln in Thailand
Entführung Meyer und Palushi ermitteln zwischen den Fronten

Geballte Wut

Sebastians Leben ist eine einzige Abwärtsspirale. Jetzt sitzt er im Gerichtssaal und denkt zurück.

Schockfrost (gemeinsam mit Mitra Devi)

Die alleinerziehende Psychiaterin Sarah Marten hat ihr Leben im Griff. Doch dann stürzt sie die Treppe hinunter, leidet unter Sehstörungen und Gedächtnislücken. Ihr 15-jähriger Sohn verschwindet. Ein Wettlauf gegen die Zeit beginnt.

Mehr über Autorin und Werk auf *www.unionsverlag.com*